LE GARDÉNIA BLANC

BELINDA ALEXANDRA

LE GARDÉNIA BLANC

Traduit de l'anglais (Australie)
par Julie Sibony

LE GRAND LIVRE DU MOIS

Titre original :
WHITE GARDENIA,
publié par HarperCollins Publishers Pty Limited,
Sydney, Australia.

À ma famille

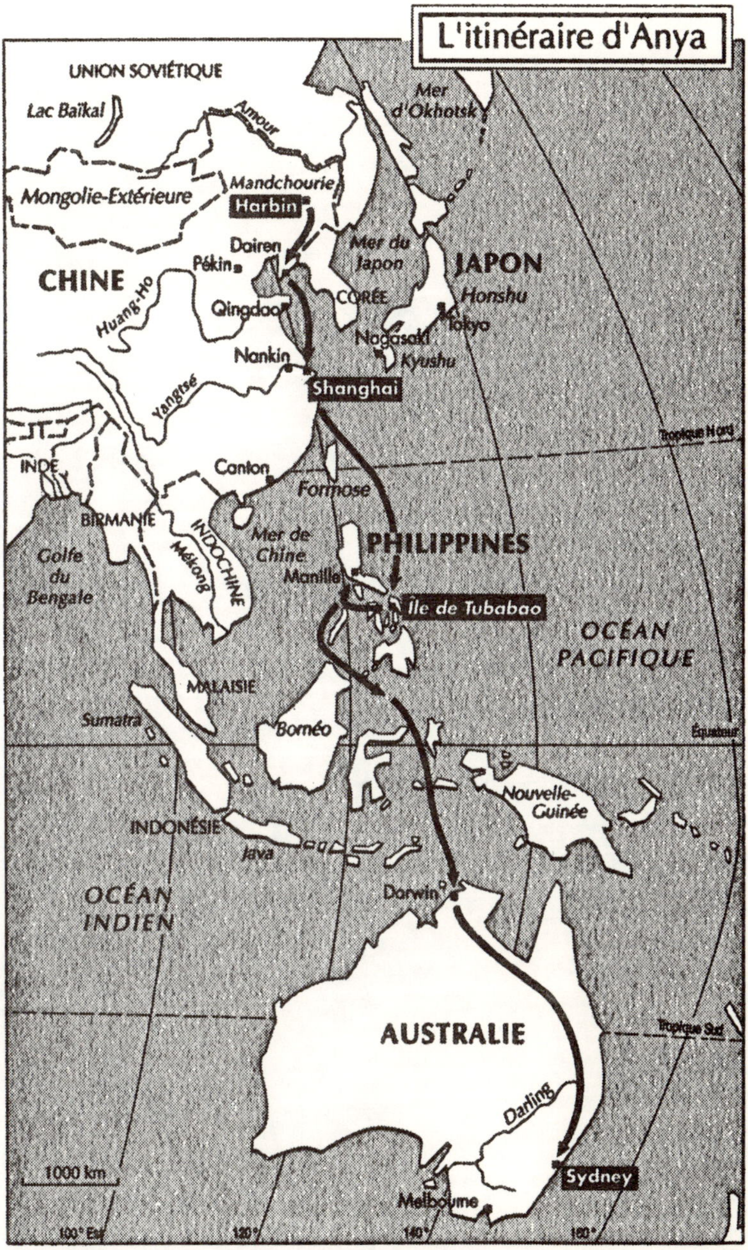

L'itinéraire d'Anya
UNION SOVIÉTIQUE
Lac Baïkal
Amour
Mer
d'Okhotsk
Mongolie-Extérieure
Mandchourie
Harbin
Dairen
Pékin
CHINE
Mer du
Japon
JAPON
Honshu
CORÉE
Huang-Ho
Qingdao
Tokyo
Nagasaki
Kyushu
Nankin
Shanghai
Yangtsé
Tropique Nord
INDE
Canton
Formose
BIRMANIE
INDOCHINE
Mer de
Chine
PHILIPPINES
Golfe
du
Bengale
Mékong
Manille
Île de Tubabao
OCÉAN
PACIFIQUE
MALAISIE
Sumatra
Bornéo
Équateur
Nouvelle-
Guinée
INDONÉSIE
Java
Darwin
OCÉAN
INDIEN
AUSTRALIE
Tropique Sud
Darling
1000 km
Sydney
Melbourne
100° Est
120°
140°
160°

PREMIÈRE PARTIE

1

Harbin, Chine

Selon nos croyances russes, quand un couteau tombe d'une table ça veut dire qu'un visiteur mâle va venir, et si un oiseau entre dans une pièce, c'est que la mort est proche pour quelqu'un qui vous est cher. Ces événements se produisirent tous les deux en 1944, l'année précédant mon treizième anniversaire, mais aucun présage, aucun couteau tombé, aucun oiseau égaré n'était venu m'en avertir.

Le Général est apparu le dixième jour après la mort de mon père. Ma mère et moi étions occupées à retirer les tentures de soie noire dont nous avions recouvert les miroirs et les icônes pour les neuf jours de deuil. Le souvenir de ma mère à ce moment-là ne s'est jamais terni. La peau ivoire de son visage encadré par de fines bouclettes de cheveux noirs, les deux petites perles à ses oreilles et ses yeux étincelants couleur d'ambre composent encore une image parfaitement claire dans mon esprit : ma mère, veuve à trente-trois ans.

Je me souviens de ses longs doigts pliant le tissu sombre avec une lassitude qui ne lui était pas coutumière. Mais il est vrai que nous étions toutes les deux abasourdies par la disparition de mon père. Quand il avait quitté la maison ce matin fatal, j'étais loin de me douter que j'allais le revoir allongé dans un lourd cercueil en chêne, les yeux clos, le visage cireux déjà loin dans la mort. La partie inférieure de la bière était fermée, pour cacher ses jambes mutilées par la tôle broyée de la voiture.

La nuit où le corps de mon père fut déposé dans le salon, des bougies blanches entourant son cercueil, ma mère a verrouillé les portes du garage et les a condamnées avec une chaîne et un cadenas. Je la regardais depuis la fenêtre de ma chambre faire les cent pas devant le hangar, remuant les lèvres dans une incantation muette. Elle s'interrompait de temps en temps pour remettre ses cheveux derrière les oreilles comme si elle essayait d'entendre quelque chose, puis elle finissait par secouer la tête et reprenait ses allées et venues. Le lendemain matin, je me glissai dehors pour aller observer le cadenas et la chaîne. Je compris alors ce qu'elle avait voulu faire : elle avait retenu les portes du garage comme nous aurions retenu mon père si nous avions su que le laisser conduire sous la pluie battante signifiait le laisser partir pour toujours.

Dans les jours qui suivirent l'accident, notre affliction fut détournée par le flux constant des visites que nous rendaient nos amis russes et chinois. Ils allaient et venaient sans discontinuer, à pied ou en rickshaw, ayant délaissé leur ferme avoisinante ou leur maison de ville pour venir emplir notre demeure de l'arôme du poulet rôti et du murmure de leurs condoléances. Ceux de la campagne arrivaient les bras chargés de présents, du pain, des gâteaux ou des fleurs des champs ayant survécu aux premières gelées à Harbin, tandis que ceux de la ville nous apportaient de l'ivoire et de la soie, façon polie de nous donner de l'argent car, sans mon père, des temps difficiles nous attendaient, ma mère et moi.

Puis vint l'inhumation. Le prêtre, buriné et noueux comme un vieil arbre, traça un signe de croix dans l'air glacial avant que le couvercle fût cloué sur le cercueil. Les fossoyeurs, des Russes aux larges épaules, plantèrent leurs pelles dans le sol, jetant des mottes de terre gelées dans la tombe. Ils travaillèrent dur, la mâchoire serrée et les yeux baissés tandis que la sueur leur dégoulinait sur le front, par respect pour mon père ou pour gagner l'admiration de sa charmante veuve. Du début à la fin, nos voisins chinois se tinrent à distance respectueuse devant l'entrée du cimetière, compatissants mais considérant d'un œil suspicieux notre coutume de mettre en terre nos êtres chers et de les abandonner à la merci des éléments.

Après quoi le cortège funèbre nous raccompagna jusque chez nous, une maison en bois que mon père avait construite de ses propres mains après avoir fui la Russie et la révolution. Nous nous assîmes autour de gâteaux de semoule et du thé préparé dans le samovar. La maison n'était au départ qu'un petit bungalow avec un toit enduit de poix et des tuyaux de poêle qui dépassaient de l'auvent, mais après avoir épousé ma mère, mon père avait construit six nouvelles pièces et un étage qu'il avait remplis d'armoires laquées, de fauteuils antiques et de tapisseries. Il avait sculpté des châssis de fenêtres décorés, bâti une grosse cheminée et peint les murs du même jaune d'or que le palais d'été du tsar défunt. C'étaient les hommes comme mon père qui faisaient de Harbin ce qu'elle était : une ville chinoise pleine de Russes nobles exilés. Des gens qui tentaient de recréer leur monde perdu à grand renfort de sculptures sur glace et de bals hivernaux.

Quand nos invités eurent dit tout ce qui pouvait être dit, je suivis ma mère pour les reconduire à la porte. Pendant qu'ils enfilaient leurs manteaux et chapeaux, j'aperçus mes patins à glace suspendus à une patère dans l'entrée. La lame du patin gauche bougeait un peu et je me rappelai que mon père m'avait promis de la réparer avant les grands froids. L'engourdissement des jours précédents fit soudain place à une douleur si vive qu'elle me cingla les côtes et me retourna l'estomac. Je fermai les yeux de toutes mes forces pour la refouler. Je vis alors un immense ciel bleu se précipiter vers moi et un maigre soleil d'hiver briller sur la glace. Le souvenir de l'année passée me revint d'un coup : la rivière Songhua gelée, les cris joyeux des enfants qui s'efforçaient de rester debout sur leurs patins, les jeunes amoureux glissant bras dessus, bras dessous, les vieillards qui guettaient les poissons aux endroits où la glace était la plus fine.

Mon père me hissa sur son épaule tandis que ses lames crissaient sur la surface à cause du poids supplémentaire. Le ciel se brouilla dans un mélange de bleu-vert et de blanc. J'étais soûle de mon propre rire.

« Repose-moi, papa, dis-je en plongeant mon regard dans ses yeux bleus. Je veux te montrer quelque chose. »

Il me reposa, sans toutefois me lâcher avant d'être sûr que je tenais en équilibre. Je m'éloignai en patinant et levai une jambe pour tourner sur moi-même comme une marionnette.

« *Kharachó ! Kharachó !* » applaudit mon père. Il se passa une main gantée sur le visage et me fit un si grand sourire que ses rides parurent animées d'une vie propre. Mon père était bien plus âgé que ma mère, puisqu'il avait terminé ses études à l'université l'année où elle était née. Il avait été un des plus jeunes colonels de l'armée blanche et finalement, encore longtemps après, ses gestes trahissaient un mélange d'enthousiasme juvénile et de précision militaire.

Il me tendit les bras afin que je revienne vers lui, mais j'avais envie de continuer à lui montrer de quoi j'étais capable. Je pris mon élan et recommençai à tourner. Soudain, ma lame heurta une bosse et ma cheville se tordit. Je m'écrasai sur la hanche, le souffle coupé par le choc.

Mon père vola auprès de moi. Il me releva, me prit dans ses bras pour m'emmener sur la rive. Après m'avoir déposée sur le tronc d'un arbre abattu, il promena ses mains sur mes épaules et mes côtes avant de retirer mon patin endommagé.

« Rien de cassé », annonça-t-il en faisant bouger mon pied entre ses paumes. L'air était glacial, et il me frotta la peau pour la réchauffer. Le regard plongé dans ses cheveux roux striés çà et là de mèches blanches, je me mordis la lèvre. Les larmes qui me piquaient les yeux n'étaient pas dues à la douleur : j'avais honte de m'être ridiculisée devant lui. Mon père enfonça son pouce dans ma cheville enflée et je tressaillis. La tache pourpre d'un hématome commençait déjà à poindre.

« Anya, tu es comme un gardénia blanc, dit-il en souriant. Belle et pure. Mais il faut te manier avec soin parce que tu t'abîmes trop facilement. »

Je posai la tête sur son épaule, partagée entre le rire et les pleurs.

Une larme vint s'écraser sur mon poignet puis finit sa course sur le carrelage de l'entrée. Je m'essuyai aussitôt le visage avant que ma mère se retourne. Les invités étaient sur le pas de la porte ; nous échangeâmes un dernier salut de la main, un dernier « *Da zvidania* », et enfin éteignîmes les lumières. Ma mère prit une des bougies de la veillée dans le salon et nous gravîmes l'escalier à la faible lueur de sa flamme. La lumière vacillait, et je sentais le souffle haché de ma mère sur ma peau. Pourtant j'avais peur de relever la tête et de voir la souffrance sur son visage. Son chagrin m'était tout aussi pénible que le mien. Je l'embrassai devant la porte de sa chambre avant de courir jusqu'à la mienne un étage plus haut, dans les combles. Je m'écroulai sur mon lit et enfouis la tête dans mon oreiller pour qu'elle ne m'entende pas pleurer. L'homme qui m'avait comparée à un gardénia blanc, qui m'avait soulevée sur son épaule et fait tourner en l'air jusqu'à m'étourdir de mon propre rire, cet homme n'était plus là.

Une fois terminée la période de deuil officielle, tout le monde sembla retourner à sa petite routine. Ma mère et moi nous retrouvâmes abandonnées, condamnées à réapprendre à vivre.

Après avoir plié les tentures noires et les avoir rangées dans l'armoire à linge, ma mère décréta que nous devrions porter les fleurs dans le jardin, jusqu'au cerisier préféré de mon père. Alors qu'elle m'aidait à lacer mes chaussures, nous entendîmes nos chiens, Sasha et Gogle, aboyer. Je me précipitai à la fenêtre, m'attendant à découvrir de nouveaux visiteurs, mais à la place je vis deux soldats japonais postés à la grille. Le plus âgé portait un sabre à la ceinture et les bottes hautes d'un général. Il avait un visage carré assez noble, creusé de rides profondes. Les commissures de ses lèvres esquissèrent un sourire amusé lorsqu'il repéra les deux huskies qui bondissaient derrière le portail. Son collègue se tenait immobile à côté de lui, poupée d'argile animée seulement par la lueur de ses yeux fendus. Le visage de ma mère se vida instantanément de son sang quand je lui dis que l'armée japonaise attendait dehors.

Par l'entrebâillement de la porte, je regardai ma mère s'entretenir avec les deux hommes, d'abord dans un russe appliqué puis en chinois. Le jeune soldat avait l'air de comprendre assez facilement cette langue, tandis que le Général examinait d'un œil distrait le jardin et la maison, ne prêtant l'oreille que lorsque son adjoint lui traduisait les réponses de ma mère. Ils étaient venus demander quelque chose et s'inclinaient à la fin de chaque phrase. Cette courtoisie, peu commune envers les étrangers résidant en Chine, paraissait mettre ma mère encore plus mal à l'aise. Elle secouait la tête, mais je devinais sa peur aux bouffées de rougeur dans son cou et à la façon dont ses doigts tremblants tripotaient nerveusement le bout de ses manches.

Nombreux étaient les Russes qui avaient reçu de semblables visites dans les mois précédents. Les gradés japonais et leurs adjoints préféraient s'installer chez les gens plutôt que dans les casernes. C'était pour se protéger des raids de l'aviation alliée, mais également pour dissuader les mouvements de résistance locale, animés soit par des Russes blancs convertis à la doctrine soviétique, soit par des sympathisants chinois. La seule personne de notre connaissance qui leur avait refusé son toit était un ami de mon père, le professeur Akimov, qui possédait un appartement à Modegow. Il avait disparu un soir et on n'avait plus entendu parler de lui. Mais jamais jusque-là les Japonais ne s'étaient aventurés si loin du centre-ville.

Le Général marmonna quelque chose à l'intention de son aide, et en voyant ma mère calmer les chiens et ouvrir la grille je me réfugiai précipitamment dans la maison pour me cacher sous un fauteuil, le visage pressé contre le froid carrelage de l'entrée. Ma mère entra la première, tenant la porte au Général. Il s'essuya les pieds avant de franchir le seuil et posa sa casquette sur la table à côté de moi. J'entendis ma mère le conduire jusqu'au salon. Il avait l'air de bredouiller des mots d'approbation en japonais et, bien que ma mère continuât de s'adresser à lui en russe et en chinois, il ne donnait pas l'impression de la comprendre. Je me demandais pourquoi il avait laissé son adjoint à la grille. Ma mère et le Général montèrent à l'étage ; je percevais les craquements du plancher dans la chambre d'amis et le bruit de placards qu'on ouvre et qu'on referme. Lorsqu'ils redescendirent, le Général paraissait satisfait, mais l'inquiétude de ma mère se traduisait dans sa façon de se tenir : elle se balançait d'un pied sur l'autre et tapotait nerveusement sa chaussure contre le sol. Le Général s'inclina légèrement en murmurant « *Doumo arigatou gozaimashita* ». Merci. Au moment où il ramassait sa casquette, il me vit. Ses yeux n'étaient pas comme ceux des autres soldats japonais que j'avais parfois vus, ils étaient grands et un peu globuleux. Quand il me sourit, les rides de son front se ratatinèrent vers le haut et on aurait dit un gros crapaud gentil.

Tous les dimanches, ma mère, mon père et moi allions rendre visite à nos voisins, Boris et Olga Pomerantsev, chez qui nous déjeunions d'un bortsch et de pain de seigle. Ces personnes âgées, qui avaient travaillé toute leur vie comme maraîchers, étaient très sociables, curieuses des autres, de sorte qu'elles invitaient souvent leurs amis chinois à se joindre à nous. Jusqu'à l'invasion japonaise, ces rassemblements étaient de joyeux moments agrémentés de musique et de lectures de Pouchkine, de Tolstoï et de poètes chinois, mais à mesure que l'occupation se faisait plus répressive, les déjeuners devenaient de moins en moins exubérants. Tous les citoyens chinois étaient sous surveillance constante, ceux qui quittaient la ville devaient montrer leurs papiers et sortir de leur voiture ou de leur rickshaw pour s'incliner devant les gardes japonais avant d'être autorisés à poursuivre leur route. Les seuls Chinois prêts à se plier à ça pour un événement social autre qu'un enterrement ou un mariage étaient M. et Mme Liu.

Jadis riches industriels, leur fabrique de coton avait été confisquée par les Japonais, et ils ne survivaient désormais que parce qu'ils avaient eu la prudence de ne pas dépenser toute leur fortune.

Le dimanche qui suivit la période du deuil de mon père, ma mère attendit la fin du repas pour raconter à nos amis l'épisode du Général. Elle parlait dans un murmure syncopé, promenant ses mains sur la nappe en dentelle qu'Olga sortait pour les grandes occasions et jetant des regards en coin à la sœur de M. Liu, Ying-ying. La jeune femme s'était endormie dans un fauteuil près de la porte de la cuisine, le souffle lourd et un filet de salive luisant sur le menton. Il était très rare que M. Liu amène sa sœur à ce genre de réunions ; il avait toujours préféré la laisser à la garde de ses filles aînées quand il sortait avec sa femme. Mais la dépression de Ying-ying semblait s'aggraver : elle passait d'une profonde apathie à de brusques explosions de larmes, au cours desquelles elle se griffait la peau des bras jusqu'au sang. M. Liu lui avait concocté un sédatif à base d'herbes chinoises et l'avait emmenée, pensant que ses enfants ne pourraient plus faire face.

Ma mère choisissait prudemment ses mots, mais son calme forcé ne faisait qu'alimenter mon sentiment d'angoisse diffuse. Elle expliqua que le Général allait nous louer la chambre d'amis. Elle insista sur le fait que son poste de commandement se trouvait dans un autre village un peu plus loin, qu'il passerait le plus clair de son temps là-bas et ne nous dérangerait donc pas beaucoup. Elle précisa qu'ils s'étaient mis d'accord pour qu'aucun autre soldat ou attaché militaire ne puisse lui rendre visite à la maison.

« Lina, non ! s'écria Olga. Des gens pareils ! »

Ma mère blêmit. « Comment veux-tu que je lui dise non ? Si je refuse, je perds la maison. Je perds tout. Je dois penser à Anya.

— Il vaut mieux perdre la maison que de vivre avec de tels monstres, répliqua Olga. Anya et toi pouvez très bien vous installer ici. »

Boris agrippa l'épaule de ma mère de sa main de paysan, rose et pleine de cals. « Olga, dit-il, elle perdra plus que la maison si elle refuse. »

Ma mère regarda les Liu en ayant l'air de s'excuser et ajouta : « Ça ne va pas plaire à mes amis chinois. »

Mme Liu baissa les yeux mais son mari détourna son attention vers sa sœur, qui s'agitait et marmonnait des noms dans son sommeil. C'étaient toujours les mêmes, et tantôt Ying-ying les hurlait tandis que Mme Liu et ses filles essayaient de la maintenir chez le médecin, tantôt elle les murmurait en gémissant avant de sombrer dans une léthargie comateuse. Elle était arrivée de Nankin avec les autres réfugiés ruinés et en sang qui avaient fui cette ville après l'invasion japonaise. Les noms qu'elle prononçait étaient ceux de ses trois petites filles, éventrées de la gorge au nombril par les sabres des soldats japonais. Quand ils avaient jeté les petits corps sans vie sur le tas formé par les cadavres des autres enfants de leur immeuble, l'un des soldats avait coincé la tête de Ying-ying entre ses poings pour l'obliger à regarder les entrailles de ses filles se répandre par terre et faire le régal des chiens. Son mari ainsi que tous les autres hommes avaient été traînés dans la rue, marqués et attachés à des poteaux, puis les généraux japonais avaient ordonné aux soldats de passer leurs baïonnettes au travers pour s'entraîner.

Je me levai de table discrètement et courus dehors pour jouer avec le chat qui vivait dans le jardin des Pomerantsev. C'était un chat errant avec les oreilles déchirées et un œil crevé, mais grâce aux soins d'Olga il avait pris de l'embonpoint et de l'assurance. Le visage enfoui dans son pelage musqué, je me mis à pleurer. Partout dans Harbin on racontait des histoires comme celle de Ying-ying, et j'avais moi-même vu assez de cruauté chez les occupants pour les détester à mon tour.

Les Japonais avaient annexé la Mandchourie en 1937, bien qu'en réalité elle eût été envahie six ans plus tôt. Comme la guerre s'intensifiait, ils avaient publié un décret réquisitionnant toute la production de riz pour leur armée. Les Chinois en étaient réduits à consommer de la farine de gland comme nourriture de base, que les très jeunes ou les malades ne pouvaient pas digérer. Un jour, je courais sur le chemin sinueux le long de la rivière qui coulait près de la maison. Nous avions été libérés plus tôt de l'école par notre nouveau directeur japonais, qui nous avait recommandé de rentrer chez nous pour annoncer à nos parents les récentes victoires japonaises en Mandchourie. Je portais mon uniforme de couvent blanc et m'amusais des dessins que le soleil projetait sur moi à travers les branches des arbres. Je croisai en chemin le docteur Chou, le médecin du coin. Le docteur Chou pratiquait à la fois la médecine occidentale et la médecine traditionnelle, et il transportait une boîte de fioles sous le bras. Réputé pour son élégance, il était vêtu ce jour-là d'un costume européen parfaitement coupé, d'un manteau et d'un panama. La tiédeur de l'air semblait le réjouir autant que moi, et nous échangeâmes un sourire.

Après l'avoir dépassé, j'atteignis le coude de la rivière où la forêt s'épaississait et se drapait de lianes. Je fus soudain saisie d'effroi par un hurlement strident et pétrifiée en voyant un paysan chinois au visage tuméfié et sanguinolent bondir dans ma direction. Des soldats japonais surgirent de derrière les arbres et nous encerclèrent en un clin d'œil, agitant leurs baïonnettes en l'air. Le chef brandit son sabre et le posa sous le menton de l'homme, enfonçant la pointe dans la chair de son cou. Il l'obligea à lever la tête pour le regarder dans les yeux, mais je vis à son regard vide et à la mollesse de sa bouche que la vie l'avait déjà quitté. Sa veste dégoulinait d'eau ; un des soldats sortit un couteau et en déchira tout le pan gauche. Des poignées de riz mouillé tombèrent sur le sol.

Les soldats firent agenouiller l'homme, le raillant et hurlant à la mort tels des loups. Le chef de la meute plongea son sabre dans l'autre pan de la veste, d'où s'écoulèrent ensemble du riz et du sang. Un filet de vomi s'échappa des lèvres du paysan. J'entendis un bruit de verre brisé et me retournai pour découvrir le docteur Chou debout derrière moi, ses fioles cassées répandant leur contenu sur le chemin caillouteux. L'horreur se lisait sur son visage. Je reculai discrètement et me jetai dans ses bras tendus.

Les soldats japonais grognaient, excités par l'odeur du sang et de la peur. Le chef attrapa le prisonnier par le col pour exposer son cou. En un seul geste, il trancha la gorge de l'homme au niveau des épaules. La tête ensanglantée roula dans la rivière, donnant à l'eau la teinte du vin de sorgho. Le cadavre resta tout droit, comme en prière, crachant des éruptions de sang. Les soldats s'en éloignèrent calmement, sans honte ni dégoût. Une flaque de sang et de glaire se formait à nos pieds et tachait nos chaussures, ce qui amusait les soldats. Le tueur leva son sabre dans le soleil et contempla en fronçant les sourcils le liquide qui le souillait. Comme il cherchait quelque chose avec quoi le nettoyer, son regard se posa sur ma robe. Il tendit une main vers moi, mais le médecin, outré, m'enveloppa dans son manteau en marmonnant des injures. Le chef eut un grand sourire, prenant les invectives du docteur Chou pour des protestations, et essuya son sabre luisant sur l'épaule du médecin. Cela dut profondément dégoûter le docteur Chou, qui venait d'assister au meurtre d'un compatriote, pourtant il garda le silence afin de me protéger.

Mon père était encore en vie à l'époque et, ce soir-là, après qu'il m'eut bordée dans mon lit en m'écoutant – avec une colère contenue – lui raconter mon histoire, je l'entendis dire à ma mère sur le palier : « Leurs propres chefs les traitent si cruellement qu'ils ont perdu tout semblant d'humanité. Ce sont les généraux qu'il faut blâmer. »

Au début, le Général introduisit peu de changements dans nos vies ; il restait le plus souvent seul. Il débarqua avec un futon, un réchaud à gaz et une grande malle. Nous ne nous rendions compte de sa présence que le matin, juste après le lever du soleil, quand la voiture noire se garait devant la grille et que les poulets du jardin s'ébrouaient bruyamment sur le passage du militaire, puis le soir, lorsqu'il rentrait tard, les yeux fatigués, saluant ma mère d'un hochement de tête et m'adressant un sourire avant de se retirer dans sa chambre.

Le Général faisait preuve d'un savoir-vivre étonnant pour un membre d'une armée d'occupation. Il nous versait un loyer et payait pour chaque chose qu'il utilisait ; au bout d'un moment, il commença même à rapporter à la maison des produits rationnés ou interdits, comme du riz ou des raviolis au soja. Il déposait ces cadeaux, enveloppés dans un tissu, sur la table du salon ou sur le banc de la cuisine avant d'aller se coucher. Ma mère considérait ces paquets d'un œil méfiant et refusait d'y toucher, mais elle ne m'empêchait pas de les accepter. Le Général dut comprendre qu'il ne pourrait pas acheter la bienveillance de ma mère avec des produits volés aux Chinois, car les présents furent bientôt complétés par des interventions discrètes dans la maison. De temps en temps, nous découvrions qu'une fenêtre bloquée avait été réparée, une porte grinçante huilée ou un trou dans le mur rebouché.

Mais la présence du Général ne tarda pas à devenir plus envahissante, tel un lierre en pot qui parvient à planter ses racines dans la terre et finit par grignoter tout le jardin.

Le quarantième jour après la mort de mon père, nous allâmes rendre visite aux Pomerantsev. Le déjeuner fut plus joyeux que d'habitude, bien que nous fussions seulement tous les quatre car les Liu avaient arrêté de venir quand nous étions invitées.

Boris avait réussi à se procurer de la vodka, et je fus même autorisée à en boire pour me « réchauffer ». Il nous fit rire en retirant brusquement son chapeau pour révéler ses cheveux coupés ras. Ma mère lui tapota délicatement la tête et plaisanta : « Boris, qui t'a fait une chose si cruelle ? On dirait un chat siamois. »

Olga nous resservit de la vodka, me taquinant en faisant mine d'oublier mon verre à plusieurs reprises.

« Et dire qu'il a payé quelqu'un pour ça ! soupira-t-elle. Un nouveau coiffeur chinois à la mode installé dans le vieux quartier. »

Son mari découvrit ses dents jaunes dans un grand sourire. « Elle est jalouse parce qu'il coupe mieux qu'elle, dit-il.

— Quand je t'ai vu avec cette tête d'abruti, mon vieux cœur fatigué a bien failli s'arrêter de battre », répliqua-t-elle.

Boris prit la bouteille de vodka et servit une autre tournée à tout le monde, sauf à sa femme. Comme elle le regardait en faisant la moue, il lui répondit, les sourcils levés : « Il faut faire attention à ton vieux cœur fatigué, Olga. »

Ma mère et moi rentrâmes chez nous à pied, main dans la main, donnant de grands coups dans la neige fraîchement tombée. Elle chantait une chanson sur la cueillette des champignons. Chaque fois qu'elle riait, de petits nuages de vapeur s'échappaient de sa bouche. Je la trouvais belle, malgré le chagrin gravé dans ses yeux. Je voulais lui ressembler, mais j'avais hérité des traits de mon père : cheveux blond vénitien, yeux bleus et taches de rousseur.

Arrivée devant la maison, ma mère grimaça à la vue de la lanterne japonaise suspendue au-dessus de la grille. Elle me poussa à l'intérieur, se hâta de retirer son manteau et ses bottes avant de m'aider à en faire autant. Puis elle passa au salon en me pressant de la suivre afin que je n'attrape pas froid aux pieds sur le carrelage. Quand elle se retourna pour faire face à la pièce, elle se raidit comme un chat paniqué. Entassés dans un coin, nos meubles étaient recouverts d'un drap rouge. À côté, le rebord d'une fenêtre avait été transformé en autel, rouleau de parchemin et bouquet ikebana compris. Les tapis avaient disparu, remplacés par des tatamis.

Ma mère arpenta la maison telle une furie à la recherche du Général, mais il n'était ni dans sa chambre ni dans la cour. Nous attendîmes la tombée de la nuit près du poêle à charbon, ma mère ruminant avec rage ce qu'elle allait lui dire. Mais le Général ne rentra pas ce soir-là, et ma mère sombra dans un abattement silencieux. Nous nous endormîmes, blotties l'une contre l'autre à côté du foyer mourant.

Le Général ne réapparut que deux jours plus tard, et ma mère était désormais trop fatiguée pour l'affronter. Lorsqu'il franchit la porte avec entre les bras des montagnes de thé, de tissu et de fil, il avait l'air d'attendre de la gratitude de notre part. Dans la joie et la malice de son regard j'eus l'impression de reconnaître mon père, le chef de famille qui trouvait plaisir à dénicher des trésors pour ses proches.

Le Général enfila un kimono de soie grise et se mit à nous préparer des légumes accompagnés de fromage de soja. Ma mère, à qui l'on avait retiré ses élégants fauteuils anciens et qui n'avait d'autre choix que de s'asseoir en tailleur sur un coussin, gardait la tête droite, le regard fixe et la moue indignée tandis que se répandait dans la maison l'arôme de l'huile de sésame et de la sauce de soja. J'écarquillai les yeux devant les assiettes laquées que le Général déposa sur la table basse, pleine de reconnaissance muette pour ce petit geste à notre égard. Je n'aurais pas aimé être là s'il avait demandé à ma mère de cuisiner pour lui. Visiblement, il ne ressemblait pas aux autres Japonais du village, qui se faisaient servir comme des princes par leurs épouses et les obligeaient à marcher plusieurs mètres derrière eux, croulant sous le poids des marchandises achetées au marché tandis qu'eux se pavanaient devant, les mains vides, la tête haute. Olga avait dit un jour que chez les Japonais il n'y avait pas de femmes, seulement des ânes.

Le Général posa le plat de nouilles sous notre nez et, après avoir grommelé un simple « *Itadakimasu* », se mit à manger. Il ne semblait pas remarquer que ma mère ne touchait pas à son assiette, ni que je restais immobile à contempler d'un air envieux les appétissantes nouilles. J'étais tiraillée entre la faim et la loyauté envers ma mère. Dès que le Général eut vidé son assiette, je me levai précipitamment pour débarrasser afin qu'il ne voie pas que nous n'avions pas avalé une miette de son repas.

Quand je revins de la cuisine, le Général était à quatre pattes, en train de dérouler un parchemin par terre, sous le regard exaspéré de ma mère. Il me revint en mémoire une fable que mon père m'avait racontée sur la première visite de Marco Polo à Kubilay Khan, le grand chef de la Chine du treizième siècle. Dans un geste visant à démontrer la supériorité européenne, les compagnons de Marco Polo avaient déballé un rouleau de soie devant l'empereur et ses courtisans. Le tissu s'était déroulé en un long ruban brillant jusqu'aux pieds du khan. Après un moment de silence, l'empereur et sa cour avaient éclaté de rire. Marco Polo allait bientôt découvrir qu'il était difficile d'impressionner des gens qui produisaient de la soie depuis l'époque où les Européens s'habillaient encore avec des peaux d'animaux.

Le Général me fit signe de venir m'asseoir à côté de lui et sortit un pinceau et un encrier. Il plongea le pinceau dans l'encre avant de se mettre à tracer sur le papier les courbes féminines de l'*hiragana* japonais. Je reconnaissais les lettres grâce aux cours que j'avais suivis au moment où les Japonais avaient pris le contrôle de mon école. Plus tard, ils avaient décidé qu'il valait mieux ne pas nous éduquer du tout et avaient fermé définitivement l'établissement.

« Anya-*san*, dit le Général dans son russe approximatif, je t'apprendre les caractères japonais. Il importe pour toi de connaître. »

Je le regardai donner habilement vie aux syllabes les unes après les autres : *ta, chi, tsu, te, to*. À la façon dont ses doigts bougeaient, on aurait dit qu'il peignait au lieu d'écrire ; j'étais fascinée par ses mains. Il avait la peau lisse et glabre, les ongles aussi propres que des galets polis par la mer.

« Vous devriez avoir honte de vous et de votre peuple ! » s'écria ma mère en lui arrachant la feuille de parchemin. Elle voulut la déchirer, mais à cause de sa résistance elle dut se contenter de la froisser en boule avant de la jeter à l'autre bout de la pièce.

J'avalai péniblement ma salive. Ma mère me regarda en s'abstenant d'ajouter quoi que ce fût. Elle tremblait de rage et aussi de peur à l'idée de ce que son accès de colère risquait de nous coûter.

Le Général resta immobile, les mains posées sur les genoux. L'expression de son visage était parfaitement neutre. Impossible de savoir s'il était fâché ou juste songeur. Des gouttes d'encre coulaient de la pointe du pinceau, formant une tache sombre sur le tatami, comme une plaie. Au bout d'un moment, le Général passa une main dans la manche de son kimono et en sortit une photographie, qu'il me tendit. On y voyait une femme en kimono noir et une petite fille. La fillette avait les cheveux coiffés en toupet et des yeux de biche. Elle devait avoir à peu près le même âge que moi. La femme regardait quelque part légèrement en dehors du cadre. Ses cheveux étaient tirés en arrière. Ses lèvres étaient poudrées de blanc et peintes d'une étroite touche de rouge qui ne suffisait pas à masquer sa bouche charnue. Son joli visage arborait une expression solennelle, mais quelque chose dans son port de tête laissait penser qu'elle souriait à quelqu'un.

« J'ai petite fille chez moi à Nagasaki, toute seule avec sa mère, sans son papa, dit le Général. Et toi tu es une petite fille sans son papa. Je dois m'occuper de toi. »

Sur quoi il se leva, s'inclina et quitta la pièce, nous laissant stupéfaites ma mère et moi.

Un jeudi sur deux, le rémouleur passait dans notre rue. C'était un vieux Russe au visage ridé et au regard triste. Il ne portait pas de chapeau et tenait sa tête au chaud en l'enveloppant dans des chiffons. Sa meule était fixée à un traîneau tiré par deux bergers allemands ; je jouais avec les chiens pendant que ma mère et les voisins attendaient leur tour pour faire aiguiser couteaux et haches. Un jeudi, Boris s'approcha de ma mère pour lui souffler à l'oreille qu'un de nos voisins, Nikolai Botkin, avait disparu. Le visage de ma mère se figea une seconde, puis elle répondit dans un murmure : « Les Japonais ou les communistes ? »

Boris haussa les épaules. « Je l'ai encore vu pas plus tard qu'avant-hier chez le coiffeur dans le nouveau quartier. Il parlait trop. Il la ramenait en racontant que les Japonais étaient en train de perdre la guerre mais qu'ils essayaient de nous le cacher. Et le lendemain, poursuivit Boris en serrant le poing avant de le déplier d'un seul coup en l'air, *pffft !* il disparaît. Comme ça. Ce type avait la langue trop bien pendue. On ne peut jamais savoir dans quel camp sont les autres clients. Il y a des Russes qui souhaitent la victoire des Japonais. »

À cet instant retentit un cri strident : « *Kazaaa !* » Les portes de notre garage s'ouvrirent en grand et un homme en jaillit. Il était nu, à part un bandana noué autour du front. Je ne reconnus le Général que lorsqu'il se jeta dans la neige, bondissant de joie. Boris s'efforça de me couvrir les yeux, mais à travers ses doigts je fus choquée de voir l'appendice ratatiné du Général se balancer entre ses jambes.

Olga se frappa les genoux en se tordant de rire, tandis que les autres voisins assistaient à la scène bouche bée, les yeux écarquillés de stupeur. Mais quand ma mère vit le Jacuzzi qui avait été installé dans son garage sacré, elle se mit à hurler. Cet ultime affront était plus qu'elle ne pouvait supporter. Boris baissa les mains et, en me retournant, je découvris ma mère telle que je l'avais connue avant la mort de mon père : les joues rouges et les yeux en feu. Elle se précipita dans la cour, ramassant au passage une pelle près de la grille. Le Général regardait alternativement ma mère et son Jacuzzi, comme s'il s'attendait qu'elle s'émerveille devant tant d'ingéniosité.

« Comment osez-vous ? » lui cria-t-elle.

Le sourire s'évanouit sur le visage du Général, même s'il avait l'air de ne pas comprendre sa réaction.

« Comment osez-vous ? » répéta-t-elle en lui donnant un coup de manche de pelle sur la joue.

Olga se plaqua une main sur la bouche, mais le Général ne semblait pas gêné que les voisins assistent à l'insurrection de ma mère. Il ne la quittait pas du regard.

« C'est une des rares choses qui me restent pour entretenir sa mémoire », souffla ma mère.

Le Général rougit. Il se releva et disparut dans la maison sans un mot.

Le lendemain, le Général démonta le Jacuzzi et nous offrit le bois pour la cheminée. Il retira les tatamis et remit à leur place les tapis turcs et les peaux de mouton que mon père avait achetés en échange de sa montre en or.

Plus tard dans l'après-midi, il demanda s'il pouvait m'emprunter ma bicyclette. Ma mère et moi écartâmes les rideaux pour le voir caracoler sur la route. Mon vélo était trop petit pour lui. Les pédales étaient hautes, de sorte qu'à chaque tour de roue ses genoux montaient jusqu'à sa taille. Mais il s'en sortait plutôt bien, et en quelques minutes il disparut derrière les arbres.

Le temps que le Général revienne, ma mère et moi avions replacé les meubles et les tapis au centimètre près.

Il balaya la pièce du regard. Une ombre passa sur son visage. « Je voulais embellir pour vous mais je ne pas réussir, dit-il en tâtant du bout du pied le tapis magenta qui avait triomphé de son tatami. Peut-être nous sommes trop différents. »

Ma mère esquissa un sourire puis se ressaisit. Je crus que le Général allait partir ; pourtant il se retourna une dernière fois vers elle, non pas comme un militaire majestueux mais plutôt comme un petit garçon timide qui vient de se faire gronder par sa mère « Peut-être je connais quelque chose que nous trouvons beau tous les deux », murmura-t-il en sortant de sa poche une boîte en verre.

Ma mère hésita un moment avant de la prendre, mais finalement céda à sa curiosité. Je me penchai, impatiente de voir ce que le Général avait apporté. Ma mère souleva le couvercle et un parfum délicat s'échappa de la boîte. Je le reconnus aussitôt, bien que je ne l'eusse jamais rencontré auparavant. L'odeur se fit plus pénétrante, virevoltant dans la pièce et nous enveloppant de son charme. C'était un mélange de magie et de romance, l'exotisme de l'Orient et la décadence de l'Occident. Je sentis mon cœur se serrer, ma peau picoter.

Ma mère me regardait. Ses yeux étaient brillants de larmes. Elle me tendit la boîte et je contemplai la fleur blanche et crémeuse. Sa forme parfaite sertie dans un écrin de feuilles vertes luisantes m'évoquait un endroit où le soleil scintillait et où les oiseaux chantaient le jour comme la nuit. Tant de beauté me donna envie de pleurer car instantanément je sus le nom de cette fleur, que pourtant je n'avais vue qu'en imagination. C'était celle d'un arbre originaire de Chine mais tropical, qui par conséquent ne poussait pas à Harbin, où les hivers étaient trop rudes.

Le gardénia blanc était une légende que mon père nous avait racontée maintes fois. Il avait lui-même vu la fleur pour la première fois en accompagnant sa famille au bal d'été du tsar au Grand Palais Catherine. Il nous avait décrit les femmes en robes flottantes, les bijoux scintillant dans les cheveux, les valets et les attelages, le souper de caviar frais, d'oie fumée et de soupe à l'esturgeon servi autour de tables rondes en verre. Puis le feu d'artifice orchestré sur la musique de *La Belle au bois dormant,* de Tchaïkovski. Après avoir rencontré le tsar et sa famille, mon père était entré dans une pièce dont les baies vitrées étaient ouvertes sur le jardin. C'est alors qu'il les avait vus pour la première fois. Les pots de gardénias en porcelaine avaient été importés de Chine pour l'occasion. Leur parfum délicat embaumait l'air d'été. On aurait dit que les fleurs penchaient gracieusement la tête pour accueillir mon père, comme l'avaient fait la tsarine et ses filles quelques instants auparavant. Depuis cette soirée, mon père était resté envoûté par le souvenir des nuits blanches du Nord et d'une fleur ensorcelante dont la senteur évoquait le paradis.

Plus d'une fois il avait essayé de se procurer un flacon de ce parfum pour nous faire revivre ce souvenir à ma mère et à moi, mais personne à Harbin n'avait jamais entendu parler de cette fleur enchanteresse, et ses efforts étaient restés vains.

« Où avez-vous trouvé ça ? demanda ma mère au Général en caressant du bout des doigts les pétales humides de rosée.

— Chez un Chinois qui s'appelle Huang, répondit-il. Il possède une serre en dehors de la ville. »

Ma mère entendit à peine sa réponse, car son esprit était à des milliers de kilomètres de là, lors d'une nuit de bal à Saint-Pétersbourg. Le Général nous tourna le dos pour monter dans sa chambre. Je le suivis jusqu'au bas des marches.

« Monsieur, murmurai-je. Comment saviez-vous ? »

Il me considéra en haussant les sourcils. Sa joue contusionnée avait la couleur d'une prune mûre.

« Pour la fleur », ajoutai-je.

Mais le Général se contenta de laisser échapper un soupir, posa une main sur mon épaule et dit : « Bonne nuit. »

Quand le printemps arriva et que la neige se mit à fondre, la rumeur selon laquelle les Japonais étaient en train de perdre la guerre circulait partout. J'entendais la nuit des avions et des coups de feu, et Boris expliquait que c'étaient les Soviétiques qui se battaient contre les Japonais à la frontière. « Que Dieu nous garde, disait-il, si les Soviets arrivent ici avant les Américains. »

Je résolus d'en avoir le cœur net et de savoir si les Japonais perdaient réellement la guerre. Je conçus le projet de suivre le Général jusqu'à son poste de commandement. Mes deux premières tentatives pour me lever avant lui échouèrent car je dormis au-delà de mon heure habituelle, mais le troisième jour je fus réveillée par un rêve dans lequel je vis mon père. Il se tenait devant moi et me disait en souriant : « Ne t'inquiète pas. Tu auras l'impression d'être seule, mais tu ne seras pas seule. Je t'enverrai quelqu'un. » Son image s'évanouit et je clignai des yeux dans la lumière pâle du matin qui filtrait à travers mes rideaux. Je bondis hors du lit dans l'air glacé et n'eus qu'à enfiler mon manteau et mon chapeau car je m'étais préparée en dormant tout habillée avec mes chaussures. Je sortis discrètement par la porte de la cuisine et me faufilai jusque derrière le garage, où j'avais caché ma bicyclette. Accroupie sur le sol détrempé, j'attendis. Quelques minutes plus tard, la voiture noire se gara devant la grille. La porte de la maison s'ouvrit et le Général en sortit. Dès que la voiture démarra, je sautai sur mon vélo et me mis à pédaler furieusement pour ne pas me faire distancer. Le ciel était couvert, la route sombre et boueuse. En arrivant au carrefour, la voiture s'arrêta et je me dissimulai derrière un arbre. Le chauffeur fit marche arrière sur une courte distance avant de changer de direction : il ne suivait plus la route qui menait au village voisin, où le Général nous avait assuré se rendre tous les matins, mais la voie principale en direction de la ville. J'enfourchai de nouveau ma bicyclette. Arrivée au carrefour, je butai soudain sur une pierre et tombai la tête la première, m'écrasant l'épaule contre le sol. Grimaçant de douleur, je regardai mon vélo : la roue avant était voilée. Des larmes plein les yeux, je remontai la colline en boitant, poussant le vélo cabossé à côté de moi.

Juste avant d'arriver à la maison, je vis un Chinois émerger de derrière un bosquet. Comme il avait l'air de m'attendre, je traversai la route et me mis à courir avec ma bicyclette. Mais il eut vite fait de me rattraper, s'adressant à moi dans un russe impeccable. Quelque chose dans son regard glacé me fit peur et je ne lui répondis pas. « Pourquoi laissez-vous ce Japonais habiter chez vous ? demanda-t-il en soupirant comme s'il s'adressait à une petite sœur désobéissante.

— On n'y est pour rien, répliquai-je, les yeux baissés. Il est venu et on ne pouvait pas lui dire non. »

Il prit le guidon de mon vélo, faisant mine de vouloir m'aider, et je remarquai alors qu'il portait des gants ; des gants rembourrés et gonflés comme s'il avait des pommes à l'intérieur, et non des mains.

« Ils sont très méchants, les Japonais, poursuivit-il. Ils ont fait des choses terribles. Le peuple chinois se souviendra de qui nous a aidés et de qui les a aidés, eux. »

Il parlait d'un ton doux et intime, pourtant ses paroles me firent frissonner et j'en oubliai ma douleur à l'épaule. Brusquement, il arrêta de pousser ma bicyclette, la coucha par terre. J'aurais voulu m'enfuir en courant mais j'étais paralysée de peur. Lentement, il brandit une main devant mon visage puis retira son gant avec la grâce d'un magicien. Il tenait sous mes yeux un amas de chair meurtrie, entortillée en un moignon sans doigts. Je laissai échapper un hurlement d'horreur, tout en sachant qu'il ne faisait pas ça seulement pour me choquer : c'était une menace. Abandonnant mon vélo sur place, je courus jusqu'à la grille de ma maison. « Je m'appelle Tang ! me cria-t-il de loin. Souviens-toi de ce nom ! »

Je me retournai sur le seuil, mais le Chinois avait disparu. Le cœur tambourinant dans la poitrine, je grimpai l'escalier jusqu'à la chambre de ma mère. En poussant sa porte, je vis qu'elle dormait encore, ses cheveux bruns éparpillés sur l'oreiller. Je retirai mon manteau, soulevai délicatement les couvertures et me glissai à côté d'elle. Elle laissa échapper un soupir et m'effleura du bout des doigts avant de sombrer de nouveau dans un sommeil de plomb.

Août était le mois de mon treizième anniversaire et, malgré la guerre et la mort de mon père, ma mère était déterminée à perpétuer la tradition familiale en m'emmenant fêter l'événement dans le vieux quartier. Boris et Olga nous déposèrent en ville ; Olga voulait acheter des épices et Boris devait encore se faire couper les cheveux. Harbin était ma ville natale, et même si un grand nombre de Chinois affirmaient que nous – les Russes – ne pouvions pas prétendre être d'ici, je me sentais pourtant d'ici. Alors que nous pénétrions dans la ville, je reconnus instantanément tout ce qui m'était familier : les églises aux dômes en bulbes d'oignon, les bâtiments aux couleurs pastel et les élégantes colonnades. Comme moi, ma mère était née à Harbin, fille d'un ingénieur ayant perdu son travail dans les chemins de fer après la révolution. C'était mon père, en somme, avec sa noblesse, qui nous avait reliées à la Russie et poussées à nous reconnaître dans l'architecture des tsars.

Boris et Olga nous laissèrent dans le vieux quartier. Il faisait particulièrement chaud et humide ce jour-là, et ma mère suggéra qu'on goûte la spécialité de la ville : la glace aux grains de vanille. Notre café préféré grouillait de monde, on ne lui avait pas connu une telle animation depuis des années. Les conversations tournaient toutes autour de la rumeur voulant que les Japonais fussent sur le point de capituler. Ma mère et moi nous assîmes près de la vitrine. Une femme à la table voisine racontait à son compagnon plus âgé qu'elle avait entendu les bombardements américains la nuit passée et qu'un officiel japonais avait été assassiné dans son district. Son interlocuteur hochait la tête solennellement et lui répondit en caressant sa barbe grisonnante : « Les Chinois n'oseraient jamais faire une chose pareille s'ils ne se sentaient pas sur le point de gagner la guerre. »

Après la glace, ma mère et moi fîmes une longue promenade dans le quartier, remarquant au passage les nouvelles boutiques et notant celles qui avaient disparu. Une vendeuse de poupées en porcelaine essaya de m'appâter avec son étalage, mais ma mère me regarda en souriant et me souffla : « Ne t'en fais pas, j'ai quelque chose pour toi à la maison. »

Je repérai l'enseigne rouge et blanc d'un coiffeur, ornée d'une inscription en chinois et en russe. « Regarde, maman ! m'exclamai-je. Ça doit être le coiffeur de Boris. » Je me précipitai vers la vitrine pour jeter un coup d'œil à l'intérieur. Boris était installé dans le fauteuil, le visage couvert de mousse à raser. Quelques autres clients attendaient leur tour en fumant. Boris me vit dans la glace et se retourna pour me faire coucou. Le coiffeur, un homme chauve avec une veste brodée, leva aussi les yeux. Il arborait une moustache à la Confucius, un bouc et des lunettes à montures épaisses, comme cela se faisait beaucoup chez les Chinois. Lorsqu'il aperçut mon visage collé contre la vitre, il me tourna aussitôt le dos.

« Viens, Anya, me dit ma mère en riant. Boris aura une coupe de cheveux ratée si tu distrais le coiffeur. Il risquerait de lui entailler une oreille, et Olga serait très fâchée contre toi. »

Je suivis ma mère sans protester, mais comme nous arrivions au bout de la rue je me retournai une dernière fois vers le salon de coiffure. Le reflet dans la vitrine m'empêchait de distinguer le coiffeur, pourtant je me rendis compte que je connaissais ce regard : des yeux ronds, globuleux, qui m'étaient familiers.

De retour à la maison, ma mère m'assit devant sa coiffeuse, dénoua mes nattes de petite fille d'un air solennel et ramassa mes cheveux en un élégant chignon comme le sien, dans la nuque, avec la raie sur le côté. Elle me tamponna un peu de parfum derrière les oreilles, puis me montra une boîte en velours sur la table de toilette. Quand elle l'ouvrit, je reconnus à l'intérieur le collier d'or et de jade que mon père lui avait offert pour leur mariage. Elle le prit et l'embrassa du bout des lèvres avant de me l'attacher autour du cou.

« Maman ! protestai-je, sachant pertinemment ce que ce collier représentait pour elle.

— Je veux te le donner maintenant, Anya, parce que tu es en train de devenir une jeune femme. Ton père aurait été heureux de te voir le porter dans les grandes occasions. »

Je touchai le collier d'une main tremblante. Le jade paraissait tiède contre ma peau. Même si mon père me manquait tous les jours, j'avais l'impression qu'il n'était jamais très loin.

« Il est avec nous, maman, murmurai-je. Je le sais. »

Elle hocha la tête et ravala un sanglot. « J'ai encore autre chose pour toi, Anya, dit-elle en ouvrant un tiroir près de mon genou, d'où elle sortit un paquet enveloppé dans du tissu. Quelque chose pour te rappeler que tu seras toujours ma petite fille chérie. »

Je défis le nœud, impatiente de savoir ce qu'il y avait à l'intérieur du paquet. C'était une matriochka, une poupée en bois à l'effigie souriante de ma grand-mère défunte. Je me tournai vers ma mère, devinant qu'elle l'avait peinte elle-même. Elle m'encouragea à l'ouvrir pour voir la poupée suivante. Je dévissai le torse et découvris que la deuxième poupée gigogne arborait des cheveux bruns et des yeux d'ambre. Je souris au clin d'œil de ma mère, sachant d'ores et déjà que la figurine suivante aurait des cheveux blond vénitien et des yeux bleus ; mais quand je vis aussi une constellation de taches de rousseur disséminées sur son joli minois, je ne pus m'empêcher d'éclater de rire. En ouvrant cette poupée, j'en trouvai encore une à l'intérieur et levai les yeux vers ma mère. « Ta fille et ma petite-fille, commenta-t-elle. Avec sa fille à elle à l'intérieur. »

Je revissai toutes les matriochkas une par une pour les aligner sur la coiffeuse, contemplant notre lignée matriarcale en souhaitant que tout reste à jamais comme à cet instant entre ma mère et moi.

Plus tard, dans la cuisine, ma mère posa un *pirog* aux pommes devant moi. Elle était sur le point de couper la tourte lorsque nous entendîmes la porte s'ouvrir. Je jetai un coup d'œil à la pendule et sus d'emblée que c'était le Général. Il resta un long moment dans l'entrée avant de nous rejoindre. Quand il pénétra enfin dans la cuisine, il titubait, le visage blafard. Ma mère lui demanda s'il était malade, mais il s'effondra sur une chaise sans répondre, la tête entre les bras. Ma mère se leva, horrifiée, et m'ordonna d'aller chercher du thé chaud et du pain. Alors que je les proposais au Général, il releva la tête, me dévisagea de ses yeux rougis.

Il aperçut mon gâteau d'anniversaire et tendit la main pour me tapoter maladroitement la tête. Je sentis son haleine alcoolisée lorsqu'il me murmura : « Tu es ma fille. » Le Général se tourna ensuite vers ma mère et lui dit, le visage baigné de larmes : « Vous êtes ma femme. » Se redressant sur sa chaise, il s'essuya les joues d'un revers de la main. Ma mère lui offrit du thé ; il en but une gorgée et mangea une tranche de pain. Ses traits étaient distordus par la douleur, mais au bout d'un moment il se détendit et laissa échapper un soupir, comme s'il venait de prendre une décision. Il se leva de table et, tourné vers ma mère, se livra à une imitation muette de la scène au cours de laquelle elle l'avait frappé avec le manche de pelle après avoir découvert son Jacuzzi secret. Puis il partit d'un grand éclat de rire et ma mère le considéra un instant, perplexe, avant de se mettre à rire elle aussi.

Elle lui demanda en russe ce qu'il faisait avant la guerre, s'il avait toujours été général. Il parut déstabilisé un moment, puis tendit un doigt en direction de son propre nez et demanda : « Moi ? » Ma mère opina du chef et répéta sa question. Il secoua la tête et alla fermer la porte derrière lui, marmonnant dans un russe parfaitement distinct : « Avant toute cette folie ? J'étais comédien. Au théâtre. »

Le lendemain matin, le Général était parti. Il y avait un mot punaisé sur la porte de la cuisine, rédigé dans notre langue sans aucune faute. Ma mère le parcourut la première, déchiffrant les mots de ses yeux effrayés, puis me le tendit. Le Général nous recommandait de brûler tout ce qu'il avait laissé dans le garage, ainsi que ce message quand nous l'aurions lu. Il disait qu'il avait mis nos vies en grand danger alors que son seul désir avait été de nous protéger. Il nous demandait de détruire la moindre trace de son passage, pour notre bien.

Ma mère et moi courûmes jusqu'à la maison des Pomerantsev. Boris était occupé à couper du bois ; il s'arrêta net en nous apercevant, essuya son visage couvert de sueur et se hâta de nous faire entrer.

Olga se tenait près du poêle, penchée sur son tricot. À notre vue, elle bondit de son fauteuil. « Vous avez entendu ? dit-elle tremblante, le visage blême. Les Soviétiques arrivent. Les Japonais ont capitulé. »

Ses paroles semblèrent ébranler ma mère. « Les Soviétiques ou les Américains ? » demanda-t-elle d'une voix nerveuse.

Au fond de moi, j'espérais que c'étaient les Américains qui venaient nous libérer, avec leurs grands sourires et leurs drapeaux colorés. Mais Olga secoua la tête. « Les Soviétiques, confirma-t-elle. Ils viennent aider les communistes. »

Ma mère lui tendit le message laissé par le Général. « Mon Dieu ! » s'exclama Olga après l'avoir lu. Elle se laissa retomber dans son fauteuil et passa le mot à son mari.

« Il parlait russe couramment ? demanda Boris. Vous ne le saviez pas ? »

Boris se mit ensuite à évoquer un vieil ami à lui à Shanghai, qui pourrait nous aider. Les Américains allaient débarquer là-bas, disait-il, et ma mère et moi ferions mieux de partir immédiatement. Ma mère demanda à Boris et à Olga s'ils comptaient venir aussi, mais Boris secoua la tête et plaisanta : « Lina, qu'est-ce qu'ils pourraient bien faire à un couple de vieux rennes comme nous ? La fille d'un colonel de l'armée blanche est une proie bien plus recherchée. Tu dois éloigner Anya au plus vite. »

Avec le bois que Boris avait coupé, nous fîmes un feu dans lequel nous brûlâmes la lettre du Général ainsi que son matelas, ses draps et ses ustensiles de cuisine. J'observai le visage de ma mère éclairé par les flammes et je ressentis la même solitude que celle que j'y voyais inscrite. Nous étions en train d'incinérer un compagnon, quelqu'un que nous n'avions jamais connu ni compris, mais un compagnon quand même. Plus tard, ma mère refermait les portes du garage lorsqu'elle remarqua le coffre. Il était poussé dans un coin, caché sous des sacs vides. Nous le traînâmes au milieu de la pièce. C'était un coffre ancien, décoré d'une gravure représentant un vieil homme moustachu tenant un éventail dans la main, le regard fixé dans le lointain. Ma mère fit sauter le verrou à coups de hache et nous soulevâmes le couvercle ensemble. L'uniforme du Général était plié à l'intérieur. Elle le sortit et une veste brodée apparut au fond du coffre. Sous la veste, nous trouvâmes une fausse moustache et une fausse barbe, du maquillage, des lunettes à montures épaisses et un exemplaire du *Nouvel Atlas de poche de la Chine* enveloppé dans une feuille de vieux journal. Ma mère me dévisagea, intriguée. Je ne dis rien. Si j'étais la seule à connaître le secret du Général, nous serions peut-être en sécurité.

Après avoir tout brûlé, nous retournâmes la terre et l'aplatîmes avec le dos de nos pelles.

Ma mère et moi nous rendîmes au bureau du chef de district afin d'obtenir un permis pour aller à Dairen, où nous espérions embarquer à bord d'un navire pour Shanghai. Des dizaines de Russes attendaient comme nous dans les couloirs et la cage d'escalier, ainsi que d'autres étrangers et quelques Chinois. Ils parlaient tous des Soviétiques, affirmant que certains étaient même déjà arrivés à Harbin pour arrêter les Russes blancs. Une vieille dame raconta à ma mère que la famille japonaise qui occupait l'appartement voisin du sien s'était suicidée, terrorisée à l'idée de la vengeance des Chinois. Ma mère lui demanda pourquoi le Japon avait capitulé et elle se contenta de hausser les épaules, mais un jeune homme répondit qu'il avait entendu parler d'une nouvelle sorte de bombe lâchée sur les villes du Japon. L'adjoint sortit du bureau pour annoncer qu'aucun permis ne serait délivré sans que tous les candidats ne soient interrogés au préalable par un membre du parti communiste.

Quand nous revînmes à la maison, nos chiens avaient disparu et la porte d'entrée était à demi ouverte. Ma mère s'arrêta un instant avant de la pousser complètement et, tout comme son visage au lendemain du deuil de mon père reste à jamais gravé dans ma mémoire, ce moment-là est également incrusté dans mon cerveau, telle une scène de film repassée en boucle : la main de ma mère sur la poignée, la porte qui s'ouvre lentement, la pénombre et le silence à l'intérieur, et la sensation invraisemblable de savoir que quelqu'un nous attendait.

Ma mère saisit ma main dans la sienne. Elle ne tremblait plus comme depuis la mort de mon père ; elle était chaude, puissante et déterminée. Nous avançâmes toutes les deux, sans ôter nos chaussures dans l'entrée. Quand je le vis à la table du salon, ses deux mains mutilées posées devant lui, je ne fus pas étonnée. C'était comme si je l'avais attendu depuis tout ce temps. Ma mère ne dit rien. Elle soutint son regard vitreux avec un visage impassible. Il eut un sourire amer et nous fit signe de nous asseoir à la table avec lui. Alors seulement nous remarquâmes la présence de l'autre homme, debout près de la fenêtre. Il était grand, il avait des yeux bleus perçants et une moustache qui pendait de sa lèvre supérieure telle de la fourrure.

Bien que ce fût l'été, le soir tomba très vite ce jour-là. Je me rappelle la sensation de l'étau de la main de ma mère autour de la mienne, la lumière déclinante de l'après-midi qui reculait sur le plancher, puis le sifflement de l'orage fouettant les vitres. Tang nous interrogea le premier, souriant de son rictus crispé chaque fois que ma mère répondait à l'une de ses questions. Il nous apprit que le Général n'était pas du tout un général, mais un espion qui se déguisait aussi en coiffeur. Il parlait couramment chinois et russe ; un maître de la dissimulation qui usait de son talent pour rassembler des informations sur la résistance. Comme les Russes le croyaient chinois, ils se sentaient à l'aise pour se réunir dans sa boutique et discuter de leurs plans tout en révélant ceux de leurs homologues chinois. Je me félicitai intérieurement de n'avoir pas dit à ma mère que j'avais compris qui était le Général en voyant le costume dans le coffre. Tang avait les yeux rivés sur le visage de ma mère, et elle était tellement abasourdie que je ne doutai pas une seconde que le Chinois fût convaincu qu'elle n'avait joué aucun rôle dans le travail du Général.

Mais même s'il était clair que ma mère ignorait la véritable identité du Général, que nous n'avions reçu aucune visite pendant son séjour chez nous et que nous étions à mille lieues de penser qu'il parlait d'autres langues que le japonais, tout cela ne suffisait pas à effacer la haine de Tang à notre égard. Son corps entier semblait animé par elle. Et une telle flamme n'avait qu'un objectif : la vengeance.

« Madame Kozlova, avez-vous déjà entendu parler de l'unité 731 ? » demanda-t-il avec une colère contenue qui lui déformait le visage. Il parut satisfait de voir que ma mère ne répondait pas. « Non, bien entendu, reprit-il. Pas plus que votre général Mizutani. Votre élégant et cultivé général Mizutani qui prenait un bain par jour et n'a jamais de sa vie tué un homme de ses propres mains. Mais il semblait peu se soucier de condamner les gens chez qui il habitait, car vous hébergiez un homme dont les concitoyens ont massacré notre peuple. Vous et votre Général avez autant de sang sur les mains que n'importe quelle armée. »

Tang leva une main et agita son moignon putréfié sous les yeux de ma mère. « Vous, les Russes, protégés derrière votre peau blanche et vos manières occidentales, vous ne savez rien des expérimentations humaines qui ont eu lieu dans le district voisin. Je suis l'unique survivant. Un des nombreux cobayes qu'ils ont attachés à des piquets dans la neige pour que leurs gentils et intelligents docteurs puissent étudier les effets des gelures et de la gangrène afin de les épargner à leurs propres soldats. Mais peut-être étions-nous les plus chanceux, en fait. Car ils avaient toujours eu l'intention de nous fusiller à la fin. Pas comme les autres, qu'ils contaminaient à l'aide du bacille de la peste avant de les ouvrir en deux sans anesthésie pour en analyser les symptômes. Je me demande si vous pouvez imaginer la sensation d'avoir la tête sciée en deux. Ou d'être violée et fécondée par un médecin, puis d'avoir le ventre ouvert afin qu'il observe le fœtus. »

Le visage de ma mère était saisi d'effroi, mais jamais elle ne cessa de regarder Tang dans les yeux. Voyant qu'il n'avait pas réussi à la briser, il nous décocha une fois de plus son sourire cruel et, à l'aide de son moignon et de son coude, sortit une photo d'un dossier posé devant lui. On aurait dit quelqu'un ligoté à une table et entouré de médecins, mais la lumière du lustre se reflétait sur la photo et je n'arrivais pas à discerner clairement ce qu'elle représentait. Il demanda à ma mère de la ramasser ; elle la regarda et détourna aussitôt la tête.

« Je devrais peut-être la montrer à votre fille, suggéra-t-il. Elles ont à peu près le même âge. »

Les yeux de ma mère s'enflammèrent et elle mesura sa colère à la haine de Tang. « Ma fille n'est qu'une enfant, gronda-t-elle. Vous pouvez me haïr si vous voulez, mais elle, qu'a-t-elle à voir dans tout ça ? » Elle jeta un dernier coup d'œil à la photo et des larmes lui montèrent aux yeux, qu'elle ravala aussitôt. Tang souriait, triomphant. Il allait ajouter quelque chose quand l'autre homme se mit à tousser. J'avais presque oublié le Russe tant il s'était tenu tranquille, assis devant la fenêtre, contemplant le paysage au-dehors, peut-être même sans nous écouter.

Lorsque l'officier soviétique interrogea ma mère, le scénario se modifia : nous nous retrouvions soudain dans une autre histoire. Il était bien loin de la soif de vengeance de Tang ou de sa recherche de détails sur le Général ; il se comportait comme si les Japonais n'avaient jamais mis un pied en Chine. Il était venu jusqu'ici pour avoir la peau de mon père et, ce dernier n'étant pas là, s'était replié sur nous. Ses questions à ma mère portaient toutes sur son passé familial et celui de mon père. Il s'informa de la valeur de notre maison et des biens de ma mère, répliquant par un petit ricanement à chacune de ses réponses. « Eh bien, dit-il en me considérant, vous n'aurez pas tout ça en Union soviétique. »

Ma mère lui demanda ce qu'il voulait dire, et il répondit avec dédain : « C'est la fille d'un colonel de l'armée impérialiste russe. Un partisan du tsar qui a retourné ses fusils contre son propre peuple. Elle porte son sang. Et vous, vous nous intéressez assez peu mais visiblement vous intéressez beaucoup les Chinois. Ils veulent des exemples pour montrer ce qu'on fait aux traîtres. L'Union soviétique a juste besoin de faire rentrer ses travailleurs à la maison. Ses *jeunes* travailleurs, en pleine force de l'âge. »

Le visage de ma mère ne changea pas d'expression, mais elle me serra la main encore plus fort, chassant le sang de mes veines et écrasant mes os. Pourtant je ne laissai pas échapper le moindre cri de douleur. Je voulais qu'elle me tienne ainsi la main pour toujours, qu'elle ne la lâche jamais.

La douleur dans ma main était si forte que je voyais la pièce tournoyer autour de moi et faillis m'évanouir. Pendant ce temps, Tang et l'officier soviétique concluaient leur pacte diabolique : ma mère en échange de moi. Le Russe avait son travailleur en pleine force de l'âge, et le Chinois sa vengeance.

Je me hissais sur la pointe des pieds, tendant la main vers la fenêtre du train pour effleurer les doigts de ma mère. Elle s'était collée contre la vitre afin d'être le plus près possible de moi. Du coin de l'œil, je voyais Tang debout à côté de l'officier soviétique au pied du wagon. Il arpentait le quai tel un tigre affamé, attendant de pouvoir m'emmener. Il régnait une grande confusion dans la gare. Un couple de personnes âgées s'agrippait à son fils, un soldat soviétique les bouscula, forçant le jeune homme à monter dans une voiture en le poussant comme s'il s'agissait d'un sac de pommes de terre. Dans la voiture étriquée, il essaya de se tordre le cou pour regarder sa mère une dernière fois, mais d'autres hommes étaient entassés avec lui et il ne put bientôt plus bouger.

Ma mère attrapa les barreaux de la fenêtre, se hissa plus haut afin que je puisse mieux voir son visage. Elle avait les traits tirés et des ombres sous les yeux, mais elle était toujours aussi belle. Elle me raconta encore une fois mes histoires préférées et me chanta la chanson des champignons dans le but d'apaiser mes larmes. D'autres personnes tendaient la main par les fenêtres du train pour dire au revoir à leurs familles et voisins ; les soldats les frappaient pour les forcer à rentrer le bras. Le garde à côté de nous était jeune, presque un enfant, avec une peau de porcelaine et des yeux comme deux perles de cristal. Il avait dû avoir pitié de nous car il nous tournait le dos et cachait nos effusions à la vue des autres.

Le train s'ébranla. Je m'agrippai aux doigts de ma mère aussi longtemps que je pus, évitant les gens et les bagages alignés sur le quai. Je m'efforçai de tenir bon, puis le train prit de la vitesse et je perdis la main de ma mère. Elle m'était arrachée sous mes yeux. Tournée vers moi, elle plaqua un poing contre sa bouche car elle ne pouvait plus contenir son chagrin. Les larmes me piquaient les yeux mais je ne voulais pas cligner des paupières. Je fixai le train jusqu'à ce qu'il disparût à l'horizon. Puis je m'effondrai contre un lampadaire, anéantie par le trou béant qui s'ouvrait en moi. Alors une main invisible me redressa. J'entendis mon père : « Tu auras l'impression d'être seule, mais tu ne seras pas seule. Je t'enverrai quelqu'un. »

2

Le Paris de l'Orient

Après le départ du train il y eut une pause, comme l'intervalle entre un éclair et le bruit du tonnerre. J'avais peur de me retourner et de regarder Tang. Je l'imaginais en train de ramper vers moi, telle une araignée vers le papillon capturé dans sa toile. Il n'avait plus besoin de se presser, puisque sa proie était prise au piège. Il pouvait traîner à loisir et savourer le plaisir de sa victoire avant de me dévorer. L'officier soviétique était sans doute parti, ayant déjà oublié ma mère, l'esprit occupé à autre chose. J'étais la fille d'un colonel de l'armée blanche, mais ma mère ferait une ouvrière bien plus utile que moi. L'idéologie n'était pour lui qu'une couverture ; le pragmatisme était plus important. Tang n'était pas ainsi. Il voulait que sa justice tordue s'accomplisse et y veillerait personnellement jusqu'au bout. Je ne savais pas ce qu'il me réservait, je me doutais cependant que ce serait quelque chose de long et d'ineffable. Il ne se contenterait pas de me faire fusiller ou jeter d'un toit. Il avait dit : « Je veux te faire vivre tous les jours avec les conséquences de ce que ta mère et toi avez fait. » Mon sort serait peut-être celui des filles japonaises de mon district, celles qui n'avaient pas réussi à s'échapper. Les communistes leur avaient rasé la tête avant de les vendre dans les bordels chinois fréquentés par la lie de l'humanité : des lépreux sans nez et des hommes atteints de maladies vénériennes si horribles que la moitié de leur chair tombait en pourriture.

J'avalai péniblement ma salive. Un autre train entrait en gare sur le quai d'en face. Ce serait tellement facile… *tellement plus facile*, songeai-je en contemplant les grosses roues, les rails en métal. Les jambes tremblantes, je fis un pas en avant, mais le visage de mon père m'apparut soudain et je fus incapable d'aller plus loin. J'aperçus Tang du coin de l'œil. Il était en effet en train de se rapprocher de moi, prenant son temps. C'était de la faim, non du soulagement, qu'on pouvait lire sur son visage à présent que ma mère était partie. Il avait faim de plus. *C'est fini*, me dis-je. *Tout est fini.*

Un pétard explosa dans le ciel et je fis un bond en arrière, apeurée. Une foule d'hommes en uniforme communiste envahirent la gare. Ils criaient « Hourra ! Hourra ! » en agitant des drapeaux colorés tout en tapant sur des tambours et sur des cymbales. Ils étaient venus accueillir d'autres communistes russes et s'engouffrèrent précisément entre Tang et moi. Je le vis essayer de se frayer un passage à travers eux, mais il se retrouva pris dans leur cortège. Il était encerclé. Il leur hurlait quelque chose, mais personne ne pouvait l'entendre à cause des cris et la musique.

« Cours ! »

Je levai les yeux. C'était le jeune soldat soviétique, celui qui avait des yeux de cristal. « Vas-y ! Cours ! » me criait-il en me poussant du bout de son fusil. Quelqu'un que je n'arrivai pas à reconnaître me saisit par la main et me tira dans la cohue. Il me traîna au milieu des méandres de la foule. Tout n'était que sueur humaine et odeur de poudre de pétards. Je me retournai brièvement et vis Tang me suivre tant bien que mal. Il gagnait du terrain, mais ses moignons l'entravaient ; il ne pouvait pas s'agripper aux gens pour les faire dégager de son chemin. Il cria des ordres au jeune Soviétique, qui feignit de se mettre à ma poursuite mais se laissa volontairement avaler par la foule. J'étais bousculée de partout, mes épaules et mes bras me faisaient mal. Devant moi, à travers une marée de jambes, une portière de voiture s'ouvrit et je fus poussée dans sa direction. C'est alors que je reconnus la main qui me tirait. J'en sentis les cals et la puissance : Boris.

Je bondis dans la voiture, Boris appuya sur la pédale. Olga se trouvait sur le siège côté passager. « Oh, ma petite Anya ! Mon Anya chérie ! » s'écria-t-elle. La route commença à se dérouler derrière nous. Je regardai par le pare-brise arrière : la foule enflait encore dans la gare, les soldats soviétiques qui descendaient du train s'ajoutant au comité d'accueil. Je ne voyais plus Tang.

« Anya, cache-toi sous la couverture », m'ordonna Boris. Je lui obéis sans discuter et sentis Olga empiler des choses par-dessus moi. « Tu savais qu'il y aurait autant de monde ? demanda-t-elle à son mari.

— Non, répondit-il, je comptais embarquer Anya quoi qu'il en soit. Mais tu vois, le fol engouement pour les com munistes peut se révéler utile de temps en temps. »

Un moment plus tard, la voiture s'arrêta et des voix s'élevèrent. La portière s'ouvrit et claqua. J'entendis Boris parler calmement au-dehors. Olga était toujours assise à l'avant, respirant bruyamment. J'avais pitié d'elle et de son vieux cœur fatigué. Mon cœur à moi battait à tout rompre, et je serrais les dents de peur qu'on puisse l'entendre.

Boris remonta au volant et nous reprîmes la route. « Un barrage, commenta-t-il. Je leur ai dit que nous avions des choses à préparer pour les Russes et que nous étions pressés. »

Deux ou trois heures s'écoulèrent encore avant que Boris ne m'autorise à sortir de sous la couverture. Olga enleva les sacs de céréales et de légumes entassés sur moi. Nous roulions sur une route en terre entourée de chaînes de montagnes. Il n'y avait personne en vue. Les champs étaient déserts. Plus loin devant, je distinguai une ferme incendiée. Boris gara la voiture dans le hangar. Ça sentait partout le foin et la fumée, et je me demandai qui avait habité ici. Je devinai à la forme de la grille que c'étaient sans doute des Japonais.

« On va attendre la nuit avant de continuer jusqu'à Dairen », déclara Boris.

Nous descendîmes de voiture et il étendit par terre une couverture sur laquelle il me dit de m'asseoir. Sa femme ouvrit un petit panier d'où elle sortit des assiettes et des tasses. Elle me servit une louche de *kacha*, mais j'avais le ventre tellement noué que je ne pus rien avaler.

« Prends-en un peu, ma chérie, insista-t-elle. Tu auras besoin de forces pour le voyage. »

Je regardai Boris, qui détourna les yeux.

« Mais on va rester ensemble, n'est-ce pas ? » demandai-je, la gorge serrée par la peur. Je savais qu'ils avaient parlé de m'envoyer à Shanghai. « Vous allez venir avec moi ? »

Olga se mordit la lèvre et s'essuya les yeux du revers de sa manche. « Non, Anya. Il faut que nous restions ici, sans quoi nous mènerions Tang directement jusqu'à toi. C'est une vile créature, il n'a pas encore eu ce qu'il voulait. »

Boris me passa un bras autour des épaules et j'enfouis mon visage contre son torse. Je savais que son odeur allait me manquer, l'odeur de l'avoine et du bois. « Mon ami Sergei Nikolaievich est un brave homme, murmura-t-il en me caressant les cheveux. Il va s'occuper de toi. Tu seras bien plus en sécurité à Shanghai.

— Et puis il y a de très belles choses à Shanghai, ajouta Olga pour essayer de me faire sourire. Sergei Nikolaievich est riche, il t'emmènera au spectacle et au restaurant. Ce sera beaucoup plus amusant que de rester ici avec nous. »

À la tombée de la nuit, par des petites routes de campagne et à travers les champs, les Pomerantsev me conduisirent jusqu'au port de Dairen où un navire devait appareiller à l'aube pour Shanghai.

Sur le quai, Olga me nettoya le visage avec la manche de sa robe et glissa dans la poche de mon manteau la matriochka et le collier de jade que ma mère m'avait offerts. Je me demandai comment elle avait fait pour les sauver et pour deviner leur importance, mais je n'eus pas le temps de lui poser la question car la sirène du bateau retentit, invitant les passagers à embarquer.

« Nous avons déjà prévenu Sergei Nikolaievich de ton arrivée », me dit-elle.

Boris m'aida à monter sur la passerelle et me tendit un petit bagage contenant une robe de rechange, une couverture et de la nourriture. « Fais ton chemin dans le monde, chère enfant, murmura-t-il, le visage ruisselant de larmes. Fais en sorte que ta mère soit fière de toi. Tous nos rêves reposent sur toi, désormais. »

Plus tard, comme on approchait de Shanghai sur le Huangpu, je me remémorai ces mots en me demandant si je saurais être à la hauteur.

Combien de jours passèrent avant que la silhouette menaçante de Shanghai ne se détache sur le ciel à l'horizon, je ne m'en souviens plus. Deux peut-être, sans doute plus. Je n'étais consciente de rien sauf du trou noir se creusant dans mon cœur et de la puanteur de la fumée d'opium qui saturait l'air jour et nuit. Le paquebot grouillait de gens qui fuyaient le Nord, et plusieurs passagers gisaient sur leur natte tels des cadavres émaciés, leur mégot de drogue coincé entre leurs doigts sales, leurs bouches béantes comme des cavernes. Avant la guerre, les étrangers avaient tenté de tempérer les dégâts qu'ils avaient causés en imposant l'opium à la Chine, mais l'envahisseur japonais s'était servi de cette dépendance pour soumettre la population. Il avait obligé les paysans de Mandchourie à cultiver le pavot, qu'il traitait ensuite dans les usines construites exprès à Harbin et à Dairen. Les plus pauvres le prenaient par injection, les riches en bourraient leur pipe, et tous les autres le fumaient comme du tabac. Après huit ans d'occupation, on aurait dit que tous les hommes chinois de ce paquebot, sans exception, étaient drogués.

L'après-midi où nous approchâmes de Shanghai, le vapeur s'élevait et s'abaissait sur les eaux boueuses du fleuve, envoyant valdinguer bouteilles et enfants. Je m'agrippai au bastingage, le regard rivé sur les maisons de fortune agglutinées aux deux rives du Huangpu. C'étaient des cahutes sans fenêtres appuyées les unes contre les autres tels des châteaux de cartes. Juste à côté s'étendaient des rangées d'usines dont les hautes cheminées exhalaient des nuages noirs. La fumée planait au-dessus des rues étroites et jonchées d'ordures, transformant l'air en un mélange fétide d'excréments humains et de soufre.

Les autres passagers montraient peu d'intérêt pour la métropole qui nous attendait. Ils restaient massés par petits groupes, fumant ou jouant aux cartes. Le Russe à côté de moi dormait assis sur sa couverture, une bouteille de vodka renversée près de lui et un filet de vomi coulant sur sa poitrine. Une Chinoise accroupie non loin cassait des noix entre ses dents et les donnait à manger à ses deux petits enfants. Je me demandais comment ils faisaient pour rester si impassibles alors que j'avais l'impression que nous étions peu à peu engloutis dans le monde des enfers.

Je me rendis compte que mes mains étaient engourdies par le vent, et je les enfouis dans mes poches. Mes doigts effleurèrent la matriochka et je fondis en larmes.

Plus loin, les bidonvilles cédèrent la place à une succession de ports et de villages. Des hommes et des femmes soulevaient leur chapeau de paille sur notre passage, quittant un instant des yeux leurs paniers de pêche et leurs sacs de riz. Des dizaines de sampans convergeaient vers le bateau telles des carpes vers un bout de pain. Leurs occupants nous proposaient des baguettes, des bâtons d'encens, des morceaux de charbon, l'un d'entre eux brandissait même sa fille à bout de bras. Les yeux de l'enfant étaient révulsés de terreur, mais elle ne se débattait pas. En la voyant, je sentis se réveiller l'hématome sur ma main, celui que ma mère m'avait fait en me serrant si fort lors de notre dernière soirée à Harbin. Il était toujours aussi enflé et aussi bleu. La douleur me rappelait la force de son étreinte et la certitude que rien ne pourrait jamais nous séparer, qu'elle ne me lâcherait jamais.

Ce fut seulement en arrivant le long du Bund que je pus saisir un aperçu de la richesse et de la beauté légendaires de Shanghai. L'air y était plus frais, le port rempli de bateaux de croisière, parmi lesquels un gros paquebot blanc dont la cheminée laissait échapper des bouffées de vapeur en préparation de son prochain voyage. Juste à côté, un patrouilleur japonais gîtait contre le quai, un trou béant au flanc et la proue à moitié sous l'eau. Depuis le pont supérieur, je pouvais voir l'hôtel cinq étoiles qui avait rendu le Bund célèbre : l'hôtel *Cathay*, avec ses fenêtres cintrées et ses appartements-terrasses, ainsi que la file de rickshaws qui serpentait autour telle une corde.

Nous débarquâmes dans une zone de transit au niveau de la rue et fûmes aussitôt assaillis par une foule de colporteurs. Mais les marchandises que ces vendeurs citadins nous offraient étaient bien plus exotiques que celles des gens du fleuve : des amulettes en or, des figurines d'ivoire, des œufs de cane. Un vieil homme sortit d'une pochette en velours un minuscule cheval en cristal et le déposa dans ma paume. Il était taillé comme un diamant et ses facettes scintillaient au soleil. Il me rappelait les sculptures de glace que les Russes faisaient à Harbin, mais je n'avais pas d'argent superflu à dépenser et je dus le rendre.

La plupart des passagers étaient accueillis par leur famille, ou bien emportés dans des taxis ou des rickshaws. Je restai seule dans le brouhaha diminuant, prise de panique, dévisageant un à un tous les Occidentaux que mon regard croisait en espérant reconnaître l'ami de Boris. Les Américains avaient tendu des écrans en plein air pour projeter les actualités venant des quatre coins du monde annoncer la fin de la guerre. Je regardai ces scènes de liesse, les gens qui dansaient dans les rues, les soldats qui partaient chez eux, souriants, retrouver leurs femmes au teint de pêche, les discours suffisants des présidents et des Premiers ministres, le tout sous-titré en caractères chinois. C'était comme si l'Amérique essayait de nous convaincre que tout allait rentrer dans l'ordre très vite. Le programme se terminait par un hommage aux pays, organisations et individus qui avaient aidé à libérer la Chine de l'envahisseur japonais. Un groupe brillait par son absence : les communistes.

Un Chinois élégamment vêtu apparut devant moi. Il me tendit une carte bordée d'un liseré d'or portant mon nom griffonné d'une écriture pressée. Comme je lui répondais par un hochement de tête, il ramassa mon sac et me fit signe de le suivre. Voyant mon hésitation, il me dit : « Tout va bien. C'est M. Sergei qui m'envoie. Il vous attend chez lui. »

Dans la rue, loin de la brise du fleuve, le soleil diffusait une chaleur étouffante, quasi tropicale. Des centaines de Chinois accroupis dans le caniveau cuisinaient des soupes épicées ou vendaient des breloques étalées sur des couvertures. Entre eux circulaient des marchands ambulants qui poussaient des brouettes de riz et de bois. Le valet m'aida à monter dans un rickshaw, et bientôt nous fûmes entraînés le long d'une route grouillant de bicyclettes, de tramways bringuebalants, de Buick et de Packard étincelantes. Je me tordais le cou pour admirer les immenses bâtiments coloniaux, n'ayant jamais vu de ville comme Shanghai de toute ma vie.

Les rues donnant sur le Bund formaient un enchevêtrement de voies étroites où le linge pendait de fenêtre en fenêtre comme des drapeaux. Des enfants au crâne rasé et aux yeux larmoyants pointaient leur museau dans l'embrasure des portes. À chaque coin de rue, semblait-il, un vendeur de nourriture faisait frire quelque chose qui sentait le caoutchouc, et je fus soulagée lorsque cette atmosphère rance céda la place à des odeurs de pain chaud. Le rickshaw passa sous une voûte et ressortit dans une oasis de rues pavées, de réverbères Art déco et de boutiques exhibant des pâtisseries et des antiquités. Nous nous engouffrâmes dans une rue bordée d'érables avant de nous arrêter devant un haut mur en béton badigeonné à la chaux bleue. Mes yeux se rivèrent aussitôt sur les tessons de verre collés au sommet et sur le fil barbelé enroulé autour des branches d'arbres qui le surplombaient.

Le valet m'aida à descendre du rickshaw et appuya sur la sonnette. Quelques secondes plus tard, la grille s'ouvrit et une vieille servante chinoise nous reçut, son visage aussi pâle que la mort contre le noir de son *cheongsam* traditionnel[1].

1. Le *cheongsam* est la robe chinoise traditionnelle que portent les femmes dans les grandes occasions. C'est une robe fourreau à col haut, ajustée sur le buste et agrafée sur le côté, fendue très haut sur les jambes, le plus souvent en soie. *(N.d.T.)*

Elle ne me répondit pas lorsque je me présentai à elle en mandarin, baissa simplement la tête et me fit entrer dans la résidence.

Une maison de trois étages aux portes et aux volets bleus dominait le jardin. Un autre bâtiment d'un étage était relié à la structure principale par un passage couvert ; d'après les draps suspendus aux fenêtres, j'en déduisis qu'il devait s'agir des quartiers du personnel. Le valet tendit mon sac à la servante et disparut dans la plus petite maison. Je suivis la femme, traversant une pelouse impeccable plantée de bosquets de roses écarlates.

Le hall d'entrée était spacieux, les murs peints en vert d'eau et le sol carrelé de céramique écrue. Mes pas résonnaient dans le vide alors que la servante ne faisait aucun bruit. Le silence de la maison éveilla en moi une étrange sensation d'éphémère, comme si j'étais passée de la vie à quelque chose qui n'était déjà plus la vie mais pas tout à fait la mort non plus. À l'extrémité du hall, je distinguai une autre pièce décorée de rideaux rouges et de tapis persans. Des dizaines de tableaux français et chinois s'alignaient sur ses murs pâles. La servante allait justement m'y conduire quand je remarquai la femme immobile dans l'escalier. Son visage laiteux était encadré de cheveux noir corbeau coiffés au carré. Elle me considéra un moment de ses yeux sombres en caressant le col en plumes d'autruche de sa robe. « Une bien jolie petite fille, en effet, dit-elle en anglais à la bonne. Mais quel visage sérieux ! Qu'est-ce que je vais bien pouvoir faire d'une mine aussi grave toute la journée ? »

Sergei Nikolaievich Kirillov ne ressemblait en rien à son Américaine de femme. Quand Amelia Kirillova me fit entrer dans le bureau de son mari, il se leva immédiatement pour m'embrasser sur les deux joues. Il affichait la démarche traînante d'un ours et une bonne vingtaine d'années de plus que son épouse, qui devait avoir environ l'âge de ma mère. Il me regardait avec bienveillance et, à part sa taille, la seule chose qui faisait un peu peur chez lui était ses sourcils broussailleux qui le faisaient paraître en colère même quand il souriait.

Un autre homme était assis près du bureau. « Voici Anya Kozlova, lui dit Sergei Nikolaievich. La voisine de mes amis à Harbin. Sa mère a été déportée par les Soviétiques et nous devons maintenant nous occuper d'elle. En échange, elle va nous enseigner les bonnes manières de la vieille aristocratie. »

L'autre homme sourit et se leva pour me serrer la main. Il sentait le tabac froid et son visage dénotait quelque chose de malingre. « Je m'appelle Alexei Igorevich Mikhailov, dit-il. Et Dieu sait que nous autres, Shanghailanders, aurions bien besoin d'apprendre les bonnes manières.

— Je me moque de ce qu'elle vous enseigne du moment qu'elle parle anglais, rétorqua Amelia en prenant dans une boîte une cigarette qu'elle alluma aussitôt.

— Oui, madame, répondis-je. Je parle anglais. »

Elle me décocha un regard qui n'était pas tout à fait un sourire, puis tira un cordon à pompon près de la porte. « Parfait, conclut-elle. Dans ce cas, tu auras largement l'occasion de nous en faire la démonstration ce soir au dîner. Sergei a invité quelqu'un qui selon lui sera ravi de s'entretenir avec une jeune beauté parlant russe et anglais et susceptible de lui apprendre les bonnes manières. »

Une servante pénétra dans la pièce, tête baissée. Elle ne devait pas avoir plus de six ans, une peau de caramel et les cheveux tirés en chignon. « Voici Mei Lin, annonça Amelia. Quand par miracle elle parvient à ouvrir la bouche, elle ne parle que chinois. Tu parles aussi chinois, sans doute. Par conséquent, elle est à toi. »

La fillette fixait un point sur le sol, comme hypnotisée. Sergei Nikolaievich la secoua gentiment. Elle nous dévisagea à tour de rôle avec des yeux écarquillés.

« Va te reposer un moment et redescends quand tu seras prête, me dit Sergei Nikolaievich en me prenant par le bras pour me reconduire jusqu'à la porte. Je compatis à tes malheurs et j'espère que le dîner de ce soir te changera un peu les idées. Boris m'a aidé quand j'ai tout perdu à la révolution. Et j'ai l'intention de lui rendre cette faveur à travers toi. »

Je me laissai guider par Mei Lin jusqu'à ma chambre, même si j'aurais préféré rester seule. Mes jambes tremblaient de fatigue et j'avais une migraine épouvantable. Chaque marche était un calvaire, mais les yeux de Mei Lin me fixaient avec une douceur si innocente que je ne pouvais m'empêcher de lui sourire.

Ma chambre, au plancher en pin foncé et au papier peint doré, se trouvait au premier étage, avec vue sur le jardin. Un globe ancien était posé près de la fenêtre et au centre se dressait un lit à baldaquin. Je marchai jusqu'au lit, posai une main sur le châle en cachemire qui le recouvrait. Dès que mes doigts effleurèrent le tissu, je fus emplie de désespoir. C'était une chambre de femme. À la minute où ils avaient emmené ma mère, j'avais cessé d'être une enfant. J'enfouis mon visage entre mes mains en me remémorant ma chambre à Harbin. Dans mon souvenir, je voyais encore chaque poupée perchée sur la poutre du toit et j'entendais chaque craquement du parquet.

Je me relevai et courus à la fenêtre, où je fis tourner le globe jusqu'à y trouver la Chine. Du doigt je traçai un voyage imaginaire de Harbin à Moscou. « Dieu soit avec toi, maman », murmurai-je, bien qu'en réalité je n'eusse aucune idée de l'endroit où on l'avait emmenée. Je sortis la matriochka de ma poche et alignai les quatre petites poupées sur la table de toilette. On les appelait poupées gigognes car elles représentaient une figure maternelle, un lieu où les enfants pouvaient trouver refuge. Tandis que Mei Lin me faisait couler un bain, je glissai le collier de jade dans le tiroir de la coiffeuse.

Une robe neuve était pendue dans l'armoire. Mei Lin se hissa sur la pointe des pieds pour atteindre le cintre. Elle posa la robe de velours bleu sur le lit avec toute la solennité d'une vendeuse de vêtements de haute couture puis me laissa seule à ma toilette. Quelque temps plus tard, elle revint munie d'un nécessaire de coiffure et se mit à brosser mes cheveux avec une maladresse enfantine, me griffant au passage la nuque et les oreilles. Je pris mon mal en patience Tout cela était aussi nouveau pour moi que pour elle.

La salle à manger était peinte dans la même couleur vert d'eau que l'entrée, mais bien plus élégante. Les corniches et les caissons du plafond étaient dorés et ornés de feuilles d'érable. Le même motif se répétait sur le dossier des chaises en velours rouge et sur les pieds du buffet. Au premier coup d'œil à la table en teck et au lustre qui la surplombait, je compris que l'allusion de Sergei Nikolaievich au fait que j'allais leur apprendre les manières de la vieille aristocratie était en fait une plaisanterie.

J'entendais Sergei et Amelia parler avec leurs invités dans le salon attenant, mais j'hésitai un instant avant de frapper à la porte. J'étais épuisée, usée par les événements de la semaine écoulée, et pourtant je me sentis obligée de me composer un visage amène et d'accepter l'hospitalité qu'ils m'offraient. Je ne savais rien de Sergei Nikolaievich à part que Boris et lui avaient été amis par le passé et qu'il possédait un night-club. Mais avant que j'aie eu le temps de frapper, la porte s'ouvrit et Sergei Nikolaievich apparut devant moi, tout sourires.

« La voilà, dit-il en me prenant par le bras pour me faire entrer dans la pièce. Ravissante, n'est-ce pas ? »

Amelia était là, dans une robe du soir rouge dénudant une épaule. Alexei Igorevich s'avança vers moi et me présenta sa plantureuse épouse, Lubov Vladimirovna Mikhailova. Elle me donna l'accolade. « Appelez-moi Luba et, je vous en prie, appelez mon mari Alexei. Nous n'avons pas ce genre de cérémonial ici », dit-elle en m'embrassant sur les deux joues. Derrière elle, un jeune homme attendait son tour, les bras croisés sur la poitrine. Quand Luba s'écarta, il se présenta sous son nom complet : Dimitri Yurievich Lubensky. « Pareil, dit-il en se penchant pour un baisemain, appelez-moi simplement Dimitri. » Bien qu'il eût un nom et un accent russes, il ne ressemblait à aucun des hommes russes que je connaissais. Son costume impeccablement coupé avait un reflet brillant à la lumière de la lampe, ses cheveux étaient soigneusement plaqués en arrière, dégageant son visage sculptural, et non coiffés en avant à la façon de la plupart des Russes. Je sentis mes joues s'empourprer et baissai les yeux.

Lorsque nous fûmes assis à table, la vieille servante chinoise remplit une à une nos assiettes de soupe d'aileron de requin. J'avais entendu parler de ce célèbre mets, sans jamais y goûter. Je tournai un peu ma cuillère dans le potage filandreux avant d'en avaler une première gorgée. En relevant la tête, je m'aperçus que Dimitri m'observait, les doigts posés sur le menton. Je n'aurais su dire s'il y avait de l'amusement ou de la désapprobation dans son regard. Puis il me sourit gentiment et déclara : « Je suis heureux de voir que nous faisons découvrir à notre princesse du Nord les spécialités de cette ville. »

Luba lui demanda s'il avait été content d'apprendre que Sergei allait le nommer gérant du club, et Dimitri se tourna pour lui répondre, ce qui me donna l'occasion de continuer à l'étudier. Après moi, il était la plus jeune personne à cette table. À Harbin, ma meilleure amie avait un frère de dix-sept ans qui jouait souvent avec nous. Mais je n'arrivais pas à imaginer Dimitri sur un vélo ou chahuter dans la rue avec un ballon.

Sergei Nikolaievich me fit un clin d'œil par-dessus sa coupe de champagne. Il leva son verre pour porter un toast. « À la charmante Anna Victorovna Kozlova, dit-il en énonçant mon patronyme complet. Puisse-t-elle, avec mon aide, s'épanouir aussi bien que Dimitri.

— Mais bien sûr ! s'exclama Luba. Tout le monde s'épanouit grâce à ta générosité. »

Elle allait ajouter autre chose quand Amelia l'interrompit en faisant tinter sa petite cuillère sur son verre à vin. Ses yeux paraissaient encore plus noirs et plus profonds avec cette robe, et sans la légère ébriété qui déformait un peu son visage, j'aurais pu la trouver belle. « Si vous n'arrêtez pas tous de parler russe, je vais finir par interdire ces dîners. Parlez donc anglais, comme je vous l'ai demandé. »

Sergei Nikolaievich laissa échapper un grand rire sonore et voulut poser une main sur le poing crispé de sa femme. Mais elle le repoussa avant de tourner son regard d'acier vers moi. « C'est pour ça que tu es là, aboya-t-elle. Tu vas être mon petit espion. Quand ils se mettent à parler russe, je n'ai plus confiance en personne. » Elle jeta sa cuillère, qui rebondit sur la table puis tomba par terre dans un grand fracas.

Le visage de Sergei Nikolaievich blêmit. Alexei lança un regard gêné à sa femme tandis que Dimitri gardait les yeux baissés. La vieille servante s'avança prestement pour ramasser la cuillère et l'emporter dans la cuisine, comme si en supprimant l'objet elle pouvait supprimer aussi la colère d'Amelia.

Luba fut la seule personne assez courageuse pour essayer de sauver la situation.

« Nous disions juste que Shanghai est une ville pleine de ressources, déclara-t-elle. Comme tu l'as toujours affirmé toi-même. »

Amelia plissa les yeux et se rétracta tel un serpent prêt à frapper. Mais peu à peu un sourire se dessina sur ses lèvres. Ses épaules retombèrent et elle se laissa aller contre le dossier de sa chaise, levant son verre d'une main tremblante.

« Oui, marmonna-t-elle, nous sommes une bande de survivants. Le *Moscou-Shanghai* a survécu à la guerre et d'ici un ou deux mois la fête battra de nouveau son plein. »

Tout le monde leva son verre pour trinquer. La bonne revint avec le plat principal et, brusquement, le canard laqué accapara l'attention générale. J'avais l'impression d'être la seule à éprouver le sentiment étrange d'avoir assisté à une scène prémonitoire.

Après dîner, nous suivîmes Sergei Nikolaievich et Amelia jusqu'à la bibliothèque. Je m'efforçai de ne pas admirer comme un touriste béat les élégantes tapisseries et les parchemins qui ornaient les murs du couloir. « Cette maison est magnifique, murmurai-je à Luba. La femme de Sergei Nikolaievich a très bon goût. »

Luba eut un air amusé. « Ma chère, me confia-t-elle à voix basse, sa *première* femme avait excellent goût. La maison a été construite à l'époque où Sergei était encore marchand de thé. »

Le ton sur lequel elle avait prononcé le mot *première* me glaça le sang. J'étais à la fois curieuse et effrayée. Je me demandais ce qui avait pu arriver à la femme qui avait créé toute cette beauté et ce raffinement étalé sous mes yeux. Comment Amelia en était-elle arrivée à la remplacer ? Mais j'étais bien trop timide pour poser la question, et Luba paraissait encline à parler d'autre chose.

« Savez-vous que Sergei était le plus célèbre exportateur de thé vers la Russie ? Bon, la révolution et la guerre ont tout changé. Pourtant on ne pourra pas dire qu'il ne s'est pas bien rattrapé. Le *Moscou-Shanghai* est maintenant le night-club le plus connu de la ville. »

La bibliothèque était une pièce chaleureuse tout au fond de la maison. Les étagères croulaient sous les volumes de Gogol, de Pouchkine et de Tolstoï ; des livres qu'à mon avis ni Sergei Nikolaievich ni Amelia n'avaient lus. Je promenai un doigt le long des reliures en cuir, essayant de me faire une image de la première femme de Sergei. Sa mystérieuse présence me semblait désormais évidente à travers toutes les couleurs et les textures que je voyais autour de moi.

Tandis que nous nous affalions dans les profonds canapés en cuir, Sergei Nikolaievich sortait des verres et une bouteille de porto. Dimitri me tendit un verre et s'assit à côté de moi. « Alors, dites-moi un peu ce que vous pensez de cette ville folle et merveilleuse, ce Paris de l'Orient ?

— Je n'ai pas eu le temps d'en voir grand-chose, répondis-je. Je suis arrivée seulement aujourd'hui.

— Bien sûr. Je suis désolé… J'avais oublié. » Puis il ajouta en souriant : « Plus tard, peut-être, quand vous serez installée, je pourrais vous montrer le jardin Yu yuan. »

Je remuai, gênée : il était si proche de moi que nos visages se touchaient presque. Il avait des yeux saisissants, profonds et mystérieux comme la forêt. Malgré sa mise élégante et sa peau lustrée, son attitude dénotait quelque chose d'un peu fanfaron et circonspect ; comme s'il n'était pas tout à fait à l'aise dans ce milieu.

Quelque chose tomba à nos pieds et Dimitri se baissa pour le ramasser : une chaussure noire à talon aiguille. En relevant la tête, nous vîmes Amelia adossée contre une étagère, un pied nu désormais assorti à son épaule nue. « Qu'est-ce que c'est que ces messes basses, vous deux ? siffla-t-elle. Crapules ! C'est soit du russe, soit des messes basses, avec vous ! »

Son mari et leurs invités ne prêtèrent pas attention à son nouvel accès de colère. Sergei Nikolaievich, Alexei et Luba étaient tous les trois groupés près de la fenêtre ouverte, absorbés dans une discussion sur les courses de chevaux. Seul Dimitri se leva en riant pour rendre sa chaussure à Amelia. Elle pencha légèrement la tête et le considéra avec des yeux de renard.

« On était juste en train de parler des communistes, mentit Dimitri. C'est à cause d'eux qu'Anya est là, tu sais.

— Elle n'a plus rien à craindre des communistes, maintenant, intervint Sergei Nikolaievich. Les Européens ont fait de Shanghai une énorme machine à sous pour la Chine. Ils ne risquent pas de la détruire pour une lubie idéologique. Nous avons survécu à la guerre et nous survivrons aussi à ça. »

Plus tard dans la soirée, quand les invités furent rentrés chez eux et qu'Amelia se fut endormie sur le canapé, je demandai à Sergei Nikolaievich s'il avait prévenu Boris et Olga Pomerantsev de mon arrivée à bon port.

« Bien sûr, ma tendre enfant, me répondit-il en déposant une couverture sur sa femme avant d'éteindre les lumières dans la bibliothèque. Boris et Olga t'adorent. »

La bonne nous attendait au bas des marches et entreprit d'éteindre toutes les lumières une fois que nous eûmes atteint le premier étage. « Des nouvelles de ma mère ? m'enquis-je, pleine d'espoir. Vous leur avez demandé s'ils savent quelque chose ? »

Ses yeux s'emplirent de compassion. « Nous ne pouvons qu'espérer, Anya. Mais ce serait plus sage que tu nous considères comme ta famille, à partir de maintenant. »

Je m'éveillai tard le lendemain matin, enroulée dans les draps de lin fin de mon lit. J'entendais les domestiques parler dans le jardin, le tintement de la vaisselle qu'on lavait et le bruit d'une chaise tirée sur le parquet au rez-de-chaussée. Le soleil dessinait de jolies taches sur mes rideaux, mais tout cela ne suffisait pas à me réjouir. Chaque jour passé m'éloignait un peu plus de ma mère. Et l'idée d'une autre journée en compagnie d'Amelia me déprimait.

« Eh bien, tu as dormi longtemps ! » s'exclama l'Américaine en me voyant descendre les escaliers. Elle portait une robe blanche ceinturée à la taille. À part un léger gonflement sous les yeux, elle ne montrait aucune trace de fatigue de la nuit précédente.

« Ne prends pas l'habitude de traîner, Anya, ajouta-t-elle. Je n'aime pas qu'on me fasse attendre, et je ne t'emmène faire du shopping que pour faire plaisir à Sergei. » Elle me tendit un porte-monnaie ; quand je l'ouvris, je constatai qu'il était plein de billets de cent dollars. « Tu sais gérer l'argent, Anya ? Tu es bonne en calcul ? » Sa voix était haut perchée et elle parlait avec empressement, comme si elle était au bord d'une nouvelle crise de nerfs.

« Oui, madame, répondis-je. Vous pouvez me faire confiance pour l'argent. »

Elle partit d'un rire hystérique. « Très bien. On va voir ça. »

Amelia ouvrit la porte d'entrée et traversa précipitamment le jardin. Je lui courus après. Le valet était en train de réparer une charnière de la grille, et il écarquilla les yeux de stupeur en nous voyant. « Appelle-nous tout de suite un rickshaw ! » lui cria Amelia. Il nous considéra alternativement, essayant de comprendre ce qui pressait tant. Amelia l'attrapa par l'épaule et le poussa violemment sur le trottoir. « Tu sais très bien qu'il doit toujours y en avoir un de prêt, grommela-t-elle. Tous les jours, sans exception. Je suis déjà en retard. »

Une fois installées dans le rickshaw, Amelia se calma. Elle rit presque de sa propre impatience. « Tu sais, me confia-t-elle en tirant sur le ruban qui retenait son chapeau autour de sa tête, mon mari n'avait que toi à la bouche, ce matin. *Et comme elle est belle... Une vraie princesse russe...* » La main qu'elle posa sur mon genou était froide et sans pouls, comme morte. « Alors, qu'est-ce que tu penses de ça, Anya ? Tu n'es à Shanghai que depuis un jour et tu as déjà réussi à impressionner un homme que rien n'impressionne ! »

Amelia me faisait peur. Il émanait d'elle quelque chose de sombre, évoquant un serpent. C'était plus frappant quand nous étions seules toutes les deux qu'en présence de Sergei Nikolaievich. Ses yeux noirs et sa peau inerte témoignaient du venin qui dormait sous ses douces paroles. Les larmes me montèrent aux yeux. J'avais besoin de la force tiède de ma mère, du courage et de la sécurité que j'avais toujours ressentis auprès d'elle.

Amelia retira sa main de ma jambe et ricana : « Oh, mais ne sois pas si sérieuse ! Si tu te montres toujours aussi désagréable, je vais devoir me débarrasser de toi. »

L'ambiance était festive dans les rues de la concession française. Il faisait beau, et des femmes en robes colorées, sandales et ombrelles déambulaient le long des larges trottoirs. Des camelots criaient leur baratin derrière des étalages de linge brodé, de soieries et de dentelles. Des artistes de rue encourageaient les gens à prendre quelques minutes pour regarder leurs numéros. Amelia demanda au rickshaw de s'arrêter afin de pouvoir contempler un musicien et son singe. L'animal, vêtu d'une veste et d'un chapeau à carreaux rouges, dansait au son de l'accordéon de son maître. Il enchaînait les pirouettes et les sauts comme un acrobate professionnel ; en l'espace de quelques instants, il réussit à attirer une foule de badauds. Lorsque la musique s'arrêta, le singe fit la révérence. Les spectateurs étaient charmés ; ils applaudirent chaleureusement, et la créature passa entre leurs jambes, tendant un chapeau. Presque tout le monde lui donna quelque chose. Puis, brusquement, il bondit dans le rickshaw. Amelia sursauta et je ne pus réprimer un cri de surprise. Dressé entre nous deux, il fixa Amelia d'un air amoureux. Le public était captivé. Amelia battait des cils, consciente d'être au centre de l'attention. Elle rit et porta une main à sa gorge dans un geste de feinte timidité. Puis elle posa les doigts sur ses boucles d'oreilles, décrocha les deux petites perles et les jeta dans le chapeau du singe. Les badauds crièrent et sifflèrent devant une telle marque de richesse et de générosité. Le singe retourna près de son maître, mais plus personne ne faisait attention à lui : tout le monde avait les yeux rivés sur Amelia. Certains hommes se mirent à l'interpeller pour connaître son nom mais, comme une vraie star, Amelia savait laisser son public sur sa faim. « Allez, dit-elle en tapant du bout de sa chaussure sur l'épaule du jeune conducteur. On y va. »

Nous quittâmes Bubbling Well Road pour bifurquer dans une voie étroite connue sous le nom de la rue des Mille-Tuniques. C'était une suite de boutiques de tailleurs qui exposaient leurs tenues sur des mannequins installés sur le trottoir ou, comme dans un des magasins, sur des modèles vivants qui paradaient dans la vitrine. Je suivis Amelia jusqu'à une petite échoppe dont les marches étaient si étroites que je dus me mettre de biais pour les monter. La boutique débordait de chemisiers et de robes suspendus à des fils tendus d'un mur à l'autre. Il émanait une odeur de tissu et de bambou si forte que j'éternuai en entrant. À notre vue, une Chinoise bondit de derrière une rangée de robes. « Hello ! Hello ! s'exclama-t-elle. Venir pour essayer ? »

Mais quand elle reconnut Amelia, son sourire s'évanouit. « Bonjour », dit-elle en nous dévisageant d'un air suspicieux. Amelia caressait un chemisier de soie. « Tu choisis un modèle et ils peuvent te le copier en vingt-quatre heures », m'expliqua-t-elle.

Un petit divan et une table étaient installés près de l'unique fenêtre du magasin. Sur la table s'empilaient des catalogues. Amelia s'en approcha, en ramassa un et se mit à tourner lentement les pages. Elle alluma une cigarette, dont elle laissait la cendre tomber par terre.

« Que penses-tu de ça ? proposa-t-elle en me montrant la photo d'un *cheongsam* vert émeraude fendu jusqu'à la cuisse.

— Encore enfant, protesta la Chinoise. Trop petite pour cette robe. »

Amelia ricana. « Ne vous en faites pas, madame Woo, Shanghai la fera vieillir très vite. Vous oubliez que je n'ai moi-même que vingt-cinq ans. » Elle rit de sa propre blague, tandis que Mme Woo me faisait avancer un peu brusquement jusqu'à son banc au fond de la boutique. Elle sortit de son décolleté un mètre à ruban et me l'enroula autour de la taille. Je me tins droite et immobile, ainsi que ma mère me l'avait appris.

« Pourquoi toi fréquentes cette femme ? murmura Mme Woo. Elle, pas bonne. Son mari pas comme elle. Mais lui stupide. Son épouse morte par typhoïde et il laisse cette femme entrer dans sa maison parce que lui seul. Pas d'Américain veut d'elle... »

Elle se tut au moment où Amelia nous rejoignait avec une poignée d'images qu'elle avait déchirées dans le catalogue. « Tout ça, madame Woo, ordonna-t-elle en lui tendant les pages toutes froissées. Nous sommes un night-club, vous savez. Et vous n'êtes pas Elsa Schiaparelli pour nous dire ce qu'il faut ou ne faut pas porter. »

Nous laissâmes à Mme Woo une commande de trois robes du soir et de quatre pour la journée ; la seule raison, songeai-je, pour laquelle cette femme supportait les mauvaises manières d'Amelia. Dans un grand magasin rue de Nankin, nous achetâmes ensuite de la lingerie, des chaussures et des gants. Sur le trottoir, un petit mendiant griffonnait le récit de ses malheurs avec un bout de craie. Il portait un pagne en coton grossier, et la peau de son dos et de ses épaules était gravement brûlée par le soleil.

« Qu'est-ce qu'il écrit ? » me demanda Amelia. Je scrutai les caractères. Je ne lisais pas couramment le chinois, mais je devinai que ces mots avaient été tracés par une personne éduquée. L'histoire du garçon racontait qu'il avait vu mourir sa mère et ses trois sœurs quand les Japonais avaient envahi la Mandchourie. Une de ses sœurs avait été torturée. Il avait retrouvé son corps au bord de la route. Les soldats lui avaient coupé le nez, les seins et les mains. Seuls son père et lui avaient survécu, et ils avaient fui à Shanghai. Ils avaient acheté un rickshaw avec tout l'argent qui leur restait. Mais un jour, le père s'était fait renverser par un étranger ivre roulant trop vite. Il était encore vivant après l'accident, même s'il avait les deux jambes cassées et une énorme plaie sur le crâne. Il saignait abondamment, pourtant l'étranger refusa de le transporter à l'hôpital dans sa voiture. Un autre conducteur de rickshaw aida le garçon à emmener son père chez un médecin, mais c'était trop tard. L'homme était mort. Je lus les derniers mots à haute voix : « Je vous supplie, mes frères et mes sœurs, d'écouter mes malheurs et de me venir en aide. Puissent les dieux du ciel vous récompenser de mille richesses pour vous en remercier. » Le mendiant releva la tête, stupéfait d'entendre une Occidentale lire le chinois. Je déposai quelques pièces dans le creux de sa main.

« Alors c'est ainsi que tu comptes dépenser ton argent ? me lança Amelia en me prenant par le bras. Pour aider les gens assis sur le trottoir et qui ne font rien pour s'aider eux-mêmes. Je préfère encore en donner au singe. Au moins il s'est donné du mal pour me divertir. »

Nous déjeunâmes d'une soupe *won-ton* dans un café peuplé d'étrangers et de riches Chinois. Je n'avais jamais vu des gens comme ça, pas même à Harbin avant la guerre. Les femmes étaient vêtues de robes en soie violette, saphir ou rouge, les ongles vernis et les cheveux savamment arrangés. Les hommes étaient tout aussi élégants, avec leurs costumes croisés et leurs moustaches ultrafines. À la fin du repas, Amelia prit mon porte-monnaie pour payer l'addition au bar et en profita pour s'acheter un paquet de cigarettes et du chocolat pour moi. Nous continuâmes à nous promener dans les rues, passant devant des magasins de mah-jong, de meubles en osier et de philtres d'amour. Je m'arrêtai pour contempler une échoppe devant laquelle étaient suspendues des dizaines de cages de bambou renfermant des canaris. Les oiseaux gazouillaient en chœur et j'étais fascinée par leur mélodie. En entendant un cri, je me retournai et vis deux jeunes garçons qui me regardaient. Ils avaient le visage ridé comme deux petits lutins et le regard plein de menace. Ils ne semblaient qu'à moitié humains, brandissant devant eux des mains griffues. Une odeur âcre me souleva le cœur, et je me rendis compte que leurs doigts étaient couverts d'excréments. « Donner argent ou s'essuyer sur la robe », me lança l'un d'eux. Au début, je n'arrivais pas à le croire, mais les deux enfants s'approchèrent et je plongeai la main dans ma poche pour y trouver mon porte-monnaie… avant de me souvenir qu'Amelia l'avait gardé. Je la cherchai des yeux, mais elle avait disparu. « Je n'ai pas d'argent », rétorquai-je d'une voix suppliante. Ils répondirent en éclatant de rire et en m'insultant en chinois. Je repérai alors Amelia devant une boutique de chapeaux, sur le trottoir d'en face. Elle tenait mon porte-monnaie à la main.

« Je vous en prie ! lui criai-je. Aidez-moi. Ils veulent de l'argent. » Elle ramassa un chapeau pour l'examiner. Je crus tout d'abord qu'elle ne m'avait pas entendue. Mais elle releva la tête, un sourire aux lèvres, haussant les épaules, et je compris d'un coup qu'elle avait assisté à toute la scène. Je scrutai son visage sévère, ses yeux noirs, ce qui la fit rire de plus belle. Un des garçons tendit la main vers ma jupe, mais avant qu'il n'ait pu l'atteindre, le vendeur de canaris déboula de son échoppe et chassa l'enfant à coups de balai. Le mendiant se recroquevilla et s'enfuit avec son complice entre les étalages et les piétons.

« Shanghai toujours comme ça, marmonna l'oiselier en secouant la tête. Maintenant encore pire. Que des voleurs et des mendiants. Ils coupent les doigts pour prendre vos bijoux. »

Je me retournai vers la boutique devant laquelle Amelia se tenait une minute plus tôt : elle n'y était plus.

Je la retrouvai un peu plus tard dans une pharmacie plus loin dans la rue. Elle s'achetait un parfum Dior et un poudrier brodé. « Pourquoi ne m'avez-vous pas aidée ? lui criai-je, les joues baignées de larmes tièdes. Pourquoi me traitez-vous de cette façon ? »

Amelia me toisa avec un regard de dégoût. Elle prit son paquet et me poussa vers la porte. Sur le trottoir, elle colla son visage à deux centimètres du mien. Ses yeux étaient injectés de sang et de colère.

« Tu es une petite idiote, hurla-t-elle, de compter sur la bonté d'autrui. Rien n'est gratuit dans cette ville. Tu m'entends ? Rien ! Toute bonté a un prix. Si tu crois que les gens vont t'aider sans rien en échange, alors tu finiras comme ce mendiant sur le trottoir ! »

Amelia m'agrippa par le bras et m'attira violemment sur la chaussée, d'où elle héla un rickshaw. « Maintenant je vais au club de courses pour être avec des adultes, dit-elle. Toi, tu rentres à la maison et tu restes avec Sergei. Il est toujours là dans l'après-midi. Va, va lui raconter quelle vilaine femme je suis. Va te plaindre de la façon épouvantable dont je te traite. »

Le trajet en rickshaw jusqu'à la maison fut cahoteux. Les rues et les gens se confondirent en une immense traînée baveuse à travers mes larmes. Je gardai mon mouchoir plaqué contre ma bouche, terrorisée à l'idée de vomir. Je voulais rentrer à la maison et dire à Sergei Nikolaievich que je me fichais de Tang et que je voulais retourner à Harbin avec les Pomerantsev.

En arrivant devant la grille, je pressai le bouton de la sonnette jusqu'à ce que la vieille servante vienne m'ouvrir. Malgré mon désarroi, elle me reçut avec le même visage impassible que la veille. Le hall d'entrée était plongé dans la pénombre et le silence ; on avait fermé les rideaux pour garder la fraîcheur en cet après-midi caniculaire. En passant devant la salle à manger, je trouvai Mei Lin endormie, ses petits pieds dépassant de sous la table, un pouce dans la bouche, serrant dans l'autre main un chiffon.

Je traversai la maison en courant, prise de panique, grimpai l'escalier jusqu'au deuxième étage et passai en revue chaque pièce jusqu'à la dernière, tout au bout du couloir. La porte était entrouverte ; je toquai tout doucement sans obtenir aucune réponse. Lorsque je poussai le battant, il s'ouvrit en grand. Dans cette pièce, comme dans le reste de la maison, les rideaux étaient tirés et il faisait sombre. Dans l'air flottait une odeur épaisse de transpiration humaine. Et quelque chose d'autre : un parfum douceâtre écœurant. Quand mes yeux se furent habitués à l'obscurité, je distinguai Sergei Nikolaievich affalé dans son fauteuil, la tête penchée sur la poitrine. Derrière lui, la silhouette en ombre chinoise du valet de chambre veillait sur lui tel un vampire.

« Sergei Nikolaievich ! » lançai-je, la voix déraillant dans les aigus. J'avais peur qu'il ne fût mort. Mais au bout d'un moment Sergei Nikolaievich releva la tête. Une brume bleutée s'éleva autour de lui, et avec elle une odeur putride. Il était en train d'aspirer de la fumée par le tuyau d'une pipe à eau. Je fus frappée par son visage, creusé et gris, les yeux si vides qu'on aurait dit deux cavités dans son crâne. Je fis un pas en arrière pour échapper à ce nouveau cauchemar.

« Je suis désolé, ma petite Anya, souffla-t-il. Tellement, tellement désolé. Mais je suis perdu, mon enfant. Perdu. » Il s'effondra de nouveau sur son fauteuil, la tête renversée en arrière et la bouche béante, respirant bruyamment comme un homme à l'agonie. L'opium s'éteignit dans la pipe avec un gargouillis et se transforma en cendre noire.

Je m'enfuis à toutes jambes, le visage et la nuque ruisselant de sueur. Je réussis à atteindre ma salle de bains juste à temps pour vomir dans les toilettes la soupe que j'avais mangée avec Amelia. Après quoi je m'essuyai la bouche à l'aide d'une serviette et m'allongeai sur le carrelage froid en m'efforçant de retrouver une respiration normale. J'entendais les mots d'Amelia résonner dans ma tête : *Tu es une petite idiote de compter sur la bonté d'autrui. Rien n'est gratuit dans cette ville. Tu m'entends ? Rien ! Toute bonté a un prix.*

Dans le reflet du miroir, je pouvais voir la coiffeuse et les matriochkas alignées dessus. Je fermai les yeux pour essayer d'imaginer un fil d'or tendu de Shanghai à Moscou. « Maman, maman, murmurai-je. Fais attention à toi. Il faut que tu survives, et moi aussi, jusqu'à ce qu'on puisse se retrouver. »

3

Tango

Les paquets de Mme Woo furent livrés quelques jours plus tard, alors que Sergei Nikolaievich, Amelia et moi étions en train de prendre le petit déjeuner dans le jardin. Je buvais mon thé à la façon russe, nature avec une cuillerée de confiture de cassis à côté pour adoucir le goût. Je ne pouvais avaler que du thé le matin, bien que tous les jours la table fût couverte de crêpes dégoulinant de beurre et de miel, de bananes, de mandarines, de poires, de coupes de fraises et de raisins, d'œufs brouillés au fromage fondu, de saucisses et de toasts triangulaires. J'étais bien trop anxieuse pour avoir de l'appétit. Mes jambes tremblaient sous le plateau de verre. Je ne répondais que lorsqu'on m'adressait la parole, et même alors je ne prononçais jamais une syllabe de plus que le strict minimum. J'étais terrorisée à l'idée de faire une chose susceptible de déclencher la mauvaise humeur d'Amelia. Mais ni Sergei Nikolaievich – qui m'avait autorisée à l'appeler par son prénom – ni Amelia ne semblaient remarquer ma timidité. Sergei me parlait gaiement des moineaux qui visitaient le jardin, tandis qu'Amelia m'ignorait la plupart du temps.

La sonnette de la grille retentit, et la servante nous apporta deux paquets emballés dans du papier kraft, avec notre adresse griffonnée en anglais et en chinois. « Ouvre-les », m'enjoignit Amelia en souriant. Elle faisait semblant d'être mon alliée devant son mari, mais je ne m'y méprenais pas. Je me tournai vers Sergei et sortis les vêtements en les lui montrant un par un. Toutes les robes de jour reçurent de sa part des hochements de tête et des « Ah ! » approbateurs. « Oh oui ! celle-là est la plus jolie, jugea-t-il à la vue d'une robe en coton ornée d'un col Claudine et d'une rangée de tournesols brodés le long de l'encolure et à la ceinture. Tu devrais la mettre demain pour notre promenade dans le parc. » Mais lorsque j'ouvris le paquet des robes du soir et en tirai le *cheongsam* vert, Sergei fronça les sourcils et son regard s'obscurcit. Il dévisagea Amelia en me disant : « Anya, va dans ta chambre, s'il te plaît. »

Sergei ne m'avait pas parlé méchamment, mais le fait d'être renvoyée de table me donna l'impression d'être rejetée. Je traversai le hall et montai les marches en traînant les pieds, tout en me demandant ce qui avait bien pu le fâcher. J'espérais en tout cas que ce qu'il dirait à Amelia ne la rendrait pas encore plus méprisante à mon égard. Soudain, ses mots me parvinrent.

« Je t'ai déjà expliqué qu'Anya ne viendrait pas avec nous au club pour l'instant. Il faut qu'elle aille à l'école. »

Je m'immobilisai sur le palier et tendis l'oreille. « C'est ça, ricana Amelia, on va lui cacher notre véritable identité et lui faire passer un peu de temps chez les bonnes sœurs avant de l'introduire dans le monde réel ! Elle a déjà compris tes habitudes, tu sais. Ça se voit dans ses yeux quand elle te regarde : ils sont pleins de pitié.

— Elle n'est pas comme les filles de Shanghai. Elle est… » La fin de la phrase de Sergei fut engloutie par le bruit des sabots de Mei Lin dans l'escalier, qui montait avec une pile de linge propre entre les bras. Je posai un doigt sur mes lèvres. « Chut ! » Son petit minois émergea de derrière la pile. Quand elle comprit que j'écoutais aux portes, elle plaça à son tour un doigt sur sa bouche et se mit à pouffer. Sergei se leva pour fermer la porte d'entrée, de sorte que je n'entendis jamais la suite de leur conversation ce matin-là.

Plus tard, Sergei vint me voir dans ma chambre. « La prochaine fois, je demanderai à Luba de t'emmener faire des courses, dit-il en m'embrassant sur le front. Ne sois pas déçue, Anya. Tu as largement le temps de devenir la reine du bal. »

Mon premier mois à Shanghai s'écoula lentement et sans aucunes nouvelles de ma mère. J'envoyai deux lettres aux Pomerantsev, décrivant la ville et mon hôte dans des termes favorables afin de ne pas les inquiéter. Je signai d'un faux nom, Anya Kirillova, au cas où les lettres seraient interceptées par les communistes.

Sergei m'envoya à l'école pour filles de Santa Sophia, dans le quartier de la concession française. L'établissement était tenu par des sœurs irlandaises, et les élèves formaient un mélange de catholiques, de Russes orthodoxes et de quelques jeunes filles chinoises et indiennes issues de bonnes familles. Les sœurs, des femmes généreuses, arboraient une mine plus souvent souriante que réprobatrice. Elles croyaient beaucoup à l'éducation physique et jouaient au base-ball avec les grandes classes le vendredi après-midi, sous le regard des plus jeunes. La première fois que je vis mon professeur de géographie, sœur Mary, en train de courir d'une base à l'autre avec sa robe remontée jusqu'aux genoux, tandis que mon professeur d'histoire, sœur Catherine, la poursuivait en essayant de la toucher avec la balle, je dus faire un effort surhumain pour ne pas éclater de rire. Elles avaient l'air de deux grues géantes s'efforçant de prendre leur envol. Mais je me retins, comme tout le monde, car si les sœurs étaient douces la plupart du temps, elles savaient aussi se montrer sévères dans leurs punitions. Le jour où Luba m'avait accompagnée à l'école pour m'inscrire, nous avions assisté au passage en revue des filles alignées le long du mur : la mère supérieure leur reniflait le cou et les cheveux. Après chaque inhalation, elle plissait le nez et levait les yeux au ciel comme s'il s'agissait d'une dégustation de bon vin. J'appris plus tard qu'elle inspectait ainsi les élèves à la recherche de la moindre trace de talc parfumé, de shampooing aromatisé ou de tout autre complément cosmétique qui aurait pu attirer l'attention sur elles. La mère supérieure voyait un lien direct entre vanité et corruption morale. Elle avait trouvé une contrevenante ce matin-là, qu'elle avait affectée à la corvée de sanitaires pour une semaine.

Les mathématiques étaient enseignées par sœur Bernadette, une femme dodue dont le cou prolongeait directement le menton. Elle parlait avec un accent du Nord à couper au couteau, et il me fallut deux jours pour reconnaître le mot *parenthèse* qu'elle répétait sans arrêt.

« Pourquoi me regardez-vous comme ça, mademoiselle Anya ? demanda-t-elle. Vous avez un problème avec les *hharenthèses* ? »

Je secouai la tête et aperçus deux filles qui me dévisageaient en souriant depuis la rangée voisine. À la fin du cours, elles traversèrent la classe pour venir me voir et se présentèrent sous les noms de Kira et de Regina. Regina était une petite brune aux yeux violets. Kira était blonde comme les blés.

« Tu es de Harbin, pas vrai ? me demanda Kira.

— Oui.

— Ça se voit. Nous aussi, on est de Harbin, mais on est venues à Shanghai avec nos familles avant la guerre.

— Comment savez-vous que je suis de Harbin ? » m'étonnai-je.

Elles partirent d'un grand éclat de rire, et Kira me murmura à l'oreille : « Parce que tu n'as pas besoin d'apprendre à écrire le russe. »

Le père de Kira était médecin, celui de Regina chirurgien. Nous nous rendîmes compte que nous avions choisi quasiment les mêmes cours pour le trimestre à venir : français, grammaire anglaise, histoire, mathématiques et géographie. Mais pendant que je suivais les cours facultatifs de dessin l'après-midi, elles se dépêchaient de rentrer chez elles dans le quartier chic de l'avenue Joffre pour leurs leçons de piano et de violon.

Même si nous étions assises ensemble dans presque tous les cours, je sentais sans le demander que les parents de Kira et de Regina n'auraient pas laissé leurs filles me rendre visite chez Sergei, pas plus qu'ils ne m'auraient reçue dans leur propre maison. Par conséquent, mes amies ne m'invitaient jamais et je ne les invitais jamais. D'une certaine façon j'étais soulagée, car j'appréhendais secrètement de les recevoir un jour où Amelia aurait encore trop bu ; j'aurais eu honte d'offrir un tel spectacle à des filles si bien élevées. Alors, même si leur compagnie me manquait souvent, nous dûmes nous contenter, Kira, Regina et moi, d'une amitié qui commençait avec les prières du matin et finissait avec la cloche de l'après-midi.

Quand je n'étais pas à l'école, je me glissais dans la bibliothèque de Sergei, d'où je ressortais avec des piles de livres et mon bloc à dessin. Deux jours après mon arrivée à Shanghai, j'avais découvert un gardénia dans un coin reculé du jardin qui devint mon repaire secret. J'y passais pratiquement tous les après-midi, plongée dans des volumes de Proust et de Gorki ou dessinant les fleurs et les plantes autour de moi. J'aurais fait n'importe quoi pour éviter de croiser Amelia.

Parfois, les jours où Sergei rentrait tôt à la maison, il me rejoignait dehors et nous bavardions un moment. Je m'aperçus vite qu'il était bien plus lettré que je ne l'avais imaginé. Un jour, il m'apporta les œuvres d'un poète russe, Nicolas Goumiliov, et me lut un poème évoquant une girafe en Afrique, que l'artiste avait écrit pour remonter le moral de sa femme dépressive. La voix sonore de Sergei faisait couler les mots avec une telle éloquence que j'imaginais sans peine le fier animal errer dans la savane africaine. Cette vision m'emporta loin de ma tristesse, et j'aurais voulu que le poème ne finisse jamais. Mais toujours, après environ une heure de discussion, les doigts de Sergei se mettaient à trembler et son corps se convulsait ; je savais alors qu'il allait me délaisser pour s'adonner à sa drogue. Je voyais dans ces moments-là l'immense fatigue qui l'habitait et comprenais que lui aussi, à sa façon, cherchait à éviter Amelia.

Un après-midi, alors que je rentrais de l'école, je fus surprise d'entendre des voix dans le jardin. Je jetai un œil à travers les arbres et vis Dimitri et Amelia assis dans des fauteuils en osier près de la fontaine au lion. Deux autres femmes se trouvaient avec eux. Je distinguais leurs robes soyeuses et leurs chapeaux. Le tintement de la porcelaine et les rires des femmes résonnaient dans le jardin comme des murmures de fantômes. Soudain, la voix de Dimitri, plus forte et plus grave que les autres, fit tressaillir mon cœur dans ma poitrine. Il avait proposé de m'emmener au Yu yuan, et je m'ennuyais tellement dans ma solitude que j'espérais qu'il se rappellerait sa promesse.

« Bonjour ! » lançai-je en faisant irruption dans leur petit groupe.

Amelia haussa les sourcils et me toisa d'un air méprisant. Mais j'étais si contente de revoir Dimitri que je me moquais de ses reproches.

« Bonjour, comment allez-vous ? répondit Dimitri en se levant pour m'approcher un fauteuil.

— Il y a longtemps qu'on ne s'est vus », dis-je.

Dimitri ne me répondit pas. Il se rassit dans son fauteuil et alluma une cigarette en fredonnant. Je grimaçai intérieurement , ce n'était pas l'accueil chaleureux dont je rêvais.

Les deux autres femmes avaient environ le même âge que Dimitri, vêtues de robes rose et mangue ornées de froufrous aux manches et autour du décolleté. On voyait la marque de leur combinaison de soie sous le tissu extrafin. La fille la plus proche de moi affichait un sourire grenat. Le trait de khôl autour de ses yeux bleus m'évoquait une déesse égyptienne.

« Je m'appelle Marie », déclara-t-elle en me tendant une main pâle aux ongles longs et pointus comme des ciseaux. Elle désigna d'un hochement de menton la jolie blonde à côté d'elle. « Et voici ma sœur, Francine.

— *Enchantée*[1], fit Francine en retenant ses boucles dorées d'une main et en se penchant vers moi. *Comment allez-vous ? Il paraît que vous étudiez le français à l'école.*

— *Si vous parlez lentement, je peux vous comprendre* », répondis-je en me demandant d'où elle tenait cette

1. Dans ce passage et page suivante, les phrases en italique sont en français dans le texte original. *(N.d.T.)*

information. Amelia se fichait pas mal de savoir si j'étudiais le latin ou le swahili.

« *Vous parlez très bien français !* » s'exclama Francine. Elle avait un petit diamant à la main gauche. Une bague de fiançailles.

« *Merci beaucoup. J'ai plaisir à l'étudier.* »

Francine se tourna vers Dimitri et chuchota : « Elle est charmante. Je veux l'adopter. Je pense que Philippe serait d'accord. »

Dimitri ne me quittait pas du regard. Je me sentais tellement gênée que je faillis renverser la tasse de thé que Francine me tendait.

« Je n'arrive pas à croire que vous êtes la même fille que j'ai vue il y a quelques mois, dit-il. Vous avez l'air tellement différente dans votre uniforme d'écolière. »

Je sentis mon visage s'empourprer jusqu'à la racine des cheveux. Amelia ricana et glissa quelque chose à l'oreille de Marie. Je m'enfonçai dans mon fauteuil, respirant avec peine. Je me souvenais du moment où Dimitri et moi étions assis l'un contre l'autre, lors de ma première soirée à Shanghai, son visage tout proche du mien, comme deux confidents. Deux égaux. Peut-être qu'avec ma robe de velours bleu il ne s'était pas rendu compte que j'avais treize ans. Quel contraste avec la vision que je lui offrais à présent : une gamine dans une blouse trop grande sous un tablier, avec deux nattes dépassant de son chapeau de paille. Sûrement pas quelqu'un qu'il emmènerait au jardin Yu yuan ; pas s'il pouvait y aller avec Marie et Francine. Je rentrai mes pieds sous le fauteuil, brusquement honteuse de mes chaussures et de mes mi-bas d'écolière.

« Vous êtes très mignonne, commenta Francine. J'aimerais vous prendre en photo en train de manger une glace. Et j'ai entendu dire que vous aviez une âme d'artiste, qui plus est.

— Oui, ricana Amelia, elle copie les vêtements de mes magazines de mode. »

Je me recroquevillai de honte, trop mortifiée pour regarder Dimitri.

« Ce que je déteste chez les écolières, poursuivit Amelia en tapotant ses ongles contre sa tasse, histoire de prendre son temps avant de m'enfoncer son poignard dans le cœur, c'est que vous avez beau les envoyer à l'école propres et bien habillées le matin, elles puent toujours la sueur et les oranges en revenant. »

Marie rugit de rire, découvrant deux rangées de petites dents blanches et pointues. « Quelle vulgarité ! s'offusqua-t-elle. Ce doit être à force de courir partout et de sauter à la corde.

— Et à force d'emporter des fruits en cachette dans leur cartable, ajouta Amelia.

— Anya ne sent rien du tout, rétorqua Dimitri. J'étais juste frappé par sa jeunesse.

— Elle n'est pas si jeune, Dimitri, rectifia Amelia. C'est juste qu'elle est sous-développée. À son âge, j'avais déjà des seins.

— Comme ils sont méchants, murmura Francine en remettant mes nattes derrière les épaules. Elle a une élégance qui n'a pas d'âge. *Je l'aime bien. Anya, quelle est la date aujourd'hui*[1] ? »

Mais je n'avais plus envie de pratiquer mon français. Amelia avait atteint sa cible : j'étais humiliée. Je sortis mon mouchoir de ma poche et feignis d'éternuer. Pas question d'ajouter à cette humiliation en leur laissant voir la tristesse dans mes yeux. C'était comme s'ils venaient de me brandir un miroir sous le nez et que je m'étais vue sous un jour nouveau : une écolière débraillée aux genoux couronnés de bleus.

« Allez, viens, annonça Amelia en se levant. Si tu ne supportes pas les plaisanteries et que tu boudes, on rentre à la maison. Laissons Dimitri profiter du jardin avec ses amies. »

J'espérais que Dimitri allait protester et insister pour que je reste, mais il n'en fit rien. Alors je sus que j'avais chuté dans son estime. Je suivis Amelia comme un chien penaud. J'aurais préféré n'avoir jamais entendu sa voix dans le jardin,

1. En français dans le texte. *(N.d.T.)*

ce jour-là, être rentrée directement à la maison et m'être réfugiée dans la bibliothèque sans rien dire à personne. Quand nous nous fûmes suffisamment éloignées, Amelia se retourna vers moi, le regard triomphant à la vue de mon chagrin. « Bravo ! s'exclama-t-elle. Tu t'es bien ridiculisée. Je pensais qu'on t'aurait quand même appris à ne pas déranger quand personne ne t'a invitée. » Je ne répondis rien. La tête baissée, je supportai patiemment ses remontrances. Une fois dans ma chambre, Amelia marcha jusqu'à la fenêtre et écarta les rideaux pour jeter un œil dans le jardin. « Mon amie Marie est tellement jolie, soupira-t-elle. J'espère vraiment que Dimitri et elle s'entendront. Il est arrivé à un âge où un homme a besoin d'une femme. »

Je passai le reste de l'après-midi dans ma chambre, malheureuse comme les pierres, m'efforçant de me plonger dans un livre consacré à l'histoire de la Rome antique. J'entendais des rires et de la musique s'élever depuis le jardin. Jamais je n'avais connu pareille musique jusque-là : charnelle, envoûtante, qui montait jusqu'à ma fenêtre tel l'arôme délicieux d'un lis exotique. Les oreilles bouchées pour ne pas l'entendre, j'essayai de me concentrer sur ma lecture, mais au bout d'un moment la tentation de voir au-dehors devint trop forte. Je me penchai à la fenêtre. Dimitri était en train de danser dans le jardin avec Marie pendant que Francine, penchée sur un tourne-disque, replaçait l'aiguille chaque fois que la musique s'arrêtait. Dimitri avait une main posée entre les omoplates de Marie, tandis que de l'autre il serrait ses doigts. Joue contre joue, ils virevoltaient dans une sorte de parade saccadée. Marie était toute rouge, elle gloussait bêtement à chaque pas. Dimitri arborait une solennité feinte. « Lent, lent, vite, vite, lent », scandait Francine en battant le rythme dans ses mains. Marie était rigide et maladroite, elle se prit les pieds dans l'ourlet de sa robe lorsque Dimitri la fit basculer en arrière.

« Je suis fatiguée, gémit-elle. C'est bien trop difficile pour moi. Je préfère encore le fox-trot. »

Francine prit donc la place de sa sœur. J'avais envie de fermer les yeux tellement j'étais ivre de jalousie. Elle était de loin la plus gracieuse des deux jeunes femmes, et entre les bras de Dimitri elle donnait à cette danse une élégance majestueuse. On aurait cru une danseuse d'opéra, capable d'exprimer par un simple regard toutes les émotions, de la passion à la colère en passant par l'amour. Dimitri cessa de faire l'idiot. Il se tenait droit, plein de panache. Ils me faisaient penser tous les deux à un couple de chats en pleine parade amoureuse. Je penchai davantage mon buste à la fenêtre, emportée par le tempo rêveur du tango. Les paupières closes, je m'imaginai que c'était moi en bas dans le jardin qui dansais avec Dimitri.

Une goutte me tomba sur le bout du nez. Ouvrant les yeux, je m'aperçus que le ciel s'était brusquement assombri et qu'il commençait à pleuvoir. Les danseurs s'empressèrent de ramasser leurs affaires et de rentrer. Comme je fermais la fenêtre, je croisai mon reflet dans le miroir de la coiffeuse.

Les paroles d'Amelia me revinrent. *Elle n'est pas si jeune. C'est juste qu'elle est sous-développée.*

Je contemplai mon image avec mépris. J'étais frêle pour mon âge, je n'avais pris que trois centimètres depuis mes onze ans. Quelques mois avant mon départ pour Shanghai, j'avais remarqué les premiers poils roux entre mes jambes et sous les bras. Mais j'étais demeurée désespérément plate au niveau de la poitrine et des fesses. Cela ne m'avait jamais dérangée jusqu'à ce jour ; j'étais assez indifférente à mon aspect physique. Mais tout avait changé brutalement : je m'étais rendu compte que Dimitri était un homme, et j'avais soudain envie d'être une femme.

À la fin de l'été, la fragile trêve entre les armées nationaliste et communiste dégénéra en guerre civile. Plus aucun courrier ne pénétrait en Mandchourie ni n'en sortait, et je ne reçus pas de réponse aux lettres envoyées aux Pomerantsev. Je devins obsédée par le besoin désespéré de maintenir un lien quelconque avec ma mère et me mis à rechercher la moindre information concernant la Russie. Je m'absorbais dans les livres de la bibliothèque de Sergei, dévorant des récits de vapeurs naviguant sur la Volga, des histoires de toundra et de taïga, d'Oural et de Caucase, d'océan Arctique ou de mer Noire. Je harcelais les amis de Sergei pour qu'ils me racontent leurs souvenirs de datchas d'été, de grandes cités d'or, de statues géantes dressées vers des cieux bleu pâle et de défilés militaires. Je m'efforçais de recoller les morceaux d'une Russie telle que ma mère la voyait sans doute, mais je me retrouvai en fait de plus en plus noyée dans un continent trop vaste à imaginer.

Un jour, Amelia m'envoya chercher des serviettes de table brodées aux initiales du club. Bien que j'eusse moi-même déposé la commande chez la brodeuse la semaine précédente, j'avais l'esprit tant accaparé par les dernières nouvelles donnant les Soviétiques aux portes de Berlin que j'errais le long des avenues de la concession française sans vraiment me soucier de mon chemin. Un cri me tira brusquement de ma rêverie. Deux hommes se chamaillaient derrière une palissade. Ils parlaient chinois trop vite pour que je les comprenne, et en regardant autour de moi je m'aperçus que j'étais perdue. Je me trouvais dans une allée bordée de maisons décrépies, de style européen. Les volets tenaient à peine sur leurs gonds et les murs écaillés étaient constellés de taches de rouille. Du fil barbelé ornait les grilles et les fenêtres comme du lierre grimpant, des flaques d'eau saumâtre croupissaient dans les jardins bien qu'il n'eût pas plu depuis plusieurs semaines. J'essayai de rebrousser chemin mais ne réussis qu'à m'enfoncer encore plus dans le labyrinthe de ruelles qui s'entrecroisaient sans aucune organisation logique. Une lourde odeur d'urine flottait dans l'air brûlant ; des poules et des oies décharnées me coupaient sans arrêt la route. Paniquée, je serrais les poings.

En tournant un coin de rue où s'entassaient pêle-mêle des cadres de lit rouillés et un vieux réfrigérateur, je tombai par hasard sur un café russe. Des rideaux de dentelle blanche pendaient aux fenêtres crasseuses. Le café *Moskva* était coincé entre une épicerie où des bouquets de carottes et d'épinards flétrissaient mollement dans des seaux et une pâtisserie dont les gâteaux étaient couverts d'une fine couche de poussière. Soulagée de trouver quelque chose de russe, je pénétrai dans le café pour y demander mon chemin.

Une clochette tinta lorsque je poussai la porte. L'odeur de saucisse et de vodka me sauta au visage au moment où j'entrai dans la salle mal éclairée. Une radio posée en équilibre précaire sur le comptoir crachait de la musique chinoise à plein tube, ce qui ne suffisait pas à couvrir le vrombissement des mouches tournant en rond sous le plafond en aluminium. Une vieille femme, si ridée qu'elle semblait au bord du pourrissement, me dévisageait en plissant les yeux pardessus son menu tout taché. Elle portait une robe de velours fripée garnie de dentelle au col et aux poignets, et dans les cheveux une tiare dont il manquait presque toutes les pierres. Le regard sombre et troublé, elle remua les lèvres : « *Doucha v douchou. Doucha v douchou* », me murmura-t-elle. De cœur à cœur. De cœur à cœur. À la table voisine, un vieillard coiffé d'un béret examinait le menu, tournant les pages jaunies frénétiquement, comme s'il lisait un roman policier. Sa compagne avait les yeux bleus perçants et les cheveux bruns ramassés en chignon. Elle se rongeait les ongles en griffonnant des notes sur la nappe en papier. Le patron s'approcha de moi un menu à la main, les joues roses comme du bortsch et le ventre dépassant de sa chemise trop serrée. Deux dames en robes et châles noirs observèrent mes chaussures de luxe lorsque je m'assis.

« Vous désirez ? me lança le patron.

— Je voudrais que vous me parliez de la Russie », répondis-je du tac au tac.

Le patron du café se frotta le menton et la joue de sa main couverte de taches de vieillesse avant de se laisser choir lourdement sur la chaise en face de moi. On aurait cru que toute sa vie il m'avait attendue, qu'il avait attendu ce jour, ce moment. Après avoir pris quelques minutes pour rassembler ses forces, il se mit à me décrire les champs d'été frémissant de boutons d'or, les bouleaux, les forêts embaumant les aiguilles de pin et la mousse écrasées sous les pas. Ses yeux brillaient quand il se rappelait ses courses d'enfant après les écureuils, les renards et les belettes, ou encore le goût des raviolis vapeur que sa mère lui servait tout fumants les soirs d'hiver glacés.

Toute la salle s'interrompit pour l'écouter, et lorsque le patron était trop fatigué, les autres se relayaient afin de meubler les silences. La vieille femme hurla, imitant le loup solitaire de la forêt ; l'homme au béret entonna la mélodie des grosses cloches d'église qui sonnaient les jours de fête ; la poétesse décrivit les paysans qui récoltaient le blé et l'orge dans les champs. Tout du long, les deux femmes en noir ne cessèrent de gémir, ponctuant chaque récit d'un : « Et seulement dans la mort nous rentrerons chez nous. »

Les heures passèrent comme des minutes et ce fut seulement à la tombée de la nuit, quand la lumière derrière les vitres vira du jaune au gris, que je me rendis compte que j'étais restée dans ce café tout l'après-midi. Sergei devait sans doute s'inquiéter de mon absence, et Amelia serait furieuse en apprenant que je n'étais pas allée récupérer les serviettes. Pourtant je n'arrivais pas à me résoudre à partir, ni à interrompre ces gens étranges. Je demeurai assise à les écouter jusqu'à ne plus sentir mes jambes et mon dos, enregistrant le moindre cri de joie, le moindre regard. J'étais captivée par les histoires de ce pays qui s'ouvrait devant moi tel un récit de voyage.

La semaine suivante, ainsi que le patron du café me l'avait promis, un soldat soviétique m'attendait. Son visage était abîmé comme un bout de poterie qui serait tombé dans le four à céramique. Son nez et ses oreilles avaient été mangés par le gel, et il avait posé de la gaze sur les trous pour empêcher la poussière d'y entrer. L'air raclait dans sa gorge et je dus me mordre la lèvre pour ne pas m'évanouir à cause de l'odeur putride de bile qu'il me soufflait au visage chaque fois qu'il ouvrait la bouche.

« Ne te laisse pas impressionner par mon apparence, me dit-il. J'ai eu un sort heureux comparé aux autres. Je suis arrivé jusqu'en Chine. »

Le soldat me raconta qu'il avait été fait prisonnier par les Allemands. Après la guerre, au lieu de les accueillir en héros, Staline avait fait transférer tous les anciens prisonniers dans des camps de travail. Entassés dans des trains ou des bateaux infestés de rats et de poux, les hommes furent envoyés en Sibérie. C'était la punition pour avoir vu ce que Staline redoutait qu'ils puissent raconter aux autres : même quand l'Allemagne était ravagée par la guerre, son peuple vivait mieux que les Russes. Le soldat avait pu s'évader au moment où son bateau s'était échoué.

« Quand c'est arrivé, expliqua-t-il, j'ai eu l'impression que le monde s'ouvrait devant moi et je me suis enfui sur la glace. Je sentais l'odeur du feu et j'entendais des cris derrière moi. Les gardes se sont mis à tirer. Des hommes tombaient comme des mouches tout autour de moi, la bouche béante et les yeux grands ouverts. Je m'attendais à sentir d'une minute à l'autre le fouet brûlant d'une balle dans mon dos. Mais j'ai continué à courir dans ce désert blanc. Bientôt je n'entendis plus que les hurlements du vent, et je compris que mon destin serait de m'en sortir. »

Je n'interrompis pas le soldat lorsque, pour le prix d'un thé chaud et de quelques tranches de pain noir, il me décrivit les villages incendiés, les famines et les crimes, les procès truqués et les déportations massives vers la Sibérie, où les gens mouraient les uns après les autres dans des températures polaires. Ses récits me terrifiaient tant que je me mis à ressentir des palpitations et à transpirer à grosses gouttes. Mais je continuai néanmoins à l'écouter car je savais qu'il venait de la Russie récente. La Russie de ma mère.

« Il y a deux possibilités, dit-il en trempant son pain dans son thé. Le temps que ta mère arrive en Russie, il se peut qu'ils aient oublié qu'elle était la veuve d'un colonel de l'armée blanche et l'aient simplement mise à l'usine comme main-d'œuvre à bon marché. Ou alors ils ont pu l'envoyer au goulag. Si c'est le cas, à moins qu'elle ne soit d'une force exceptionnelle, elle est probablement déjà morte. »

Quand il eut fini de manger, ses paupières se firent lourdes et il s'endormit sur sa chaise, la tête blottie entre ses bras comme un oiseau blessé. Je sortis dans la lumière de midi. Bien que ce fût encore l'été, un vent violent s'était levé qui me fouettait le visage et les jambes. Je courus dans les ruelles, les yeux brûlants et claquant des dents. Les paroles du soldat s'enroulaient telles des chaînes autour de moi.

J'imaginais ma mère, émaciée et mourant de faim au fond d'une cellule, ou bien allongée sur le ventre dans la neige. J'entendais le crissement des roues du train et revis son visage paniqué au moment où on l'avait arrachée à moi. Incapable de concevoir un destin si terrible pour la femme qui vivait encore en moi, je n'avais pourtant pas la moindre idée de ce qui avait pu lui arriver. Au moins avais-je pu embrasser la joue froide de mon père et lui dire au revoir. Mais avec ma mère il n'y avait pas eu d'adieu. Juste une absence soudaine et insupportable.

« Maman ! » m'écriai-je en enfouissant mon visage dans mes mains.

Soudain une vieille femme portant un foulard perlé sur la tête surgit à côté de moi. Je sursautai, décontenancée.

« Qui cherches-tu ? » me demanda-t-elle en m'agrippant par la manche.

Je reculai, mais la femme s'approcha en me dévisageant de ses yeux de corbeau. Son rouge à lèvres écarlate faisait une tache de couleur criarde sur son visage, tandis que les rides de son front étaient tapissées de fond de teint coagulé. « Tu cherches quelqu'un, n'est-ce pas ? me répéta-t-elle d'une voix qui me parut russe même si je n'en étais pas très sûre. Apporte-moi quelque chose à elle et je te dirai ce qu'elle est devenue. »

Je réussis à me libérer et m'enfuis en courant. Shanghai était plein de tricheurs et de voleurs qui profitaient du désespoir des autres. Mais les mots qu'elle me cria de loin me coupèrent le souffle : « Si elle t'a laissé quelque chose, c'est qu'elle reviendra te chercher ! »

En arrivant à la maison, j'avais mal partout et un frisson glacé s'était insinué dans mes os. Mei Lin et Zhun-ying, la vieille servante, se trouvaient dans la buanderie près des quartiers du personnel. Elles étaient en train d'essorer des serviettes de bain. Mei Lin chantait une chanson qui faisait rire la vieille servante, d'habitude si renfrognée. Le sourire de la petite fille se mua en une expression inquiète lorsque je m'approchai en titubant et dus me retenir à la lessiveuse pour ne pas tomber. « Tu voudras bien dire à Sergei que je ne descendrai pas dîner ce soir, parvins-je à articuler. J'ai attrapé froid, je vais me coucher. » Mei Lin acquiesça d'un hochement de tête, mais la vieille servante me dévisagea d'un regard perçant.

Écroulée sur mon lit, je me laissai envelopper par les murs dorés de ma chambre. Dehors, le rire de Mei Lin s'élevait dans l'air tiède de l'été. La rumeur de la circulation me parvenait de la route principale. Je me cachai les yeux avec un bras, désespérée par ma solitude. Je ne pouvais pas parler de ma mère à Sergei ; il évitait toujours le sujet, détournant la conversation chaque fois que l'occasion se présentait. C'était à cause de ce qu'il avait vécu à la mort de sa première épouse. Il m'avait dit une fois que mon obsession pourrait faire vivre ma mère dans mon imagination, mais qu'un jour ou l'autre ça finirait par me rendre folle.

En voyant les matriochkas alignées sur ma table de toilette, je repensai aux paroles de la vieille femme : *Si elle t'a laissé quelque chose, c'est qu'elle reviendra te chercher*. Je me relevai pour ouvrir le tiroir de la coiffeuse et en sortis la boîte en velours que Sergei m'avait donnée afin d'y ranger le collier de jade. Je ne l'avais jamais porté depuis mon treizième anniversaire. C'était un objet sacré que j'étalais sur le lit quand je me sentais seule. Les pierres vertes me rappelaient tout ce que ce collier représentait pour ma mère. Je fermai les yeux en essayant de me représenter mon père jeune homme. Comme son cœur avait dû battre le jour où il avait marché vers ma mère avec le bijou caché dans la poche de sa veste ! J'ouvris la boîte et pris le collier. Les pierres de jade semblaient vibrer d'amour. Les matriochkas étaient à moi, mais en quelque sorte le collier restait à jamais celui de ma mère, même si elle me l'avait donné.

Je le savais, cette diseuse de bonne aventure n'était qu'un imposteur, un charlatan. Je lui donnerais une pièce pour qu'elle me dise ce que j'avais envie d'entendre. *Le régime en Russie tombera et ta mère viendra te chercher à Shanghai*. Ou peut-être, pour peu qu'elle eût un peu d'imagination, inventerait-elle une histoire fictive pour me réconforter : *Ta mère épousera un gentil chasseur et vivra heureuse jusqu'à la fin de ses jours dans une grande maison près d'un lac argenté. Elle pensera toujours affectueusement à toi. Et toi, tu épouseras un bel homme très riche et tu auras beaucoup d'enfants.*

J'enveloppai le collier dans un foulard et l'enfouis dans ma poche. Peu importait qu'elle soit une menteuse. Je voulais simplement pouvoir parler de ma mère à quelqu'un, entendre des choses qui m'empêcheraient de ressasser les terribles récits du soldat. Mais en me faufilant dans le jardin je savais qu'au fond de moi j'en attendais davantage : j'espérais que la voyante me révélerait le véritable sort de ma mère.

Dehors, le vent était tombé et l'été avait repris ses droits. Le soleil enflammait le ciel azur, une brume de chaleur s'élevait du trottoir. Des gouttes de sueur me chatouillaient le nez et collaient mes cheveux sur ma nuque. Je serrais le collier dans ma poche tout en refaisant le chemin jusqu'au café *Moskva*, cherchant dans chaque visage de vieille femme les yeux de la diseuse de bonne aventure. Ce fut elle qui me trouva.

« Je savais que tu reviendrais, dit-elle en apparaissant devant moi. Je vais te montrer où nous pourrons parler. Je vais t'aider. »

Elle passa un bras sous le mien. Sa peau fripée était toute douce et sentait le talc parfumé. Brusquement, elle n'avait plus l'air aussi décrépite, simplement âgée et empreinte d'une grande lassitude. Elle aurait pu être ma grand-mère.

Elle me conduisit jusqu'à un immeuble quelques rues plus loin, s'arrêtant de temps en temps pour reprendre son souffle. Des pleurs de bébé résonnaient dans la cour et je perçus les voix de deux femmes qui essayaient de le calmer. Les murs de ciment étaient tout craquelés et des mauvaises herbes poussaient dans les fissures. De l'eau s'échappait d'un tuyau rouillé et formait des flaques de boue dans l'allée en terre. Un chat malingre lapait dans une flaque. Il releva le museau en nous entendant arriver et disparut derrière une palissade en bois.

Le hall de l'immeuble était froid et jonché d'ordures. Des centaines de mouches tournoyaient autour des restes de nourriture qui débordaient des sacs crevés. Je distinguai la silhouette d'un homme au bout du couloir, éclairé en contre-jour par la pauvre lumière d'une unique fenêtre. Il était en train de passer la serpillière, et je fus étonnée de voir que l'immeuble possédait un service de nettoyage. Il suivit des yeux la vieille femme quand nous passâmes devant lui, et je remarquai des traces rouge sang sur ses bras, dont l'une évoquait la forme d'un dragon. Il baissa sa manche en me voyant le regarder.

Nous nous arrêtâmes devant une porte métallique munie d'une grille. La vieille femme sortit de son décolleté une clé attachée au bout d'une ficelle. La porte s'ouvrit dans un grincement de protestation. La femme se précipita dans l'appartement tandis que je restais sur le paillasson élimé, observant l'intérieur depuis le seuil. Des tuyaux couraient le long du plafond et le papier peint était couvert de taches. De vieux journaux jonchaient le sol. L'odeur de la poussière et de l'air rance me donna la nausée. En s'apercevant que je ne l'avais pas suivie, la femme se retourna vers moi et haussa les épaules. « Je vois bien d'après tes habits que tu dois être habituée à mieux. Mais c'est tout ce que j'ai à t'offrir. »

Je pénétrai dans l'appartement en rougissant, honteuse de mon snobisme. Au centre de la pièce se trouvait un divan fatigué dont le rembourrage débordait aux coutures. La femme l'épousseta d'une main et jeta par-dessus un tapis qui puait l'humidité. « Assieds-toi, je t'en prie », dit-elle. Il faisait plus chaud dedans que dehors. Les fenêtres étaient fermées, mais j'entendais des bruits de pas et des sonnettes de vélo dans la rue en contrebas. La femme remplit d'eau une bouilloire et alluma le poêle. Le feu augmenta encore la température de la pièce, et je profitai d'un moment où elle ne me regardait pas pour porter mon mouchoir à mon nez, espérant trouver un peu de réconfort dans le parfum frais et propre du tissu.

« Tellement de gens dans la douleur, marmonna-t-elle. Tout le monde a perdu quelqu'un : des parents, un mari, des sœurs, des frères, des enfants. J'essaie d'aider, mais il y en a tellement. »

La bouilloire siffla et la vieille femme versa l'eau dans une théière fêlée qu'elle posa sur la table devant moi avec deux tasses.

« Tu m'as apporté quelque chose à elle ? » demanda-t-elle en se penchant pour me tapoter le genou.

Je sortis le foulard de ma poche et le dépliai, déposant son contenu sur la table. Les yeux de la femme se fixèrent sur le collier. Elle le ramassa et le fit osciller devant son visage, hypnotisée.

« C'est du jade, dit-elle.

— Oui. Et de l'or. »

Elle fit tomber le collier dans sa paume pour le soupeser. « Il est beau, commenta-t-elle. Et très vieux. On ne trouve plus de bijoux comme ça, aujourd'hui.

— Oui, il est beau », acquiesçai-je, et j'entendis soudain la voix de mon père prononcer les mêmes mots. Un souvenir me revint : j'avais trois ans et je fêtais Noël en ville avec mes parents et d'autres amis. Mon père nous appela : « Lina, Anya ! Venez vite ! Venez voir ce magnifique sapin ! » Ma mère et moi nous précipitâmes dans la pièce et le trouvâmes à côté d'un immense arbre de Noël dont chaque branche était décorée de pommes, de noix et de bonbons. Ma mère me souleva dans ses bras. Mes petits doigts, collants de biscuits au gingembre, jouaient avec le collier autour de son cou de cygne.

« Elle aime ce collier, Lina, dit mon père. Il est très beau sur toi. »

Ma mère, vêtue d'une robe blanche en dentelle, du gui dans les cheveux, me hissa sur les épaules de mon père afin que je puisse toucher l'étoile de verre fixée au sommet du sapin.

« Quand elle sera assez grande, je le lui donnerai, répondit ma mère. Pour qu'elle se souvienne de nous deux. »

Sortant de ma rêverie, je me tournai vers la vieille femme et lui demandai de but en blanc : « Où est-elle ? »

La femme referma son poing autour du collier. Elle mit un moment avant de me répondre : « Ta mère a été séparée de toi pendant la guerre. Mais elle va bien. Elle sait comment survivre. »

Un spasme me parcourut les épaules et les bras. Je portai mes mains à mon visage. J'avais la sensation que c'était vrai : ma mère était encore en vie.

La femme s'enfonça encore un peu plus dans son fauteuil, serrant le collier contre sa poitrine. Ses yeux se révulsèrent derrière ses paupières et elle se mit à respirer bruyamment. « Elle te cherche à Harbin mais elle ne te trouve pas. »

Je me redressai d'un seul coup. « À Harbin ? »

Brusquement, la femme fut prise d'une quinte de toux qui agita sa frêle silhouette. Elle porta une main à sa bouche et je vis un filet de sang ruisseler le long de son poignet. Je m'empressai de lui servir une tasse de thé, mais elle la refusa. « De l'eau ! éructa-t-elle. De l'eau ! »

Je me précipitai à l'évier et ouvris le robinet. Un jet de boue marronnasse explosa sur ma robe. Je laissai l'eau couler jusqu'à ce qu'elle soit claire, jetant des coups d'œil inquiets par-dessus mon épaule. La vieille femme était allongée par terre, une main crispée autour de la gorge, respirant avec un sifflement rauque.

Après avoir rempli un demi-verre d'eau, je retournai près d'elle et le portai à ses lèvres tremblantes. Son visage était devenu grisâtre, mais au bout de quelques gorgées les convulsions s'estompèrent et ses joues reprirent des couleurs.

« Prends un peu de thé, murmura-t-elle. Je suis désolée. C'est la poussière. Je laisse les fenêtres fermées mais elle rentre quand même. »

Le thé était tiède et avait un goût de fer, mais je bus poliment deux ou trois gorgées. Peut-être avait-elle la tuberculose, qui sévissait dans cette partie de la ville. Sergei serait furieux s'il apprenait que j'étais venue là. J'avalai une dernière gorgée de thé avant de reposer la tasse.

« Continuez, s'il vous plaît, lui demandai-je. Continuez à me parler de ma mère.

— Ça suffit pour la journée, me rétorqua-t-elle. Je suis malade. » Mais elle n'avait plus l'air malade. Elle m'étudiait attentivement. Elle attendait.

Je sortis les billets que j'avais cachés dans mon jupon et les étalai sur la table. « S'il vous plaît ! » m'écriai-je.

Elle posa les yeux sur mes mains. Je sentais mes doigts commencer à trembler. J'avais les bras si lourds que je ne pouvais plus les bouger.

« Ta mère, dit la vieille femme, est retournée te chercher à Harbin. Mais tous les Russes de là-bas ont fui et elle ne sait pas où tu es à présent. »

J'avalai péniblement ma salive. J'avais la gorge serrée et du mal à respirer. Je voulus me lever pour aller ouvrir la porte et faire un peu d'air, mais mes jambes refusaient de bouger. « Mais les communistes..., murmurai-je. Ils vont la tuer... » Mes mains tressautèrent, ma gorge se contracta. « Comment a-t-elle pu sortir de Russie ? repris-je. Les Soviétiques gardent les frontières. » Le visage de la femme se brouillait devant moi. « C'est impossible, fis-je.

— Non, pas impossible, répliqua la vieille en se levant pour s'approcher de moi. Ta mère est comme toi. Impulsive et déterminée. »

J'avais l'estomac retourné, le visage en feu. Le plafond tournait au-dessus de moi. Je jetai un coup d'œil à la tasse de thé et compris aussitôt.

La femme m'agita le collier sous le nez. Je n'essayai même pas de l'attraper ; je le savais déjà perdu. La porte s'ouvrit et un homme cria quelque chose. Et puis plus rien. Seulement le noir.

Des voix masculines me firent revenir à moi. Ils se disputaient. Leurs cris résonnaient dans mon crâne. Les yeux me brûlaient et tout mon corps était endolori. Quelque chose me pesait sur le ventre. En plissant les yeux je m'aperçus que c'était ma main : la peau couverte de bleus et d'égratignures, les ongles cassés et incrustés de crasse. J'avais les doigts tout engourdis, je ne pouvais pas les bouger. Je tentai de m'asseoir mais ma tête tournait trop et je me rallongeai sur le dos.

« Je ne sais pas qui c'est, disait un des hommes dans un mauvais anglais. Elle est entrée dans mon café comme ça. Je sais qu'elle est d'une bonne famille parce que en général elle est bien habillée.

— Donc vous l'avez déjà vue ? s'enquit un autre homme à l'accent indien.

— Elle est venue deux fois dans mon café. Jamais dit son nom. Elle voulait qu'on lui parle de la Russie.

— Elle est très jolie. Vous la trouviez peut-être à votre goût...

— Non ! »

Après une seconde tentative, je réussis à m'asseoir. Le sang afflua à mon cerveau et me brouilla la vue pendant quelques instants, après quoi je commençai à distinguer les barreaux devant moi et compris que j'étais en prison. La porte de la cellule était ouverte, je me trouvais sur un banc contre le mur. Il y avait une cuvette et un seau dans un coin. Les parois de béton étaient couvertes de graffitis dans toutes les langues imaginables. Je baissai les yeux et contemplai mes pieds nus : comme mes mains, ils étaient sales et tout égratignés. Je frissonnai en réalisant que je ne portais plus que mon jupon. Puis, au souvenir du collier, j'éclatai en sanglots.

Un policier se précipita dans la cellule. Il était jeune, la peau lisse et dorée comme du miel. Il portait un uniforme impeccable avec des tresses élaborées sur les épaules et un turban sur la tête. Il s'agenouilla devant moi pour me parler. « Y a-t-il quelqu'un que vous pourriez appeler ? me demanda-t-il. J'ai bien peur qu'on vous ait dévalisée. »

Sergei et Dimitri arrivèrent au poste de police en un rien de temps. Sergei était si pâle que je voyais ses veines sous sa peau. Dimitri devait le soutenir par le bras.

Il me passa une robe et une paire de chaussures apportées de la maison. « J'espère que ça ira, Anya, souffla-t-il d'une voix nouée d'inquiétude. C'est Mei Lin qui les a choisies pour toi. »

Il était deux heures du matin lorsque je conduisis le policier, Dimitri et Sergei jusqu'à l'immeuble crasseux. Il avait l'air encore plus sinistre dans le clair de lune. Des prostituées et des vendeurs d'opium attendaient dans l'allée mais disparurent comme des cafards dans l'ombre et les brèches à la vue du policier.

« Oh ! mon Dieu, Anya, pardonne-moi ! soupira Sergei en me passant un bras autour des épaules. Pardonne-moi de ne pas t'avoir laissée me parler de ta mère. »

J'étais un peu perdue dans l'obscurité et j'hésitais devant deux portes, ne sachant plus très bien laquelle était la bonne. Je fermai les yeux pour essayer de me souvenir à quoi le hall ressemblait à la lumière du jour. Je me tournai vers une porte derrière moi ; c'était la seule qui portait une grille. Le policier et Sergei échangèrent un regard. « Celle-ci ? » me demanda le policier.

On entendait quelqu'un bouger dans l'appartement. Je levai les yeux vers Dimitri, mais il avait la tête tournée et la mâchoire tendue. Quelques mois plus tôt, j'aurais été excitée de le voir.

Le policier frappa deux coups à la porte. Les déplacements cessèrent à l'intérieur mais personne ne vint ouvrir. Il frappa à nouveau, puis cogna violemment son poing contre le battant métallique. La porte n'était pas fermée à clé et s'ouvrit soudain. À l'intérieur, tout était noir et silencieux. La faible lueur des réverbères filtrait à travers les vitres sales.

« Y a quelqu'un ? Police ! »

Une forme traversa la pièce en courant. Le policier alluma. Nous sursautâmes tous en la voyant. Elle avait une expression affolée, comme un animal traqué. Je reconnus d'emblée ses yeux fous, la tiare sans pierres perchée de guingois sur sa tête. La femme laissa échapper un cri et se recroquevilla dans un coin, les mains plaquées sur les oreilles. « *Doucha v douchou*, murmura-t-elle. *Doucha v douchou.* »

Le policier se jeta sur elle et l'agrippa par le bras. La femme se mit à hurler.

« Non, arrêtez ! m'écriai-je. Ce n'est pas elle ! »

Le policier la lâcha et la femme se laissa tomber à terre. Il s'essuya les mains sur le pantalon avec une mine de dégoût.

« Je la connais du café, expliquai-je. Elle est inoffensive.

— Chut, chut ! souffla la femme en pressant un doigt contre ses lèvres. Ils étaient là. Ils sont revenus.

— Qui ? demandai-je.

— Ils viennent quand je ne suis pas là, expliqua-t-elle avec un grand sourire. Ils viennent et ils me laissent des choses. »

Sergei s'avança pour aider la femme à se relever et à s'asseoir dans un fauteuil. « Madame, s'il vous plaît, dites-nous qui est venu dans votre appartement. Il y a eu un vol.

— Le tsar et la tsarine, répondit-elle en ramassant une des tasses à thé sur la table pour la lui montrer. Vous voyez ? »

« J'ai bien peur que nous ne retrouvions jamais votre collier, déclara le policier en nous ouvrant la portière de la voiture. Ces brigands l'ont sans doute déjà démonté pour vendre les pierres et la chaîne séparément. Ils risquent de ne pas remettre de sitôt les pieds dans cette partie de la ville. »

Sergei glissa une liasse de billets dans la poche du type. « Faites votre possible, et vous aurez une bien plus grande récompense encore. »

Le policier opina du chef en tapotant sa poche. « Je vais voir ce que je peux faire. »

Le lendemain matin, j'ouvris les yeux et sentis le soleil danser sur mon visage à travers les rideaux. Il y avait un vase de gardénias sur la table de chevet. Je me rappelai l'avoir posé là quelques jours plus tôt. En contemplant les fleurs, je fus saisie d'un élan d'optimisme et songeai que j'avais peut-être rêvé, qu'aucun des événements de la veille n'avait vraiment eu lieu. L'espace d'un instant, je crus qu'en ouvrant le tiroir de la commode j'y trouverais le collier de jade, bien à sa place dans la boîte où je l'avais laissé depuis mon arrivée à Shanghai. Mais soudain j'aperçus ma jambe qui dépassait des draps froissés : elle était striée d'égratignures violettes telles les fêlures d'un vase en porcelaine. Aussitôt, la réalité reprit le dessus. Je m'enfonçai les deux poings dans les yeux, essayant de bloquer les images qui revenaient me hanter : le soldat soviétique, l'appartement puant l'humidité et la poussière, le collier que la vieille femme balançait au bout de son bras juste avant que je perde connaissance.

Mei Lin vint ouvrir les rideaux. Je lui demandai de les laisser fermés. Je ne voyais pas l'intérêt de me lever et d'affronter cette journée. Elle posa mon plateau de petit déjeuner sur la table de chevet puis déguerpit comme une voleuse. Je n'avais pas d'appétit, seulement une douleur au creux du ventre. Par la fenêtre me parvenait l'air étouffé de « Un bel di' » dans *Madame Butterfly*, mêlé à des vapeurs d'opium. L'idée que Sergei était déjà en train de prendre sa dose ne faisait rien pour me remonter le moral. C'était ma faute. Il était venu me voir tard dans la nuit. Dans l'obscurité, avec ses sourcils noirs et son regard inquiet, on aurait cru un saint tourmenté. « Tu es brûlante, avait-il dit en posant une main sur mon front. J'ai peur que la drogue de cette vieille sorcière soit en train de t'empoisonner. »

J'étais la réincarnation de son pire cauchemar. Il était terrorisé à l'idée que je puisse à mon tour être emportée sans crier gare. La première épouse de Sergei, Marina, avait contracté la typhoïde au cours de l'épidémie de 1914. Il était resté à son chevet jour et nuit pendant toute la durée de son agonie. Il avait fait venir les meilleurs médecins pour qu'ils la sauvent avec leur alimentation forcée, leurs bains froids, leurs infusions et leurs mystérieuses pilules. Ils avaient réussi à faire reculer l'infection, mais elle était morte deux semaines plus tard d'une hémorragie interne massive. C'était la seule nuit où Sergei n'était pas aux côtés de Marina, car les médecins lui avaient assuré qu'elle était en convalescence et qu'il devait se reposer un peu lui aussi.

Sergei voulait appeler un médecin pour m'examiner, mais je m'étais agrippée à sa main tremblante et l'avais pressée contre ma joue. Il était tombé à genoux et avait posé sa tête au bord de mon lit. Un grand gaillard comme lui, agenouillé tel un enfant en prière.

J'avais dû m'endormir peu de temps après, car c'était tout ce dont je me souvenais. Dans mon malheur, j'étais quand même consciente de ma chance : j'avais Sergei. Et l'idée de le perdre lui aussi, comme j'avais perdu mon père et ma mère, me terrifiait d'autant plus.

Plus tard dans la journée, alors qu'Amelia était partie aux courses et que Sergei somnolait sous l'effet de l'opium, Mei Lin m'apporta un petit mot sur un plateau d'argent.

Descends. Je voudrais te parler et je n'ai pas le droit de monter.

Dimitri.

Je me levai tant bien que mal, arrangeai mes cheveux et attrapai une robe propre dans la penderie. Je descendis les marches deux à deux et me penchai à la balustrade en arrivant sur le palier. Dimitri m'attendait au salon, son chapeau et sa veste posés à côté de lui. Il serrait quelque chose dans sa main. Je pris une minute pour me composer une expression, m'efforçant d'être aussi gracieuse que Francine et la moins enfantine possible.

Quand il me vit entrer dans la pièce, il se leva en souriant. Il avait des cernes sous les yeux et les joues bouffies, comme s'il avait mal dormi.

« Anya, dit-il en ouvrant sa paume pour me présenter une bourse en velours. C'est tout ce que j'ai pu récupérer. »

J'ouvris la pochette et en renversai le contenu dans ma main : trois pierres vertes et un bout de chaîne en or. Je caressai les restes du collier de ma mère. Les pierres étaient rayées. On les avait négligemment arrachées à la chaîne sans aucune conscience de leur valeur.

« Merci », murmurai-je en essayant d'afficher un sourire courageux. Le policier avait affirmé qu'il serait impossible de retrouver le collier. J'avais peur de demander à Dimitri comment il avait fait. Quelles méthodes il avait employées. Car je sentais que, à l'instar de Sergei, il évoluait parfois dans des sphères obscures. Des endroits qui n'avaient rien à voir avec le bel homme élégant qui se tenait devant moi. Un monde qui ne se manifesterait jamais à nous.

« C'est très gentil de votre part, repris-je. Mais j'ai été idiote. Je savais très bien que la vieille femme allait me mentir. C'est juste que je ne m'attendais pas à ce qu'elle me vole. »

Dimitri marcha jusqu'à la fenêtre et se plongea dans la contemplation du jardin. « J'imagine que tu n'as pas vraiment reçu l'éducation appropriée pour une ville comme Shanghai, répliqua-t-il. Les Russes avec qui tu as grandi étaient des personnes… raffinées. Moi j'ai grandi dans les bas-fonds, je sais de quoi les gens sont capables. »

Je l'observai un instant, la raideur de son dos, ses larges épaules. J'étais subjuguée par sa beauté, et pourtant sa noirceur était un mystère à mes yeux.

« Vous devez me trouver bien fade et gâtée », fis-je.

Il pivota sur lui-même, le regard empreint de surprise. « Je te trouve très belle et très intelligente. Je n'ai jamais rencontré quelqu'un comme toi… Tu sembles sortir d'un livre. Une princesse. »

Je rangeai les morceaux du collier de ma mère dans la pochette. « Ce n'est pas ce que vous pensiez l'après-midi où je vous ai vu dans le jardin. Le jour où vous étiez avec Marie et Francine. Vous trouviez que j'étais une petite écolière stupide.

— Jamais ! s'exclama Dimitri, d'un air sincèrement consterné. J'ai trouvé qu'Amelia était dure… et j'étais jaloux.

— Jaloux ? De quoi ?

— Moi aussi j'aurais voulu aller dans une bonne école. Étudier le français et le dessin.

— Ah bon ? » répondis-je, stupéfaite. Pendant des mois j'avais cru qu'il me méprisait.

La porte du salon s'ouvrit et Mei Lin fit irruption dans la pièce. En voyant Dimitri, elle s'arrêta net et fit deux pas en arrière, s'agrippant timidement à l'accoudoir du canapé. Elle avait perdu deux dents de devant la semaine précédente et zozotait en parlant. « Monsieur Sergei demande si vous désirez le thé maintenant », annonça-t-elle poliment en russe.

Dimitri éclata de rire. « Elle a dû apprendre ça avec toi, Anya. On dirait une parfaite aristocrate.

— Voulez-vous rester prendre le thé ? suggérai-je. Sergei serait content de vous voir.

— Malheureusement je ne peux pas, répondit-il en ramassant son chapeau et sa veste. Je dois auditionner un nouveau groupe de jazz pour le club.

— Et vous préféreriez étudier le français et le dessin ? »

Dimitri partit d'un nouvel éclat de rire. « Un jour, dit-il, Sergei finira par céder et t'emmènera au club. »

Dehors, l'air était frais et le soleil éblouissant. Je m'étais réveillée déprimée ce matin-là, mais Dimitri m'avait remonté le moral. Le jardin semblait vibrer de sons, d'odeurs et de couleurs. Dimitri se retourna vers la maison. « Tu te sens bien ici, Anya ? Tu dois être un peu seule, non ?

— Je suis habituée, maintenant. J'ai la bibliothèque. Et quelques amies à l'école. »

Il s'arrêta au milieu de l'allée et donna un coup de pied dans un caillou, la tête baissée. « Je n'ai pas beaucoup de temps à cause du club, reprit-il, mais peut-être que je pourrais venir te voir, si tu veux. Que dirais-tu si je venais passer deux ou trois heures avec toi les mercredis après-midi ?

— Oh oui ! m'écriai-je en battant des mains. Ça me ferait un grand plaisir ! »

La vieille servante nous ouvrit le loquet de la grille. J'avais peur de croiser son regard. Je me demandais si elle savait, pour le collier, et si elle me méprisait encore plus qu'avant. Mais elle arborait toujours le même visage impassible et silencieux.

« Que veux-tu qu'on fasse mercredi prochain, alors ? demanda Dimitri en hélant un rickshaw dans la rue. Tu veux jouer au tennis ?

— Non, je fais suffisamment de tennis à l'école », répliquai-je. Je marquai une hésitation avant de me lancer : « Apprenez-moi ce que vous dansiez avec Marie et Francine. Le tango. »

Dimitri s'esclaffa. « C'est une danse très osée, Anya, rétorqua-t-il. Je vais devoir solliciter l'autorisation de Sergei.

— J'ai entendu dire qu'il était lui-même un très bon danseur, autrefois. On pourrait peut-être lui demander de nous donner des cours.

— Peut-être, approuva Dimitri en riant. Mais il est quand même très rigide avec toi. Je suis sûr qu'il préférera nous enseigner la valse de Vienne. »

Un rickshaw conduit par un jeune garçon vêtu d'un short déchiré et d'une chemise usée jusqu'à la corde s'arrêta devant la grille. Dimitri lui indiqua l'adresse du club et je le regardai grimper sur le siège.

« Anya ! »

En levant les yeux, je vis qu'il était penché vers moi. J'espérais qu'il allait m'embrasser et lui tendis la joue, mais il plaça sa main en cornet sur mon oreille : « Anya, je veux que tu saches que je te comprends, chuchota-t-il. Moi aussi j'ai perdu ma mère quand j'avais ton âge. »

Les battements de mon cœur résonnaient si fort à mes tempes que je l'entendis à peine.

Il fit un signe au garçon et le rickshaw s'éloigna dans la rue. Juste avant de passer le coin, Dimitri se retourna pour me saluer de la main. « À mercredi prochain, alors ! »

J'étais parcourue de frissons. Il faisait si chaud tout à coup que j'avais l'impression de sentir ma peau fondre sur mes os. Je me retournai et vis la vieille servante qui me fixait, la main posée sur le battant de la grille. Sans un regard pour elle, je traversai le jardin à toutes jambes et me précipitai dans la maison, bourdonnante de mille émotions qui retentissaient dans ma tête comme un orchestre chinois.

4

Le Moscou-Shanghai

L'hiver à Shanghai n'était pas aussi froid qu'à Harbin, ni aussi beau. Il n'y avait pas de manteau de neige recouvrant les immeubles et les rues, pas de stalactites suspendues aux auvents comme des cristaux, pas de refuge possible dans le silence. Au lieu de tout ça, un interminable ciel gris, un cortège de badauds débraillés dans les rues sales, un air si humide et boueux que chaque respiration me laissait tremblante et mélancolique.

Le jardin en hiver était monstrueux. Les parterres de fleurs se transformaient en bancs de terre fangeux d'où seules quelques mauvaises herbes résistantes parvenaient à sortir la tête. J'avais enveloppé le gardénia dans un grillage recouvert d'une bâche. Les autres arbres se dressaient, nus, sans feuilles ni neige sur leurs branches, projetant la nuit, sur mes rideaux, des ombres inquiétantes, tels des squelettes sortis de leur tombe.

Mais tandis que les fleurs et les plantes hibernaient, mon corps, lui, s'épanouissait. Mes jambes s'allongèrent vers le bout du lit et je compris que j'allais être grande, comme mes parents. Puis ma taille s'affina, mes hanches s'épaissirent, et mes taches de rousseur enfantines disparurent peu à peu, cédant la place à une peau ivoire. Et enfin, pour ma plus grande joie, un début de poitrine apparut sur mon torse.

Je passais des heures perchée sur le rebord de la baignoire, à observer dans le miroir cette étrangère que j'étais en train de devenir. Je me sentais à la fois excitée et déprimée par tous ces changements qui advenaient en moi. Chaque pas vers la féminité en était un de plus vers Dimitri, et ce pas m'éloignait d'autant de l'enfant que j'avais été avec ma mère. Je n'étais plus la petite fille à qui elle avait chanté des chansons et dont elle avait broyé la main potelée dans la sienne pour ne pas me laisser partir. Je me demandais même si ma mère m'aurait reconnue.

Fidèle à sa parole, Dimitri venait me rendre visite tous les mercredis. Nous avions poussé les canapés et les fauteuils sur les côtés de la salle de bal et supplié Sergei de nous apprendre à danser. Comme Dimitri l'avait prévu, Sergei avait insisté pour nous apprendre d'abord la valse. Sous le regard austère des portraits accrochés aux murs, Dimitri et moi répétions nos tours et nos glissés jusqu'à la perfection. Sergei était un professeur exigeant ; il nous arrêtait fréquemment pour corriger nos pas, nos bras, la position de nos têtes. Mais je nageais dans le bonheur. Quelle importance de danser sur une musique ou une autre, du moment que je dansais avec Dimitri ? Quand j'étais avec lui, j'arrivais à oublier ma tristesse. Au début, j'avais peur que Dimitri ne vienne uniquement parce qu'il avait pitié de moi, ou parce que Sergei le lui avait secrètement demandé. Mais en l'observant bien pour déceler des signes d'enthousiasme, je réussis à les trouver. Il n'était jamais en retard à nos cours et semblait toujours déçu quand il était l'heure de partir, traînant plus longtemps que nécessaire dans le hall pour ramasser son manteau et son parapluie. Souvent, alors qu'il pensait que je ne le voyais pas, je le surprenais en train de me dévisager. Il détournait vivement le regard, feignant de prêter attention à autre chose.

À l'époque où les jonquilles commencèrent à pointer leur nez hors du sol et les oiseaux à revenir dans le jardin, j'eus enfin mes premières règles. Je demandai à Luba de dire à Sergei qu'il devait désormais me laisser venir au *Moscou-Shanghai*, j'étais une femme à présent. La réponse me parvint sur une carte argentée ornée d'un brin de jasmin : *Après ton quinzième anniversaire. Tu dois d'abord t'entraîner un peu plus à être une femme.*

Mais Sergei annonça à Dimitri qu'il allait nous apprendre le boléro. Moi qui attendais le tango et n'avais jamais entendu parler du boléro, je fus d'abord déçue.

« Non, me rassura Dimitri. Cette danse est bien plus symbolique. Sergei et Marina ont dansé le boléro le jour où ils se sont mariés. Il ne nous l'apprendrait pas s'il ne nous prenait pas au sérieux. »

La semaine suivante, Sergei tamisa les lumières dans la salle de bal. Il posa l'aiguille sur le disque et nous plaça face à face, Dimitri et moi. J'étais si proche de lui que je sentais battre son cœur contre ma poitrine. La lumière ambrée donnait une allure démoniaque au visage de Sergei, et nos ombres dessinaient des silhouettes grotesques sur les murs. La mélodie hypnotique d'une flûte se mêlait au rythme saccadé des tambours, auxquels vinrent s'ajouter des trompettes pleines de passion. En silence, Sergei commença à danser pour nous montrer les pas. Dimitri et moi l'imitions, en rythme avec les tintements de cymbales, balançant les hanches dans la direction opposée de nos pas. Je me laissai envoûter par la musique, emporter dans un autre monde : Dimitri et moi étions le roi et la reine d'Espagne, virevoltant au milieu de notre cour, l'instant d'après nous chevauchions dans les grandes plaines en compagnie de don Quichotte, et pour finir nous devenions un empereur et une impératrice romains paradant dans un char devant nos sujets. Cette danse était un tourbillon troublant.

Quand Sergei s'arrêta, Dimitri et moi étions à bout de souffle, agrippés l'un à l'autre, tremblants. Je me sentais brûlante de fièvre mais n'arrivais pas à faire bouger mes jambes pour aller m'asseoir au bout de la pièce.

L'aiguille du gramophone sauta et Sergei ralluma les lumières. Je sursautai en voyant Amelia, une cigarette coincée entre les lèvres, qui me toisait comme un général en campagne évaluant la force des armées ennemies. J'aurais voulu qu'elle arrête de me regarder ; elle était en train de gâcher toute l'exultation que je ressentais après le boléro. Elle dut lire dans mes pensées, car elle laissa échapper un ricanement, pivota sur ses talons et sortit.

Je n'avais pas vraiment pris au sérieux la promesse de Sergei de m'emmener au *Moscou-Shanghai* après mon quinzième anniversaire, mais un jour, au mois d'août de l'année suivante, il surgit de son bureau et annonça de but en blanc que j'irais au club ce soir-là. Amelia déballa le *cheongsam* vert émeraude que Mme Woo m'avait cousu sur mesure, mais je pus à peine le passer tellement j'avais grandi. Sergei dut appeler une couturière pour une retouche en urgence. Après son départ, on m'envoya Mei Lin pour me brosser les cheveux. Puis Amelia fit son entrée, une trousse de maquillage à la main. Elle m'étala du rouge sur les joues et les lèvres, m'appliqua un parfum musqué aux poignets et derrière les oreilles. Quand elle eut terminé, elle se recula et contempla le résultat en souriant, satisfaite. « Tu me déranges beaucoup moins maintenant que tu es adulte, dit-elle. Ce sont les enfants boudeurs que je ne supporte pas. »

Je savais très bien qu'elle mentait ; elle me haïssait toujours autant.

Je m'assis entre Sergei et elle dans la limousine. Bubbling Well Road défila par la vitre comme un film muet. Des jeunes femmes de toutes nationalités se tenaient sur le porche des clubs, scintillantes dans leurs robes à paillettes et leurs boas en plumes. Elles faisaient des signes aux passants, attirant les clients d'un sourire aguicheur. Des groupes de fêtards se pressaient le long des trottoirs encombrés, tandis que les parieurs s'agglutinaient au coin des rues tels des insectes autour d'un néon.

« Nous y voilà ! » annonça Sergei. La portière s'ouvrit et un homme en uniforme de cosaque m'aida à descendre de voiture. Je fus immédiatement éblouie par la magnificence qui s'étalait devant mes yeux : de larges marches en pierre recouvertes d'un tapis rouge et bordées de part et d'autre par un cordon doré montaient jusqu'à la porte du club, devant laquelle une file d'hommes et de femmes attendaient pour entrer. Leurs robes, leurs fourrures, leurs satins et leurs bijoux brillaient dans la lueur sépia des lampadaires, et l'air vibrait de leurs joyeux bavardages. Au sommet des marches se dressait un portique composé de colonnes géantes et de deux lions en marbre. Dimitri était là. Nous échangeâmes un sourire et il descendit l'escalier quatre à quatre pour venir à notre rencontre. « Anya, dit-il en me prenant la main, tu seras toujours là pour danser avec moi, à partir de maintenant. »

En tant que gérant du club, Dimitri inspirait le respect. Lorsqu'il nous fit monter le tapis rouge, les clients s'écartèrent sur son passage. Le hall d'entrée était époustouflant. Des murs en marbre blanc artificiel et des miroirs dorés reflétaient la lumière d'un immense lustre de cristal. Des fenêtres en trompe-l'œil ouvraient sur un faux ciel bleu parsemé de nuages blancs et donnaient l'impression d'un crépuscule permanent.

L'intérieur du club revêtait une ambiance totalement différente. Des murs lambrissés de panneaux de bois et des tapis turcs rouges entouraient la piste de danse, sur laquelle virevoltaient des dizaines de couples au rythme de la musique jouée par un orchestre. Parmi eux, des officiers américains, britanniques et français valsaient avec de jolies femmes sous le regard d'autres clients qui sirotaient du champagne assis dans des fauteuils en acajou ou des canapés de velours.

Dimitri nous conduisit jusqu'au restaurant, qui se trouvait sur une mezzanine surplombant la piste de danse. Des dizaines de lampes à gaz décoraient les tables, toutes occupées sans exception. Un serveur nous dépassa avec une assiette de *chachliks* flambés, emplissant l'air d'un arôme de mouton grillé, d'oignons et de cognac. Partout où je posais les yeux, ce n'étaient que diamants, fourrures et soieries.

Alexei et Luba étaient déjà installés à une table tout au fond de la salle, une carafe de vin à demi entamée posée devant eux. Ils discutaient avec deux capitaines de marine britanniques et leurs épouses. Les hommes se levèrent pour nous accueillir, tandis que leurs femmes prenaient un air pincé en nous toisant Amelia et moi avec un mépris à peine dissimulé.

Des serveurs en smoking nous servirent un festin d'huîtres fraîches, de *pirojki* farcis au potiron, de blinis au caviar, de crème d'asperges et de pain noir. C'était bien plus que nos estomacs étaient capables d'ingurgiter, pourtant les plats continuaient à défiler : poisson à la vodka, paupiettes de poulet façon Kiev, purées, et un gâteau aux cerises et au chocolat en dessert.

Un des deux capitaines, un certain Wilson, me demanda si je me plaisais à Shanghai. Je n'en avais pas vu grand-chose, à part la maison de Sergei, mon école, les boutiques sur les quelques trajets que j'étais autorisée à faire seule et un parc dans la concession française, mais je lui répondis que j'adorais cette ville. Il hocha la tête et se pencha vers moi pour me murmurer à l'oreille : « La plupart des Russes qui vivent ici n'ont pas votre chance, jeune fille. Regardez ces pauvres filles en bas. Sans doute issues d'anciennes familles nobles. Maintenant elles en sont réduites à danser et à divertir les soûlards pour gagner leur vie. »

L'autre capitaine – nommé Bingham – déclara qu'il avait entendu dire que ma mère avait été déportée vers un camp de travail. « Ce fou de Staline ne va pas durer très longtemps, commenta-t-il en me resservant des légumes et en renversant le moulin à poivre au passage. Il y aura une autre révolution avant la fin de l'année, vous verrez.

— Qui sont ces imbéciles ? marmonna Sergei à Dimitri.

— Des investisseurs, répondit ce dernier. Alors continue à sourire.

— Non, répliqua Sergei. Tu devras entraîner Anya à le faire à ma place, maintenant qu'elle a l'âge. Elle est bien plus charmante que n'importe lequel d'entre nous. »

Sur le coup de minuit, l'orchestre laissa la place à un groupe cubain et les couples se précipitèrent sur la piste pour danser le mambo et la rumba. J'étais enivrée par les cuivres et les percussions, ce mélange à la fois sauvage et sophistiqué, et je me mis inconsciemment à taper du pied et à claquer des doigts en rythme. Luba éclata de rire. Elle donna un petit coup de coude à Dimitri en hochant le menton dans ma direction : « Allez, Dimitri, emmène Anya danser et montrez-nous ce que Sergei vous a appris. »

Dimitri sourit et m'offrit son bras. Je le suivis jusqu'à la piste de danse, la peur au ventre. S'entraîner chez Sergei était une chose, danser devant tout le monde au *Moscou-Shanghai* était une autre paire de manches. Mais dès que Dimitri posa une main sur ma hanche et serra mes doigts dans l'autre, je me sentis rassurée. Nous commençâmes à danser, pas très sérieusement d'abord, riant chaque fois que nous nous cognions aux autres. Mais au bout d'un moment, nous nous mîmes à bouger gracieusement l'un contre l'autre et je me rendis compte que j'avais oublié ma timidité.

« Qu'est-ce que c'est que cette musique ? demandai-je à Dimitri.

— Du mambo et du mérengué. Ça te plaît ?

— Oui, beaucoup.

— Je vais leur demander de la jouer pour toi tous les soirs, Anya ! Et demain je t'emmènerai au Yu yuan. »

Nous dansâmes sur tous les morceaux et ne nous arrêtâmes, dégoulinants de sueur, que lorsque l'orchestre termina le dernier set de la soirée. Quand nous revînmes à la table, les capitaines et leurs épouses étaient partis mais Sergei et les Mikhailov se levèrent pour nous applaudir. « Bravo ! Bravo ! » s'écria Sergei.

Amelia nous lança à peine un sourire, nous fourrant des serviettes de table dans la main afin que nous essuyions la transpiration sur nos visages.

« Arrête de te ridiculiser, Anya ! »

Je décidai d'ignorer sa remarque. « Pourquoi ne dansez-vous pas avec Sergei ? demandai-je. Il danse très bien. »

Ma question était innocente, impulsée par la bonne humeur dans laquelle m'avait mise la danse. Mais Amelia se raidit comme un chat. Elle ne répondit rien. L'atmosphère entre nous, qui avait toujours été tendue, devint encore plus pesante. J'étais consciente que je venais de commettre une terrible erreur, mais je n'allais quand même pas m'excuser pour un affront involontaire. Pendant tout le trajet du retour, nous restâmes muettes dans la voiture, telles deux rivales obstinément braquées l'une contre l'autre. Si notre antipathie devait dégénérer en conflit ouvert, je n'avais aucune chance de l'emporter, je le savais.

Le lendemain, je racontai à Sergei que Dimitri m'avait proposé de m'emmener en promenade. « Je suis content de voir que vous vous entendez bien, répliqua-t-il. Je n'aurais pas pu espérer mieux. Dimitri est comme un fils pour moi, et toi tu es ma fille. »

Sergei avait un rendez-vous d'affaires ce jour-là, aussi se mit-il aussitôt en quête de nous trouver un chaperon de substitution. Amelia avait refusé d'emblée, arguant qu'elle n'avait pas l'intention de passer la journée avec des « adolescents au regard mièvre ». Luba en aurait été enchantée, mais elle avait un déjeuner avec des amies, et Alexei était cloué au lit par la grippe. Ce fut donc la vieille servante qui m'accompagna dans le rickshaw. Elle resta assise, immobile et muette, sans me regarder ni même répondre à mes questions chaque fois que j'essayais d'engager la conversation.

J'avais rendez-vous avec Dimitri dans le jardin Yu yuan, en pleine ville ancienne, dans une maison de thé traditionnelle surplombant un lac et offrant une magnifique vue sur les montagnes. Il m'attendait à l'ombre d'un saule, vêtu d'un costume de lin beige qui faisait ressortir ses yeux verts. L'établissement, avec ses murs ocre et son toit retourné, me rappelait une caisse à thé que nous avions chez nous à Harbin. Il faisait chaud et Dimitri proposa que l'on s'asseye au premier étage pour avoir un peu d'air. Il invita la servante à s'installer avec nous, mais elle préféra la table voisine, contemplant imperturbablement le paysage même si je la soupçonnais d'écouter d'une oreille attentive la moindre de nos paroles.

Une serveuse nous apporta du thé au jasmin. « C'est le plus vieux parc de la ville, m'expliqua Dimitri. Et bien plus beau que ceux de la concession française. Tu sais qu'ils avaient des pancartes où était écrit “Interdit aux chiens et aux Chinois” ?

— C'est affreux d'être pauvre, dis-je. Je croyais avoir tout vu avec l'invasion japonaise à Harbin, mais je n'ai jamais rien vu de tel que la pauvreté à Shanghai.

— Il y a beaucoup de Russes plus pauvres que les Chinois, ici, poursuivit Dimitri en sortant de sa poche un étui en métal d'où il tira une cigarette. Mon père a dû travailler comme chauffeur pour une riche famille chinoise quand il est arrivé à Shanghai. Je crois qu'ils avaient du plaisir à voir un Blanc dans une situation désespérée. »

Une brise paresseuse souffla sur la table, soulevant nos serviettes et ridant la surface du thé. La vieille servante s'était assoupie, les yeux fermés et la tête appuyée contre une vitre. Dimitri se tourna vers moi.

« Tu penses souvent à ta mère ? me demanda-t-il de but en blanc.

— Tout le temps, répondis-je. Elle est toujours dans mes pensées.

— Je sais, dit-il en faisant signe à la serveuse de remplir nos tasses.

— Vous croyez qu'il va y avoir une autre révolution en Russie ?

— À ta place, je n'y compterais pas trop. »

Le ton désinvolte de Dimitri me heurta et je me rembrunis. Lorsqu'il vit ma réaction, son visage s'attendrit. Il jeta un coup d'œil par-dessus son épaule pour s'assurer que la servante dormait toujours avant de me prendre la main. « Mon père et ses amis ont attendu jour après jour pendant des années que l'aristocratie soit restaurée en Russie, et ils ont gâché leur vie à espérer quelque chose qui n'est finalement jamais arrivé. Je prie de tout mon cœur pour que ta mère soit libérée, Anya. Seulement, tu ne dois pas vivre en attendant ce jour. Tu dois penser à toi, maintenant.

— C'est exactement le genre de choses que pourrait dire Amelia, fis-je remarquer.

— Ah bon ! rétorqua-t-il en riant. Eh bien, ça ne m'étonne pas vraiment. Nous nous ressemblons beaucoup, tous les deux. Nous avons dû nous battre pour nous bâtir une place dans ce monde en partant de rien. Au moins, elle sait ce qu'elle veut et comment l'obtenir.

— Elle me fait peur. »

Dimitri écarquilla les yeux, surpris. « C'est vrai ? Il n'y a aucune raison d'avoir peur d'elle, pourtant. Elle n'est pas méchante. Juste jalouse et pas très sûre d'elle. »

Dimitri me raccompagna jusqu'à la maison, où les bonnes étaient en train de cirer les meubles et de nettoyer les tapis. Amelia n'était pas dans les parages. Quant à Sergei, il venait d'arriver lui aussi et nous attendait devant l'entrée.

« J'espère que vous avez passé un bon moment ensemble, nous lança-t-il.

— Merveilleux ! » répondis-je en l'embrassant sur la joue. Il avait le visage moite et les yeux vitreux, signe qu'il allait bientôt devoir prendre sa dose.

« Reste un peu avec nous, suggéra Dimitri.

— Non, j'ai des choses à faire », dit Sergei. Il recula pour attraper la poignée, mais ses doigts tremblaient trop.

« Je vais t'aider », proposa Dimitri en se penchant vers lui. Sergei le dévisagea d'un air tourmenté, et dès que la porte s'ouvrit il se précipita dans la maison, manquant de renverser une des domestiques dans sa course. Je me tournai vers Dimitri et lus l'angoisse dans ses yeux.

« Vous êtes au courant, n'est-ce pas ?

— On va le perdre, Anya, murmura-t-il. Comme j'ai perdu mon père. »

Ma deuxième soirée au *Moscou-Shanghai* fut une déception, et mon excitation tomba aussitôt que je pénétrai dans le club. À la place de la clientèle fortunée de la veille, l'établissement était peuplé de marins américains au crâne rasé. Sur la scène, un orchestre jouait du swing, et les robes de couleurs vives des filles russes donnaient à la piste de danse des allures de carnaval populaire. Il y avait beaucoup plus d'hommes que de femmes. Ils attendaient en grappes devant le bar, lançant leurs commandes de leurs voix rugueuses qui couvraient souvent la musique.

« On ne les aime pas beaucoup au club, me confia Sergei, et en général nos prix sont suffisamment prohibitifs pour les tenir à l'écart. Mais depuis la guerre, la discrimination à leur encontre est mal vue. Alors, tous les jeudis soir, les consommations sont à moitié prix. »

Le maître d'hôtel nous conduisit jusqu'à une table au fond de la salle. Amelia s'excusa pour aller aux toilettes, et je cherchai des yeux Dimitri en me demandant pourquoi il ne nous avait pas rejoints. Je finis par le repérer au bord de la piste de danse, près des marches menant au bar. Il avait les bras croisés sur la poitrine et il se balançait nerveusement d'avant en arrière.

« Pauvre gosse, soupira Sergei. Il tient à cet endroit comme à la prunelle de ses yeux. Moi aussi j'adore ce club, mais s'il partait en fumée je n'en ferais pas une maladie.

— Dimitri se fait du souci pour vous », dis-je.

Sergei se crispa brusquement et ramassa une serviette pour s'essuyer les lèvres. « Il a perdu son père quand il était petit, m'expliqua-t-il. Sa mère était obligée de recevoir des hommes juste pour avoir de quoi manger.

— Oh ! Il m'avait dit que sa mère était morte quand il était jeune, mais je ne lui ai jamais demandé comment. »

Sergei me considéra un instant, pesant le pour et le contre avant de me faire une révélation. « Un jour, elle a tiré le mauvais numéro, finit-il par souffler à voix basse. Un marin. Il l'a tuée.

— Mon Dieu ! m'écriai-je. Pauvre Dimitri !

— C'est lui qui l'a trouvée, Anya, poursuivit Sergei. Imagine quel effet ça peut faire sur un gosse. La marine nationale a jugé l'assassin et l'a pendu. Mais qu'est-ce que ça change pour un gamin qui a perdu sa mère ? »

Je contemplai d'un air absent les danseurs sur la piste, trop choquée pour parler, ou même simplement pour pleurer. Sergei me donna un petit coup de coude. « Va dire à Dimitri de ne pas s'en faire, me chuchota-t-il. D'autres clubs ont connu des mauvaises passes, mais jamais celui-ci. C'est l'endroit préféré des officiers. Il n'y a aucun risque. »

Je fus reconnaissante à Sergei de m'offrir un prétexte pour approcher Dimitri. La piste de danse était un tourbillon de sueur et de peau dénudée. J'avais du mal à me frayer un chemin à travers les visages cramoisis et les bras qui battaient l'air. Une jeune Russe dansait avec tant de ferveur qu'un de ses tétons jaillit de son décolleté, mais elle n'eut pas l'air de s'en préoccuper, ni personne d'autre d'ailleurs.

Quelqu'un me tapota l'épaule. « Hé ! poupée ! Voilà mon ticket. » Je devinai la présence de l'homme derrière moi et sentis l'alcool suinter de sa peau graisseuse. Il y avait de la lubricité dans sa voix pâteuse. « Hé ! toi, chérie ! insista-t-il. Je te parle. » Quelque part dans la foule, une voix de femme lui lança : « Laisse-la tranquille ! C'est la fille du patron. »

Dimitri écarquilla les yeux en me voyant avancer vers lui. Il plongea dans la cohue et me tira vivement sur le bord de la piste.

« Je leur avais demandé de ne pas t'emmener ici ce soir, soupira-t-il. Parfois je me demande vraiment s'ils savent ce qu'ils font.

— Sergei vous fait dire de ne pas vous inquiéter, qu'il n'y aurait pas de problème, répondis-je.

— C'est une soirée chaude et arrosée, et j'aime mieux ne pas prendre de risques. »

Dimitri fit signe à un serveur et lui chuchota quelque chose à l'oreille. L'homme s'éloigna précipitamment et revint une minute plus tard avec une coupe de champagne.

« Tiens, déclara Dimitri. Bois ça, après je te renvoie à la maison. »

Je pris la coupe et en avalai une gorgée. « Hmm, délicieux, ce champagne. Français, j'imagine ? »

Dimitri me regarda avec un grand sourire. « Anya, je veux que tu sois ici, que tu travailles avec moi. Mais pas les soirs comme ça. Ça ne te ressemble pas. Tu es trop raffinée pour cette populace. »

Un marin soûl me bouscula et je faillis perdre l'équilibre. En se redressant, il s'agrippa violemment à ma taille. Il avait les bras couverts de tatouages. Je reculai vivement pour échapper à son étreinte, mais il me saisit par le poignet et m'attira sur la piste de danse. J'entendis mon épaule craquer et lâchai la coupe de champagne, qui explosa par terre.

« T'es un peu maigrichonne, ricana l'homme en m'attrapant par les hanches, mais j'aime bien les femmes minces. »

Dimitri s'interposa en l'espace d'une seconde. « Excusez-moi, je pense que vous faites erreur. Ce n'est pas une danseuse.

— Si elle a deux jambes et un trou, ça me va », rétorqua le marin.

Je ne vis pas la main de Dimitri voler, tellement tout se passa vite. En revanche, je vis le type tomber à la renverse, la bouche en sang, les yeux écarquillés de stupeur. Sa tête heurta le sol et il resta un instant immobile, sonné. Puis il essaya de se redresser sur un coude, mais avant qu'il en ait eu le temps Dimitri lui coinça la nuque sous son genou et se mit à lui rouer le visage de coups de poing. Le reste se déroula comme au ralenti. Les danseurs s'écartèrent, formant un cercle autour de nous ; l'orchestre arrêta de jouer ; Dimitri avait les mains couvertes de sang et de salive ; le visage du marin était en train de se décomposer sous mes yeux.

Sergei surgit à travers la foule et tenta d'interrompre la fureur de Dimitri. « Non mais, tu perds la tête ? » hurla-t-il. Mais ses mots étaient vains. Dimitri continuait à s'acharner sur sa proie, frappant à présent dans les côtes.

Trois autres marins américains, montés comme des armoires à glace, se précipitèrent alors au secours de leur camarade. L'un d'entre eux agrippa le type par les manches de sa chemise et le tira à l'écart. Les deux autres se ruèrent sur Dimitri et le plaquèrent à terre. Un souffle de panique traversa l'assemblée ; tout le monde était convaincu qu'on allait assister à un meurtre. Les marins britanniques, français et italiens se jetèrent alors dans la mêlée, joignant les coups aux insultes. Des bagarres éclatèrent çà et là comme des départs de feu. Les clients commencèrent à rassembler leurs affaires et à se hâter vers la sortie dans une bousculade générale. Mais le mot avait dû se répandre dehors car, si la salle se vidait en partie, des renforts arrivaient par ailleurs.

Les marins américains coinçaient Dimitri par le cou. Il avait la bouche tordue de douleur. Deux Italiens volèrent à sa rescousse, mais ils ne faisaient pas le poids. Sergei ramassa une chaise et l'abattit sur le dos d'un des Américains, qui perdit aussitôt connaissance. Encouragés par ce succès, les deux Italiens réussirent à plaquer l'autre au sol. Mais le dernier, le plus costaud des trois, ne lâchait pas prise, poussant la tête de Dimitri contre le plancher pour essayer de lui briser la nuque. Dimitri étouffait, le bras tordu dans le dos. Ne pouvant plus me contenir, je me jetai sur le marin américain et lui mordis l'oreille de toutes mes forces. Un goût de sang et de sel explosa dans ma bouche. L'homme hurla et lâcha Dimitri. Il me repoussa violemment et je recrachai le morceau de chair sanguinolent. Voyant que je lui avais arraché un bout d'oreille, le type devint livide et s'enfuit en courant.

« *Benissimo !* exulta le marin italien. Maintenant, allez vous rincer la bouche. »

Quand je revins des toilettes, j'entendis les sirènes de la police militaire devant le club. Les agents déferlèrent dans la salle, distribuant des coups de matraque à tour de bras et aggravant encore le décompte des victimes. Je courus dehors juste à temps pour voir les ambulances emporter les blessés. On aurait cru que la guerre avait recommencé.

Au milieu du chaos, je repérai Dimitri, Sergei et Amelia debout sur les marches, raccompagnant les blessés comme s'ils raccompagnaient n'importe quels invités d'honneur un soir normal. Dimitri avait un œil poché et les lèvres si enflées qu'il paraissait à peine humain. Il parvint pourtant à me sourire timidement.

« C'est notre fin, gémis-je. Ils vont fermer le club après ça, non ? »

Dimitri haussa les sourcils, visiblement surpris. Sergei éclata de rire. « Dimitri, dit-il, j'ai bien l'impression qu'après seulement deux soirs Anya se sent déjà concernée. » Même Amelia me sourit, la manche de sa robe déchirée, les cheveux en bataille.

« C'est vrai, Anya, approuva Dimitri. C'est comme pour la musique. Cet endroit te rentre dans le sang. Tu es vraiment l'une des nôtres, à présent. Une Shanghailander. »

La limousine se gara à notre hauteur et Amelia y monta en me faisant signe de venir avec elle. « Les garçons ont mis le bazar, ils peuvent ranger », décréta-t-elle.

J'avais encore le sang de l'Américain sur le devant de ma robe. C'était tout collant contre ma peau. Je regardai la tache et me mis à pleurer.

« Oh ! pour l'amour de Dieu ! s'exclama Amelia. On est à Shanghai, pas à Harbin. Dès demain, les affaires reprendront et tout le monde aura oublié cette soirée. On restera encore le club le plus couru de la ville. »

5

Des roses

Le lendemain matin, alors que je nouais mes tresses pour aller à l'école, Mei Lin toqua à la porte et m'annonça que Sergei me demandait au téléphone. Je descendis l'escalier en réprimant un bâillement. Ma peau était sèche, ma gorge irritée ; mes cheveux sentaient encore la fumée de cigarette. Je n'avais pas tellement envie de me retrouver en classe ce matin-là. Même si j'aimais les cours de français et de dessin, maintenant que j'avais dansé le boléro et vu le *Moscou-Shanghai*, je me trouvais trop grande pour continuer mes études. Tous les manuels scolaires du monde ne pouvaient égaler l'excitation et le glamour du nouvel univers qui s'était ouvert devant moi.

Posant ma brosse sur la console de l'entrée, je ramassai le combiné du téléphone.

« Anya ! s'exclama la voix de Sergei au bout du fil. Maintenant que tu es une employée du club, j'ai besoin de toi tous les matins à onze heures !

— Et l'école ?

— Tu penses que tu as assez étudié ou tu veux continuer à y aller ?

— J'ai assez étudié ! m'écriai-je. C'est justement ce que j'étais en train de me dire ! Je peux toujours continuer à lire et à apprendre toute seule.

— Très bien, approuva Sergei en riant. Dans ce cas, prépare-toi et viens directement au club. Et mets ta plus jolie robe. À partir de maintenant, tu dois toujours être élégante. »

Je raccrochai le téléphone et remontai l'escalier quatre à quatre, arrachant mon uniforme scolaire. La fatigue que je ressentais quelques minutes auparavant s'était complètement évanouie.

« Mei Lin ! Mei Lin ! criai-je. Aide-moi à m'habiller ! »

La petite fille déboula sur le palier, les yeux écarquillés de surprise.

« Allez, viens, dis-je en l'attrapant par le bras pour la tirer dans ma chambre. Désormais, tu es au service d'une employée du *Moscou-Shanghai* ! »

Le *Moscou-Shanghai* bourdonnait d'activité. Une équipe d'ouvriers chinois astiquait les marches avec des balais et des seaux d'eau savonneuse. Une vitre avait été cassée dans la bagarre de la veille, et un vitrier était en train de la remplacer. Dans la salle principale, des femmes de ménage lavaient le sol et nettoyaient les tables. Des commis entraient et sortaient de la cuisine, transportant les cageots de céleris, d'oignons et de betteraves qu'un livreur leur faisait passer par la porte de service. Je demandai à l'un d'eux où je pouvais trouver Sergei, et il me désigna du doigt une porte sur laquelle une plaque indiquait « Bureau ».

Mais ce fut la voix de Dimitri qui répondit à mes trois petits coups : « Entre. »

Il se tenait debout près d'une cheminée en pierre, une cigarette à la main. Il avait le visage tuméfié et un bras en écharpe. Mais malgré ses blessures je le trouvai plus séduisant que jamais.

« Comment ça va, ce matin ? » me demanda-t-il.

Il ouvrit les persiennes, faisant pénétrer la lumière à flots dans la pièce. Sur le rebord de la fenêtre était posée une reproduction miniature de la *Vénus de Milo*. À part ça et un vase en porcelaine bleu et blanc sur la cheminée, il n'y avait aucun élément de décoration. Le reste de l'ameublement était ultramoderne : un bureau en teck, des fauteuils de cuir rouge.

« C'est Sergei qui m'a dit de venir », répondis-je.

Dimitri écrasa sa cigarette dans le cendrier. « Il est parti quelque part avec Alexei. Ils ne vont pas repasser ici aujourd'hui.

— Mais, je ne comprends pas... Sergei m'a demandé...

— Anya, c'est moi qui voulais te parler. »

Je ne savais pas si je devais m'en réjouir ou en avoir peur. Je m'assis dans un fauteuil près de la fenêtre, et Dimitri s'installa en face de moi. Il avait l'air tellement sérieux que je craignais qu'une chose de grave ne soit arrivée. Peut-être y avait-il un problème à cause de la nuit précédente.

Il tendit un doigt vers la fenêtre. « Si tu regardes par là en direction de l'ouest, tu verras des toits de maisons en ruine. C'est à cet endroit que tu as perdu le collier de ta mère. »

Je fus décontenancée par son entrée en matière. Pourquoi avait-il besoin de me rappeler un épisode aussi pénible ? Avait-il retrouvé le reste du collier ?

« C'est de là que je viens, poursuivit-il. C'est là que je suis né. »

Je constatai avec étonnement que sa main tremblait. Il sortit une cigarette de son étui et la fit tomber par mégarde. J'avais envie de lui prendre la main et de l'embrasser, de le réconforter de mon mieux. Mais je n'avais aucune idée de ce qui n'allait pas. Je ramassai sa cigarette et lui tins son briquet pendant qu'il l'allumait. Une étrange expression traversa son regard, comme si un douloureux souvenir lui revenait en mémoire. Je ne pouvais pas supporter de le voir souffrir.

« Dimitri, tu n'es pas obligé de me raconter tout ça, murmurai-je. Tu sais, ça ne change rien pour moi de savoir d'où tu viens. » Sans réfléchir, je venais de le tutoyer pour la première fois.

« Anya, j'ai quelque chose d'important à te dire, et il faut que tu le saches pour pouvoir prendre ta décision. »

Où voulait-il en venir ? J'avalai péniblement ma salive, la gorge nouée.

« Mes parents vivaient à Saint-Pétersbourg. Quand ils ont quitté leur maison, c'était en plein milieu de la nuit. Ils n'ont rien pu emporter avec eux. En arrivant à Shanghai, mon père a trouvé du travail comme ouvrier agricole et comme chauffeur après ma naissance. Mais il n'a jamais fait le deuil de sa vie en Russie. Il avait la santé fragile, à cause de la guerre. Il dépensait en alcool et en opium la plupart de ses maigres revenus. Ma mère a dû mettre son orgueil dans sa poche et faire des ménages chez de riches familles chinoises pour nous assurer un toit et un couvert. Puis un jour, mon père est mort d'une overdose en nous laissant des dettes que ma mère ne pouvait plus payer uniquement par ses ménages. Elle a été obligée de… de trouver un autre gagne-pain pour continuer à nous nourrir.

— Sergei m'a parlé de ta mère, coupai-je, déterminée à lui épargner cette douleur. La mienne aussi a dû prendre une décision qui pouvait paraître immorale afin de me préserver. Une mère ferait n'importe quoi pour sauver son enfant.

— Anya, je sais que Sergei t'a parlé de ma mère. Et je sais que tu as un cœur assez grand pour comprendre. Mais écoute-moi, s'il te plaît, c'est l'histoire qui a fait de moi qui je suis. »

Je me rassis dans le fond de mon fauteuil, penaude. « Je te promets de ne plus t'interrompre. »

Il acquiesça d'un hochement de tête. « Du plus loin que je m'en souvienne, j'ai toujours voulu être riche. Je ne voulais pas vivre dans un taudis minable puant les égouts et où l'humidité était si forte que j'étais glacé jusqu'aux os même en été. Tous les garçons de mon quartier mendiaient, volaient ou travaillaient dans des usines qui les exploiteraient toute leur vie. Mais je me suis juré de trouver un moyen de gagner de l'argent et de nous assurer une existence confortable, à ma mère et à moi.

« Au début, j'ai essayé des boulots honnêtes. Même sans jamais être allé à l'école, j'étais intelligent et ma mère m'avait appris à écrire. Mais je ne réussissais qu'à gagner de quoi améliorer l'ordinaire, et je voulais davantage. Alors je me suis mis à traîner devant les bars et les clubs fréquentés par les riches. Chaque fois qu'un client sortait, je lui demandais du travail. Je ne parle pas de gens riches comme Sergei ou Alexei… Je parle des seigneurs de l'opium. Ils se fichent pas mal de savoir d'où tu viens ou quel âge tu as. En fait, moins tu parais suspect, mieux ça leur convient. »

Il marqua une pause, scrutant mon visage pour y deviner l'effet que ses révélations avaient sur moi. Je n'aimais pas beaucoup ce que j'entendais, mais j'étais décidée à garder le silence jusqu'à la fin.

« Les seigneurs de l'opium étaient amusés de voir qu'un si jeune garçon voulait travailler pour eux, poursuivit-il en se levant et en s'agrippant au dossier de son fauteuil de sa main valide. Ils m'ont engagé pour transmettre des messages d'un bout à l'autre de la ville. Un jour, j'ai dû livrer une main coupée. Je ne dépensais pas un centime de mes gains ; je cachais tout sous mon matelas. J'économisais pour pouvoir nous payer une plus belle maison, des beaux habits pour ma mère. Mais avant que j'y parvienne, elle a été assassinée… »

Il lâcha le dossier du fauteuil et marcha jusqu'à la cheminée, serrant les poings. Au bout d'un moment, il continua : « Après la mort de ma mère, j'étais d'autant plus déterminé à m'enrichir. Si on avait été riches, ma mère n'aurait pas été assassinée. En tout cas, c'est ce que je me disais, et je le pense toujours.

» Je ne suis pas fier de ce que j'ai fait. Mais je ne regrette rien non plus. Je suis content d'être en vie. À l'âge de quinze ans, j'étais musclé et plutôt beau garçon. Les seigneurs de l'opium trouvaient prestigieux d'avoir un Russe blanc dans leur garde rapprochée. Ils m'achetaient des costumes de soie et m'emmenaient avec eux dans les meilleurs clubs de la ville.

» Un soir, je devais livrer un paquet dans la concession française. Quand cela provenait directement d'un des seigneurs, c'était forcément destiné à un club haut de gamme. Pas aux trous à rats pour les clients désespérés, comme mon père, où ils allaient recevoir leur dose d'opium en passant le bras à travers un mur. Ce soir-là, je me suis retrouvé dans un des clubs les plus huppés de la concession. Ce lieu ressemblait plus à un hôtel cinq étoiles qu'à un bordel : des meubles en laque noire, des paravents de soie, des vases en porcelaine, une fontaine dans le vestibule. Ça grouillait de filles eurasiennes et blanches.

» J'ai porté mon paquet à la maîtresse des lieux. En ressortant, je suis passé devant une pièce dont la porte était entrouverte. J'entendais des murmures de femmes à l'intérieur. Par curiosité, j'ai jeté un œil par l'entrebâillement et j'ai vu un homme allongé sur un lit. Deux filles étaient en train de lui faire les poches, ce qui est d'usage quand quelqu'un tombe dans les pommes, même dans les endroits les plus chics. J'aurais pu me contenter de fermer la porte et de partir. Mais cet homme me paraissait vulnérable. Peut-être me faisait-il penser à mon père. Sans vraiment réfléchir, j'ai fait irruption dans la pièce et dit aux filles qu'elles feraient mieux de laisser ce type tranquille car c'était un très bon ami du Dragon rouge. Elles ont décampé aussitôt, terrorisées. Avec l'aide du portier, j'ai réussi à faire monter le gars dans un rickshaw. "Au *Moscou-Shanghai*, m'a murmuré le portier alors que je montais à mon tour dans le rickshaw. C'est le propriétaire du *Moscou-Shanghai*." »

Je rougis. Je ne voulais pas que Dimitri continue son histoire. Ce n'était pas le Sergei que je connaissais.

« Je n'ai bien sûr pas besoin de te dire qui c'était, Anya, reprit Dimitri en souriant. J'étais moi-même surpris sur le moment. Le *Moscou-Shanghai* était le night-club le plus prestigieux de la ville. Bref, dans le rickshaw, Sergei a commencé à émerger. Je lui ai raconté ce qui s'était passé. Il m'a demandé quel âge j'avais. Quand je lui ai répondu, il a rigolé et m'a dit : "J'ai entendu parler de toi."

» Le lendemain j'ai trouvé Sergei qui m'attendait devant chez moi. Il détonnait complètement dans ce quartier minable avec son costume trois-pièces et sa montre en or. "Ces types pour lesquels tu travailles se fichent de toi, me dit-il. Tu es leur jouet et ils te jetteront comme une vieille maîtresse le jour où ils seront lassés de toi. Je veux que tu viennes travailler pour moi. Je vais te former pour devenir gérant du club."

» Donc Sergei m'a racheté aux seigneurs de l'opium et m'a ramené chez lui, dans la maison où tu vis maintenant. Mon Dieu ! Je n'avais jamais vu un pareil endroit de ma vie ! Quand j'ai posé un pied dans le hall d'entrée, j'ai cru que mes yeux allaient s'enflammer tellement c'était beau. Ce n'est pas l'effet que ça t'a fait, n'est-ce pas, Anya ? Parce que tu es habituée au luxe. Mais moi j'étais un aventurier en territoire étranger. Je n'avais encore rien vu d'aussi raffiné. Les seigneurs de l'opium possédaient des villas pleines de statues clinquantes, de murs rouges et de gongs. Des symboles de pouvoir, pas de richesse. De la maison de Sergei émanait quelque chose d'autre. J'ai compris alors que c'était ça la vraie richesse, celle que personne ne pouvait jamais vous enlever. Ce que Sergei avait, je le voulais aussi.

» Il m'a présenté Amelia. Mais après avoir parlé avec elle seulement quelques minutes, j'ai vu qu'elle était comme moi, complètement étrangère au luxe. Même si elle est maligne, elle aussi. Elle sait repérer l'argent et séduire les bonnes personnes pour obtenir sa part du gâteau. »

Dimitri laissa échapper un petit rire attendri, et je me rendis compte alors pour la première fois qu'il avait de l'affection pour Amelia. Sa façon d'en parler avec autant de détachement le prouvait. J'en eus des frissons d'effroi, mais je savais que je devais l'accepter. Il la connaissait depuis bien plus longtemps que moi et m'avait déjà dit qu'ils se ressemblaient beaucoup, tous les deux.

« Elle est nerveuse, reprit-il en se tournant vers moi. Tu n'as pas remarqué, Anya ? Elle est tout le temps sur ses gardes. Quand on s'est battu pour y arriver, on ne peut jamais vraiment relâcher la pression. Les gens qui sont nés riches ne connaissent pas ça. Même quand ils sont ruinés, ils continuent à se comporter comme si l'argent n'avait pas d'importance.

» Plus tard, j'ai appris l'existence de Marina. C'est elle qui avait décoré la maison. Sergei ne faisait que signer les chèques. La plupart du temps, il ne savait même pas ce qu'elle achetait. Il l'aimait tellement qu'il lui a tout donné.

» Bref, poursuivit Dimitri, Sergei m'a engagé pour lui donner un coup de main au club, et il m'a largement récompensé de mes efforts. Il disait que j'étais un fils pour lui et que, puisqu'il n'avait pas d'enfants, Amelia et moi hériterions du club à sa mort. Le jour où je suis entré au *Moscou-*

Shanghai et où les clients m'ont salué comme un des leurs, j'ai su que j'avais atteint mon objectif. J'étais riche. Je vis dans un bel appartement rue Lafayette. Mes costumes sont tous faits sur mesure en Angleterre. J'ai une gouvernante et un majordome. Je ne manque de rien. Sauf de l'essentiel. J'ai essayé d'imiter ce que j'avais vu chez Sergei et n'y suis pas arrivé. Mes tapis ottomans, mes fauteuils en acajou, mes meubles laqués ne font jamais aussi naturels que dans la maison de Sergei. Quelle que soit la façon dont j'agence les choses, mon appartement a toujours l'air d'un rayon de grand magasin.

» Et puis un jour tu es apparue, Anya. Je t'ai regardée et en l'espace d'une seconde j'ai su que tu avais exactement cette essence, cet élément qui nous fait défaut à nous tous, même à Sergei. Tu ne t'en rends pas compte, bien sûr. Pour toi c'est aussi naturel que l'air que tu respires. Quand tu te mets à table, tu manges calmement. Pas tel un animal affamé qui a toujours peur qu'on lui arrache sa gamelle. Tu n'as jamais remarqué, Anya, avec quelle délicatesse tu manges ? Nous, on est toujours en train d'ingurgiter la nourriture comme si on partait à la guerre. C'est cette fille-là qui va me sortir de la boue, ai-je pensé. Cette fille peut faire de moi un aristocrate.

» Le jour où tu es arrivée à Shanghai, tu m'as parlé d'un tableau dans la bibliothèque de Sergei. Tu t'en souviens ? C'était un impressionniste français et tu m'as expliqué comment le cadre modifiait complètement le tableau. Je ne le voyais pas jusqu'à ce que tu formes une fenêtre avec tes mains et que tu me fasses regarder à travers. Plus tard, le lendemain du jour où tu as perdu le collier de ta mère, tu m'as raccompagné jusqu'à la grille et m'as montré les asters qui commençaient à peine à fleurir dans le jardin. Anya, même quand ton cœur est lourd, tu parles de petits détails comme si c'étaient les choses les plus importantes au monde. Les grands sujets, par exemple l'argent, tu n'en parles presque jamais. Ou alors avec un parfait détachement. »

Dimitri se mit à arpenter nerveusement la pièce. Je n'avais toujours pas la moindre idée d'où il voulait en venir. Comptait-il me demander de lui décorer sa maison ? Comme je lui posai la question, il éclata de rire à en avoir les larmes aux yeux. Puis il se calma, s'essuya les paupières et dit :

« Le jour où tu t'es égarée dans les bas quartiers et où tu t'es fait voler le collier, Sergei est venu me voir en pleurant. Il était dans un tel état que je t'ai crue morte. Il t'aime, tu sais. Tu as rouvert une partie de son cœur qui était restée fermée depuis des années. S'il t'avait eue plus tôt, il ne serait jamais tombé dans l'opium. Mais c'est trop tard, maintenant. Il sait qu'il ne va pas vivre éternellement. Et qui prendra soin de toi, après ?

» Je voulais qu'il me demande de m'occuper de toi. Mais il était si protecteur, j'avais peur qu'il ne me trouve pas assez bien pour cela. Même si j'étais devenu riche et s'il disait m'aimer comme un fils, il n'oublierait jamais d'où je viens.

» J'ai fouillé tous les bas-fonds de la concession ce soir-là pour essayer de retrouver le collier de ta mère. Je désirais être un homme digne de toi. Et puis le lendemain, comme par magie, tu as dit que tu voulais prendre des cours de danse avec moi. *Avec moi !* Mon Dieu ! Je ne m'attendais pas à cela. Alors je me suis rendu compte d'une chose que je n'avais jamais envisagée avant : tu étais amoureuse de moi. Je l'ai vu là, devant moi, c'était écrit dans ton regard.

» Sergei lui-même l'a compris tout de suite, après nous avoir regardés danser deux minutes ensemble. Il s'est revu avec Marina trente ans plus tôt. Et j'ai su que quand il nous enseignait le boléro, c'était comme s'il te donnait à moi. Même lui ne pouvait pas empêcher l'histoire de se répéter. »

Dimitri s'arrêta car je m'étais levée de mon siège pour appuyer mon front contre la vitre.

« Anya, je t'en prie, ne pleure pas, supplia-t-il en se précipitant à mes côtés. Je ne voulais pas te rendre triste. »

J'essayai de répondre, mais aucun son ne sortit de ma bouche. Ma tête tournait. Je m'étais éveillée prête à affronter un nouveau jour d'école, et soudain Dimitri m'annonçait des choses que je n'étais pas sûre de pouvoir appréhender.

« Ce n'est pas ce que tu veux aussi ? demanda-t-il en me prenant par l'épaule pour me tourner vers lui. Sergei dit que nous pourrions nous marier dès que tu aurais seize ans. »

La pièce commença à flotter autour de moi. J'étais amoureuse de Dimitri, certes, cependant sa soudaine demande en mariage et la façon dont il l'avait amenée me laissaient perplexe et stupéfaite. Lui s'y était préparé, mais ses mots m'avaient saisie par surprise et fait l'effet d'une bombe. Je sursautai en entendant l'horloge sur la cheminée sonner les douze coups de midi et pris brusquement conscience des autres bruits autour de nous : les femmes de ménage qui balayaient le couloir, un cuisinier en train d'aiguiser son couteau, quelqu'un qui chantonnait *La Vie en rose*. Je levai les yeux vers Dimitri. Il me sourit de ses lèvres tuméfiées, et mon hésitation céda la place à un élan d'amour. Était-ce bien vrai que Dimitri et moi allions nous marier ? Comme s'il avait lu dans mes pensées, il se laissa alors tomber à genoux devant moi.

« Anna Victorovna Kozlova, veux-tu m'épouser ? demanda-t-il en m'embrassant la main.

— Oui, répondis-je dans un sanglot entremêlé de rires. Oui, Dimitri Yurievich Lubensky, je veux bien t'épouser. »

Dimitri annonça nos fiançailles l'après-midi même, et Sergei vint me voir dans le jardin à ma place habituelle près du gardénia. Il me prit les mains dans les siennes, les yeux humides de larmes. « Qu'est-ce qu'on va faire pour le mariage ? Si ma chère Marina était là… et ta mère… quelle fête on aurait eue ! »

Il s'assit à côté de moi et sortit de sa poche une feuille de papier toute froissée qu'il lissa sur son genou. « J'ai gardé ce poème d'Anna Akhmatova parce qu'il m'a touché, dit-il. Et maintenant je voudrais te le lire. »

C'est au petit jour qu'on est venu te prendre.
Comme à la levée d'un corps je te suivais.
Les enfants pleuraient dans les ténèbres.
Sous l'icône, un cierge avait coulé.

Sur tes lèvres le frisson d'une médaille,
La sueur mortelle sur ton front...
L'oublier ? J'irai comme les femmes
Des streltsy, hurler sous le Kremlin[1].

À la lecture de ces vers, mon cœur se serra et je me mis à pleurer, une éruption de larmes contenues depuis des années. Sergei pleurait lui aussi, le corps secoué par les soubresauts de son propre chagrin secret. Il me prit dans ses bras et nous restâmes enlacés un long moment, joue contre joue. Quand nos sanglots se turent, nous nous regardâmes en riant.

« Je vais te faire le plus beau mariage du monde, promit-il en s'essuyant la bouche du revers de la main.

— Je la sens vivre à l'intérieur de moi, répondis-je. Et je sais qu'un jour je la retrouverai. »

Ce soir-là, Amelia, Luba et moi enfilâmes de longues robes de satin. Les hommes sortirent leur plus beau costume. Entassés dans la limousine, nous nous rendîmes tous au *Moscou-Shanghai*. À cause de la bagarre de la veille, nous avions fermé le club pour la soirée : il n'y avait que nous. Sergei alluma les lumières sur la piste de danse. Dimitri disparut dans le bureau et revint quelques instants plus tard avec un poste de radio. Nous valsâmes sur la mélodie de *J'ai deux amours*, tenant nos coupes de champagne en équilibre de notre main libre et essayant de chanter comme Joséphine Baker.

Sur le coup de minuit, je commençai à avoir les paupières qui tombaient. « Je te ramène à la maison, me murmura Dimitri à l'oreille. Cela fait assez d'émotions pour la journée. »

Sur le perron de la maison, Dimitri m'attira contre lui et m'embrassa. Le goût de ses lèvres sur les miennes m'enivra

1. Extrait de *Requiem*, recueil de quatorze poèmes composés par Anna Akhmatova entre 1930 et 1957. Traduction française de Michel Aucouturier parue en 1983 dans *Poésie russe, anthologie,* sous la direction d'Efim Etkind aux éditions La Découverte-Maspero. *(N.d.T.)*

plus que le champagne, et je m'abandonnai à son étreinte. Mais alors la porte s'ouvrit derrière nous et la vieille servante laissa échapper un hurlement. Dimitri sursauta avant d'éclater de rire.

« Nous allons nous marier », lui dit-il. Mais elle le fusilla du regard et lui désigna la grille d'un hochement de menton.

Après le départ de Dimitri, la vieille servante tourna le verrou et je montai dans ma chambre. L'atmosphère y était oppressante. Les fenêtres étaient ouvertes, mais les bonnes avaient tiré les rideaux pour ne pas laisser entrer les moustiques. La chaleur prisonnière à l'intérieur me faisait penser à une serre : lourde et humide. Une goutte de sueur me dégoulina dans le cou. J'éteignis la lumière et écartai les rideaux. Dimitri se tenait dans le jardin, les yeux levés vers ma fenêtre. Je lui souris et il me fit signe de la main. « Bonne nuit, Anya », chuchota-t-il avant de pivoter et de disparaître dans la nuit comme un voleur. Un élan d'euphorie s'empara de moi. Notre baiser avait été un élixir de bonheur scellant notre union. J'ôtai ma robe et la jetai sur le dossier d'une chaise, savourant la sensation de l'air sur ma peau nue. Épuisée, je m'effondrai sur mon lit et m'endormis sans plus tarder.

Je fus réveillée à l'aube par des cris au rez-de-chassée : Sergei et Amelia se disputaient, et j'entendais chaque mot aussi clairement que s'ils étaient juste derrière la porte.

« Qu'est-ce que tu fais, espèce de vieil idiot ? hurlait Amelia d'une voix déformée par l'alcool. Pourquoi tu te donnes autant de mal pour eux, hein ? Regarde-moi tous ces trucs. Où est-ce que tu cachais tout ça ? »

Je reconnaissais des bruits de vaisselle, des tasses contre des soucoupes, des couverts jetés sur la table. « Ils sont mes enfants, protesta Sergei. C'est le plus beau moment de ma vie depuis des années. »

Amelia laissa échapper un de ses petits rires haut perchés. « Tu es conscient qu'ils se marient uniquement pour pouvoir coucher ensemble, j'espère ? S'ils s'aimaient vraiment, ils attendraient qu'elle ait dix-huit ans.

— Va dans ta chambre ! J'ai honte de toi, rétorqua Sergei, la voix autoritaire mais calme. Marina et moi avions le même âge que Dimitri et Anya quand nous nous sommes mariés.

— Ah oui ! c'est vrai, Marina », ricana Amelia.

Le silence s'abattit de nouveau sur la maison. Quelques minutes plus tard, j'entendis des pas sur le palier et ma porte s'ouvrit. Amelia apparut dans une chemise de nuit blanche, les cheveux en bataille. Elle resta un moment à m'observer, pensant que je dormais.

« Quand est-ce que vous allez tous arrêter de vivre dans le passé ? » murmura-t-elle.

Je m'efforçai de ne pas bouger sous son regard. Je feignis un soupir dans mon sommeil et elle se retira, laissant la porte ouverte derrière elle.

J'attendis de percevoir le cliquetis de la serrure de sa chambre avant de me lever et de descendre. Le parquet était frais sous mes pas brûlants, et mes doigts moites collaient à la rampe de l'escalier. Il flottait dans l'air une odeur de citronnelle et de poussière. Le rez-de-chaussée était désert, plongé dans l'obscurité. Je crus que Sergei s'était recouché lui aussi, jusqu'au moment où je perçus du mouvement derrière la porte de la salle à manger. Sur la pointe des pieds, je m'en approchai et collai mon oreille contre le battant. De magnifiques volutes de musique traversaient le bois sculpté. Une mélodie cadencée, si intense et si envoûtante qu'elle semblait pénétrer dans mes veines et se répandre dans mon sang. J'hésitai un moment avant de tourner la poignée.

Les fenêtres étaient toutes grandes ouvertes et un vieux gramophone était posé sur le buffet. Dans la pénombre, je vis la table jonchée de boîtes en carton. De certaines s'échappaient des balles de papier d'emballage jauni, si vieux qu'il s'effrita entre mes doigts. Des piles d'assiettes et de plats étaient regroupées par motifs. J'en pris une. Elle était bordée d'un liseré doré et estampillée d'armoiries familiales. Un gémissement me fit relever la tête. Je distinguai la silhouette de Sergei affalé dans un fauteuil près de la cheminée. Je tressaillis, m'attendant à voir s'élever autour de lui le halo bleu fétide de l'opium. Mais Sergei n'était pas en train de fumer, et à compter de ce jour-là il ne toucherait plus jamais à l'opium. Son bras pendait mollement à son côté et je pensai d'abord qu'il était endormi. Il avait le pied posé sur le bord d'une valise ouverte, d'où débordait un nuage de tissu blanc.

« Le *Requiem* de Dvořák », annonça-t-il sans se retourner. Bien que son visage fût plongé dans l'ombre, je pouvais discerner la détresse sous ses yeux et les taches bleutées sur ses lèvres. « Elle adorait ce passage. Écoute. »

Je m'approchai de lui, m'assis sur l'accoudoir du fauteuil, prenant sa tête entre mes bras. Nous étions enveloppés par la musique. Une tempête de violons se déchaîna et je sentis Sergei me broyer la main dans la sienne.

« L'absence ne se referme jamais, pas vrai, Anya ? soufflat-il en se reculant pour me regarder dans les yeux. C'est faux ce qu'on dit, que la vie continue malgré tout. Elle s'arrête. Il n'y a que les journées qui continuent à passer. »

Je me penchai pour caresser le tissu blanc qui dépassait de la valise. C'était doux et soyeux au toucher. « Sors-la », me proposa Sergei.

En soulevant l'objet, je me rendis compte que c'était une robe de mariée. La soie était ancienne mais bien conservée.

Avec l'aide de Sergei, je réussis à étaler le lourd vêtement sur la table. J'en admirai les motifs en perles, et les volutes de broderies sur le torse me faisaient penser aux soleils en spirale de Van Gogh. J'étais sûre de sentir encore une odeur de violette prisonnière dans les plis du tissu. Sergei ouvrit une autre valise et en tira un objet emballé dans du papier de soie. Il posa le diadème en or et le voile à la tête de la robe tandis que je lissai la jupe du plat de la main. La traîne était garnie de rubans de satin bleus, rouges et or. Les couleurs de la noblesse russe.

Sergei contemplait la robe en silence, souvenir d'une période plus heureuse de sa vie. Je savais ce qu'il allait me demander.

Le mariage eut lieu juste après mon seizième anniversaire. La veille, Sergei avait passé la journée à écumer les meilleurs fleuristes et jardins privés de la ville en compagnie de son valet. Ils étaient revenus avec une cargaison de fleurs impressionnante et des égratignures partout sur les mains. Le vestibule du *Moscou-Shanghai* avait été transformé en jardin exotique. Des roses « Honorine de Brabant » embaumaient l'air d'un parfum de framboise, tandis que des brassées de « Perles des Jardins » exhalaient un arôme de feuilles de thé fraîchement pilées. Au milieu des roses voluptueuses, Sergei avait glissé des arums blancs et des orchidées roses, ainsi que des paniers de cerises, de pommes et de raisin, créant un effet général de total abandon sensuel.

J'entrai dans le club au bras de Sergei, et Dimitri se retourna vers nous. Quand il me vit dans la robe de mariée de Marina, un bouquet de violettes à la main, ses yeux s'emplirent de larmes. Il se précipita pour me prendre dans ses bras. « Anya, le jour est enfin arrivé. Tu es une princesse et tu as fait de moi un prince. »

Nous étions un peuple en exil. Notre mariage ne signifiait pas grand-chose aux yeux de l'Église ou du gouvernement chinois. Mais grâce à ses relations, Sergei avait réussi à dégoter un fonctionnaire français disposé à jouer les officiants.

Pendant toute la cérémonie, Sergei resta debout à mes côtés, Alexei et Luba un mètre derrière nous. Amelia se tenait à l'écart sur un canapé, sirotant une coupe de champagne dans sa robe à fanfreluches rouge, le regard tourné dans une autre direction comme si elle admirait la vue. Mais j'étais si heureuse ce jour-là que même sa grossièreté boudeuse m'amusait. Amelia ne supportait pas de ne pas être au centre de l'attention. Cependant, tout le monde se garda bien de lui faire une remarque ou des reproches. Après tout, elle avait fait l'effort de s'habiller et de venir. Et vu le peu d'affection qu'on savait pouvoir attendre de sa part, ce n'était déjà pas si mal.

Après que nous eûmes échangé nos vœux, Dimitri m'embrassa. Luba tourna trois fois autour de nous en brandissant une icône de saint Pierre tandis qu'Alexei et Sergei faisaient claquer des fouets en l'air en criant pour éloigner les mauvais esprits.

Sergei avait préparé lui-même le banquet de la noce. Il était arrivé au club à cinq heures du matin avec des brassées de légumes frais, de viande et de poisson du marché. Il avait encore dans les cheveux et sur les doigts les arômes des épices et des herbes exotiques qu'il avait hachées à la main pour nous confectionner un festin de caviar d'aubergines, de *solianka*, de saumon vapeur et d'esturgeon en sauce au champagne.

« Mon Dieu ! s'exclama l'officiant, les yeux écarquillés devant une telle opulence de nourriture. J'ai toujours remercié le Ciel d'être né français, et voilà que je regrette de ne pas être russe !

— En Russie, ce sont toujours les mères qui nourrissent les mariés le jour de la noce, comme deux oisillons, expliqua Sergei en découpant des tranches de viande qu'il posa devant Dimitri et moi. Je suis votre mère à tous les deux, maintenant. »

Sergei avait les yeux brillants de bonheur, mais les traits tirés. « Tu t'es donné trop de mal, lui dis-je. Repose-toi un peu, s'il te plaît. Laisse-nous nous occuper de toi, pour changer. »

Sergei secoua la tête. Depuis plusieurs mois, il avait renoncé à ses après-midi opiacés aussi facilement qu'on peut renoncer à un hobby passager, pour se jeter corps et âme dans la préparation de notre mariage. Il s'y mettait dès les premières heures du jour, imaginant sans cesse de meilleurs plans que ceux de la veille. Il nous avait acheté un appartement non loin de la maison, qu'il refusait de nous montrer à l'un et à l'autre. « Pas avant qu'il soit fini, disait-il. Pas avant votre nuit de noces. » Il prétendait avoir embauché des menuisiers, mais à le voir rentrer tous les soirs couvert de sciure et embaumant la résine, je le soupçonnais de tout faire lui-même. Malgré mes exhortations répétées, il refusait de prendre du repos. « Ne t'en fais pas pour moi. Tu ne peux pas imaginer à quel point je suis heureux. Je sens la vie renaître en moi, qui coule dans mes veines, qui fredonne à mes oreilles. C'est comme si elle était de nouveau parmi nous. »

Nous mangeâmes et bûmes jusqu'aux premières lueurs de l'aube, reprenant en chœur des chants traditionnels russes et brisant nos verres contre le sol pour montrer notre détermination à combattre tout ce qui pourrait se révéler nuisible à notre union. Alors que Dimitri et moi nous apprêtions à partir, Luba m'apporta une brassée de roses. « Mets-les dans ton bain, me conseilla-t-elle. Ensuite, fais-lui boire un peu de cette eau et il t'aimera pour toujours. » Sergei nous déposa en bas de notre nouvel immeuble et glissa le trousseau de clés dans la paume de Dimitri. « Je vous ai aimés tous les deux autant que si vous étiez mes propres enfants », dit-il en nous embrassant l'un après l'autre.

Quand la limousine de Sergei eut disparu au bout de la rue, Dimitri ouvrit la porte vitrée du hall et nous nous précipitâmes dans l'escalier. C'était un petit immeuble d'un seul étage, et notre appartement était l'un des trois occupant le palier du haut. Une plaque dorée était fixée à la porte : « Lubensky. » Je caressai du bout des doigts les lettres gravées. C'était mon nom, désormais. Lubenskya. Je trouvais ça excitant et triste à la fois.

Dimitri me prit la main. « Pour l'éternité », souffla-t-il, les yeux plongés dans les miens. Et nous tournâmes ensemble la clé dans la serrure.

Le salon était une vaste pièce au plafond haut dont les grandes fenêtres donnaient sur la rue. Il abritait une cheminée et, en face, un confortable canapé. Tout sentait la cire et le tissu neuf. Je repérai une petite vitrine dans un coin de la pièce et m'en approchai. À la vue de mes matriochkas alignées sur l'étagère, je dus me mordre la lèvre pour ne pas pleurer. « Il a pensé à tout, murmurai-je. Tout a été fait avec amour. »

En relevant la tête, mon bouquet de roses toujours à la main, je vis Dimitri debout dans l'embrasure d'une porte. Derrière lui je pouvais distinguer un couloir qui menait à la salle de bains. Le plafond était bas, comme dans une maison de poupées, et les murs étaient tapissés de papier à fleurs. Je rejoignis Dimitri et nous avançâmes tous les deux jusqu'à la salle de bains. Il prit le bouquet de roses et le jeta dans le lavabo. Pendant un long moment, nous restâmes immobiles face à face, en silence. Puis Dimitri posa les mains sur mes épaules et se mit à défaire tout doucement les crochets de ma robe. Ma peau frémissait sous ses doigts. Bien que nous eussions été promis l'un à l'autre depuis un an, nous n'avions jamais été intimes. Sergei ne l'aurait pas permis. Dimitri finit de dégrafer ma robe, qui tomba mollement à mes pieds.

Je remplis la baignoire pendant que Dimitri se déshabillait derrière moi. Puis il prit les fleurs dans le lavabo et ensemble nous répandîmes les pétales à la surface de l'eau. La fraîcheur du liquide sur ma peau n'apaisa en rien mon désir. Dimitri se glissa dans le bain avec moi et mit ses mains en coupelle pour boire plusieurs gorgées d'eau.

Dans la chambre, les rideaux étaient tirés. Dimitri me prit dans ses bras. Une flaque d'eau se forma autour de nos pieds nus sur le plancher. « Tu crois que c'est dans ce genre de lit que la noblesse passait ses nuits de noces ? » me demanda-t-il avec un sourire.

Il me prit par la main pour m'attirer vers le lit en bronze et nous nous allongeâmes sur l'édredon de satin rouge. « Tu sens la rose », murmurai-je en embrassant une gouttelette d'eau dans ses sourcils.

Dimitri promena une main sur mon ventre et de l'autre dessina la courbe de mes seins. Un frisson de plaisir me parcourut de la tête aux pieds. Je sentis sa langue jouer avec le bout de mes tétons. Le repoussant des deux mains, j'essayai de me dégager de son étreinte en riant, mais il me serra plus fort contre lui et je fus prisonnière de son désir.

Il descendit ses mains sur mes hanches. Ses cheveux me chatouillèrent le ventre lorsqu'il se glissa entre mes jambes. Il m'écarta les genoux et je sentis le rouge me monter aux joues ; par timidité, je voulus resserrer les jambes mais il appuya pour les maintenir ouvertes. Quand il m'embrassa entre les cuisses, je m'ouvris à lui tel un bouton de rose.

Une sonnerie stridente nous fit sursauter : le téléphone. Nous nous redressâmes d'un seul coup. Dimitri fronça les sourcils. « Ça doit être une erreur, chuchota-t-il, pensif. Personne ne nous appellerait maintenant. »

Nous écoutâmes les sonneries sans bouger. Après la dernière, Dimitri enfouit son visage dans mon cou et je lui caressai les cheveux. Il sentait la vanille.

« N'y pense plus, dit-il en se rallongeant et en m'attirant contre lui. Je suis sûr que c'est une erreur. » Il me fit rouler sur le dos, se pencha au-dessus de moi et me dévisagea un long moment avant de m'embrasser. Je le sentis entrer en moi et m'agrippai à lui. Quelque chose palpita à l'intérieur de mon ventre, comme si un oiseau prisonnier battait des ailes. La chaleur de son corps explosa en moi et je vis mille lucioles danser derrière mes paupières. Je refermai mes jambes autour des siennes et lui mordis l'épaule.

Mais longtemps après que Dimitri se fut endormi contre moi, un bras en travers de ma poitrine, la sonnerie lugubre du téléphone résonnait encore dans ma tête. Et j'étais emplie de terreur.

6

Requiem

Je fus réveillée le lendemain matin par un battement d'ailes. Une colombe se tenait perchée sur le rebord de la fenêtre. Dimitri avait dû ouvrir la fenêtre pendant la nuit car l'oiseau s'était posé sur le rebord intérieur, m'arrachant au sommeil avec ses roucoulements rythmés. J'écartai les couvertures et me levai discrètement pour ne pas réveiller Dimitri.

« Pchhit », murmurai-je à la colombe en agitant la main pour la faire sortir. Mais elle prit son envol et traversa la pièce pour venir atterrir sur la commode. Comme je m'approchais d'elle dans le but de la caresser, elle fila dans le couloir. Attrapant mon peignoir au passage, je lui courus après.

Dans la lumière grise du matin, les meubles qui m'avaient paru si chaleureux la veille semblaient brusquement austères et guindés. J'examinai les murs en pierre, le canapé, le parquet ciré, en me demandant ce qui avait bien pu changer. L'oiseau se posa sur le dossier d'un fauteuil. Après avoir fermé la porte du couloir, j'ouvris une fenêtre. La rue en contrebas était pavée et pittoresque. Coincée entre deux maisons se trouvait une boulangerie. Une bicyclette était appuyée contre la façade et la lumière était déjà allumée à l'intérieur. Au bout de quelques minutes, un jeune garçon sortit de la boutique, les bras chargés de sacs de pain. Il les jeta dans un panier fixé au guidon du vélo et s'éloigna en pédalant. La colombe me frôla les cheveux et s'envola par la fenêtre. Je la regardai battre des ailes pour s'élever toujours plus haut par-dessus les toits jusqu'à disparaître dans le ciel nuageux.

La sonnerie du téléphone me fit tressaillir. Je décrochai. C'était Amelia.

« Passe-moi Dimitri ! »

C'était sa façon habituelle de donner des ordres. Mais au lieu d'en être agacée, je fus décontenancée. Elle avait l'air hors d'haleine, encore plus tendue que d'habitude.

Dimitri arrivait déjà à grandes enjambées, boutonnant sa chemise de pyjama. Il avait les yeux gonflés de sommeil. Je lui tendis le combiné sans rien dire.

« Qu'est-ce qui se passe ? » demanda-t-il d'un ton sec.

J'entendais le bavardage étouffé d'Amelia à l'autre bout du fil. Qu'avait-elle encore bien pu inventer pour nous empêcher de profiter tranquillement de notre première matinée à deux ? Je me mis en quête d'allumettes pour faire partir le feu dans la cheminée et en trouvai dans un tiroir du buffet. J'étais sur le point d'en allumer une lorsque j'aperçus Dimitri du coin de l'œil. Son visage était devenu livide.

« Calme-toi, disait-il. Reste à la maison au cas où il appelle. »

Il raccrocha le téléphone et se tourna vers moi. « Sergei est sorti tout seul en voiture cette nuit et il n'est pas rentré. »

Mes jambes se dérobèrent sous moi. En temps normal, je ne me serais pas inquiétée autant. J'aurais supposé que Sergei était retourné dormir au club. Mais les choses avaient changé. Shanghai était plus dangereux que jamais. La guerre civile avait disséminé des espions communistes partout, et rien que la semaine précédente il y avait eu huit assassinats d'hommes d'affaires chinois et étrangers. L'idée de Sergei aux mains des communistes m'était insupportable.

Dimitri et moi nous habillâmes à la va-vite. Dehors, un vent glacé nous mordit au visage et aux mains. Je frissonnai de froid et Dimitri passa un bras autour de mes épaules.

« Sergei n'a jamais aimé conduire, grommela-t-il. Je ne comprends pas pourquoi il n'a pas réveillé le valet pour se faire emmener.

— Qui nous a téléphoné cette nuit ? m'enquis-je. Amelia ?

— Non, répondit Dimitri. Ce n'est pas elle. »

Je sentais la tension dans sa voix. Une vague d'appréhension s'abattit sur nous et nous marchâmes en silence dans le froid du matin.

« Viens, Anya, murmura Dimitri en accélérant le pas. Il s'est sans doute endormi au club et on est en train de se faire du souci pour rien. »

Le *Moscou-Shanghai* était fermé, mais nous trouvâmes la porte de service grande ouverte. Dimitri passa une main sur le chambranle pour déceler des traces d'effraction. Il n'y en avait pas, et nous nous regardâmes en souriant. « Je savais qu'il serait là », soupira Dimitri. Amelia lui avait pourtant raconté qu'elle avait essayé d'appeler au club depuis l'aube, mais si Sergei cuvait son opium ou son vin il n'était pas étonnant qu'il n'ait pas entendu le téléphone.

Le parfum des roses dans la grande salle était entêtant. « Sergei ! » cria Dimitri. Pas de réponse. Le bureau aussi était vide. Rien n'avait bougé à part le téléphone, qui était renversé par terre. La base était fendue et le cordon du combiné enroulé autour du pied d'un fauteuil.

Nous fouillâmes toute la salle de restaurant, regardant sous chaque table et derrière le bar. Nous passâmes en revue la cuisine et les toilettes, mais il n'y avait trace de Sergei nulle part dans le club.

« Qu'est-ce qu'on fait, maintenant ? demandai-je à Dimitri. Au moins, on sait que c'est lui qui nous a appelés.

— Je veux que tu rentres à la maison et que tu m'attendes là-bas », répondit-il d'une voix blanche.

Je le regardai descendre les marches et héler un rickshaw dans la rue. Je savais pertinemment où il allait : il allait arpenter les bas-fonds de la concession, où on m'avait autrefois volé le collier de ma mère. Et s'il ne trouvait pas Sergei là-bas, il filerait sur West Chessboard Street, où les fumées d'opium flotteraient encore dans les étroites ruelles. Les vendeurs seraient en train de remballer leurs étals pour la journée, laissant la place aux fausses devantures de magasins.

Sur le chemin du retour, je passai devant des maisons de thé, des marchands d'encens et des bouchers ouvrant à peine leur boutique. En arrivant au bout de la rue pavée qui longeait l'arrière de l'immeuble, je repérai le capot de la limousine de Sergei dépassant d'une petite allée entre la boulangerie et une maison. Comment Dimitri et moi avions-nous pu ne pas la voir plus tôt ? Je me précipitai vers la voiture et reconnus Sergei assis sur le siège avant. Il me regardait en souriant, une main posée sur le volant.

« On se faisait un sang d'encre ! criai-je en approchant. Tu as passé la nuit ici ? »

Sergei ne me répondit pas. De là où j'étais, le ciel se reflétait dans le pare-brise et je ne voyais pas bien son visage. Je me faufilai entre la voiture et le mur de la maison et ouvris la portière côté passager. Une odeur putride me sauta au visage. Sergei avait du vomi plein les genoux, et il se tenait étrangement immobile.

Je tendis un bras pour lui toucher le visage : sa peau était froide et tirée comme du cuir, ses yeux figés, sa lèvre supérieure retroussée sur ses dents. Il ne souriait pas du tout, en fait.

« Non ! hurlai-je. Non ! » Je l'agrippai par la manche et le secouai de toutes mes forces, incapable de me résoudre à accepter ce que je voyais. Une main reposait sur sa cuisse, crispée, et dans les replis de sa paume je distinguai quelque chose de brillant. Je réussis à lui faire desserrer les doigts et à m'emparer de l'objet : une alliance. J'essuyai mes larmes pour discerner le dessin gravé dessus : une ronde de colombes volant autour d'un anneau d'or blanc. Ignorant l'odeur nauséabonde, je posai la tête sur l'épaule de Sergei et laissai libre cours à mes sanglots. C'est alors que je crus entendre sa voix me dire : « Enterre-moi avec. Je veux aller la retrouver. »

Deux jours plus tard, nous étions réunis dans le vestibule du club pour les obsèques. Les roses du mariage étaient déjà en train de faner, inclinant la tête comme en signe de deuil. Les employés avaient parsemé les bouquets de clous de girofle et de bâtons de cannelle et fait brûler des gousses de vanille en espérant couvrir l'odeur pestilentielle qui s'échappait du cercueil en bois de chêne.

Après avoir découvert Sergei dans sa voiture, j'avais appelé le valet de chambre pour qu'il m'aide à ramener le corps à la maison. Dimitri nous retrouva là-bas. Amelia fit venir un médecin, qui indiqua que Sergei était mort d'une crise cardiaque. Nous installâmes le corps sur une table dans le salon pour la veillée funèbre. Mais, dans l'après-midi, Amelia nous rappela pour nous dire que l'odeur était insupportable.

Quand nous revînmes dans la soirée, toute la maison était imprégnée d'une puanteur fétide. En examinant le cadavre, nous nous aperçûmes que le visage, le cou et les mains étaient couverts de taches brunes. Sergei était en train de pourrir sous nos yeux, à un rythme bien plus élevé que la normale. C'était comme si son corps voulait se dissoudre le plus vite possible afin d'échapper à ce monde et retourner à la poussière sans plus attendre.

L'automne s'abattit sur nous tel le couperet d'une guillotine le jour des funérailles. Une bruine incessante nous cinglait le visage et un vent glacé soufflait en rafales, nous glaçant jusqu'aux os. Nous enterrâmes Sergei au cimetière russe, à l'ombre des croix orthodoxes et dans l'odeur âcre de l'humus mouillé. J'avançai en vacillant au bord de la tombe pour jeter une poignée de terre sur le cercueil. Si Amelia ne m'aimait déjà pas beaucoup avant sa mort, elle se mit à me vouer une haine féroce après. Elle vint se coller contre moi, me poussant de l'épaule comme si elle espérait me faire tomber moi aussi dans la tombe. « C'est toi qui l'as tué, espèce de petite égoïste, me souffla-t-elle entre ses dents. Tu l'as usé jusqu'à la mort. Il était aussi fort qu'un taureau avant ton mariage. »

Pendant les deux jours précédant l'enterrement, Amelia avait réussi à se réserver des après-midi aux courses ou des expéditions de shopping, tandis que Dimitri et moi errions tels des fantômes dans notre nouvel appartement. Nous tombions sans arrêt sur de nouveaux objets, photographies encadrées ou bibelots en tout genre, que Sergei avait amoureusement choisis pour nous. Son intention était de nous procurer de la joie à chaque nouvelle découverte, mais à cause de sa mort ces objets nous transperçaient le cœur comme autant de coups de poignard. La nuit, nous nous agrippions l'un à l'autre non pas en jeunes mariés mais en naufragés essayant désespérément d'échapper à la noyade.

« Vous n'avez pas à vous en vouloir, tentait de nous rassurer Luba. Je ne pense pas qu'il ait eu peur de vous déranger pendant votre nuit de noces. Je pense qu'il se savait près de mourir et qu'il voulait être près de vous. Vous lui rappeliez tellement son histoire avec Marina. »

Personne ne révéla jamais à Amelia que nous avions enterré Sergei avec son alliance au doigt, ni que la tombe à côté de la sienne, portant une inscription en russe et deux colombes gravées dans le marbre, était celle de Marina.

Le lendemain des funérailles, Alexei nous convoqua dans son bureau pour la lecture du testament. Cela aurait dû être une simple formalité. Dimitri était propriétaire de l'appartement, Amelia garderait la maison et ils se partageraient le *Moscou-Shanghai*. Mais à la façon dont Luba tortillait nerveusement le bout de son foulard et dont elle nous servit le thé d'une main tremblante, je devinai qu'il y avait un problème. Dimitri et moi nous assîmes côte à côte sur le divan tandis qu'Amelia s'installait dans un fauteuil en cuir près de la fenêtre, le visage tendu dans la lumière glacée du matin.

Alexei fit durer le suspense, remuant des papiers sur son bureau et prenant tout son temps pour allumer sa pipe. Ses gestes étaient maladroits, ralentis par le poids du chagrin : il venait de perdre un homme qui avait été son ami pendant plus de trente ans.

« Je ne vais pas vous faire attendre plus longtemps, finit-il par dire. Le dernier testament de Sergei, rédigé le 21 août 1947 et révoquant toutes les versions précédentes, est simple et précis. » Il se frotta les yeux et chaussa ses lunettes avant de s'adresser à Dimitri et à Amelia. « Bien qu'il vous ait chèrement aimés tous les deux et que vous risquiez d'être surpris par sa décision, le texte de son testament est très clair : “Je soussigné, Sergei Nikolaievich Kirillov, lègue l’ensemble de mes biens, y compris ma maison et tout son contenu, et ma société, le club *Moscou-Shanghai*, à Anna Victorovna Kozlova.” »

Les paroles d’Alexei ne recueillirent en écho que notre silence stupéfait. Personne ne bougea. Nous attendions la suite. Mais il retira ses lunettes et annonça : « C’est tout. » Dimitri se leva et marcha jusqu’à la fenêtre. Amelia s’enfonça dans son fauteuil. Je n’arrivais pas à en croire mes oreilles. Comment Sergei, que j’aimais et que je respectais, avait-il pu me faire une chose pareille ? Il avait trahi Dimitri malgré toutes ses années de fidélité et m’avait rendue complice de cette trahison.

« Il a écrit ce testament quand Anya et moi nous sommes fiancés ? demanda Dimitri.

— C’est ce qu’a l’air d’indiquer la date, répondit Alexei.

— C’est ce qu’a l’air d’indiquer la date, répéta Amelia d’une voix railleuse. Tu es son avocat, oui ou non ? Ce n’est pas toi qui l’as conseillé dans la rédaction de ce testament ?

— Comme tu le sais, Amelia, Sergei n’était pas bien depuis un certain temps. J’ai assisté à la rédaction de son testament, mais je ne l’ai pas conseillé.

— Les avocats sont-ils censés accepter des testaments de la part de gens qu’ils soupçonnent de ne pas être sains de corps et d’esprit ? Ça m’étonnerait ! »

Alexei se contenta de hausser les épaules. On aurait dit qu’il se régalait de voir Amelia ainsi déboutée.

« Selon moi, Anya est une jeune personne très bien éduquée, répliqua-t-il. En bonne épouse, elle partagera ses biens avec son mari et, puisque tu t’es montrée si charitable à son égard, je suis sûr qu’elle saura t’en être reconnaissante. »

Amelia bondit de son fauteuil. « Quand elle est arrivée ici, c’était une moins-que-rien ! s’exclama-t-elle sans même me regarder. Il n’a jamais été question qu’elle reste. Nous lui avons offert la charité. Tu comprends ? La charité. Et il lui donne tout, avec le plus grand mépris pour Dimitri et moi ? »

Dimitri traversa la pièce pour venir se planter devant moi. Il prit mon menton dans sa main et me força à le regarder. « Tu étais au courant ? demanda-t-il.

— Non ! » m'écriai-je, choquée par sa question.

Dimitri m'aida à me lever du canapé et nous quittâmes la pièce sous le regard haineux d'Amelia. Il ne prononça pas un mot pendant tout le trajet jusqu'à chez nous, pas plus que lorsque nous nous retrouvâmes dans l'intimité de notre appartement. Il passa l'après-midi assis sur le rebord de la fenêtre, à fumer cigarette sur cigarette en contemplant la rue en contrebas.

Toute la soirée, il resta assis devant la cheminée, le regard hypnotisé par les flammes. Il me tournait le dos alors que je le fixais obstinément, vulnérable et désireuse d'être pardonnée pour une faute que je n'avais pas commise. Ce fut seulement quand je me levai pour aller me coucher qu'il m'adressa enfin la parole. « Il ne m'a jamais fait confiance, en fait, déclara-t-il. Malgré tous ses discours selon lesquels j'étais comme son fils, il me prenait toujours pour un minable, au fond. Quelqu'un à qui on ne peut pas faire confiance. »

Je sentis tous les muscles de mon dos se contracter. J'étais tiraillée entre deux sentiments contradictoires : à la fois soulagée et terrorisée que Dimitri se soit enfin décidé à me parler.

« Ne pense pas ces choses, répondis-je. Sergei t'adorait. Il n'avait plus sa tête, c'est tout. »

Dimitri enfouit son visage hagard entre ses mains. Je souffrais de voir autant d'amertume dans son regard. J'avais envie de le prendre dans mes bras, de faire l'amour avec lui. J'aurais tout donné pour lire du désir plutôt que de la détresse dans ses yeux. Nous n'avions eu qu'une seule nuit d'amour et de bonheur. Depuis, c'était une descente aux enfers.

« De toute façon, repris-je, ce qui m'appartient t'appartient aussi. Tu n'as pas perdu le club.

— Dans ce cas, pourquoi ne pas avoir eu la décence de le léguer directement au mari ?

— Je n'ai jamais compris sa relation avec Amelia. Parfois j'avais l'impression qu'ils se haïssaient. Peut-être craignait-il son influence sur toi. »

Dimitri se tourna brusquement vers moi, avec dans les yeux un tel mépris que j'en eus des frissons partout. « Le pire n'est pas ce qu'il m'a fait à moi mais ce qu'il a fait à Amelia, répliqua-t-il, les poings serrés de rage. C'est elle qui a monté le club de A à Z pendant que lui s'imbibait la cervelle d'opium, perdu dans les illusions de son glorieux passé. Sans elle, il serait juste devenu un Russe de plus en train de pourrir dans le caniveau. C'est facile de tout mettre sur le dos d'Amelia sous prétexte qu'elle est née dans la rue et n'a pas les manières d'une aristocrate. Mais que signifient ces bonnes manières, après tout ? À ton avis, qui est le plus honnête ?

— Dimitri ! m'écriai-je. Où veux-tu en venir ? De quoi parles-tu ? »

Mais il se leva sans ajouter un mot et se dirigea tout droit vers la porte. Il décrocha son manteau et l'enfila.

« Dimitri, ne t'en va pas ! » suppliai-je, tout en prenant conscience que ce que je voulais vraiment dire était : Ne va pas la retrouver ! Mais, imperturbable, il finissait de boutonner son manteau et de nouer la ceinture autour de sa taille.

« Tout ce qui a été fait peut être défait, repris-je. On peut très bien partager le *Moscou-Shanghai* entre vous deux. Je peux te le céder légalement et tu décideras la part que tu voudras donner à Amelia. »

Dimitri s'interrompit et me regarda. Son visage se détendit brièvement et mon cœur se gonfla d'espoir.

« Ce serait en effet la seule chose décente à faire, approuva-t-il. Et aussi de laisser Amelia habiter la maison, même si tu en es officiellement propriétaire.

— Bien entendu. Je n'ai jamais eu l'intention de faire autrement. »

Dimitri me tendit les bras. Je me précipitai vers lui, enfouissant mon visage dans les plis de son manteau. Je le sentis presser ses lèvres contre mes cheveux et j'inhalai son odeur familière. *Tout va redevenir normal entre nous*, songeai-je. *Ça va passer et il va m'aimer à nouveau.*

Mais la froideur qui s'était installée dans son cœur était encore palpable. C'était un mur infranchissable, une armure entre nous.

La semaine suivante, je faisais du shopping rue de Nankin. Il y avait eu un sursis après le froid glacial des jours précédents, et les rues étaient remplies de promeneurs profitant des derniers rayons fragiles du soleil de midi. Les bureaux et les banques déversaient des flots d'hommes d'affaires qui sortaient déjeuner ; des femmes chargées de sacs de courses bavardaient à tous les coins de rues ; et les camelots avaient déballé leurs étals sur les trottoirs. Les effluves de viandes et de marrons grillés m'avaient ouvert l'appétit. J'étais en train de lire le menu dans la vitrine d'un café italien, hésitant entre une *zuppa di cozze* et des *spaghetti alla marinara,* lorsqu'un hurlement strident me glaça le cœur. Les gens se mirent à courir dans tous les sens, une expression de terreur sur le visage. Je fus emportée par le flot. Mais la foule était bloquée par deux camions militaires à chaque extrémité de la rue et je me retrouvai plaquée contre une vitrine de magasin, compressée sous le poids d'un énorme type. Je réussis à me dégager et à me frayer un chemin dans la cohue.

Sans le vouloir, je fus propulsée devant tout le monde vers le bord du trottoir et tombai nez à nez avec un groupe de soldats de l'armée nationaliste. Ils tenaient leurs fusils braqués sur une rangée de jeunes Chinois, hommes et femmes, agenouillés sur la chaussée, les mains derrière la tête. Les étudiants n'avaient pas l'air apeurés, seulement désorientés. Une des jeunes filles regardait devant elle en plissant les yeux, et je remarquai que ses lunettes s'étaient accrochées dans le col de sa veste. Leurs verres étaient fêlés, comme si on les lui avait arrachées de force. Deux capitaines se tenaient un peu à l'écart, discutant à voix basse. Brusquement, l'un d'eux s'éloigna à grands pas pour se placer derrière le premier garçon de la file. Il sortit un revolver de sa ceinture et tira une balle dans la tête du jeune homme. Un geyser de sang jaillit de la blessure et le garçon s'affaissa sur le sol. J'étais paralysée d'effroi, mais certaines personnes dans la foule se mirent à crier ou à protester bruyamment.

Le capitaine exécuta l'un après l'autre les étudiants de la rangée, avec la désinvolture d'un boucher abattant du bétail. Ils tombèrent un à un, le visage contorsionné dans la mort. Lorsque le capitaine arriva à la hauteur de la jeune myope, je m'élançai sans réfléchir, comme pour la protéger. Il me considéra de ses yeux cruels, et une élégante Anglaise m'attrapa par le bras pour me tirer en arrière. Elle me fit tourner la tête contre son épaule. « Ne regardez pas. » Au son du coup de feu, je me dégageai de son étreinte. La jeune fille n'était pas morte sur le coup comme ses camarades. Elle avait la moitié du crâne arraché et se traînait à quatre pattes sur la chaussée. Les soldats la suivaient en la piquant du bout de leurs fusils. Elle gémit « Maman, maman », avant de s'écrouler, inerte. Je contemplai son corps sans vie, le trou béant dans sa tête, et imaginai quelque part une mère attendant sa fille qui ne reviendrait jamais à la maison.

Un policier fendit la foule. « Vous n'avez pas le droit d'être ici ! hurla-t-il aux soldats en désignant les cadavres au milieu de la rue. Ce n'est pas votre territoire ! »

Les soldats remontèrent dans leur camion en ignorant le policier. Le capitaine qui s'était chargé des exécutions se tourna vers la foule et lança à la cantonade : « Ceux qui ont de la sympathie pour les communistes mourront avec les communistes. Que ça vous serve de leçon : ce que je viens de faire à ces étudiants, les communistes vous le feront à vous si vous les laissez entrer dans Shanghai. »

Je me mis à dévaler en courant la rue de Nankin, me cognant dans les gens et les étals sans savoir où j'allais. Dans mon cerveau se bousculaient les images et les sons. Je pensais surtout à Tang. Son sourire tordu, ses moignons déchiquetés, sa soif de vengeance.

Je me retrouvai par hasard devant le *Moscou-Shanghai* et me ruai à l'intérieur. Dimitri et Amelia étaient dans le bureau en train d'examiner les livres de comptes avec leur nouvel avocat, un Américain du nom de Bridges. Bien que la tension entre Dimitri et moi fût retombée, et que même Amelia se fût montrée cordiale à mon égard après avoir compris que je n'allais pas la chasser de la maison, j'osais à peine les déranger.

« Qu'est-ce qu'il y a ? » demanda Dimitri en se levant brusquement de son fauteuil. Il avait de l'inquiétude dans les yeux, et je me demandai de quoi j'avais l'air.

Il m'aida à m'asseoir et me caressa les cheveux. Touchée par son geste de tendresse, je leur racontai la scène à laquelle je venais d'assister, m'interrompant régulièrement pour ravaler mes sanglots. Ils m'écoutèrent attentivement puis restèrent silencieux un long moment quand j'eus terminé mon récit. Amelia tapotait le bureau de ses longs ongles vernis tandis que Dimitri ouvrait la fenêtre pour faire entrer un peu d'air frais.

« Les choses tournent mal, marmonna Bridges en se frottant le menton.

— Moi, je crois Sergei, rétorqua Dimitri. Nous avons survécu à la guerre, nous survivrons à ça.

— C'est bien la seule fois où il a fait preuve de clairvoyance, ricana Amelia en s'allumant une cigarette.

— Et les rumeurs, alors ? reprit Bridges. On en entend de plus en plus.

— Quelles rumeurs ? demandai-je.

— On dit que l'armée communiste s'est regroupée et approche du Yangtsé, que dans tout le pays les généraux nationalistes sont en train de déserter et de rejoindre les forces communistes. Qu'ils prévoient d'attaquer Shanghai. »

Je pris une grande inspiration, tremblant de la tête aux pieds.

« Pourquoi effrayez-vous Anya ? intervint Dimitri. Est-ce vraiment le moment de lui raconter des choses pareilles ? Après ce qu'elle vient de voir ?

— Ce ne sont que des bêtises, affirma Amelia. Le club n'a jamais aussi bien marché. C'est plein d'Anglais, de Français et d'Italiens. Il n'y a que ces poltrons d'Américains qui commencent à avoir peur. Et puis qu'est-ce que ça peut faire que les communistes débarquent ? Ce sont après les Chinois qu'ils en ont, pas après nous.

— Et le couvre-feu ? répliqua Bridges.

— Quel couvre-feu ? » m'étonnai-je.

Dimitri regarda Bridges en fronçant les sourcils. « C'est seulement pour l'hiver. Pour économiser le charbon et les autres ressources. Il n'y a pas de quoi s'inquiéter.

— Quel couvre-feu ? répétai-je.

— Nous ne pouvons plus ouvrir le club que quatre soirs par semaine, m'expliqua Bridges. Et seulement jusqu'à onze heures et demie.

— Une simple mesure de rationnement préventif, nuança Dimitri. C'était bien plus sévère pendant la guerre. Et puis ce n'est que pour l'hiver. Vraiment pas de quoi s'inquiéter. »

Le lendemain, Luba vint me rendre visite chez moi. Elle portait un tailleur bleu cobalt avec un petit bouquet de fleurs épinglé au corsage. Je me sentis d'abord un peu mal à l'aise car Dimitri et Amelia avaient limogé son mari en tant qu'avocat du *Moscou-Shanghai*, mais Luba se comporta à mon égard exactement comme d'habitude. Dans le salon, elle se mit à regarder partout avec l'air de chercher quelqu'un. Elle se précipita vers la vitrine pour examiner les matriochkas, puis ramassa un bouddha en jade dans la bibliothèque et l'étudia attentivement. Je compris alors ce qu'elle essayait de trouver dans les choses qu'elle touchait.

« Il me manque comme mon propre père, dis-je.

— Moi aussi, il me manque », répondit-elle en détournant les yeux.

Bien que Luba fît partie intégrante de notre petite bande, je n'avais jamais vraiment eu l'occasion de mieux la connaître. Elle était de ces femmes qui se fondent si parfaitement dans leur rôle d'épouse qu'on ne pense jamais à elles comme à autre chose qu'une extension de leur mari. Elle m'avait toujours paru être une bonne poupée robuste au bras de son époux, souriante mais ne révélant jamais ses pensées profondes. Et brusquement, en l'espace d'une seconde, nous étions devenues des alliées, réunies par le souvenir de Sergei.

« Anya, regarde-toi, tu es devenue pâle et maigrichonne, reprit-elle avec entrain. Il faut que tu fasses un vrai repas. À mon club.

— D'accord, je vais m'habiller », rétorquai-je sans hésitation.

Le club de Luba se trouvait sur Bubbling Well Road. C'était un endroit chic et délabré à la fois. Les rideaux et les tapis orientaux étaient raffinés mais usés jusqu'à la corde. Les immenses baies vitrées donnaient sur un jardin de magnolias orné d'une fontaine. Le club attirait une clientèle de femmes aisées qui n'avaient pas accès aux clubs britanniques. Il était peuplé d'Allemandes, de Hollandaises et de Françaises plus ou moins de l'âge de Luba. La salle de restaurant résonnait du brouhaha de leurs conversations mêlé aux tintements des assiettes et des verres transportés sur des chariots par les serveurs chinois.

Luba et moi partageâmes une bouteille de vin, commandâmes des paupiettes de poulet façon Kiev et une escalope viennoise, avec un *cheesecake* au chocolat blanc en dessert. J'avais l'impression de la rencontrer pour la première fois. Bien qu'elle ne ressemblât en rien à ma véritable mère, il y avait chez elle quelque chose de maternel qui me la rendait éminemment sympathique.

« Anya, j'ai quelque chose à te dire », m'annonça-t-elle d'un ton solennel après le plat principal.

Elle marqua une pause avant de poursuivre. « C'est Alexei qui a conseillé à Sergei de rédiger ce nouveau testament et d'en exclure Dimitri. »

Je restai un instant bouche bée, muette de stupeur. « Donc Sergei n'était pas privé de sa raison quand il a écrit cela ? finis-je par demander.

— Non.

— Mais ce testament a failli ruiner mon mariage. Pourquoi avoir conseillé à Sergei de faire une chose pareille ?

— Parce que Dimitri n'a jamais écouté Sergei quand il essayait de le mettre en garde contre Amelia, répliqua calmement Luba. Lorsqu'ils se sont mariés, Sergei a donné à Amelia des bijoux et de l'argent. Mais il ne lui a jamais promis le *Moscou-Shanghai*. Sergei n'avait pas de successeur pour le club jusqu'à l'arrivée de Dimitri. Mais Amelia a quand même réussi à persuader Dimitri qu'ils allaient se le partager après la mort de Sergei. »

Je secouai la tête, incrédule. Je n'avais pas le courage d'apprendre à Luba que je venais justement de céder le club à Dimitri. « Il y a quand même quelque chose qui m'échappe dans tout ça », murmurai-je.

Luba m'observa un moment. Je devinais qu'elle avait d'autres révélations à me faire, mais avant de continuer elle voulait s'assurer que j'étais assez forte pour les entendre. J'espérais de tout mon cœur qu'elle allait décider du contraire, car je n'avais pas envie d'en savoir davantage.

Le serveur arriva avec le chariot des desserts et posa au milieu de la table le *cheesecake* que nous avions commandé. Quand il s'éloigna, Luba prit une fourchette et attaqua le gâteau plein de crème.

« Tu sais ce qu'Amelia veut réellement ? me demanda-t-elle de but en blanc.

— On connaît Amelia, répondis-je en haussant les épaules. Elle veut tout diriger. »

Luba se pencha en avant et me glissa à voix basse : « Non, pas tout diriger. Plus que ça. Elle veut l'âme des gens. »

Ça paraissait tellement mélodramatique que je faillis en rire, mais quelque chose dans son regard me retint. Je sentis ma gorge se serrer.

« Elle les dévore, Anya, poursuivit-elle. Elle avait vampirisé l'âme de Sergei avant que tu n'arrives pour le libérer. Et maintenant, voilà que tu lui enlèves aussi Dimitri. Tu crois qu'elle va accepter ça ? Sergei t'a donné une chance de l'éliminer de ta vie. Dimitri n'est pas assez fort pour le faire lui-même. C'est pour cette raison que Sergei t'a légué le club. »

Je laissai échapper un petit ricanement et engloutis une bouchée de *cheesecake*, essayant de dissimuler la terreur qui commençait à s'insinuer dans mes veines.

« Luba, tu ne peux pas sérieusement penser qu'elle veuille l'âme de Dimitri. Je veux bien croire qu'elle soit odieuse, mais ce n'est pas le diable en personne, quand même ! »

Luba reposa sa fourchette sur son assiette. « Tu sais quel genre de femme c'est, Anya ? Je veux dire, vraiment ? Amelia est arrivée en Chine avec un marchand d'opium. Quand il a été assassiné par un clan de Chinois, elle s'est mise à courir après un jeune banquier américain dont la femme et les deux enfants étaient restés à New York. Comme il voulait rompre, elle a envoyé une lettre pleine de mensonges à son épouse. La jeune femme a rempli une baignoire d'eau chaude et s'est taillé les veines. »

Je fus paralysée d'effroi.

« Luba, tu me fais peur, dis-je. Je t'en supplie, explique-moi simplement contre quoi tu essaies de me mettre en garde.

— Elle est capable de tout, murmura Luba. Je ne crois pas que Sergei soit mort d'une crise cardiaque. Je crois qu'elle l'a empoisonné. »

Je lâchai ma serviette et me levai d'un bond, les yeux fixés vers les toilettes. « Excuse-moi », balbutiai-je, en luttant contre les taches noires qui dansaient devant mes yeux.

Luba m'attrapa au poignet et me fit rasseoir. « Anya, tu n'es plus une gamine, maintenant. Et Sergei n'est plus là pour te protéger. Tu dois voir la réalité en face. Il faut te débarrasser de cette femme. C'est un serpent. Un serpent qui attend de t'avaler toute crue. »

7

La chute

La prédiction de Dimitri selon laquelle nous serions épargnés par la guerre civile se révéla fausse dès la fin du mois de novembre. Des flots de réfugiés venus de la campagne se déversaient dans Shanghai, traversant les rizières gelées et parcourant les routes boueuses en transportant toutes leurs affaires dans des rickshaws et des brouettes. Ils étaient trop nombreux pour mendier. Aussi mouraient-ils de faim sous nos yeux, paquets de linge recroquevillés sur les trottoirs. Les bidonvilles enflaient, et chaque immeuble vacant était envahi par des squatteurs. Dehors, ils se pressaient autour de maigres feux de bois et étouffaient leurs enfants quand ils ne supportaient plus de les voir souffrir. L'odeur de la mort planait partout dans l'air glacé. Les gens marchaient avec des mouchoirs pressés sur le nez ; les hôtels et les restaurants vaporisaient leurs intérieurs de parfums et d'encens. Tous les matins, les camions-poubelles sillonnaient la ville pour ramasser les cadavres.

Le gouvernement nationaliste continuait à censurer les journaux, et nous ne lisions que des articles sur les défilés de mode à Paris et les matchs de cricket en Angleterre. Malgré l'inflation galopante qui paralysait l'économie, les artères commerçantes étaient placardées de publicités pour de nouveaux appareils ménagers. Les nababs du commerce à Shanghai s'efforçaient de nous convaincre que tout était normal.

Mais ils ne pouvaient pas empêcher les rumeurs dans les cafés, les théâtres, les bibliothèques et les salons privés. L'armée communiste campait sur les rives du Yangtsé et nous observait. Elle attendait tranquillement l'hiver, rassemblant ses forces avant de marcher sur Shanghai.

Un matin, Dimitri rentra du club plus tard que d'habitude. Je ne l'avais pas accompagné la veille au soir car je souffrais d'un mauvais rhume. J'étais encore fiévreuse lorsque je l'accueillis à la porte. Il avait le visage hagard, les yeux rougis.

« Qu'est-ce qui se passe ? lui demandai-je en l'aidant à retirer son manteau.

— Je ne veux plus que tu viennes au club. »

Prise de vertige, je m'assis sur le canapé. « Que s'est-il passé ?

— Notre clientèle a trop peur pour sortir le soir. On a de plus en plus de mal à couvrir nos frais. Notre chef cuisinier s'est enfui à Hong Kong et je dois maintenant débourser le double pour payer quelqu'un qui ne lui arrive pas à la cheville. »

Dimitri sortit du placard une bouteille de whisky et se servit un verre. « Je vais être obligé de baisser nos prix pour attirer plus de monde, poursuivit-il. Juste le temps qu'on sorte de cette crise. Et je n'ai pas envie que tu voies ça. Je ne veux pas que ma femme en soit réduite à divertir des marins et des ouvriers d'usine.

— C'est vraiment à ce point-là ? »

Dimitri se laissa tomber à côté de moi. Il posa la tête sur mes genoux et ferma les yeux. Je lui caressai les cheveux. Il n'avait que vingt ans, mais le stress des mois précédents avait déjà fait apparaître quelques rides sur son front.

Nous nous endormîmes là tous les deux et, pour la première fois depuis longtemps, je rêvai de Harbin. Je rentrais chez moi et entendais des rires dans le salon. Boris et Olga se tenaient près du feu avec leur chat. Mon père était en train de couper des roses pour les mettre dans un vase, une cigarette aux lèvres. Il sourit en me voyant passer. Par la fenêtre, les champs verdoyants de mon enfance s'étendaient à perte de vue et je voyais ma mère debout près de la rivière.

Je courus à sa rencontre, les mollets fouettés par l'herbe mouillée. Je pleurais quand j'arrivai enfin à sa hauteur. Elle posa ses doigts sur ses lèvres avant de les presser contre les miennes. Son image s'évanouit et je me réveillai dans la lumière pâle du matin.

Dimitri dormait toujours à côté de moi sur le canapé, le visage écrasé contre les coussins. Sa respiration était profonde et paisible. Même quand je lui embrassai tendrement les paupières, il ne bougea pas d'un pouce.

Le soir venu, mon rhume s'était transformé en fièvre et je toussais si violemment que je crachai du sang. Dimitri fit venir un médecin qui arriva pile sur le coup de minuit. Il réchauffa son stéthoscope entre ses paumes avant de le poser sur ma poitrine.

« Vous êtes irresponsables de ne pas m'avoir appelé plus tôt, déclara-t-il en plongeant un thermomètre dans ma bouche. Vous avez les poumons infectés, et à moins que vous ne me promettiez de rester bien sagement au lit jusqu'à complète guérison, je vous fais hospitaliser. »

Le thermomètre avait un goût de menthol. Je me renfonçai dans les coussins, croisant les bras sur ma poitrine souffrante. Dimitri s'accroupit à côté de moi et me massa la nuque et les épaules pour me soulager. « Anya, je t'en supplie, murmura-t-il, guéris vite. »

Pendant la première semaine de ma maladie, Dimitri essaya de s'occuper à la fois de moi et du club. Mais mes quintes de toux le réveillaient au milieu des quelques heures de sommeil qu'il réussissait à glaner en fin de matinée et d'après-midi. Les cernes sous ses yeux et son teint blafard finirent par m'inquiéter. Nous ne pouvions pas prendre le risque qu'il tombe malade à son tour. Je suggérai donc à Dimitri de m'envoyer Mei Lin et d'aller se reposer chez Sergei.

Je restai clouée au lit pendant la majeure partie du mois de décembre. Avec la nuit venaient les accès de fièvre et les mauvais rêves. Je voyais Tang et les communistes se diriger droit vers moi. Le paysan que j'avais vu être exécuté par les Japonais m'apparaissait pour me supplier de son regard apeuré. Il me tendait la main et je la lui prenais, mais je ne sentais pas son pouls : il était déjà mort. Une fois, alors que je croyais être éveillée, je vis une jeune Chinoise allongée à côté de moi, ses lunettes cassées accrochées à son col, la tête saignant sur les draps. « Maman, maman », gémissait-elle.

À partir de la mi-décembre, Dimitri passait le plus clair de son temps au *Moscou-Shanghai* pour essayer de le maintenir à flot. Il avait redéménagé ses affaires à la maison car il était plus simple pour lui d'habiter là-bas. Seule, je m'ennuyais. Je m'efforçais de fixer mon attention sur les livres que Luba m'apportait, mais mes yeux se fatiguaient vite et je finissais par rester des heures allongée à contempler le plafond, trop faible pour seulement m'asseoir dans un fauteuil près de la fenêtre. Au bout de trois semaines, bien que la fièvre ait diminué et que ma toux se soit calmée, je n'avais toujours pas la force de me déplacer toute seule de la chambre jusqu'au canapé.

Dimitri vint me rendre visite de bonne heure le soir de Noël. Mei Lin, dont les talents culinaires s'amélioraient de jour en jour, m'avait préparé des petits poissons frits aux épices et aux épinards.

« Ça fait plaisir de te voir remanger de la vraie nourriture, s'exclama mon mari. Tu vas voir, tu vas bientôt être complètement guérie.

— Quand je serai guérie, je mettrai ma plus belle robe et je ferai un malheur au club. Je vais enfin pouvoir t'aider en épouse digne de ce nom. »

La joue de Dimitri fut contractée par un tic nerveux, comme si un insecte s'était posé sur son visage. Il détourna la tête. « Oui, ce serait bien », dit-il simplement.

Je fus d'abord surprise par sa réaction, puis je me souvins qu'il avait honte de sa nouvelle clientèle. *Je m'en fiche,* songeai-je. *Je t'aime, Dimitri. Je suis ta femme et je veux être à tes côtés, quelles que soient les circonstances.*

Plus tard dans la soirée, comme Dimitri était reparti, Alexei et Luba m'apportèrent un cadeau. En ouvrant le paquet, je découvris un magnifique châle en cachemire couleur prune, que j'enroulai aussitôt autour de mes épaules. « C'est très joli sur toi, Anya, commenta Alexei. Il va bien avec tes cheveux. »

Quand les Mikhailov partirent, je les regardai marcher dans la rue depuis ma fenêtre. Juste avant qu'ils tournent le coin, Alexei prit sa femme par la taille. C'était un geste naturel et détaché, le signe d'une relation de tendresse mutuelle qui durait depuis des années. Je me demandai si Dimitri et moi deviendrions comme eux un jour, mais cette pensée m'emplit de tristesse. Nous n'étions mariés que depuis trois mois, et déjà nous passions la période des fêtes séparés.

Les choses m'apparurent sous un jour meilleur quand Dimitri revint me voir le lendemain. Il arborait un sourire béat et me tapota familièrement la hanche. « Tu aurais dû voir ça, hier soir ! s'exclama-t-il. On aurait dit le bon vieux temps. Tout le monde a l'air d'en avoir marre de cette guerre stupide. Les Thorn, les Roden, les Fairbanks, ils étaient tous là. Mme Degas est arrivée avec son caniche et a demandé après toi. Tout le monde s'est follement amusé et a promis de revenir pour le Nouvel An.

— Je me sens mieux, maintenant, répondis-je. Je ne tousse plus. Quand vas-tu revenir habiter ici ?

— Bientôt, promit Dimitri en m'embrassant sur la joue. Après le Nouvel An. J'ai beaucoup à faire d'ici là. »

Dimitri se déshabilla et se fit couler un bain, ordonnant à Mei Lin de lui apporter un whisky. J'aperçus mon visage livide dans le miroir du couloir. « Tu as une mine épouvantable, murmurai-je à mon reflet. Mais quel que soit le prix à payer, il faut absolument que tu ailles à cette fête toi aussi. »

Oui, c'est ça. Avec une bonne semaine de repos et un passage au salon de beauté, je serais en état d'aller à cette soirée du Nouvel An. Et puis j'eus une meilleure idée : je garderais mes intentions secrètes jusqu'au dernier moment. Mon apparition surprise serait mon cadeau de Noël à Dimitri.

Les marches du *Moscou-Shanghai* étaient désertes quand j'arrivai là-bas en taxi le soir du Nouvel An. C'était une nuit venteuse et aucun tapis rouge ni cordon doré n'accueillait la foule. Les deux lions en marbre semblaient me toiser du haut de leur piédestal lorsque je gravis l'escalier en resserrant le col de mon manteau.

Je fus soulagée de voir des hordes de gens dans le hall, vêtus de tenues chatoyantes. Leurs rires résonnaient contre le lustre en cristal et les miroirs dorés. J'avais du mal à imaginer la clientèle de bas étage que Dimitri m'avait décrite, car ces gens-là étaient les mêmes que les habitués d'autrefois. On pouvait sentir leur odeur distinctive flotter dans l'air : un mélange de parfums exotiques, de fourrure, de tabac de qualité et d'argent.

Alors que je donnais mon manteau au vestiaire, je remarquai un jeune homme en train de m'observer. Appuyé au comptoir, un verre de gin à la main, il promena son regard sur moi et me sourit d'un air approbateur. Je portais le même *cheongsam* vert que lors de ma première visite au club. Je l'avais choisi comme un porte-bonheur, pour le *Moscou-Shanghai* et pour moi-même. Je passai devant mon admirateur et m'engouffrai dans la salle principale afin d'y chercher Dimitri.

J'étais presque écrasée par la foule qui se pressait vers la piste de danse. Sur scène, un groupe de musiciens noirs portant tous le même costume aubergine jouait du jazz. La piste était bondée de danseurs qui s'agitaient au son des trompettes et du saxophone. Je repérai Dimitri près de l'entrée des artistes, occupé à parler avec un serveur. Il s'était coupé les cheveux, ce qui lui donnait l'air plus jeune. Je fus amusée à l'idée que nous étions tous les deux remontés dans le temps, moi avec ma robe, Dimitri avec sa nouvelle coupe. Alors que le serveur s'éloignait, Dimitri leva la tête mais ne me reconnut que lorsque je m'approchai de lui. Il fronça alors les sourcils. Je fus déconcertée par son expression de mécontentement. Amelia se précipita vers lui pour lui dire quelque chose. Comme il ne réagissait pas, elle suivit son regard et me vit à son tour. Une lueur de méfiance la traversa. Mais de quoi pouvait-elle bien se méfier ?

Dimitri se fraya un chemin jusqu'à moi. « Anya, tu devrais être à la maison, dit-il en m'agrippant par les épaules comme si j'étais sur le point de m'évanouir.

— Ne t'en fais pas, répondis-je. Je ne resterai que jusqu'à minuit. Je voulais juste être à tes côtés. »

Dimitri ne sourit toujours pas et se contenta de hausser les épaules. « Viens par là, alors. Allons boire un verre au restaurant. »

Je le suivis jusqu'à la mezzanine, où le maître d'hôtel nous installa à une table qui surplombait la piste de danse. Je surpris le regard de Dimitri sur ma robe.

« Tu te souviens ? demandai-je.

— Oui », murmura-t-il, les yeux brillants. Je crus un instant qu'il était au bord des larmes, mais ce n'était qu'un effet de lumière.

Le serveur nous apporta une bouteille de vin et remplit nos verres. Nous mangeâmes deux petits blinis avec du caviar et de la crème fraîche. Dimitri se pencha en avant pour me caresser les cheveux. « Tu es très jolie. »

Je fus parcourue par un frisson de plaisir. J'approchai mes lèvres des siennes, avec l'espoir fou de retrouver enfin le bonheur qui nous avait échappé depuis la mort de Sergei. *Ça va aller,* songeai-je. *Tout va redevenir comme avant.*

Mais il détourna la tête et se mit à examiner ses mains. « Je ne veux pas qu'il y ait de mensonges entre nous, Anya.

— Il n'y a pas de mensonges.

— Amelia et moi sommes amants. »

Je sentis ma gorge se serrer. « Quoi ?

— Ce n'était pas prémédité. Je t'aimais vraiment quand nous nous sommes mariés.

— Quoi ? »

Je me reculai brusquement, frissonnante et le ventre noué. Je sentais mes sens m'abandonner un par un. D'abord la musique se mit à jouer au ralenti, puis ma vue se brouilla. J'agrippais mon verre de vin sans avoir l'impression de le toucher.

« C'est une vraie femme, poursuivit-il. Et en ce moment c'est de ça que j'ai besoin. Une femme. »

Je me levai de table en renversant mon verre. Le vin rouge se répandit sur la nappe blanche, mais Dimitri ne sembla rien remarquer. Il avait un sourire aux lèvres. Cet étranger qui, il y a si peu de temps, avait été mon époux ne me regardait même pas. Il était déjà à des kilomètres de distance. Un homme amoureux d'une autre femme.

« Il y a toujours eu quelque chose entre nous, murmura-t-il pour lui-même, mais il a fallu la mort de Sergei pour que la porte s'ouvre. »

La sensation de malaise à l'intérieur de moi se mua en une violente douleur. *Si je m'en vais maintenant, rien de tout ça n'aura existé*, pensai-je. Je tournai le dos à Dimitri et me faufilai tant bien que mal entre les tables. Les gens levaient les yeux sur mon passage pour me dévisager. Je m'efforçai de garder la tête haute, d'avoir l'air d'une parfaite hôtesse, même si des larmes roulaient sur mes joues. « Vous allez bien ? me demanda un homme.

— Oui, oui », bredouillai-je, mais mes genoux se dérobèrent sous moi. Je m'agrippai à un serveur qui passait avec un plateau de boissons. Nous tombâmes tous les deux à la renverse et une coupe de champagne s'écrasa sous mon poids.

Quelques instants plus tard, je repris connaissance. Je me trouvais dans mon lit à l'appartement, et Mei Lin retirait des éclats de verre de mon épaule à l'aide d'une pince à épiler. Elle avait anesthésié la zone avec de la glace, mais toute mon épaule avait gonflé et viré au mauve. Le *cheongsam* pendait sur un dossier de chaise, un trou sanguinolent à l'épaule ; on aurait dit une blessure par balle. Dimitri observait la scène depuis la cheminée.

« Si c'est nettoyé, ordonna-t-il à Mei Lin, fais-lui un bandage et on appellera le médecin demain. »

La petite fille le regarda, devinant que quelque chose n'allait pas. Elle appliqua une compresse de gaze sur ma plaie et l'enroula dans une bande de coton. Après avoir terminé, elle jeta un dernier coup d'œil furtif vers Dimitri et disparut dans la pièce d'à côté.

« Elle devient de plus en plus insolente, cette petite, dit-il en remettant son manteau. Tu ne devrais pas trop la gâter. »

Je me levai, titubante. « Dimitri ! Je suis ta femme !

— Je t'ai déjà expliqué la situation. Il faut que je retourne au club. »

Je m'adossai contre la porte, incapable de comprendre ce qui était en train de se passer. Comment Dimitri pouvait-il me faire ça ? Comment pouvait-il dire qu'il était amoureux d'*elle* ? D'Amelia ! Je me mis à pleurer malgré moi.

« Allez », coupa Dimitri en essayant de me faire dégager de son chemin. Je le regardai à travers mes larmes. Son visage exprimait une dureté que je ne lui avais jamais vue. Je compris alors brusquement que toutes les larmes du monde ne pourraient rien changer.

La maladie céda la place à une autre. Quand Mei Lin voulut me faire avaler mon petit déjeuner le lendemain matin, je ne pus même pas garder une bouchée d'œufs brouillés. Un chagrin d'amour était bien plus grave qu'une grippe. Je ressentais la douleur dans chaque molécule de mon corps, j'arrivais à peine à respirer. Dimitri m'avait trahie et abandonnée. Je n'avais plus personne. Ni père, ni mère, ni tuteur, ni mari.

Luba accourut chez moi moins d'une heure après mon coup de fil. Elle me jeta à peine un regard avant de se précipiter à la salle de bains et de revenir avec un gant de toilette mouillé pour m'essuyer le visage.

« Le pire dans tout ça, murmurai-je, c'est que tu as essayé de me prévenir.

— Quand tu te seras reposée et auras mangé quelque chose, tu verras que les choses ne sont pas si terribles qu'elles en ont l'air. »

Je fermai les yeux et serrai les poings. Comment les choses auraient-elles pu être pires ? N'était-ce pas Luba elle-même qui m'avait raconté qu'Amelia avait poussé une femme au suicide et possédait une sorte d'influence obscure sur l'âme de Dimitri ?

« Tu ne vas pas me croire, reprit-elle, mais maintenant que c'est arrivé, je m'aperçois qu'il y a beaucoup d'aspects en ta faveur. Des choses auxquelles je n'avais pas pensé avant.

— Je suis tombée dans tous les pièges dont Sergei essayait de me protéger, marmonnai-je. Je leur ai donné le club. »

Luba s'assit à côté de moi sur le canapé. « Je sais. Mais le club, c'est le club, et avec la guerre, qui sait ce qu'il va devenir. L'important, c'est que tu es encore propriétaire de la maison et de tout son contenu.

— Je me fiche pas mal de la maison et de l'argent, rétorquai-je. Quand tu m'as mise en garde, je pensais que tu voulais dire qu'Amelia en avait après mon argent, pas après mon mari. Dimitri ne m'aime plus. Je suis toute seule.

— Oh ! tu verras, Dimitri retrouvera la raison ! Il ne voudra pas d'une Américaine immorale pour épouse. En outre, elle a dix ans de plus que lui.

— Mais il l'aime. Il ne veut plus de moi. C'est ce qu'il m'a dit.

— Anya ! Tu crois vraiment qu'elle l'aime ? C'est un gamin. Elle se sert de lui pour parvenir à ses fins. Et lui, il est aveuglé par le stress et le chagrin. Dimitri n'est pas différent des autres hommes. Ils trouvent de quoi se divertir avec la première femme venue, et du jour au lendemain c'est fini, ils reviennent tout penauds. Si tu savais comme Alexei m'en a fait voir quand nous étions jeunes ! »

J'avais du mal à accepter son fatalisme, mais je savais qu'elle essayait de me réconforter et qu'elle était désormais mon seul allié.

« Je t'emmène déjeuner à mon club, décida-t-elle en me tapotant le dos. Après un bon repas et quelques verres, tu te sentiras beaucoup mieux. »

Sortir était bien la dernière chose dont j'avais envie, mais j'obéis néanmoins à Luba lorsqu'elle insista pour que je me douche et m'habille. Je savais où elle voulait en venir : si je restais dans l'appartement, j'étais finie. L'immobilité était une maladie fatale, à Shanghai. Les mendiants malades qui s'endormaient sur les trottoirs mouraient sur place, tout comme les bébés abandonnés et les conducteurs de rickshaws à bout de forces. Shanghai n'était pas une ville pour les faibles. Et le seul secret pour survivre était de rester en mouvement.

Les semaines suivantes, je réussis à surmonter la faillite de mon mariage en me coupant de mes émotions. Je m'interdisais de penser, j'essayais de croire ce que Luba m'avait dit sur la liaison de Dimitri et d'Amelia : ce n'était qu'une aventure passagère et ils ne s'aimaient pas vraiment. Mais cette illusion s'évanouit le jour où je les surpris ensemble.

J'étais sur le Bund, cherchant des yeux un rickshaw pour rentrer chez moi après un déjeuner avec Luba. Il faisait froid et je portais mon long manteau de fourrure à capuche, avec mon écharpe enroulée autour du visage. Je faillis avoir un infarctus en voyant la limousine de Sergei se ranger le long du trottoir un mètre devant moi. Dimitri en sortit. Il était si près que j'aurais pu tendre la main et lui caresser la joue. L'espace d'un instant, le temps sembla suspendu et nous étions seuls au monde. Puis il se pencha pour aider quelqu'un à descendre de la voiture, et je tressaillis en reconnaissant Amelia enveloppée dans une grande cape rouge. On aurait dit un magnifique démon. Mon cœur se serra quand je vis l'admiration sur le visage de Dimitri. Il lui passa un bras autour de la taille avec la même intimité nonchalante que j'avais vu Alexei témoigner à Luba le soir de Noël. Dimitri et Amelia disparurent dans la foule, et moi je disparus à l'intérieur de moi-même. Quelque chose me soufflait que le Dimitri que j'avais connu était mort, et que je me retrouvais veuve à seize ans.

Je pris l'habitude de me lever de plus en plus tard. Sur le coup de une heure, je prenais un rickshaw pour me rendre au club de Luba, où je faisais traîner le déjeuner jusqu'à l'heure du thé. Les après-midi, des groupes jouaient du Mozart ou du jazz et j'écoutais la musique jusqu'au coucher du soleil. J'aurais pu aussi bien rester pour le dîner si je n'avais été consciente des regards qui pesaient sur moi : j'étais de loin la plus jeune des femmes fréquentant le club. J'avais même dû mentir sur mon âge en remplissant le formulaire d'adhésion pour pouvoir venir au club sans Luba.

Un jour, alors que je feuilletais le journal à ma table habituelle, une femme vint se planter devant moi. Elle portait une robe à fleurs et un foulard assorti noué autour du cou.

« Je m'appelle Anouck, déclara-t-elle. Je vous vois ici tous les jours. Vous parlez anglais ? »

Elle le parlait elle-même avec un fort accent hollandais. Elle jeta un regard à la chaise vide en face de moi.

« Oui, un peu, répondis-je en lui faisant signe de s'asseoir.

— Non, mieux que ça, répliqua-t-elle. Je vous ai déjà entendue. Vous êtes russe et vous parlez anglais avec un léger accent américain. Mon mari… était américain, justement. »

Je tiquai en l'entendant employer l'imparfait et me mis à l'étudier plus attentivement. Elle ne devait pas avoir plus de vingt-trois ans. Comme je ne disais rien, elle ajouta :

« Il est mort.

— Oh ! je suis désolée. C'est à cause de la guerre ?

— Oui, on peut dire ça, répondit-elle. Et vous ? » demanda-t-elle en désignant l'alliance à mon doigt.

Je rougis. Elle m'avait vue au club plus fréquemment qu'il ne convenait à une jeune mariée. Je m'en voulus de n'avoir pas pensé à retirer mon alliance. Puis je surpris le sourire sur les lèvres d'Anouck et compris où elle voulait en venir. Bien que nous sourissions toutes les deux, il était impossible de ne pas voir que nous partagions le même regard triste.

« Mon mari, bredouillai-je… Il est mort aussi.

— Je vois… », dit-elle d'un air entendu.

Anouck fut une source inattendue de divertissement. Je me mis à fréquenter le club beaucoup moins souvent après qu'elle m'eut présentée à d'autres « veuves de guerre ». Nous passions nos journées à faire les boutiques, et nos soirées au *Palace Hotel* ou à l'*Imperial*.

Elle me persuada de me joindre aux « après-midi culturels et linguistiques » du consulat américain. Une fois par semaine, le consul général invitait des étrangers à se mêler au personnel du consulat dans l'élégant salon de sa résidence privée. Pendant la première heure nous parlions anglais, discutant d'art et de littérature, jamais de politique. Après quoi nous nous mettions par deux, avec quelqu'un qui souhaitait apprendre notre langue maternelle. Certains participants prenaient leurs leçons très au sérieux, mais pour la plupart c'était simplement un prétexte pour rencontrer des gens et se goinfrer de gâteaux aux noix de pécan. Le seul Américain qui s'était manifesté pour apprendre le russe était un grand jeune homme dégingandé nommé Dan Richards. Il me plut dès l'instant où je posai les yeux sur lui. Il avait les cheveux roux, bouclés et courts, les yeux clairs et des taches de rousseur sur les joues.

« *Dobree den*, madame Lubenskya, me dit-il en me serrant la main. *Meenia zavoot Daniel.* » Il avait un accent déplorable, mais un enthousiasme si attachant qu'il réussit à m'arracher un sourire pour la première fois depuis bien longtemps.

Les après-midi culturels et linguistiques devinrent mon principal réconfort dans les longues semaines pluvieuses qui précédèrent l'arrivée du printemps. Dan Richards était drôle et charmant, et j'en vins même à regretter que nous fussions tous les deux mariés car j'aurais pu facilement tomber amoureuse de lui. Ses plaisanteries et son comportement très gen tleman m'aidaient un peu à oublier Dimitri. Il parlait de sa femme enceinte avec une telle affection et un tel respect qu'il me redonna confiance en la vie. En l'écoutant, je retrouvais l'espoir de pouvoir aimer à nouveau.

Un jour, Dan arriva en retard à sa leçon. Je regardai les autres groupes entamer leurs conversations et tentai de m'occuper l'esprit en mémorisant les noms et les dates des présidents dont les portraits austères ornaient les murs du salon. Lorsque Dan arriva enfin, il était hors d'haleine.

« Que se passe-t-il ? demandai-je.

— C'est Polly. Je viens de la renvoyer aux États-Unis.

— Pourquoi ?

— La situation politique ici est devenue trop instable. Quand les Japonais ont envahi la Chine, ils ont interné plein de femmes et d'enfants américains dans des camps. Je ne veux pas prendre de risques. Si vous étiez ma femme, je vous aurais renvoyée aussi. »

Je fus touchée par sa sollicitude. « Nous, les Russes, n'avons nulle part où aller. La Chine est notre patrie. »

Il jeta un regard inquiet autour de lui avant de se rapprocher de moi pour me parler à voix basse. « Anya, ce sont des informations confidentielles, mais Tchang Kaï-chek est sur le point d'abandonner Shanghai. Le gouvernement américain nous a fait savoir qu'il ne soutiendrait plus le gouvernement nationaliste. Nos armes tombent aux mains des communistes chaque fois qu'un général de l'armée nationaliste décide de retourner sa veste. L'heure du départ a sonné pour les citoyens américains. »

Plus tard, pendant les pâtisseries et les rafraîchissements, Dan me glissa un papier dans la main. « Réfléchissez, Anya, me chuchota-t-il à l'oreille. Un cosaque du nom de Grigori Bologov a négocié avec l'OIR, l'Organisation internationale des réfugiés, afin de faire sortir les Russes de Shanghai. Un bateau va bientôt partir pour les Philippines. Si vous restez, les communistes chinois vont vous renvoyer en Union soviétique. Le dernier groupe de Russes de Shanghai qui sont retournés là-bas après la guerre ont été exécutés comme espions. »

Je rentrai à la maison en courant sous la pluie, serrant dans mon poing l'adresse de Bologov. J'étais découragée et terrorisée à la fois. Quitter la Chine ? Pour aller où ? Quitter la Chine signifiait abandonner ma mère à jamais. Comment saurait-elle où me chercher ?

L'appartement était lugubre. Mei Lin n'était pas là, elle avait dû sortir faire des courses. Je refermai la porte derrière moi et commençais à enlever mon manteau quand une étrange sensation me donna la chair de poule : une odeur épicée de tabac me chatouillait le nez. En plissant les yeux, je reconnus la silhouette sombre assise sur le canapé : Dimitri. Le bout rougeoyant de sa cigarette brillait telle une braise dans l'obscurité. Me croyant victime d'une hallucination, j'allumai la lumière. Il me regarda en silence, tirant sur sa cigarette comme s'il ne pouvait pas respirer sans. Je me rendis à la cuisine et posai la bouilloire sur le feu. Quand la vapeur se mit à siffler, je me préparai une tasse de thé sans en proposer à Dimitri.

« J'ai mis le reste de tes affaires dans une malle et dans le placard de l'entrée, lui dis-je. Au cas où tu te demanderais pourquoi tu ne les trouves pas. Ferme à clé en partant. »

Je tirai la porte de la chambre derrière moi, trop fatiguée pour avoir une discussion. Je retirai mes chaussures et ma robe. Il faisait froid dans la pièce. Je me glissai sous les couvertures et restai allongée en écoutant la pluie. Mon cœur battait la chamade. Mais je ne savais pas si c'était à cause de Dimitri ou de ce que m'avait dit Dan. Une heure s'écoula, et je supposai que Dimitri avait dû repartir. Mais juste au moment où mes paupières commençaient à se faire lourdes, j'entendis la porte de la chambre s'ouvrir et les pas de Dimitri sur le parquet. Je roulai sur le flanc, simulant le sommeil. En sentant le poids de son corps s'enfoncer à côté de moi sur le matelas, je retins mon souffle. Il posa une main sur ma hanche et je fus pétrifiée de terreur.

« Va-t'en », dis-je.

Mais sa main me serra plus fort.

« Tu ne peux pas faire ce que tu as fait et revenir comme ça. »

Dimitri ne disait rien. Il avait la respiration d'un homme épuisé. Je me pinçai le bras jusqu'au sang.

« Je ne t'aime plus », ajoutai-je.

Il promena sa main le long de mon dos. Sa peau me paraissait rugueuse comme du papier de verre. Je me dégageai violemment de son étreinte, mais il m'attrapa le visage entre ses deux mains pour me forcer à le regarder. Même dans la pénombre, je devinais sa détresse. Elle me l'avait pris entier et me l'avait rendu complètement vide.

« Je ne t'aime plus », répétai-je.

Des larmes brûlantes roulèrent sur mes joues.

« Tout ce que tu veux, je te le donnerai », sanglota-t-il.

Je le repoussai loin de moi et réussis à sortir du lit. « Je ne veux pas de toi, dis-je. Je ne veux plus de toi. »

Le lendemain matin, Dimitri et moi prîmes notre petit déjeuner ensemble au café brésilien sur l'avenue Joffre. La salle était déserte, à l'exception du serveur moustachu qui s'affairait autour du bar. Il flottait dans l'air une odeur de bois, d'huile et d'oignons.

Je voulais savoir s'il était revenu par amour pour moi ou parce que les choses avaient mal tourné avec Amelia. Mais je n'avais pas le courage de lui poser la question. Parler d'elle, c'était lui rappeler son existence, et je n'étais pas assez sûre de moi pour courir ce risque.

Au bout d'un moment, il se redressa sur sa chaise et me regarda en face. « Il faut que tu reviennes habiter à la maison », lâcha-t-il.

La seule idée de revoir cette maison me rendait malade. Je ne voulais pas me retrouver là où Dimitri avait vécu sa liaison avec Amelia. Je ne voulais pas voir leur trahison dans chaque pièce, chaque objet sur lequel mes yeux se poseraient.

« Non, je n'ai pas envie, répondis-je.

— On sera plus en sécurité, là-bas. Et, pour le moment, c'est à ça que nous devons penser en priorité.

— Je ne veux pas retourner à la maison. Je n'ai même pas envie de la voir. »

Dimitri se passa une main dans les cheveux en soupirant. « Si les communistes envahissent la ville, ils pénétreront dans la concession par notre rue en premier. L'appartement n'a aucune protection. À la maison, au moins, il y a le mur.

— À ton avis, qu'est-ce qu'ils vont nous faire s'ils viennent ? Ils vont nous renvoyer en Union soviétique, comme ma mère ? »

Dimitri haussa les épaules. « Non. Qui leur rapporterait de l'argent ? Ils prendront le pouvoir et saisiront les commerces tenus par des Chinois. C'est plutôt des émeutes que j'ai peur. »

Dimitri se leva. Quand il me vit hésiter à le suivre, il me tendit la main. « Anya, je te veux à côté de moi. »

Mon cœur se serra quand je vis ce qu'était devenue la maison. Le jardin était un champ de boue. Personne ne s'était donné la peine de tailler les rosiers, qui s'étaient transformés en lianes menaçantes grimpant le long des murs, plantant leurs tentacules dans le chambranle des fenêtres et laissant des cicatrices brunes sur la peinture. Le gardénia avait perdu toutes ses feuilles et n'était plus qu'un bout de bois émergeant du sol. J'entendis Mei Lin chanter dans la buanderie et compris que Dimitri avait dû lui ordonner de revenir depuis la veille.

La vieille servante m'ouvrit la porte et sourit en me voyant. L'espace d'un instant, elle parut radieuse. Depuis toutes les années que je la connaissais, pas une seule fois je ne l'avais vue sourire. Et brusquement, alors que nous étions au bord du désastre, elle avait décidé de m'aimer. Dimitri l'aida à transporter mes bagages dans l'entrée, et je me demandai quand les autres domestiques étaient partis.

Tous les murs du salon étaient nus : les tableaux avaient été décrochés, ne laissant que des trous dans le plâtre.

« Je les ai mis au coffre, m'expliqua Dimitri. Par sécurité. »

La vieille servante ouvrit mes malles et entreprit de monter mes affaires à l'étage. J'attendis qu'elle soit loin avant de me tourner vers Dimitri : « Arrête de me mentir. Je ne veux plus jamais que tu me mentes. »

Il flancha comme si je venais de lui assener un coup.

« Tu les as vendus pour garder le club, ajoutai-je. Je ne suis pas idiote. Je ne suis plus une gamine, malgré ce que tu as l'air de croire. Je suis vieille, Dimitri. Regarde-moi. Je suis vieille. »

Dimitri posa une main sur ma bouche et m'attira contre lui. Il était épuisé. Vieux aussi. Je pouvais le sentir à travers sa peau. Son cœur battait à peine. Il s'agrippait à moi, pressant sa joue contre la mienne. « C'est elle qui les a emportés en partant », murmura-t-il.

Ses paroles me cinglèrent le visage comme une gifle. Je sentis mon cœur s'arrêter. C'était donc *elle* qui l'avait quitté. Il ne m'avait pas préférée. Je m'arrachai à son étreinte et pris appui contre le buffet. « Elle est partie ? demandai-je dans un souffle.

— Oui », répondit-il en me scrutant droit dans les yeux.

Je pris une grande inspiration, vacillant entre deux mondes. Ou bien j'attrapais mes valises et retournais dans l'appartement, ou bien je restais avec Dimitri. Je me tins le front à deux mains. « Alors il faut qu'on la mette derrière nous, finis-je par dire. Elle est sortie de notre vie. »

Dimitri s'effondra dans mes bras et pleura contre mon épaule.

« “Elle”, “Fini”, “Partie”. C’est dans ces termes que nous parlerons d’elle désormais », déclarai-je.

Les chars de l’armée nationaliste grondaient dans la ville jour et nuit, et les exécutions sommaires de partisans communistes en pleine rue devinrent quotidiennes. Un jour, en allant au marché, je passai devant quatre têtes coupées empalées sur des poteaux, et je ne les remarquai même pas jusqu’à ce qu’une petite fille pousse un cri dans mon dos. Depuis quelque temps, l’air sentait le sang.

Le nouveau couvre-feu nous contraignit à ne plus ouvrir le club que trois soirs par semaine, ce qui nous arrangeait bien d’une certaine manière car nous étions à court de personnel. Tous nos cuisiniers étaient partis pour Taïwan ou Hong Kong, et il devenait difficile de trouver des musiciens autres que russes. Mais les soirs où nous étions ouverts, nos habitués étaient présents dans leurs plus beaux atours.

« Je ne vais pas me laisser gâcher la vie par une bande de paysans mécontents », me confia un soir Mme Degas en tirant une longue bouffée à travers son fume-cigarette. Son caniche s’était fait écraser par une voiture, mais elle l’avait aussitôt remplacé par un perroquet surnommé Phi-Phi.

Son sentiment était partagé par les autres clients qui avaient choisi de rester à Shanghai. Les hommes d’affaires anglais et américains, les commerçants maritimes hollandais, les chefs d’entreprise chinois. Une joie de vivre obsessionnelle continuait à nous faire avancer.

Malgré les bouleversements du dehors, nous buvions du vin de mauvaise qualité comme s’il s’agissait de grands crus et grignotions des dés de jambon avec le même raffinement qu’autrefois nous avions mangé du caviar. Pendant les coupures d’électricité, nous allumions des bougies. Dimitri et moi dansions la valse tous les soirs tels de jeunes mariés. La guerre, la mort de Sergei et l’épisode Amelia nous semblaient un mauvais rêve.

Les soirs où le club était fermé, Dimitri et moi restions à la maison à nous faire la lecture à voix haute ou à écouter des disques. Au beau milieu de la débâcle générale, nous étions enfin devenus un couple normal. Amelia n'était plus qu'un fantôme. Je percevais parfois un effluve de son parfum sur un coussin ou retrouvais un de ses cheveux bruns sur le carrelage. Mais je ne la revis jamais, pas plus que je n'entendis parler d'elle jusqu'à un soir, plusieurs semaines après mon retour, où le téléphone sonna et où la vieille servante alla décrocher. En l'absence du valet de chambre, elle s'était mise à parler anglais et à répondre au téléphone comme un majordome. Je devinai instantanément qui était au bout du fil à la façon dont elle se trémoussait nerveusement en évitant avec soin mon regard. Elle murmura quelque chose à l'oreille de Dimitri. « Dis-lui que je ne suis pas là », répondit-il. La vieille servante retourna dans l'entrée et reprenait le combiné lorsque Dimitri lui cria, suffisamment fort pour qu'Amelia l'entende : « Et qu'elle ne rappelle plus ici ! »

Le lendemain, Luba m'envoya un message pour me faire dire de la retrouver d'urgence à son club. Nous ne nous étions pas revues depuis un mois et je faillis fondre en larmes en voyant son visage creusé comme celui d'une morte.

« Tout va bien ? m'empressai-je de lui demander.

— Nous quittons la maison, répondit-elle. Nous partons pour Hong Kong ce soir même. C'est le dernier jour de validité pour nos visas de sortie. Anya, il faut que tu viennes avec nous.

— Je ne peux pas.

— Tu ne pourras pas obtenir de visa autrement. Alexei a un frère à Hong Kong. Nous te ferons passer pour notre fille.

— Dimitri est revenu, lui expliquai-je. Il ne voudra pas quitter le club, et je me dois de rester auprès de mon mari. »

Je me mordis la lèvre pour retenir mes larmes. Encore une personne qui disparaissait de ma vie. Si Luba quittait Shanghai, il y avait peu de chances que je la revoie un jour. Elle ouvrit son sac à main et en sortit un mouchoir en tissu.

« Je t'avais bien dit qu'il reviendrait, murmura-t-elle en se tamponnant les yeux. Je pourrais vous aider à vous enfuir tous les deux, mais tu as raison : Dimitri ne voudra pas quitter le club. Dommage qu'il ne soit plus ami avec mon mari. Alexei aurait peut-être pu le convaincre de partir. »

Le maître d'hôtel vint nous avertir que notre table habituelle était prête. Luba commanda une bouteille du meilleur champagne et un *cheesecake* en dessert. Après s'être servi une coupe, Luba la vida quasiment d'un trait.

« Je t'enverrai notre adresse à Hong Kong, dit-elle. Si tu as besoin de notre aide d'une façon ou d'une autre, fais-le-moi savoir. Je serais quand même beaucoup plus rassurée si vous décidiez de partir.

— Pas mal de gens fréquentent encore le club, répondis-je. Mais s'ils commencent à partir eux aussi, je te promets que je persuaderai Dimitri de quitter Shanghai. »

Luba acquiesça d'un hochement de tête. « J'ai eu des nouvelles de ce qui est arrivé à Amelia, reprit-elle. Elle s'était trouvé une nouvelle proie, paraît-il : un riche Texan. Mais ce type était plus malin que ses victimes habituelles. Il a eu ce qu'il voulait, puis il l'a quittée. C'est elle qui s'est fait avoir, cette fois-ci. »

Je lui racontai le coup de fil de la veille au soir, et comment Dimitri avait fait dire à Amelia de ne plus jamais rappeler.

« Tu vois, Anya, il a fini par se dégager de ses griffes maléfiques. Pardonne-lui, et aime-le de tout ton cœur. »

Luba but une autre gorgée de champagne. Les bulles avaient l'air de lui délier la langue.

« Cette femme est une idiote, poursuivit-elle. Elle raconte partout qu'elle a de très bons contacts à Los Angeles et qu'elle va partir là-bas pour monter son propre night-club, le *Moscou-L.A.* Quelle blague ! »

Il pleuvait quand nous sortîmes du restaurant. J'embrassai Luba avec une gratitude infinie pour les propriétés anesthésiantes du champagne. Je la regardai se frayer un chemin jusqu'au bord du trottoir pour héler un rickshaw. *Que sommes-nous devenus ?* songeai-je.

Toute la nuit résonnèrent les plaintes des sirènes et le bruit des coups de feu dans le lointain. Le lendemain matin, je trouvai Dimitri planté au milieu du jardin, de la boue jusqu'aux chevilles.

« Ils ont fermé le club », m'annonça-t-il.

Il avait le visage blafard. Dans son regard désespéré, je reconnus le jeune homme qu'il avait été : un garçon venant de perdre sa mère.

Il secoua la tête d'incrédulité. « Nous sommes ruinés.

— C'est juste en attendant que les choses se calment, tentai-je de le rassurer. Je suis préparée. Nous avons de quoi tenir plusieurs mois.

— Tu n'as pas entendu les nouvelles ? Les communistes ont pris la ville. Ils veulent que tous les étrangers s'en aillent. Tous. Le consulat américain et l'Organisation internationale des réfugiés ont organisé un départ en bateau.

— Eh bien partons. On recommencera ailleurs. »

Dimitri se laissa tomber à genoux dans la boue.

« Tu as entendu ce que je viens de te dire, Anya ? Des *réfugiés*. Nous ne pouvons rien emporter avec nous.

— Tant pis, partons. Nous avons déjà de la chance que quelqu'un veuille bien nous aider. »

Dimitri porta ses mains maculées à son visage et se cacha les yeux. « Nous allons redevenir pauvres », murmura-t-il.

L'idée de la pauvreté semblait lui être intolérable. Moi, au contraire, je me sentais curieusement soulagée : nous n'allions pas être pauvres, nous allions être libres. Je n'avais pas voulu quitter la Chine car elle représentait le seul lien entre ma mère et moi. Mais la Chine que nous avions connue n'existait plus désormais. Elle nous avait filé entre les doigts en l'espace de quelques secondes. Pour Dimitri et moi, c'était l'occasion de repartir de zéro.

Le visage de la vieille servante se décomposa lorsque je lui annonçai que Mei Lin et elle feraient mieux de partir car il n'était pas prudent pour elles de rester dans cette maison. Je leur préparai des malles pleines de nourriture et lui confectionnai une petite bourse remplie d'argent, que je lui conseillai de cacher dans sa robe. Mei Lin s'agrippa à moi. Dimitri fut obligé de m'aider à la mettre dans un rickshaw. Elle pleurait encore lorsque le conducteur démarra, et l'espace d'un instant je fus tentée de la garder avec moi. Mais je savais qu'ils ne la laisseraient jamais quitter le territoire.

Je fis l'amour avec Dimitri au son des bombardiers et du tonnerre des explosions lointaines. « Tu vas pouvoir me pardonner, Anya ? me demanda-t-il après. Tu vas vraiment pouvoir me pardonner ? » Je lui répondis que c'était déjà fait.

Au matin, une pluie torrentielle s'abattit sur la ville. On aurait cru des grêlons sur le toit. Je me dégageai des bras de Dimitri pour m'approcher de la fenêtre. Un véritable ruisseau dévalait la rue. Je me tournai pour regarder Dimitri dormir. Il remua un peu et ouvrit les yeux.

« Tant pis pour la pluie, marmonna-t-il. J'irai à pied au consulat. En attendant, fais nos valises. Je reviendrai te chercher ce soir.

— Ça va aller. Ils ne vont pas nous tuer. Ils veulent juste qu'on parte.

— Tu crois vraiment qu'on peut recommencer ailleurs ? » murmura-t-il en me caressant la joue.

Ensemble, nous passâmes en revue chaque pièce de la maison, conscients que nous pouvions pour la dernière fois nous affaler dans ses élégants canapés ou regarder la vue par ses majestueuses fenêtres. Je me demandai ce qu'il allait advenir d'elle, ce que les communistes en feraient. J'étais contente que Sergei n'assiste pas à la destruction de la demeure chérie de Marina. Après avoir embrassé Dimitri, je le vis traverser le jardin en courant, voûté pour se protéger de la pluie. J'avais envie de l'accompagner, mais il me restait peu de temps pour préparer notre voyage.

Je passai la journée à démonter mes bijoux et à coudre les perles et les pierres dans le bout de nos chaussettes et les coutures de nos sous-vêtements. Je cachai les morceaux du collier de jade de ma mère dans le fond de mes poupées russes. Comme je n'avais aucun vêtement de ville à emporter, je fourrai mes robes les plus chères dans ma valise en espérant au moins réussir à les vendre. J'étais à la fois terrorisée et pleine d'excitation. Il n'y avait pas moyen d'être sûrs que les communistes nous laisseraient partir. Ils pouvaient aussi nous exécuter par désir de vengeance. Pourtant je chantonnais tout en m'activant. J'étais heureuse et de nouveau amoureuse. À la tombée de la nuit, je fermai les rideaux et me mis à faire la cuisine à la lueur des bougies, utilisant tous les ingrédients disponibles pour nous préparer un festin. J'étalai une grande nappe blanche par terre, sur laquelle je disposai notre argenterie et nos verres de mariage ; ce serait la dernière fois que nous pourrions les utiliser.

Ne voyant pas Dimitri revenir, je m'efforçai de ne pas envisager le pire. J'imaginais que la pluie repousserait d'encore un jour l'invasion des communistes et que Dimitri était assez aguerri pour éviter les ennuis. « Le pire est passé, me répétais-je à mi-voix en me recroquevillant au sol. Le pire est passé. »

Comme Dimitri n'était toujours pas rentré au petit matin, j'essayai de téléphoner au consulat américain mais les lignes étaient coupées. J'attendis encore deux heures, les mains moites et le front couvert de sueur. Lorsque la pluie se calma, j'enfilai mon manteau et mes bottes et courus jusqu'au consulat. Les couloirs et les salles d'attente étaient bondés. On me distribua un ticket en m'ordonnant d'attendre mon tour. Je scrutai désespérément la foule, espérant y trouver Dimitri.

À un moment, je repérai Dan Richards qui sortait de son bureau et je l'appelai. Il me reconnut et me fit signe de venir.

« Quelle terrible journée, Anya, soupira-t-il en refermant la porte derrière nous. Voulez-vous une tasse de thé ?

— Je cherche mon mari, répondis-je en tentant de contenir la panique qui montait en moi. Il est venu ici hier pour essayer de nous obtenir une place sur le bateau de réfugiés. Mais il n'est pas rentré à la maison. »

Je vis l'inquiétude envahir le visage de Dan. Il m'aida à m'asseoir dans un fauteuil et me tapota affectueusement le bras. « Ne vous inquiétez pas, tout est un peu chaotique, en ce moment. Je vais me renseigner. »

Il ressortit dans le couloir. Je restai assise, pétrifiée, contemplant les antiquités chinoises et les livres anciens déjà à moitié emballés dans des cartons.

Dan revint une demi-heure plus tard, l'air hagard. Je me levai d'un bond, persuadée que Dimitri était mort. Dan me tendit le papier qu'il tenait à la main, sur lequel je reconnus la photo de Dimitri. Ces yeux que j'aimais tant.

« Anya, c'est bien votre mari ? Dimitri Lubensky ? »

J'acquiesçai d'un hochement de tête, la peur au ventre.

« Mon Dieu, Anya ! s'exclama Dan. Dimitri Lubensky a épousé Amelia Millman hier soir avant de partir pour l'Amérique ce matin même. »

Debout devant la façade du *Moscou-Shanghai*, je contemplais ses fenêtres et ses portes condamnées par des planches. La pluie avait cessé. Des coups de feu résonnaient dans les environs. Je buvais des yeux le portique, les marches en pierre, les lions de marbre blanc qui gardaient l'entrée, essayant de me souvenir du moindre détail. Sergei, Dimitri et moi dansant au rythme de la musique cubaine, le mariage, les funérailles, les derniers jours.

Dan m'avait donné une heure pour revenir au consulat d'où il m'avait réservé une place sur un bateau des Nations unies à destination des Philippines. Non seulement je deviendrai une réfugiée, mais en plus je serai toute seule. Les perles et les pierres précieuses cachées dans mes chaussettes me gênaient pour marcher. Tous mes autres bijoux allaient être pillés quand la maison serait prise d'assaut. Tous, sauf mon alliance. Je baissai la tête et la retirai de mon doigt. Puis je grimpai les marches vers l'un des deux lions rugissants et posai la bague dans sa gueule ouverte. Mon offrande personnelle à Mao Zedong.

DEUXIÈME PARTIE

8

L'île

Le bateau sur lequel je quittai Shanghai grinçait et gîtait dangereusement. Il s'écarta du quai, ses cheminées crachant une fumée noire, et je regardai la ville s'éloigner à grande vitesse. Les immeubles du Bund paraissaient sombres et désertés, comme une foule endeuillée à un enterrement. Lorsque nous eûmes atteint l'embouchure du fleuve, les personnes à bord se mirent à pleurer et à rire : nous étions sauvés. D'autres navires de réfugiés avaient été coulés avant de quitter le port. Les passagers se jetaient dans les bras les uns des autres dans un brouhaha de cris de joie assourdissants. J'étais apparemment la seule à sombrer, accablée sous le poids d'un deuil qui m'aspirait vers le fond telle une ancre de marine.

La trahison de Dimitri avait réveillé en moi le manque de ma mère tel que je ne l'avais pas ressenti depuis des années. Son souvenir était la seule image dans laquelle je parvenais à puiser un peu de réconfort.

J'étais en exil et privée d'amour pour la seconde fois de ma vie.

Aucun visage sur le bateau ne m'était familier, bien que beaucoup de passagers eussent l'air de se connaître. Il y avait pourtant quelques personnes de la haute société mêlées aux familles de classe moyenne, aux marchands, aux chanteurs d'opéra, aux pickpockets, aux poètes et aux prostituées. Nous, les privilégiés, étions de loin les plus ridicules. Le premier soir, dans la salle à manger, nous nous présentâmes en fourrures et en robes du soir. Nous mangeâmes notre soupe dans des bols ébréchés sans même remarquer les timbales en métal et les cuillères en aluminium qui nous tenaient lieu de vaisselle. Nous étions tellement absorbés dans l'illusion de ce que nous avions été que nous nous comportions comme si nous dînions au *Palace Hotel.* Après le repas, on nous distribua le tableau des corvées pour les vingt jours de mer à venir. La femme à côté de moi prit la feuille d'une main couverte de diamants comme s'il s'agissait de la carte des desserts, puis déchiffra le bout de papier d'un air éberlué. « Je ne comprends pas, dit-elle en cherchant des yeux quelqu'un à qui s'adresser. Il doit y avoir une erreur. »

Le lendemain, un des matelots de service me remit une robe bleue qu'il avait attrapée au sommet d'une pile de vêtements entassés sur un chariot roulant. Elle était trop grande et tout élimée à la taille et aux poignets. La doublure beige était tachée et sentait le moisi. Je l'enfilai dans la lumière blafarde de la salle de bains et me regardai dans le miroir. *C'est de ça que tu avais peur, Dimitri ? De devoir porter des vêtements d'occasion ?*

Je m'agrippai au rebord du lavabo. La pièce semblait tourbillonner autour de moi. Dimitri voulait-il réellement un club appelé le *Moscou-L.A.* au point d'être prêt à me sacrifier pour ça ? Je n'avais pas vu de duplicité dans ses yeux le matin où il était parti pour le consulat. En l'aidant à boutonner son manteau, je n'avais aucune raison de penser qu'il ne rentrerait pas me chercher le soir. Que s'était-il passé ? Comment Amelia avait-elle réussi à l'intercepter ? Je fermai les yeux et entendis la voix de Dimitri lui dire « oui » lors de leur cérémonie de mariage précipitée. Avait-il seulement tressailli au moment de m'assassiner ?

Le décalage entre l'amour que je lui portais et le peu de sentiments qu'il me témoignait en retour me rendait malade. L'amour de Dimitri était comme la ville de Shanghai : il n'avait existé qu'en apparence. Sous la surface, il était corrompu et pourri. Son amour n'avait rien à voir avec celui de ma mère, bien que tous deux aient laissé leur empreinte sur moi.

La plupart des réfugiés à bord se montraient joyeux. Les femmes se rassemblaient en petits groupes pour discuter et regarder l'horizon, les hommes fredonnaient en astiquant le pont, les enfants sautaient à la corde et s'échangeaient leurs jouets. Tout le monde avait l'air d'être reconnaissant au destin. Les gens se prêtaient aux corvées ménagères sans broncher et évoquaient avec enthousiasme les pays qui pourraient peut-être les accueillir après leur passage par les Philippines. France, Australie, États-Unis, Argentine, Chili, Paraguay : les noms roulaient sur leur langue comme de la poésie. Moi, en revanche, je n'avais aucun plan pour l'avenir, aucune idée de ce que j'allais devenir. La douleur dans mon cœur était si intense que j'étais persuadée d'en mourir avant même d'atteindre le rivage. Je passais la serpillière sur le pont, mais tandis que les autres prenaient des pauses, j'enchaînais en frottant les rambardes et les meubles jusqu'à avoir les mains couvertes d'ampoules et d'égratignures. Je m'arrêtais seulement quand le superviseur venait me taper sur l'épaule : « Anya, tu as une énergie phénoménale mais il faut que tu ailles manger quelque chose. » J'étais au purgatoire, essayant d'acheter mon salut. Tant que je souffrais, j'étais en vie. Et tant que je me soumettais à mon châtiment, il y avait un espoir de rédemption.

Le sixième jour, je me réveillai avec une terrible sensation de brûlure sur la joue gauche. J'avais la peau toute rouge et pleine de petits boutons qui ressemblaient à des piqûres d'insectes. Le médecin de bord m'examina et déclara en secouant la tête : « C'est le stress. Ça partira dès que vous vous reposerez un peu. »

Mais mon allergie ne disparut pas. Elle persista pendant tout le voyage, me donnant l'allure d'une lépreuse.

Le quinzième jour, la chaleur étouffante des tropiques s'abattit sur nous telle une chape de plomb. Le bleu métallique de la mer se mua en un océan d'azur, et l'air se mit à embaumer les aiguilles de pin. Nous passâmes devant des îlots aux falaises abruptes et des plages de sable fin. Des oiseaux exotiques voletaient au-dessus du navire, parfois si familiers qu'ils venaient se poser sans crainte sur nos mains et sur nos épaules.

Une semaine plus tard, nous entendîmes un des matelots pousser un cri et tout le monde se précipita sur le pont pour apercevoir à l'horizon l'île de Tubabao, notre destination. Une main en visière, je plissai les yeux et distinguai au loin l'îlot émergeant de la surface, silencieux, mystérieux, enveloppé dans une brume fragile. Deux montagnes géantes, couvertes d'une jungle luxuriante, évoquaient les courbes d'un corps féminin allongé sur le flanc. Blottie au creux de son ventre se trouvait une grande crique de sable fin plantée de cocotiers. Le seul signe d'une présence humaine était le ponton en bois qui s'avançait dans l'eau depuis l'extrémité de l'anse.

Le navire jeta l'ancre au large et l'équipage entreprit de décharger nos bagages. Puis nous fûmes divisés en petits groupes et transportés jusqu'au rivage dans une vieille barque fleurant l'huile et les algues pourries. J'étais assise à côté d'une femme d'une quarantaine d'années qui portait des chaussures à talons hauts et un chapeau orné d'une fleur en soie. On aurait cru qu'elle partait en excursion pour la journée ; en réalité, aucun d'entre nous ne savait ce qui l'attendait. Je pris conscience alors de l'absurdité de notre situation : nous qui avions connu le chahut et la puanteur, le bruit et la fureur d'une des villes les plus cosmopolites du monde, nous étions sur le point d'élire résidence sur une île perdue au fin fond du Pacifique.

Quatre bus nous attendaient au bout de la jetée. Comme il n'y avait pas assez de sièges pour tout le monde, la plupart d'entre nous durent rester debout. Un jeune garçon m'offrit sa place, que j'acceptai avec gratitude. Le cuir brûlant du siège me collait aux cuisses et, après m'être assurée que personne ne regardait, je retirai discrètement mes bas et les glissai dans ma poche. Je fus soulagée de sentir enfin l'air sur mes jambes nues.

Le bus cahotait tant bien que mal entre les bosses et les ornières du chemin de terre. L'Américain qui nous avait accueillis sur le ponton, un homme aux cheveux de paille et au front complètement brûlé par le soleil, s'adressa à nous en criant pour couvrir le rugissement du moteur. Il se présenta : capitaine Richard Connor, un des représentants de l'OIR basés sur l'île, et nous expliqua que nous avions été le dernier bateau de réfugiés à quitter Shanghai et que tous nos concitoyens étaient déjà arrivés et nous attendaient.

Le camp lui-même n'était qu'à une courte distance de la plage, mais l'état de la route fit paraître le trajet bien plus long. Les bus se garèrent près d'une buvette à ciel ouvert, faite de feuilles de palmier tressées. Connor nous guida ensuite le long d'un sentier pavé entre des rangées de tentes militaires. Certains auvents étaient relevés pour laisser pénétrer la brise de l'après-midi. À l'intérieur, je distinguai au passage des lits pliants et des cageots renversés qui servaient de tables et de chaises. La plupart des tentes étaient équipées d'une seule ampoule accrochée au poteau central et d'un réchaud à gaz posé près de l'entrée.

« Où sont passés les gens ? demanda au capitaine la femme au chapeau fleuri.

— À la plage, j'imagine, lui répondit-il avec un grand sourire. Quand vous ne serez pas d'astreinte, vous ferez sans doute la même chose. »

Connor nous conduisit jusqu'à une place déserte au milieu du campement et grimpa sur une estrade. Assis sous le soleil brûlant, nous l'écoutâmes réciter les instructions : le camp était divisé en secteurs, avec chacun son propre superviseur, sa cuisine commune et son bloc sanitaire. Le nôtre se trouvait en bordure d'un ravin recouvert de végétation, « une situation désavantageuse en termes d'animaux sauvages et de sécurité ». Notre première mission consisterait donc à le débroussailler. J'avais du mal à entendre la voix du capitaine tant mon cœur battait à mes tempes lorsqu'il nous parla des serpents mortels et des pirates qui surgissaient la nuit armés de machettes et avaient déjà tué trois personnes.

En général, les femmes célibataires se voyaient attribuer une tente pour deux mais, vu notre proximité avec la jungle menaçante, toutes les femmes de notre secteur seraient réparties par tentes de quatre ou six. Je me retrouvai avec trois jeunes femmes originaires de la campagne près de Qingdao, qui étaient arrivées sur l'île un peu avant moi à bord du *Cristobal.* Elles s'appelaient Nina, Galina et Ludmila et ne ressemblaient en rien à des filles de Shanghai, arborant une carrure robuste, des joues bien roses et des rires sonores.

« Tu as l'air très jeune pour être ici sans personne, me dit Ludmila. Quel âge as-tu ?

— Vingt et un ans », mentis-je.

Elles parurent étonnées mais pas méfiantes. Dès cet instant, je décidai que je ne parlerais jamais de mon passé. C'était trop douloureux. Je pouvais évoquer ma mère parce que je n'avais pas honte d'elle. Mais je ne ferais plus jamais mention de Dimitri. Je me souvins de ce que m'avait dit Dan Richards en signant les papiers pour me permettre de quitter Shanghai. Il avait rayé Lubenskya et écrit à la place mon nom de jeune fille : Kozlova. « Faites-moi confiance, m'avait-il réconfortée, un jour viendra où vous serez contente de ne plus porter le nom de cet homme. » Déjà, j'avais hâte de m'en débarrasser.

« Qu'est-ce que tu faisais à Shanghai ? » voulut savoir Nina.

J'hésitai un instant avant de répondre : « J'étais préceptrice. Pour les enfants d'un diplomate américain.

— Tu as de beaux habits pour une préceptrice, fit remarquer Galina en me regardant déballer mes affaires.

— Je devais souvent assister à des réceptions », rétorquai-je.

Mais en me retournant je vis que son expression était innocente. Il n'y avait aucun sous-entendu derrière sa remarque. Quant aux deux autres filles, elles semblaient plus fascinées que sceptiques.

Plus tard, alors que nous sortions dîner au réfectoire, Ludmila me prit par le bras. « Ne sois pas triste, chuchota-t-elle. Ça paraît un peu dur au début mais quand tu auras vu la plage et les garçons, tu oublieras tes soucis. »

Sa gentillesse m'attendrit profondément. Elle pensait que j'étais comme elles, une jeune femme libre et insouciante. Comment leur dire que j'avais perdu ma jeunesse depuis belle lurette ? Que Shanghai me l'avait ravie ?

La tente abritant le réfectoire pour notre secteur était éclairée par trois ampoules de faible puissance. Dans la pénombre, je discernai une dizaine de grandes tables allongées. On nous servit des macaronis à l'eau et de la viande hachée dans des assiettes en fer.

Quand elle vit que je ne mangeais pas, Galina sortit de sa poche une boîte de sardines à l'huile. « Tiens, mélange-les avec les pâtes, me conseilla-t-elle. Ça donne meilleur goût. »

Ludmila éclata de rire. « Anya a l'air terrorisée.

— Anya, me dit Nina, bientôt tu seras toi aussi bronzée et les cheveux tout bouclés. Une vraie indigène de Tubabao ! »

Je me réveillai tard le lendemain matin. L'air était déjà brûlant sous la tente. Galina, Ludmila et Nina étaient sorties. Tout en me demandant où elles étaient, je me réjouissais de me retrouver un peu seule. Je n'avais pas envie de répondre à de nouvelles questions. Les filles étaient gentilles, mais nous vivions à des années-lumière de distance : elles avaient leur famille sur l'île, j'étais seule ; c'étaient des gamines qui attendaient encore leur premier baiser, j'étais une femme de dix-sept ans abandonnée par son mari.

Je me levai du lit et ouvris la malle contenant mes vêtements. Ma seule robe d'été était bien trop élégante pour la plage : de la soie italienne avec un décolleté brodé de perles en verre. Tant pis, ça ferait l'affaire.

Un cageot au centre de la tente servait de table de toilette collective. Au milieu des brosses et des peignes posés dessus, je trouvai un petit miroir de poche orné d'un motif de dragon chinois au dos. Je le ramassai pour examiner ma joue. À la lumière du jour, l'inflammation paraissait encore plus virulente. Je contemplai mon reflet un long moment, essayant de m'habituer à mon nouveau visage : j'étais abîmée, laide. Mes yeux semblaient petits et cruels.

Je sortis pour me rendre au bureau du superviseur de notre secteur, une hutte en préfabriqué avec un sol en ciment et des photographies fanées du tsar et de la tsarine accrochées au-dessus de l'entrée. Je toquai à la porte et attendis.

« Entrez », répondit une voix à l'intérieur.

Je pénétrai dans un espace tout en longueur, plongé dans la pénombre. Le temps que mes yeux s'habituent, je distinguai seulement un lit de camp près de la porte et une fenêtre à l'autre bout de la pièce. Une odeur écœurante de bombe anti-moustiques et de graisse de moteur emplissait l'air.

« Attention », fit la voix.

Je plissai les yeux et me tournai dans sa direction. Au bout d'un moment, je finis par discerner la silhouette du superviseur, assis derrière un bureau. Une petite lampe projetait un rond de lumière sur la table mais sans éclairer son visage. Je pus néanmoins constater que c'était un homme à la carrure athlétique. Il était penché sur un objet qui retenait toute son attention. En m'approchant, je me rendis compte qu'il tenait à la main un tournevis et était en train de réparer un transformateur.

« Vous êtes en retard, Anna Victorovna, dit-il. La journée est déjà bien entamée.

— Je suis désolée.

— Vous n'êtes plus à Shanghai, insista-t-il en me faisant signe de m'asseoir sur le tabouret en face de lui.

— Je sais. »

Il saisit une feuille de papier dans une pile à côté de lui. « Vous avez des amis haut placés, reprit-il. Vous venez à peine d'arriver, mais vous allez travailler au service administratif de l'OIR. Les autres passagers de votre bateau vont devoir débroussailler la jungle.

— J'ai de la chance, alors », rétorquai-je.

Le superviseur se laissa aller contre le dossier de sa chaise, les bras croisés derrière la tête. « Que pensez-vous de notre campement ? me demanda-t-il en souriant. Le trouvez-vous assez chic à votre goût ? »

Je ne savais quoi lui répondre. Il n'y avait aucun sarcasme dans sa voix, il n'essayait pas de me rabaisser, il parlait plutôt comme s'il était conscient de l'ironie de notre situation et voulait la prendre à la légère.

« Je faisais partie du premier contingent qui a été envoyé à Tubabao, poursuivit-il. Vous auriez dû voir ça. L'OIR nous a débarqués ici sans le moindre outil. On a dû creuser des toilettes et des routes avec tout ce qui nous tombait sous la main. Un des types était ingénieur et il a fait le tour de l'île pour récupérer des bouts d'équipement en tout genre que les Américains avaient laissés là depuis l'époque où l'île leur servait de base militaire. En une semaine, il avait réussi à nous bricoler un générateur électrique. C'est le genre d'inventivité qui me laisse baba d'admiration.

— Je suis reconnaissante pour tout ce que Dan Richards a fait pour moi, répondis-je. J'espère pouvoir apporter ma contribution à la communauté d'une façon ou d'une autre. »

Le superviseur m'observa un moment en silence. Il y avait quelque chose en lui d'un ours, à l'instar de Sergei. Je le trouvais sympathique malgré son apparente brusquerie.

« Je m'appelle Ivan Mikhailovich Nakhimovsky, annonça-t-il en me tendant la main. Mais, vu les circonstances, on peut simplement s'appeler Anya et Ivan. J'espère que ma plaisanterie ne vous a pas choquée.

— Pas du tout, fis-je en lui serrant la main. Je suis sûre que vous avez souvent affaire à des Shanghailanders pleins de morgue.

— Oui, mais vous n'êtes pas une vraie Shanghailander. Vous êtes née à Harbin et j'ai entendu dire que vous aviez travaillé dur sur le bateau. »

Après m'avoir fait remplir un formulaire d'embauche, Ivan me raccompagna à la porte. « Si vous avez besoin de quoi que ce soit, n'hésitez pas à venir me voir. »

Comme je sortais dans la lumière, il me retint par le bras en désignant ma joue. « Vous avez une infection tropicale, déclara-t-il. Allez à l'hôpital immédiatement. Vous auriez dû vous faire soigner sur le bateau. »

Mais ce fut son visage à lui qui me prit au dépourvu. Il était plus jeune que je ne l'avais imaginé, peut-être vingt-cinq ou vingt-six ans. Il avait des traits typiquement russes : une mâchoire carrée, des pommettes saillantes et des yeux d'un bleu profond. Du coin de son œil droit jusqu'à son nez courait une cicatrice qui ressemblait à une brûlure. À l'endroit où la blessure avait touché son œil, la chair avait mal cicatrisé et la paupière était restée à demi close.

Il surprit mon regard et recula vivement dans la pénombre en détournant la tête. J'étais désolée de ma réaction car il semblait plutôt sympathique.

« Allez-y, dit-il, dépêchez-vous. Avant que le médecin parte à la plage pour la journée. »

L'hôpital se trouvait près du marché et de la route principale. C'était un long bâtiment de bois sans vitres aux fenêtres. Après m'avoir examinée, le médecin me fit deux piqûres, une dans la mâchoire et l'autre près de l'œil. Mon visage se mit à me brûler comme si j'avais reçu une gifle. En me levant, je fus prise de vertige et faillis m'évanouir. « Restez assise un moment avant de partir », me conseilla le médecin. Je lui obéis, mais sitôt dehors la tête recommença à me tourner.

Juste devant l'hôpital, un petit jardin avait été aménagé pour les patients. Je titubai jusqu'à une chaise en toile et me laissai tomber dedans, la vue totalement brouillée. Une voix de vieille dame me parvint alors.

« Est-ce que cette jeune fille se sent mal ? Va voir. »

Le soleil chauffait même à travers les feuilles des arbres. Je percevais le grondement sourd de l'océan dans le lointain. En clignant des yeux, je vis une jeune femme s'approcher de moi. Ses cheveux châtains bouclés étaient retenus par un foulard noué sur sa tête.

« Tu veux que je t'apporte un verre d'eau ? me proposa-t-elle. Il fait très chaud.

— Ça va aller, répondis-je. On vient de me faire une piqûre et je me sens un peu faible. »

La jeune femme se retourna et cria à la vieille dame : « Ne t'inquiète pas, mamie, elle va bien ! »

« Je m'appelle Irina », me dit-elle ensuite en souriant. Elle avait un visage rayonnant de lumière. Une bouche immense, des yeux brillants et une peau d'olive. Elle était belle.

Je me présentai ensuite à sa grand-mère. La vieille dame était allongée dans un hamac sous un arbre. Elle m'énonça son nom complet : Ruselina Leonidovna Levitskya.

« Mamie a été un peu malade, m'expliqua Irina. La chaleur ne lui réussit pas.

— Et vous, qu'est-ce que vous avez ? » s'enquit Ruselina.

Je repoussai mes cheveux en arrière pour leur montrer ma joue.

« Oh ! ma pauvre ! s'exclama Irina. J'ai eu la même chose sur la jambe, mais ça a complètement disparu.

— Vous êtes déjà allée à la plage ? me demanda Ruselina.

— Non, je suis arrivée juste hier. »

Irina battit joyeusement des mains. « C'est magnifique, tu vas voir ! Tu sais nager ?

— Oui, mais seulement dans une piscine. Je n'ai jamais nagé dans la mer.

— Viens, alors, lança Irina en me tendant la main. On va faire ton baptême. »

Sur le chemin de la plage, nous nous arrêtâmes dans la tente d'Irina et de Ruselina. Deux rangées de coquillages dessinaient un petit chemin jusqu'à l'entrée. À l'intérieur, un grand drap rouge tendu au plafond conférait à toute chose une chaude coloration rosée. Je fus stupéfaite en voyant le nombre de vêtements que les deux femmes avaient réussi à entasser dans une armoire en contreplaqué. Il y avait des boas en plumes, des chapeaux et même une jupe couverte d'éclats de miroir. Irina me passa un maillot de bain blanc.

« Il est à ma grand-mère, dit-elle. Elle fait à peu près la même taille que toi. »

Ma robe était collante contre ma peau brûlante. Je l'enlevai avec plaisir et fus soulagée de sentir la brise tiède caresser mon corps. Irina enfila un maillot magenta et vert. On aurait cru un joli perroquet exotique.

« Qu'est-ce que tu faisais à Shanghai ? » questionna-t-elle.

Je lui racontai mon histoire de préceptrice puis lui retournai la question.

« J'étais chanteuse de cabaret, m'apprit-elle. Et ma grand-mère jouait du piano. »

Elle dut lire la surprise sur mon visage car elle se sentit obligée d'ajouter : « Oh, mais pas dans des endroits de luxe, tu sais. Pas au *Moscou-Shanghai* ni rien d'aussi chic. Des endroits plus modestes. On fabriquait des robes sur mesure pour arrondir nos fins de mois. C'est ma grand-mère qui cousait tous mes costumes de scène. »

Irina ne me vit pas tressaillir à la mention du *Moscou-Shanghai*. Entendre prononcer ce nom m'avait fait l'effet d'un choc. Comment avais-je pu croire que je pourrais aussi facilement le faire sortir de ma vie ? Il devait y avoir sur cette île des centaines de gens qui connaissaient le club. C'était un monument de Shanghai. J'espérais seulement que personne ne me reconnaîtrait.

La plage était un paysage de rêve : du sable blanc comme de l'écume, parsemé de noix de coco et de milliers de coquillages minuscules. Il n'y avait personne à part deux golden retrievers qui dormaient à l'ombre d'un palmier. Les chiens soulevèrent paresseusement la tête sur notre passage. L'eau était transparente et lisse sous le soleil de midi. Bien que je ne me fusse jamais baignée dans l'océan, je courus vers le bord sans la moindre appréhension. Un frisson de plaisir m'envahit au contact de l'eau. Des bancs de poissons argentés se faufilèrent entre mes jambes. Je renversai la tête en arrière et me laissai flotter sur la surface miroitante de l'océan. Irina plongea et refit surface, clignant des yeux dans la lumière. Un *baptême*. C'était le mot qu'elle avait utilisé. Et c'était exactement la sensation que j'éprouvais. Je sentais déjà l'infection régresser sur ma joue, sous l'effet conjugué du soleil et du sel. Le souvenir de Shanghai se détachait de moi. Je savourais à nouveau la nature, comme si j'étais redevenue la petite fille de Harbin.

« Tu ne connais personne de Harbin, ici ? demandai-je à Irina.
— Si, dit-elle. Ma grand-mère est née là-bas. Pourquoi ?
— Je voudrais trouver quelqu'un qui ait connu ma mère. »

Irina et moi étendîmes nos serviettes de bain sous un palmier et restâmes un long moment à nous prélasser, engourdies par la chaleur.

« Mes parents sont morts dans les bombardements de Shanghai quand j'avais huit ans, m'expliqua Irina. C'est ma grand-mère qui s'est occupée de moi après ça. Peut-être qu'elle connaissait ta mère à Harbin. »

Un moteur de voiture rugit derrière nous, perturbant notre tranquillité. C'était Ivan, qui nous saluait de la main depuis le siège avant d'une Jeep toute rouillée.

« Vous voulez venir voir le sommet de l'île ? nous proposa-t-il. Je ne suis pas censé y emmener des gens, mais j'ai entendu dire que l'endroit était hanté et je pourrais bien avoir besoin de deux vierges pour me protéger.
— Ha ! Ivan, rétorqua Irina en riant. Toi et tes histoires ! »

Irina se leva, épousseta le sable sur ses jambes avant de s'enrouler dans sa serviette.

« Viens, Anya, lança-t-elle en se dirigeant vers la Jeep. Tu vas avoir droit à une visite gratuite.
— Vous avez vu un médecin ? me demanda Ivan alors que je grimpais à bord du véhicule.
— Oui. Il m'a fait une piqûre. Je pense que ça va aller. »

Je faisais attention cette fois à ne pas laisser traîner mon regard trop longtemps sur son visage.

La plage s'étirait sur plus de un kilomètre, après quoi les cocotiers et les palmiers cédaient la place à des arbres monstrueux qui se contorsionnaient autour de nous tels des démons. Leurs troncs biscornus étaient envahis de lianes et de plantes parasites. Nous passâmes devant une cascade où une pancarte en bois accrochée aux rochers disait : « Attention aux serpents près de la source. »

Quelques minutes plus tard, Ivan coupa le moteur de la Jeep. Un monticule de pierres noires bloquait la route. Le silence soudain paraissait presque surnaturel. On n'entendait ni les oiseaux, ni l'océan, ni le vent.

« Restez dans la Jeep, ordonna Ivan. Ne descendez sous aucun prétexte. C'est infesté de serpents… et de mines. Si je saute, ce n'est pas très grave, mais pas deux jolies jeunes filles comme vous ! »

Il sortit du coffre un coutelas dont la lame scintilla au soleil. Après avoir glissé le couteau à sa ceinture, il jeta un rouleau de corde sur son épaule et je le regardai s'éloigner dans la jungle.

« Il va chercher des matériaux, m'expliqua Irina. Ils veulent fabriquer un écran de cinéma.

— Il risque sa vie pour un écran de cinéma ? m'étonnai-je.

— Cette île, c'est comme une maison pour Ivan. Une raison de continuer à vivre. »

Elle se tut un moment avant de poursuivre : « Il paraît qu'il était boulanger à Qingdao. Pendant la guerre, les Japonais ont découvert que des Russes envoyaient des messages radio à un navire américain. Ils ont procédé à des représailles aveugles sur la population russe de la ville. Ils ont attaché la femme d'Ivan et leurs deux petites filles dans sa boutique avant d'y mettre le feu. C'est en essayant de les sauver qu'il a été blessé au visage.

— C'est monstrueux », murmurai-je.

Je ne savais pas quoi ajouter. Aucun d'entre nous n'était sorti indemne de la guerre. La douleur que je ressentais chaque matin en me réveillant, d'autres l'éprouvaient eux aussi. Le soleil de Tubabao me chauffait la nuque. Je n'étais sur l'île que depuis une journée et déjà elle semblait avoir un effet sur moi. Un pouvoir magique. Depuis un mois, je croyais être seule au monde. J'étais heureuse d'avoir fait la connaissance d'Irina et d'Ivan. S'ils parvenaient à trouver des raisons de continuer à vivre, peut-être y arriverais-je moi aussi.

Une semaine plus tard, j'étais à mon poste dans le bureau de l'OIR, en train de taper une lettre sur une machine à écrire à laquelle manquait la touche V. J'avais pris l'habitude de contourner la difficulté en substituant aux mots comportant un V des synonymes qui n'en contenaient pas : « bagages » à la place de « valises », « automobile » à la place de « voiture » et « Sincèrement » à la place de « Bien à vous ». Je rencontrais cependant un problème avec les noms russes, dans lesquels le V était une lettre fréquente. Je tapais alors un U, que j'arrangeais ensuite au stylo.

Je travaillais cinq heures par jour et on me payait un dollar américain et une boîte de fruits en conserve par semaine. Ce n'était pas grand-chose, mais j'étais l'une des rares personnes à recevoir un salaire en échange de son travail ; la plupart des réfugiés étaient censés travailler gratuitement.

Comme je finissais ma dernière lettre de la journée, Irina fit irruption dans le bureau, l'air tout excitée.

« Anya, tu ne devineras jamais ! lança-t-elle. Je vais faire un spectacle de cabaret sur la grande scène du village ce week-end ! Tu viendras ?

— Bien sûr. C'est formidable !

— Ma grand-mère est ravie. Mais elle n'est pas suffisamment en forme pour m'accompagner au piano, alors je me demandais si tu voudrais bien rester avec elle dans le public.

— Sans problème, rétorquai-je. Tu peux compter sur moi. Et je mettrai ma plus belle robe pour marquer l'événement.

— Mamie aussi adore s'habiller ! s'exclama Irina. Tu sais, elle a beaucoup réfléchi à ta mère toute cette semaine. Je crois qu'elle a trouvé quelqu'un sur l'île qui pourrait t'aider. »

Je dus me mordre la lèvre pour l'empêcher de trembler. Cela faisait plus de quatre ans que je n'avais pas revu ma mère. J'étais une petite fille quand nous avions été séparées. Avec tout ce qui m'était arrivé depuis, elle commençait à m'apparaître comme un rêve. Si je pouvais rencontrer quelqu'un qui l'avait connue, je savais qu'elle reprendrait forme dans mon souvenir.

Le soir du concert, Ruselina s'agrippa à mon bras pour fouler les hautes fougères qui jonchaient le sentier menant à la grande place. Nous remontions nos robes du soir afin de ne pas les salir dans l'herbe. Je portais un long fourreau rubis et le châle en cachemire que les Mikhailov m'avaient offert pour Noël. Ruselina avait choisi une robe Empire et ramassé ses cheveux blancs en chignon. On aurait dit une comtesse à la cour du tsar. Bien que de santé fragile, elle avait ce soir-là les joues roses et les yeux brillants d'excitation.

Nous retrouvâmes Ivan devant sa hutte. En voyant nos tenues, il se précipita à l'intérieur et ressortit avec un tabouret dans une main, un cageot en bois dans l'autre, et un coussin coincé sous chaque bras. « Je ne peux quand même pas faire asseoir dans l'herbe deux femmes aussi élégantes que vous », dit-il.

Sur la place, des ouvreuses vêtues de jupettes délavées par le soleil dirigeaient les gens vers les endroits prévus pour s'asseoir. Tout le camp semblait s'être donné rendez-vous pour le concert. On nous envoya, Ruselina, Ivan et moi, vers le carré VIP tout au bord de la scène. Je vis même des médecins et des infirmières transporter des personnes sur des civières.

Le spectacle commença par un prologue comprenant des numéros en tout genre : lecture de poésies, sketchs comiques, un miniballet et même un acrobate. Lorsque la nuit fut complètement tombée et que les lumières de la rampe s'allumèrent, Irina apparut sur scène dans une robe de flamenco rouge écarlate. Les spectateurs se levèrent pour l'applaudir. Une petite fille avec des tresses et une jupe plissée se hissa sur le tabouret du piano, puis attendit que le silence soit revenu pour poser ses mains sur le clavier. Elle ne devait pas avoir plus de neuf ans, mais jouait merveilleusement bien. Elle attaqua une mélodie mélancolique qui s'éleva dans la nuit comme une plainte déchirante. La voix d'Irina vint s'y mêler harmonieusement. Le public était hypnotisé. Même les enfants restaient sagement muets. On aurait dit que tout le monde retenait sa respiration par crainte de rater ne fût-ce qu'une seule note. La chanson d'Irina, en russe, parlait d'une femme qui avait perdu son amour à la guerre mais retrouvait le goût pour la vie chaque fois qu'elle pensait à lui. Les paroles me firent monter les larmes aux yeux.

« Ils m'ont dit que tu ne reviendrais jamais, mais je ne les ai pas crus. Tous les trains sont rentrés sans toi, mais finalement j'avais raison. Du moment que je peux te voir dans mon cœur, tu es avec moi pour toujours. »

Je me souvins d'une amie de ma mère à Harbin, une chanteuse d'opéra dont je connaissais seulement le prénom : Katya. Sa voix avait le pouvoir de vous briser le cœur. D'après elle, c'était parce que, quand elle chantait une chanson triste, elle pensait à son fiancé disparu pendant la révolution. J'observai Irina debout au milieu de la scène dans sa robe flamboyante. À qui pensait-elle ? À son père et à sa mère qu'elle ne reverrait plus jamais ? Elle était orpheline. Et moi aussi, en quelque sorte.

Irina enchaîna ensuite sur des chansons de cabaret en français et en russe, tandis que le public battait la mesure en frappant des mains. Mais c'était la première qui m'avait le plus émue.

« Quel merveilleux talent, murmurai-je, que de savoir redonner l'espoir aux gens.

— Tu vas la retrouver », me répondit Ruselina.

Je me tournai vers elle, ne sachant pas bien comment interpréter ses mots.

« Tu retrouveras ta mère, Anya, répéta-t-elle en me serrant la main. Tu verras, tu la retrouveras. »

9

Le typhon

Une semaine après le concert, Ruselina vint me trouver en fin d'après-midi alors que je rentrais du bureau. « J'ai parlé de toi à une de mes amies originaire de Harbin, dit-elle. Elle se souvient d'une certaine Alina Pavlovna Kozlova. Elle est très vieille et sa mémoire lui joue parfois des tours, mais je peux t'emmener la voir si tu veux. Elle habite le secteur numéro neuf. »

Nous nous mîmes en route aussitôt. L'état de santé de Ruselina s'était encore dégradé, et elle marchait désormais avec une canne.

« Parlez-moi de votre amie, lui demandai-je alors que nous faisions une pause pour que Ruselina reprenne son souffle. Comment connaît-elle ma mère ?

— Elle s'appelle Raisa Eduardovna, répondit-elle en s'essuyant le front du revers de sa manche. Elle a quatre-vingt-quinze ans et a vécu à Harbin la majeure partie de sa vie. C'est son fils et sa belle-fille qui l'ont fait venir à Tubabao après la guerre. Je crois qu'elle n'a rencontré votre mère qu'une seule fois, mais que ça l'a profondément marquée. »

Nous bifurquâmes sur un sentier bordé de bananiers avant d'arriver devant une grande tente familiale. J'aidai Ruselina à franchir le seuil et nous nous regardâmes avec un sourire en voyant la rangée de chaussures soigneusement alignées devant la porte par tailles décroissantes. Les plus grandes étaient une paire de bottes pour homme et les plus petites, des chaussons de bébé. On entendait des bruits de marteau à l'intérieur de la tente. Ruselina lança un bonjour à la cantonade et trois petits enfants accoururent à notre rencontre. C'étaient trois fillettes blondes comme les blés, dont la plus âgée devait avoir quatre ans ; la plus jeune commençait tout juste à marcher.

Dans la pièce principale, la belle-fille et la petite-fille de Raisa s'affairaient autour de planches de bois. Elles avaient chacune un marteau à la main et une rangée de clous entre les dents.

Elles relevèrent la tête en nous entendant entrer, le visage rouge de sueur. Elles avaient remonté leur jupe en la coinçant dans l'élastique de leur culotte pour en faire un short. La plus âgée des deux retira les clous de sa bouche et me tendit la main.

« Bonjour, je m'appelle Mariya, et voici ma fille Natasha. Excusez notre tenue. Nous sommes en train de construire un plancher. »

Elle était un peu ronde, avec le nez en trompette et des cheveux noisette qui tombaient en cascades bouclées sur ses épaules. Elle devait avoir une cinquantaine d'années, mais son visage était aussi lisse que celui d'une adolescente.

« Mon mari et mon gendre sont sortis pêcher pour le dîner, reprit-elle. Ma belle-mère vient de se réveiller de sa sieste. Elle va être contente de vous voir. »

Mariya tira le rideau qui séparait la pièce en deux et je vis une vieille dame allongée sur un lit. « Heureusement que tu es à moitié sourde, belle-maman, plaisanta Mariya en aidant la femme à s'asseoir dans son lit. Sinon je ne sais pas comment tu aurais pu dormir avec ce raffut. »

Elle apporta ensuite deux chaises pour que Ruselina et moi puissions nous installer de part et d'autre du lit. Raisa était plus âgée que Ruselina et ses veines ressortaient tels des lézards sur sa peau tannée comme du parchemin. Je me penchai vers elle pour l'embrasser sur la joue et elle m'agrippa la main avec une force que ne laissait pas deviner sa frêle silhouette.

« Qui est cette jolie jeune fille ? demanda-t-elle en se tournant vers Ruselina.

— C'est Anna Victorovna Kozlova, la fille d'Alina Pavlovna, que tu penses avoir rencontrée à Harbin. »

Raisa sombra alors dans le silence, visiblement perdue dans ses pensées. Un filet de salive coula sur son menton et Natasha l'essuya avec le coin de son tablier. Il faisait une chaleur étouffante sous la tente. Je pensais que la vieille dame s'était rendormie, mais elle sursauta tout à coup et me regarda fixement, les yeux écarquillés. « J'ai rencontré ta mère une fois, dit-elle. Je m'en souviens bien parce qu'elle m'avait fait une forte impression. Tous les regards se tournaient vers elle. Elle était mince, avec de très beaux yeux. »

Je sentis mes jambes se dérober sous moi et crus que j'allais m'évanouir à l'évocation de ma mère, ce secret si longtemps gardé. Je m'agrippai au rebord du lit, buvant chaque parole qui sortait de la bouche édentée de Raisa.

« C'était il y a longtemps, soupira-t-elle. Dans une fête, un été. Ça devait être en 1929. Elle est arrivée avec ses parents, vêtue d'une élégante robe lilas. Je l'avais trouvée très polie parce qu'elle s'intéressait à tout ce que les gens disaient.

— C'était avant qu'elle épouse mon père, commentai-je. Vous avez bonne mémoire pour vous souvenir d'un temps si lointain.

— Je suis bien vieille et la seule chose à laquelle je peux penser aujourd'hui, c'est mon passé.

— Était-ce la seule fois où vous l'avez rencontrée ?

— Oui, je ne l'ai jamais revue après ça. Mais j'ai entendu dire qu'elle s'était mariée avec un homme très cultivé et qu'ils vivaient dans une jolie maison en bordure de la ville. »

Raisa piqua du nez et s'enfonça encore plus profondément dans son lit, affalée tel un ballon de baudruche dégonflé. Ses efforts semblaient l'avoir épuisée. Mariya remplit un verre d'eau dans une bassine et le porta aux lèvres de sa belle-mère. Natasha s'excusa pour aller surveiller ses enfants. J'entendais les cris des petites filles qui jouaient dans la cour. Brusquement, le visage de Raisa se crispa. Elle recracha sa gorgée d'eau et se mit à pleurer.

« Comme nous avons été stupides de rester là-bas pendant la guerre ! gémit-elle. Les plus intelligents ont quitté Shanghai bien avant l'arrivée des Soviétiques. »

Elle avait la voix rauque, serrée de douleur. Ruselina essaya de la calmer mais Raisa repoussa sa main.

« J'ai appris que les Soviétiques avaient emmené ta mère, bredouilla-t-elle en posant une main sur son front. Où, je n'en sais rien. Mais ça vaut peut-être mieux. Ils ont fait subir de telles horreurs à ceux qui sont restés sur place.

— Repose-toi, belle-maman, murmura Mariya.

— Elle est fatiguée, renchérit Ruselina. Peut-être qu'elle nous en dira plus une prochaine fois. »

Alors que nous nous levions pour partir, Raisa nous rappela, luttant pour se redresser sur ses coudes. Elle avait l'air hagard, les yeux rougis par les larmes.

« Ta mère avait des voisins, fit-elle. Boris et Olga Pomerantsev, n'est-ce pas ? Ils ont choisi de rester à Harbin même quand les Soviétiques sont venus.

— Oui », acquiesçai-je.

Raisa se laissa retomber sur son oreiller et se couvrit le visage de ses mains. Une longue plainte s'éleva du fond de sa poitrine. « Les Soviétiques ont pris tous les jeunes, tous ceux qu'ils pouvaient faire travailler, souffla-t-elle. J'ai entendu dire qu'ils avaient pris Pomerantsev parce qu'il était encore valide, même pour un vieil homme. Mais ils ont exécuté sa femme. Elle avait une maladie de cœur. Tu le savais ? »

Je ne me souviens pas du chemin du retour jusqu'à la tente de Ruselina. Mariya et Natasha ont dû m'aider à marcher, car je ne vois pas comment Ruselina aurait pu me soutenir toute seule. En arrivant, je me jetai sur le lit d'Irina, enfouissant mon visage dans l'oreiller. Ruselina s'assit à côté de moi et me frotta le dos. « Ce n'est pas ce que j'avais imaginé, chuchota-t-elle, la mort dans l'âme. Je voulais essayer de te faire plaisir.

— J'étais idiote de croire qu'il ne leur arriverait aucun mal, murmurai-je en me remémorant le regard apeuré d'Olga et les larmes sur les joues de Boris. Ils savaient qu'en m'aidant ils allaient mourir.

— Anya, soupira Ruselina, tu avais treize ans. Les vieilles personnes savent qu'elles doivent choisir. Si ç'avait été toi ou Irina, j'aurais fait exactement la même chose. »

Je me redressai et posai la tête sur son épaule. Je fus étonnée de constater qu'elle était plus solide que je ne l'imaginais. Ma détresse semblait avoir donné de la force à Ruselina. Elle me caressa les cheveux, me prit dans ses bras comme si j'étais sa propre fille.

« Au fil de ma vie, j'ai perdu mes parents et un frère, un bébé, mon fils et ma belle-fille. C'est une chose de mourir vieux, c'en est une autre d'être fauché en pleine fleur de l'âge. Tes amis ont voulu que tu vives. Ils se sont sacrifiés pour toi. Honore leur mémoire en affrontant la vie avec courage. Ils ne pourraient pas demander mieux.

— Je veux les remercier, dis-je.

— Oui, vas-y. Je peux très bien rester toute seule jusqu'à ce qu'Irina revienne. Trouve quelque chose à faire pour leur exprimer ton respect. »

Je descendis le sentier qui menait à la plage en titubant, quasiment aveuglée par mes larmes. Mais le chant des grillons et le pépiement des oiseaux me réconfortèrent. Dans leur musique joyeuse, je reconnus la voix d'Olga : elle me recommandait de ne pas pleurer, elle ne souffrait pas et n'avait plus peur. Le soleil implacable de la journée s'était adouci et, filtré à travers les arbres, il me caressait délicatement la peau.

Lorsque j'arrivai sur la plage, la mer était grise et lugubre. Des mouettes tournoyaient en cercle dans le ciel. Je me laissai tomber à genoux et entrepris de construire un grand dôme en sable. Lorsque j'eus terminé, je disposai une guirlande de coquillage tout autour de sa base. Mon cœur se serrait chaque fois que j'imaginais Olga extirpée de sa maison et fusillée. Avait-elle crié ? Je ne pouvais pas penser à elle sans penser aussi à Boris. Ils étaient comme deux cygnes. Compagnons pour la vie. Il n'avait pas dû tenir un jour sans elle. L'avait-on forcé à regarder ? Mes larmes creusaient des petits trous dans le sable, telles des gouttes de pluie. Je fabriquai un autre dôme, puis un pont reliant les deux. Assise devant mon mémorial improvisé, je restai ensuite à écouter le chuintement des vagues en regardant le soleil disparaître dans l'océan. Quand le disque orange plongea derrière l'horizon et que la lumière commença à décliner, je répétai trois fois tout haut les prénoms de Boris et d'Olga afin qu'ils sachent que je ne les oublierais jamais.

En rentrant, je trouvai Ivan qui m'attendait sous un lampadaire le long du sentier. Il tenait à la main un panier recouvert d'un torchon à carreaux. Comme je m'approchais de lui, il souleva le linge pour révéler un plat de *pryaniki* frais. L'odeur de miel et de gingembre des petits pains d'épice se mêlait à l'air marin et aux effluves des feuilles de palmier. Cette tradition venue du froid semblait complètement déplacée sur cette île exotique. Je me demandais comment il avait bien pu trouver les ingrédients, sans parler de les faire cuire.

« Ma meilleure recette, dit-il en me tendant le panier. Pour toi. »

Je tentai un sourire forcé mais n'y parvins pas. « Je ne suis pas de très bonne compagnie, ce soir.

— Je sais. J'apportais mes *pryaniki* à Ruselina et elle m'a raconté ce qui s'était passé. »

Je me mordis la lèvre. J'avais déjà tellement pleuré sur la plage, je ne voulais pas recommencer. Pourtant une grosse larme roula sur ma joue.

« Il y a une saillie rocheuse juste au-dessus du lagon, reprit Ivan. Je vais là-bas quand je suis triste, et ça m'aide à reprendre des forces. Je peux t'y emmener si tu veux. »

Je traçai du bout de ma chaussure une ligne dans le sable. Il était gentil et j'étais touchée par sa compassion. Mais je n'étais pas sûre de vouloir une présence à mes côtés.

« À condition qu'on ne parle pas, alors, rétorquai-je. Je n'ai pas très envie de parler.

— On ne parlera pas. On restera simplement assis à regarder la mer. »

Je suivis donc Ivan le long d'un chemin sablonneux qui grimpait jusqu'à une falaise. Les étoiles s'étaient levées et leur reflet brillait comme autant de petites fleurs tremblotantes sur la mer. L'océan avait revêtu une profonde teinte violette. Nous nous assîmes sur une roche protégée de chaque côté par deux gros pitons. La pierre était encore chaude et je m'y adossai pour écouter les vagues tourbillonner dans les crevasses en contrebas. Ivan me tendit le panier de gâteaux. J'en pris un, malgré mon manque d'appétit. La pâte sucrée s'effrita sous mes dents, ressuscitant des souvenirs de Noëls passés à Harbin : le calendrier de l'Avent que ma mère posait sur la cheminée, le froid glacé de la vitre contre ma joue lorsque je me collais à la fenêtre pour regarder mon père couper du bois dehors, les traces de nos pas dans la neige fraîchement tombée. J'avais du mal à croire que je pouvais avoir été emportée si loin du cocon douillet de mon enfance.

Fidèle à sa parole, Ivan n'essaya pas d'engager la conversation. Je trouvai d'abord bizarre d'être avec quelqu'un que je ne connaissais pas très bien et de ne pas parler. D'habitude, les gens commencent par se poser des questions assez simples pour apprendre à se découvrir, mais chaque fois que j'imaginais une question à poser à Ivan, je me rendais compte que je risquais de réveiller des réminiscences douloureuses. Aucun sujet ne pouvait être abordé avec légèreté. Pour des gens comme Ivan et moi, des rescapés, il était plus facile de se taire que de risquer de profaner les fragiles souvenirs de l'autre.

Ivan était assis le dos voûté et les genoux repliés entre les bras, perdu dans ses propres pensées.

Je scrutai le ciel et finis par repérer une petite constellation que Ruselina m'avait montrée quelques nuits plus tôt.

« C'est la Croix du Sud, fis-je en tendant le doigt. Les marins de l'hémisphère Sud s'en servent pour se guider. »

Ivan se retourna vers moi. « Tu as parlé.

— Et je n'ai pas le droit ?

— Si. Mais tu avais dit que tu ne voulais pas.

— C'était il y a une heure !

— J'aimais bien le silence. J'avais l'impression d'apprendre à mieux te connaître. »

Je ne pus m'empêcher de sourire. Qu'y avait-il chez cet homme étrange qui me mettait aussi facilement à l'aise ? Je n'aurais jamais cru que rester assis à côté de quelqu'un pendant si longtemps sans rien dire puisse être si agréable. Ivan avait de la présence. Être avec lui, c'était comme s'appuyer contre un rocher dont on savait qu'il ne s'ébranlerait jamais. Il avait connu la souffrance, lui aussi, mais son deuil semblait l'avoir rendu plus fort. Alors que moi, si je devais encore traverser une seule épreuve, j'en mourrais.

« Je plaisante, reprit-il. Qu'est-ce que tu disais ?

— Non, non, tu as raison. Ça fait du bien de garder le silence. »

Nous restâmes encore un moment sans parler. Une par une, les lumières du camp commencèrent à s'allumer. Je jetai un coup d'œil à Ivan. Il était adossé au rocher, le visage tourné vers le ciel. À quoi pouvait-il bien penser ?

Selon Ruselina, la meilleure façon d'honorer la mémoire des Pomerantsev, c'était d'affronter la vie avec courage. J'avais attendu ma mère mais elle n'était pas revenue, pas plus que je n'avais eu de nouvelles d'elle. Pourtant je n'étais plus une petite fille, soumise à la bonne volonté des autres. J'étais assez grande pour chercher ma mère toute seule. En même temps, malgré mon désir de la retrouver, j'appréhendais terriblement de découvrir qu'elle aussi avait été torturée et exécutée. Je fermai les yeux et adressai une prière à la Croix du Sud, demandant à Boris et à Olga de m'aider.

« Je suis prête, on peut rentrer », annonçai-je à Ivan.

Quelques jours plus tard, il y eut une réunion entre le capitaine Connor et les autres responsables du camp au sujet des « pays d'immigration ». Cette question hantait tous les esprits depuis notre arrivée sur l'île : et après, où irions-nous ? L'OIR avait sollicité de nombreux pays en les suppliant de nous accueillir sur leur sol, mais les réponses tardaient à venir. Certes, Tubabao était une sorte de paradis terrestre et nous aurions pu savourer cette escale sur notre parcours, mais notre avenir nous apparaissait pour le moins incertain. Même sur cet îlot tropical, nous vivions chaque journée dans l'angoisse du lendemain. Il y avait déjà eu un suicide et deux tentatives parmi les réfugiés. Combien de temps allions-nous encore devoir attendre ?

Ce fut seulement après l'intervention des Nations unies que les gouvernements commencèrent à répondre. Les États-Unis indiquèrent qu'ils n'accepteraient que des personnes ayant déjà un garant domicilié sur leur territoire ; l'Australie était intéressée par les jeunes à condition qu'ils acceptent par contrat n'importe quel travail que leur assignerait le gouvernement pendant les deux premières années ; la France offrait des lits d'hôpitaux aux personnes âgées pour finir leurs jours ou aux malades le temps qu'ils se rétablissent et puissent être transférés dans un autre pays ; quant à l'Argentine, le Chili et Saint-Domingue, ils acceptaient d'ouvrir leurs portes sans aucune restriction.

Assis en cercle dans le bureau de l'OIR, les responsables du camp discutaient de toutes ces options en fumant cigarette sur cigarette. Paralysée derrière ma machine à écrire, je ne pouvais que fixer d'un regard hébété la feuille de papier blanche coincée dans le chariot. Je n'avais aucune idée du sort qui me serait réservé, ne pouvant m'imaginer ailleurs qu'en Chine. Je me rendis compte que, depuis mon arrivée à Tubabao, j'avais gardé l'espoir secret qu'on finirait par me renvoyer chez moi.

J'attendis la fin de la réunion et le départ des officiels pour demander au capitaine Connor s'il pensait que nous pourrions un jour rentrer en Chine.

Il me dévisagea comme si je lui avais demandé si un jour nous aurions tous des ailes et pourrions voler tels des oiseaux. « Anya, la Chine n'existe plus pour les gens dans votre situation », dit-il.

Peu de temps après, je reçus une lettre de Dan Richards m'exhortant à immigrer en Amérique sous sa garantie. Irina et Ruselina étaient complètement découragées : elles voulaient partir pour les États-Unis mais ne remplissaient ni les conditions financières ni l'exigence du garant. J'avais mal pour elles chaque fois que je les voyais écouter, avec des étoiles dans les yeux, les gens évoquer les magasins et les cabarets à la mode de New York. Je répondis à Dan que j'accepterais volontiers sa proposition, tout en lui demandant s'il pouvait faire quelque chose pour aider mes amies.

Un soir, Ruselina, Irina et moi étions en train de jouer aux échecs chinois dans leur tente. Le ciel était couvert depuis le matin, et l'humidité si oppressante qu'il avait fallu faire venir une infirmière pour masser le thorax de Ruselina et l'aider à respirer. C'était la saison sèche ; à Tubabao, cela signifiait qu'il ne pleuvait qu'une fois par jour. Nous redoutions la saison des pluies, car à la moindre averse toutes sortes d'animaux sauvages venaient se réfugier dans les tentes. À deux reprises un rat s'était échappé de la valise de Galina, et notre tente était envahie d'araignées.

Dans l'après-midi, un vent violent s'était levé, renversant les assiettes et arrachant le linge qui séchait sur les cordes. « Je n'aime pas ça, avait dit Ruselina. Quelque chose se prépare. »

Puis la pluie se mit à tomber. Nous attendîmes qu'elle cesse ; en général les orages ne duraient jamais plus d'une heure. Mais au lieu de s'atténuer, elle devint de plus en plus forte, inondant les tranchées, formant sur la route un torrent de boue qui emportait tout sur son passage. Quand l'eau commença à envahir la tente, Irina et moi nous précipitâmes dehors et, avec l'aide de nos voisins, entreprîmes de creuser des tranchées plus profondes pour canaliser les débordements. L'averse nous fouettait la peau comme des rafales de sable. Les tentes dont le poteau central n'était pas assez solide s'affaissaient sous la tempête, et leurs occupants devaient lutter contre le vent pour les redresser. À la nuit tombée, il n'y avait plus d'électricité nulle part.

« Ne rentre pas chez toi, me suggéra Irina. Reste dormir ici ce soir. »

J'acceptai son invitation sans hésiter. À la lueur d'une lampe à gaz, nous continuâmes notre partie de solitaire. Mais vers neuf heures du soir nos estomacs commencèrent à se manifester bruyamment, et même les jeux ne suffisaient plus à nous distraire de la faim. « J'ai quelque chose ! »

annonça Irina en fouillant dans un panier posé sur un cageot. Elle en sortit un paquet de biscuits qu'elle renversa dans une assiette. Un gros lézard tomba au milieu des miettes, suivi d'une dizaine de bébés gigotants. « Beurk ! » s'écria Irina en lâchant le paquet par terre. Les lézards déguerpirent à toute vitesse et Ruselina en rit à s'en étouffer.

Soudain, la sirène du camp résonna et nous paralysa de stupeur. Puis nous entendîmes un deuxième coup. Chaque jour, elle sonnait à midi et à dix-huit heures. Deux coups étaient le signal pour convoquer les chefs de secteur à une réunion générale. La sirène répéta son cri strident. Trois coups signifiaient que tout le monde devait se rassembler sur la place principale. Nous nous regardâmes, les sourcils froncés : ils ne voulaient quand même pas nous faire sortir par ce temps ? La sirène sonna de nouveau. Quatre coups signalaient un incendie. Irina se jeta à genoux près de son lit pour récupérer ses sandales. J'attrapai une couverture dans l'armoire tandis que Ruselina nous observait stoïquement depuis son fauteuil. La cinquième sonnerie me glaça d'effroi. Je me tournai vers Irina, incrédule. Les cinq coups n'avaient jamais été utilisés jusque-là. Ils étaient réservés aux typhons.

Nous sentîmes la vague de panique s'emparer de la population du camp. Des cris affolés surgissaient dans la tempête. Quelques minutes plus tard, le superviseur du secteur se présenta devant notre tente. Ses vêtements saturés d'eau lui collaient au corps comme une seconde peau. La peur se lisait sur son visage. Il nous lança des bouts de corde.

« Qu'est-ce qu'on est censés faire avec ça ? demanda Irina.

— Il y a quatre morceaux pour attacher les objets dans votre tente, répondit-il. Les autres, vous les prenez avec vous et vous vous présentez sur la place dans cinq minutes. Nous allons nous enchaîner aux arbres.

— Vous plaisantez ? » s'insurgea Ruselina.

L'homme secoua la tête, les yeux écarquillés de terreur. « Je ne sais pas combien d'entre nous vont s'en sortir, dit-il d'une voix rauque. La base militaire a reçu l'alerte trop tard. Ils pensent que la mer va recouvrir l'île. »

Nous rejoignîmes le flot de gens qui se dirigeait vers le centre du camp. Le vent était si violent que nous étions obligés d'enfoncer nos pieds dans le sable pour tenir debout. Sur la place, des bénévoles perchés sur des souches brandissaient des torches pour nous éclairer. Debout sur un rocher, le capitaine Connor hurlait des instructions dans un mégaphone. Les responsables du camp répartissaient les gens par groupes. Les enfants furent séparés de leurs parents et confiés à une infirmière polonaise, qui les emmena dans la chambre réfrigérée de la cuisine commune. Les malades et les personnes âgées étaient dirigés vers l'hôpital.

Irina et moi accompagnâmes Ruselina jusque là-bas. L'hôpital était déjà surchargé. Les infirmières écartaient les lits afin de faire de la place supplémentaire pour installer des brancards. Je reconnus Mariya et Natasha en train de clouer des planches en travers des fenêtres. Ivan poussait une armoire contre une porte. Il n'y avait plus aucun lit de libre pour Ruselina, mais on l'installa sur une chaise dans la salle d'attente.

« Mais je ne veux pas rester ici toute seule ! protesta Ruselina. Je préfère venir avec vous.

— Ne sois pas bête, mamie ! rétorqua Irina. Ce bâtiment est le plus solide de l'île.

— Et vous, vous allez où ? s'inquiéta la vieille dame.

— Les jeunes doivent courir jusqu'au sommet de l'île, répondit Irina en s'efforçant de prendre un ton jovial. Tu nous imagines faire ça, Anya et moi ? »

Ruselina prit la main de sa petite-fille et la mit dans la mienne. « Ne vous séparez pas. Vous êtes tout ce qu'il me reste au monde. »

Après avoir embrassé Ruselina, Irina et moi ressortîmes sous la pluie pour rejoindre la file de gens qui commençait à grimper le flanc de la montagne, des cordes et des torches à la main. Ivan nous rattrapa en courant : « Je vous ai trouvé un endroit. Suivez-moi. »

Il nous conduisit jusqu'à une petite hutte située dans une clairière derrière l'hôpital.

« Non, objectai-je. C'est un bâtiment en dur. Il faut le laisser aux enfants ou aux malades. »

Mais Ivan avait déjà disparu dans la nuit, bondissant tel un cabri par-dessus les branches et les débris. Il y eut un grand craquement dans le ciel et un palmier s'écrasa au sol juste derrière nous, maculant nos robes de boue et nous manquant de peu. Irina ouvrit la porte de la cabane et se précipita à l'intérieur.

Malgré les trois petites fenêtres, la pièce était plongée dans le noir. Il flottait dans l'air une odeur de poussière et de désinfectant. Je fis un pas en avant et me cognai contre quelque chose de dur dont je tâtai les contours : une table.

« Je crois que c'est une remise », dis-je en me frottant la cuisse.

J'entendis un animal fureter à côté de nous et sentis sa fourrure m'effleurer la jambe. « Des rats ! » hurlai-je. Irina alluma sa torche : nous nous retrouvâmes nez à nez avec un chaton aussi étonné que nous. Il était tout blanc, avec de grands yeux verts. Irina promena le faisceau de sa lampe alentour : il y avait une table en bois sur laquelle étaient posés quelques outils, et une armoire métallique près de la porte. Comme nous voulions économiser les piles, Irina éteignit la torche et nous restâmes dans le noir.

Au moment où le front du cyclone toucha la côte de l'île, la hutte trépidait et vibrait telle une vieille guimbarde sur une route cahoteuse. Une pierre vola contre une fenêtre et une fêlure en zigzag apparut en travers de la vitre. Je fouillai sur une étagère à la recherche d'un rouleau de papier adhésif et réussis à en coller un morceau avant que la fissure n'atteigne le bord du carreau.

Dehors, les hurlements du vent allaient crescendo. Une violente bourrasque propulsa un arbre déraciné contre la hutte. Les portes du placard s'ouvrirent et des piles de vaisselle s'écrasèrent au sol. Le vent poussait l'arbre contre la paroi de la cabane, qui commençait à montrer des signes de faiblesse. Je dégageai les outils de la table et Irina m'aida à la renverser sur le côté pour la plaquer contre le mur, en guise de contrefort.

« Je n'aime pas ça, murmura Irina. J'entends les vagues approcher.

— Impossible, rétorquai-je. Ça doit être autre chose.

— Non, insista-t-elle. C'est l'océan. Écoute. »

Des gouttes d'eau s'abattirent sur le toit, résonnant comme des coups de feu. Les vis maintenant les parois en bois au sol se mirent à gémir sous la pression du vent. Irina m'attrapa la main et la serra de toutes ses forces.

Brusquement, la porte s'arrêta de trembler, les murs reprirent leur position verticale et un silence de mort nous enveloppa. Je crus que j'étais devenue sourde. Il me fallut un moment pour comprendre que le vent était tombé. Irina ralluma la torche. J'entendais des voix dans les collines, des gémissements et des cris de joie. Les gens s'appelaient les uns les autres depuis leur position dans la jungle. Un homme lança à sa femme : « Valentina, je t'aime ! Après toutes ces années, je t'aime encore ! »

Mais personne ne bougeait. Même ce calme avait quelque chose de lugubre.

« Je vais voir comment va ma grand-mère, dit Irina.

— Non ! hurlai-je. Ne sors pas ! Ce n'est pas fini, on est dans l'œil du cyclone. »

Irina me regarda en fronçant les sourcils. Elle lâcha la poignée de la porte, les yeux exorbités de terreur. La poignée se mit alors à vibrer sous notre regard médusé. Au loin, l'océan laissa échapper un rugissement terrifiant. Le vent se leva de nouveau, gémissant à travers les arbres déplumés. Très vite, il s'amplifia et se mit à hurler comme un démon. Soufflant dans le sens inverse, il ramassait tous les débris laissés par le front de la tempête. Un objet s'écrasa sur le toit de la hutte. Des petits bouts de métal tombèrent à nos pieds et la pluie commença à couler à l'intérieur. Quelques gouttes d'abord, puis une véritable cascade. Je poussai un cri de terreur en voyant un côté de la hutte se soulever. Les dernières vis sautèrent sous la pression du vent et la cabane s'ouvrit en deux telle une boîte à pain. Tous les objets valsèrent autour de nous. Irina et moi nous agrippâmes aux pieds de la table, qui commença elle-même à glisser sur le sol. Une rafale de vent finit par arracher complètement le mur de ses gonds et le projeta en l'air. Il sembla tournoyer dans le ciel pendant une éternité, ombre menaçante planant au-dessus de nos têtes. Je me demandai où il allait atterrir, qui il allait tuer.

Enfin, aussi brusquement qu'il s'était levé, le vent se tut. Le mur tomba du ciel pour se planter dans un arbre non loin, coincé dans les branchages. J'entendais l'océan gronder, ravalant la tempête dans ses profondeurs. Irina releva la tête et vint se serrer dans mes bras. « Ne vous séparez pas », avait ordonné Ruselina. Nous passâmes le reste de la nuit blotties l'une contre l'autre avant de sortir contempler les dégâts aux premières lueurs du jour.

10

Les pays d'immigration

La tempête avait transformé l'île en un immense marécage. Au petit matin, tout le monde sortit de sa tanière et se rassembla sur la grande place. Nous avions l'air bien petits au milieu des grands arbres brisés ou vacillants. Les gens redescendaient de la montagne, les vêtements déchirés et trempés, les cheveux pleins de sable.

L'hôpital était toujours debout. J'aperçus Ruselina sur le pas de la porte, qui orientait les blessés du bout de sa canne. Il y en avait des centaines, échevelés, boitant, sanguinolents. Les médecins et les infirmières semblaient débordés.

Après avoir embrassé Ruselina, je laissai Irina avec elle et retournai vers le camp. C'était un paysage de désolation. Des bouts de toile déchirée battaient au vent comme des haillons sur les os d'un squelette. Les routes n'étaient plus que des ravines jonchées de débris. La plupart des objets que les réfugiés avaient péniblement réussi à emporter avec eux gisaient maintenant dans des flaques de boue. Jusqu'à perte de vue, c'étaient des amoncellements de chaises et de tables cassées, de lits retournés, de vaisselle et de jouets d'enfants éparpillés.

Je me dirigeai vers le huitième secteur. La jungle épaisse qui l'entourait l'avait miraculeusement préservé par rapport aux autres. Les tentes s'étaient certes effondrées, mais, contrairement à celles des troisième et quatrième secteurs, elles n'étaient pas déchiquetées. Certains meubles avaient été emportés, mais la plupart étaient restés en place. À un endroit, bien que la tente elle-même eût été projetée dans les arbres, tous les objets étaient encore soigneusement disposés comme si les occupants étaient simplement sortis faire un tour.

Je me mordis la lèvre jusqu'au sang à la vue de mon coffre : quelqu'un l'avait attaché à un tronc d'arbre et il semblait intact. Je fus emplie de gratitude pour la personne qui avait pris le soin de s'en occuper en mon absence. La serrure était cependant abîmée et je ne parvins pas à l'ouvrir. J'attrapai une grosse pierre et fis sauter le fermoir d'un coup. Les vêtements étaient humides et couverts de sable mais ce n'était pas ça qui me préoccupait. J'enfonçai une main sous les couches de tissu en priant pour y trouver ce que je cherchais. Lorsque je sentis le contact du bois sous mes doigts, je laissai échapper un cri de soulagement et sortis ma matriochka. Elle était indemne et je la couvris de baisers enflammés, comme une mère qui aurait retrouvé son enfant égaré.

La mer avait la couleur du thé au lait. Des morceaux de bois et de végétation flottaient à la surface. Les reflets du soleil matinal lui donnaient une apparence calme et inoffensive, bien loin du monstre enragé qui avait failli nous engloutir la nuit précédente. Tout près, sur la petite bande de sable qui restait, un groupe de gens conduits par un prêtre récitaient une prière de remerciement. Je ne croyais pas en Dieu, mais j'inclinai quand même la tête par respect. Nous avions de quoi être reconnaissants : par miracle, aucune vie humaine n'avait été perdue. Je fermai les yeux et me laissai bercer par le ronronnement de l'océan.

Plus tard, je tombai sur le capitaine Connor devant le bureau de l'OIR. Dans le chaos environnant, il avait l'air d'une apparition surnaturelle avec son uniforme impeccablement repassé et sa raie au milieu. La seule trace de la tempête sur sa personne était une éclaboussure de boue sur ses bottes. Les murs métalliques de notre hutte étaient un peu cabossés et certains meubles renversés, mais dans l'ensemble les dégâts étaient minimes.

Le capitaine me sourit comme si de rien n'était, comme si j'arrivais au travail un matin ordinaire. Il me désigna un peu plus loin les huttes qui servaient de remises. La plupart étaient dans un piteux état, les murs complètement pliés en deux. « S'il y a une chose positive dans tout ça, commenta-t-il, c'est qu'ils vont se rendre compte qu'il faut nous faire quitter cette île le plus vite possible. »

Quand je revins à l'hôpital, les soldats américains et philippins étaient arrivés de l'île de Guam en renfort. Ivan et d'autres responsables étaient en train de décharger des jerricans de fuel et d'eau potable de l'arrière d'un camion militaire tandis que les soldats montaient des tentes pour les patients n'ayant pas trouvé de place à l'hôpital. D'autres bénévoles faisaient bouillir de l'eau pour stériliser les instruments médicaux ou préparaient à manger sous une marquise improvisée.

Des dizaines de personnes dormaient sur des nattes étalées sur la pelouse détrempée. Je reconnus Ruselina, et Irina assise à côté d'elle qui lui caressait la tête. Ruselina avait dit qu'elle se serait sacrifiée pour Irina ou moi et que nous étions tout ce qui lui restait au monde. J'observai les deux femmes de loin, serrant la matriochka contre mon cœur. Elles aussi étaient tout ce qu'il me restait.

Je vis Ivan traîner un sac de riz jusqu'à la cuisine en plein air. J'aurais voulu l'aider, mais toutes mes forces semblaient m'avoir abandonnée. Ivan se redressa en se frottant le dos, et son regard croisa le mien. Il s'approcha de moi à grandes enjambées, tout sourire, les mains sur les hanches. Mais son expression changea quand il vit mon visage.

« Je ne peux pas bouger, bredouillai-je.

— Ça va aller, Anya, dit-il en me prenant dans ses bras. Ce n'est pas aussi sérieux que ça en a l'air. Personne n'est grièvement blessé et les dégâts matériels peuvent toujours être réparés. »

Je me serrai contre lui, écoutant le rythme régulier des battements de son cœur et laissant la chaleur de son corps envahir le mien. L'espace d'un instant, je me crus retournée en enfance : une petite fille choyée par ses parents à Harbin. Je humais l'odeur du pain frais tout juste sorti du four, j'entendais le feu crépiter dans la cheminée, je sentais la douceur de la fourrure d'ours sous mes pieds. Et pour la première fois depuis longtemps, je perçus la voix de ma mère : *Je suis là, ma chérie, tout près de toi.* Un camion démarra en rugissant et le charme fut rompu. Je me dégageai de l'étreinte d'Ivan et ouvris la bouche pour lui dire quelque chose, mais j'étais incapable de prononcer le moindre mot.

Il me prit la main et me murmura tendrement : « Viens, Anya, on va trouver un endroit pour que tu te reposes. »

Les semaines qui suivirent la tornade furent pleines d'espoirs et de désillusions. La marine américaine basée à Manille arriva avec des bateaux chargés de matériel en tout genre. Nous regardâmes les soldats débarquer sur la plage, de gros sacs de toile jetés sur l'épaule. En deux jours, ils avaient entièrement reconstruit le camp. La nouvelle ville était beaucoup mieux conçue que la précédente, qui avait été érigée dans la précipitation, sans aucune planification ni outils adéquats. Les routes étaient désormais pavées et pourvues de rigoles plus profondes. La jungle fut débroussaillée tout autour de nos blocs sanitaires et de nos cuisines communes. Mais ces nouvelles constructions nous procuraient un étrange sentiment de malaise : il y avait quelque chose d'inquiétant dans le caractère solide et durable du nouveau camp. Et, malgré les attentes du capitaine Connor, nous n'avions toujours pas reçu de réponses de la part de nos pays d'immigration.

L'Association des Russes d'Amérique avait eu vent de la catastrophe et nous envoya un message urgent : « Dites-nous ce dont vous avez besoin non seulement pour survivre, mais surtout pour être heureux. » L'association rassembla des dons auprès de ses membres, dont beaucoup avaient fait fortune aux États-Unis, et également auprès d'entreprises disposées à se débarrasser de leurs stocks défectueux. Je passai toute une nuit avec le capitaine Connor à mettre au point une liste de vœux qui prévoyait un petit cadeau pour chaque personne du camp. Nous avions demandé des disques, des raquettes de tennis, des cartes à jouer, des boîtes de crayons de couleur et des livres pour notre bibliothèque, mais aussi des savons parfumés, du chocolat, des carnets de croquis, des peignes à cheveux, des mouchoirs et un jouet pour tous les enfants de moins de douze ans. La réponse nous parvint sous quinzaine : « Tous les articles demandés ont été obtenus. Nous vous envoyons également des bibles, deux guitares, un violon, treize rouleaux de tissu pour faire des robes, six samovars, vingt-cinq imperméables et un lot de cent exemplaires de la pièce de Tchekhov *La Cerisaie* auxquels il manque la couverture. »

Le chargement devait arriver par bateau un mois plus tard, et le capitaine Connor et moi-même l'attendions de pied ferme, excités comme deux gamins malicieux. Nous guettâmes l'arrivée du navire pendant six semaines, en vain. Le capitaine Connor se renseigna auprès du bureau de l'OIR à Manille. Tous les biens avaient été interceptés par des fonctionnaires corrompus et revendus au marché noir.

Ivan vint me trouver au bureau de l'OIR un après-midi. Appuyé contre le chambranle de la porte, je ne le reconnus pas tout de suite dans le contre-jour. Il avait une chemise repassée et les cheveux peignés, lui qui d'habitude se promenait toujours couvert de sciure et de feuilles mortes.

« Tu m'espionnais ! » lançai-je.

Il haussa les épaules et balaya la pièce du regard. « Pas du tout. Je passais juste voir comment tu allais.

— Ce n'est pas vrai ! Le capitaine Connor vient de partir faire une course il y a une minute à peine, et comme par hasard tu apparais pile à ce moment-là. Je suis sûr que tu l'as vu sortir. »

Ivan sourit et se laissa tomber dans un fauteuil en osier que nous réservions aux visiteurs.

« J'ai un plan pour remonter le moral de tout le monde, annonça-t-il. Et je ne savais pas si Connor apprécierait. J'ai construit le projecteur et l'écran, il ne me manque plus que les bobines de film. »

Il porta instinctivement sa main à son œil. Je n'aimais pas la façon dont il répétait ce geste devant moi, comme s'il essayait de cacher sa cicatrice. Pourtant il suffisait de connaître Ivan depuis un jour seulement pour oublier sa mutilation, si impressionnante fût-elle. C'était avant tout sa personnalité qu'on retenait. Je ne supportais pas de voir de la faiblesse chez Ivan, ni de la vulnérabilité. Il était mon rocher, j'avais besoin qu'il soit fort.

« On a des tas de films, répondis-je en désignant la pile de bobines dont le capitaine Connor se servait comme repose-pieds. C'est juste qu'on n'a jamais eu de projecteur.

— Voyons, Anya, ce sont des vieux trucs. Le genre que tes parents auraient pu regarder. Ce qu'il nous faut, c'est un vrai bon film. Et j'ai besoin de toi pour convaincre Connor. »

Je n'eus que très peu d'efforts à fournir pour persuader le capitaine de la valeur du projet d'Ivan. Il était furieux que l'OIR nous ait laissés sur l'île à l'approche de la saison des typhons, et bien déterminé à exploiter au maximum leur mauvaise conscience. J'avais demandé un film récent ; le capitaine Connor n'exigea rien de moins qu'un film hollywoodien en avant-première. Il avait dû se montrer convaincant. Les bobines nous furent livrées par avion deux semaines plus tard, sous bonne garde, accompagnées de fournitures médicales.

La première de *Un jour à New York* fut annoncée dans la *Tubabao Gazette* et fit l'objet de toutes les conversations jusqu'au soir de la projection. Ivan avait construit des sièges dans des troncs de palmier pour Ruselina, Irina et moi, et nous nous installâmes près de sa cabine de projection. Il était euphorique. « Ça a marché, Anya ! s'exclama-t-il en désignant la foule des spectateurs. Regarde, ils ont l'air heureux ! »

C'était comme au bon vieux temps, avant la tempête. Les familles étalaient par terre des couvertures et des coussins sur lesquels elles disposaient des festins miniatures de sardines en boîte et de pain. De jeunes garçons s'étaient perchés dans les arbres et les couples s'allongeaient main dans la main sous les étoiles. Quand le film commença, il y eut un cri de joie collectif. Irina éclata de rire. « Tu en as de bien bonnes ! me dit-elle. C'est tout en anglais. La plupart d'entre nous n'allons rien y comprendre.

— C'est une histoire d'amour, intervint Ivan de derrière son projecteur. Qu'est-ce qu'il y a à comprendre ?

— C'est une comédie musicale, murmurai-je à Irina en lui pinçant le bras. Et ça se passe à New York. Tu vas enfin voir des images de cette ville qui te fait tellement rêver.

— Bravo, Anya ! s'exclama Ruselina en me tapotant le dos. Bien choisi. »

Quand le capitaine Connor m'avait montré la liste de films possibles, j'avais choisi *Un jour à New York* en pensant à Irina et à Ruselina. Mais lorsque Gene Kelly, Frank Sinatra et Jules Munshin débarquèrent de leur bateau et se mirent à chanter et à danser dans les rues, je me surpris à dévorer l'écran des yeux moi aussi. New York était une ville comme je n'en avais jamais vu auparavant, plus étourdissante que Shanghai. Ses monuments se dressaient vers le ciel tels les piliers de l'Olympe : l'Empire State Building, la statue de la Liberté, Times Square. Sur les trottoirs, les passants semblaient animés d'une énergie particulière, et même les employées de bureau portaient des tailleurs de haute couture. Je buvais chaque moment, chaque note de musique, chaque couleur.

Le film resta à l'affiche une semaine et je revins le voir tous les soirs. Le rédacteur en chef de la *Tubabao Gazette* me demanda de lui écrire une critique pour le journal. Je rédigeai un article débordant d'enthousiasme sur New York et poussai même le zèle jusqu'à y inclure des croquis de toutes les tenues portées par les personnages féminins.

« Vous écrivez bien, me complimenta le rédacteur en chef. On devrait vous confier la rubrique mode. »

J'étais enivrée par un sentiment que je n'avais pas éprouvé depuis bien longtemps : un optimisme chevillé au corps. Soudain, je caressais toutes sortes de rêves et d'espoirs. Je croyais de nouveau que je pourrais redevenir belle, tomber amoureuse d'un homme comme Gene Kelly, vivre ma vie avec brio dans un monde moderne.

Une semaine plus tard, je reçus une lettre de Dan Richards : il aiderait volontiers Ruselina et Irina à immigrer aux États-Unis elles aussi ; et le capitaine Connor fut informé que des agents d'immigration de tous les pays d'accueil concernés viendraient le mois suivant pour régler définitivement les questions de visas et de transport. Tout à coup, les vœux de chacun semblaient se réaliser.

« Quand on sera en Amérique, affirmai-je à Ruselina et à Irina, je ferai des études pour devenir archéologue, comme Ann Miller dans *Un jour à New York.* Et toi, Irina, tu devrais apprendre à danser comme Vera-Ellen.

— Pourquoi est-ce que tu veux être archéologue alors que tu sais si bien écrire des articles ? demanda Irina. Tu devrais plutôt faire du journalisme.

— Et moi, à quoi est-ce que je vais m'occuper pendant que vous irez toutes les deux courir le guilledou ? » s'exclama Ruselina d'un air faussement indigné.

Irina se jeta au cou de sa grand-mère. « Eh bien, tu seras chauffeur de taxi, comme Betty Garrett ! »

Ruselina partit d'un grand éclat de rire qui finit par se transformer en quinte de toux. Mais moi j'étais parfaitement sérieuse.

Le jour où le bateau des Nations unies accosta sur la plage avec à son bord les représentants officiels de nos pays d'immigration, nous étions tous rassemblés pour les voir débarquer. Médusés, nous contemplions la scène, avec cette fascination qu'ont les gens qui ont passé trop de temps isolés du reste du monde et ont oublié à quel point leur peau a foncé au soleil. Les hommes et les femmes qui venaient à notre rencontre, la mine grave, portaient des costumes et des robes immaculés, tandis que nos vêtements et nos cheveux étaient raidis par le sel. Une blague avait commencé à circuler parmi nous : « Si tu es à New York ou à San Francisco et que tu vois quelqu'un passer avec un paquet sous le bras, ne lui demande pas "Qu'est-ce qu'ils distribuent, aujourd'hui ?". »

Nous riions de nous-mêmes, mais secrètement nous nous demandions tous si nous serions capables de nous réadapter un jour à la vie normale.

Le premier soir, les responsables de l'OIR offrirent aux invités un repas de cochon grillé à la broche. On avait fait venir des chefs philippins et érigé un grand chapiteau blanc. Tandis que les agents d'immigration dînaient autour de tables dressées avec des serviettes en lin et des verres de cristal, nous les observions de loin, inquiets : notre avenir était entre leurs mains.

Plus tard, en rentrant me coucher, je rencontrai Ivan. Il faisait nuit mais c'était la pleine lune et sa silhouette massive se détachait contre le ciel.

« Je vais partir en Australie, m'annonça-t-il. J'essayais de te trouver pour te l'apprendre.

— Je vois, murmurai-je.

— Je vais dans une ville qui s'appelle Melbourne. On peut faire fortune là-bas, en travaillant dur, paraît-il.

— Et tu pars quand ? »

Ivan ne répondit pas. Il restait planté devant moi, les mains dans les poches. Je baissai les yeux, mal à l'aise. Les adieux m'étaient toujours des moments pénibles.

« Je suis sûre que tu réussiras tout ce que tu entreprendras, Ivan, finis-je par dire. Tout le monde t'en sait capable. »

Il hocha la tête en silence. Je me demandai à quoi il pensait, pourquoi il avait ce comportement étrange au lieu de ses habituelles remarques pleines d'esprit. J'étais sur le point de m'excuser et de retourner vers ma tente lorsqu'il déclara de but en blanc : « Anya, je veux que tu viennes avec moi.

— Comment ça ? fis-je, déconcertée.

— Comme ma femme. Je veux travailler dur pour toi et te rendre heureuse. »

La situation paraissait surréaliste. Ivan était-il en train de me demander en mariage ?

« Ivan… », bredouillai-je. Je ne savais absolument pas par où commencer. Ivan m'était très cher, cependant je n'étais pas amoureuse de lui. Non pas à cause de sa cicatrice, mais parce que je savais que je n'éprouverais jamais rien d'autre pour lui que de l'amitié.

« Je ne peux pas, Ivan… »

Il s'approcha de moi. Je sentais la chaleur émanant de son corps. J'étais plutôt grande, mais il me dépassait de trente centimètres et avait les épaules deux fois plus larges que les miennes. « Anya, qui va s'occuper de toi après ça ? Après l'île ?

— Je n'ai pas besoin de quelqu'un pour s'occuper de moi », rétorquai-je.

Ivan resta silencieux un moment puis : « Je sais pourquoi tu as peur. Mais je ne te trahirai jamais. Je ne t'abandonnerai jamais. »

Les poils se hérissèrent sur mes bras. Il y avait un sous-entendu derrière ces mots. Connaissait-il mon histoire avec Dimitri ?

« Je ne veux pas t'épouser, Ivan. Mais si tu as autre chose à ajouter, vas-y. »

Il hésita quelques secondes, se frottant la nuque en regardant le ciel.

« Vas-y, je t'écoute, répétai-je.

— Tu n'en parles jamais. Et je te respecte pour ça… Mais je sais ce qui s'est passé avec ton mari. Le consulat américain a dû donner une justification à l'OIR pour envoyer une jeune fille de dix-sept ans toute seule à Tubabao. »

De petites taches noires se mirent à danser devant mes yeux. « À qui d'autre l'as-tu révélé ? demandai-je, la voix tremblante.

— Les gens de Shanghai connaissent le *Moscou-Shanghai*, Anya. Tu étais dans les pages mondaines des journaux. Ceux des autres villes ne sont probablement pas au courant. »

Il fit encore un pas vers moi, mais je reculai dans l'obscurité.

« Pourquoi personne n'est jamais venu m'en parler, alors ? m'étonnai-je. Puisque je suis une horrible menteuse.

— Tu n'es pas une menteuse, Anya. Tu as simplement peur. Les gens qui sont au courant t'apprécient trop pour t'obliger à évoquer des souvenirs que tu préférerais oublier. »

Je fus prise de vertige. J'aurais voulu qu'Ivan ne m'ait jamais demandée en mariage. J'aurais voulu continuer à faire croire que j'étais une ancienne préceptrice pour ne plus jamais avoir à penser au *Moscou-Shanghai*. J'aurais voulu garder l'image d'Ivan comme celle de l'homme attentionné et doux qui s'était assis avec moi sur la falaise le soir où j'avais appris la nouvelle pour les Pomerantsev. Mais ce qu'il venait de me dire était trop important pour pouvoir être effacé de nos mémoires. En quelques minutes, notre relation avait changé à jamais.

« Ivan, je ne veux pas t'épouser ! m'exclamai-je. Trouve quelqu'un d'autre. Quelqu'un qui n'est pas déjà marié ! »

Je m'enfuis dans le noir et courus jusqu'à ma tente, cherchant mon chemin à tâtons tel un animal effrayé. Je ne savais pas ce qui m'avait le plus terrorisée : la demande en mariage d'Ivan ou l'idée de le perdre.

Les consulats étrangers dressèrent des tentes pour faciliter les entretiens d'immigration et la délivrance des visas. On nous distribua des numéros et nous dûmes attendre notre tour dehors, sous la canicule. À Ruselina, Irina et moi, on demanda seulement de remplir les formulaires officiels et de subir un examen médical, sans nous cuisiner sur nos affiliations communistes et notre histoire familiale comme les autres migrants. Quand j'appris que de nombreux candidats pour les États-Unis avaient été rejetés, je ne pus que fermer les yeux et remercier Dan Richards en silence.

« Enfin, on va y arriver ! s'exclama Irina. Je n'arrive pas à le croire. »

Elle passa les semaines suivantes à faire des gammes pendant que je restais assise sur la plage à contempler la mer en m'imaginant que Dimitri allait peut-être essayer de me retrouver. Ma vie à Tubabao était tellement loin de celle que j'avais connue à Shanghai que j'avais cru l'avoir oublié. Mais la proposition d'Ivan avait réveillé la douleur. J'écoutais la respiration de l'océan en me demandant si Dimitri et Amelia étaient heureux ensemble. Pour moi, ce serait la trahison ultime.

Quelques jours plus tard, le bâtiment de transport maritime *Capitaine Greely* arriva pour embarquer la dernière vague d'immigrants destinés à l'Australie. Les autres étaient déjà partis sur d'autres bateaux. Ceux qui allaient aux États-Unis voyageaient par mer jusqu'à Manille puis par avions ou cargos militaires jusqu'à Los Angeles, San Francisco ou New York. Nous qui restions sur place regardions la population du camp diminuer de jour en jour. C'était la fin octobre et nous craignions encore les typhons. Le capitaine Connor décida donc de transférer le camp sur la rive protégée de l'île.

Le jour du départ du *Capitaine Greely*, Ruselina ne se sentait pas bien et Irina et moi l'emmenâmes à l'hôpital avant de courir jusqu'à la hutte d'Ivan pour l'aider à boucler ses valises. Je n'avais pas parlé à mes amies de la proposition d'Ivan, souhaitant ainsi nous épargner toute gêne supplémentaire. J'avais quand même honte de leur avoir menti sur mon passé à Shanghai, d'autant que je ne savais pas si elles connaissaient ou non la vérité. Depuis le soir de la discussion avec Ivan, nous nous étions soigneusement évités, mais je ne pouvais pas ne pas lui dire au revoir.

Nous le trouvâmes debout devant sa hutte, en train de la contempler comme un homme sur le point d'abattre son cheval préféré. J'avais mal pour lui. Ça ne devait pas être facile de partir après tout ce qu'il avait fait pour le camp.

Ivan se tourna vers nous avec une expression que je ne lui connaissais pas, une distance dans le regard. J'en fus choquée mais me ressaisis aussitôt. Toute ma vie, des gens précieux avaient été séparés de moi, et j'apprenais à ne m'attacher à personne. Je me persuadai intérieurement qu'Ivan n'était qu'un adieu de plus sur la liste.

« Je ne peux pas croire que tu aies déjà fini toutes tes valises ! » s'exclama Irina.

Le visage d'Ivan s'illumina d'un grand sourire et il brandit un carton à bout de bras. « J'ai réussi à rentrer là-dedans tout ce dont j'avais besoin, annonça-t-il avec fierté. Je vous défie d'en faire autant.

— Tu arriveras toujours à tout trouver sur place, rétorquai-je en me remémorant ses talents de récupérateur. Je suis sûre que tu n'auras aucun problème dans ta nouvelle maison. »

Il faisait beau mais des bourrasques de vent arrachaient des paquets d'écume à la surface de l'océan. La brise couvrait tous les autres sons. On entendait seulement au loin les voix des marins criant des instructions alors qu'ils se préparaient à charger le navire. Quand nous arrivâmes sur le ponton, il était déjà encombré de gens et de bagages.

« Comment on va faire pour t'écrire ? demanda Irina à Ivan. Je n'ai pas envie qu'on se perde de vue.

— J'ai une idée ! » m'exclamai-je en attrapant le stylo qu'Ivan s'était coincé derrière l'oreille. J'inscrivis l'adresse de Dan Richards sur le carton d'Ivan. En relevant la tête pour lui rendre son stylo, je vis des larmes dans ses yeux et m'empressai de détourner le regard.

Je me détestais. Ivan était un homme bon et je l'avais fait souffrir. Il aurait mieux valu qu'il tombe amoureux d'Irina. Elle avait un cœur plus pur. Et n'était pas hantée par des fantômes du passé.

Il fallut environ trois heures aux matelots pour transférer les passagers et les bagages jusqu'au bateau. Ivan attendit la dernière barque. En montant à bord, il se retourna pour nous saluer de la main. Je m'avançai pour lui dire quelque chose, mais aucun son ne sortit de ma bouche. J'aurais voulu lui affirmer que rien n'était sa faute, que j'avais tant de douleur en moi que je n'étais bonne pour personne. J'aurais au moins voulu le remercier, car il avait fait tellement pour moi pendant mon séjour à Tubabao. Mais tout ce que je fus capable de faire, ce fut de lui sourire bêtement en agitant la main.

« Il va nous manquer », soupira Irina en me passant un bras autour de la taille.

Ruselina nous attendait sur les marches de l'hôpital.

« Qu'est-ce que tu fais là ? se fâcha Irina. Il fait trop chaud. Tu devrais rester à l'intérieur. »

Ruselina était livide. Elle avait les yeux rougis et le regard lointain. Une infirmière attendait derrière elle dans la pénombre de l'entrée.

« Qu'est-ce qui se passe ? demanda Irina d'une voix blanche.

— J'ai eu le résultat de mes radios, répondit la vieille dame dans un murmure rauque. Je ne comprends pas. Je n'avais rien quand j'ai quitté la Chine. »

Je m'agrippai à la balustrade et baissai les yeux. Le soleil faisait scintiller le sable comme des diamants. Ruselina était sur le point de nous annoncer une terrible nouvelle. Affolée, Irina regardait alternativement sa grand-mère et l'infirmière.

« Qu'est-ce qui se passe ? » répéta-t-elle.

L'infirmière s'avança dans la lumière, où ses taches de rousseur ressortirent brusquement sur sa peau claire. « *Teebeeshnik*, lâcha-t-elle. Tuberculose. Très malade. Peut-être mourir. Plus possible aller en Amérique. »

Irina et moi attendîmes deux semaines la décision finale du département de l'Immigration américain. Le problème était que les États-Unis n'acceptaient pas les personnes souffrant de tuberculose, et même si des exceptions avaient été observées sur des motifs humanitaires, de tels cas étaient rares.

La réponse arriva un matin et le capitaine Connor nous convoqua dans son bureau.

« Ils ne veulent pas la prendre en Amérique, dit-il. On va la transférer en France d'ici quelques jours. »

Je songeai à Ruselina dans sa chambre d'hôpital, bourrée de streptomycine, et me demandai si elle pourrait survivre à un si long voyage.

« Ça m'est égal où on ira, rétorqua Irina. Du moment qu'elle guérit.

— C'est là que le bât blesse, répondit le capitaine en faisant la grimace. La France ne voudra pas vous accepter toutes les trois. Seulement les personnes malades. Anya et toi pouvez quand même partir en Amérique, mais ce n'est pas évident que ta grand-mère puisse vous rejoindre, même si elle guérit. »

Les jours suivants, je partageai avec Irina l'angoisse déchirante du choix qu'elle devait faire. Je la regardais se ronger les ongles et pleurer toutes les larmes de son corps. Nous arpentions les moindres recoins de l'île pendant des heures. Je l'emmenai même jusqu'à la falaise d'Ivan dans l'espoir qu'elle y trouve la paix, en vain.

« Selon le capitaine Connor, les États-Unis pourront *peut-être* prendre mamie si elle guérit. Mais ce n'est pas garanti. D'un autre côté, le consulat australien a accepté de l'accueillir quand elle ira mieux à condition que je travaille là-bas pendant deux ans. »

Un soir, alors qu'Irina était déjà couchée, je partis marcher sur la plage. Je ne pouvais pas imaginer qu'Irina soit séparée de sa grand-mère. Elle avait perdu ses parents à l'âge de huit ans, et voilà qu'elle était sur le point de se retrouver à nouveau seule au monde. Même s'il était impossible d'empêcher Ruselina d'être malade, je pouvais peut-être apaiser son esprit. Je m'assis sur le sable chaud en renversant la tête pour contempler les étoiles. La Croix du Sud brillait de tous ses feux. Boris et Olga avaient sacrifié leur vie pour la mienne, et Ruselina m'avait dit que la meilleure façon d'honorer leur mémoire était d'affronter la vie avec courage. J'enfouis mon visage entre mes mains en espérant être à la hauteur de leur sacrifice.

Le lendemain après-midi, j'étais en train d'étendre du linge quand Irina s'approcha. Elle avait retrouvé des couleurs et semblait plus calme. Visiblement, elle avait pris sa décision.

« Je vais partir en Australie, m'annonça-t-elle d'une voix déterminée. Je ne veux pas prendre de risque. Pourvu que ma grand-mère guérisse et qu'on puisse être ensemble, je me fiche du reste. Il y a des choses plus importantes que les night-clubs à la mode et la statue de la Liberté. »

J'approuvai d'un hochement de tête et continuai à étendre le linge, même si j'avais l'impression que mes jambes ne me portaient plus. Assise sur une bassine retournée, Irina me regardait en silence.

« Il faudra que tu me racontes l'Amérique, Anya, balbutia-t-elle au bout d'un moment. Tu nous écriras, n'est-ce pas ? Je ne veux pas que tu nous oublies, mamie et moi. »

Je pris une grande inspiration, j'avais l'impression d'être un nageur de compétition sur le point de se jeter du plongeoir. J'accrochai une dernière jupe à la corde et me dirigeai tout droit vers Irina pour lui prendre la main. Elle releva la tête, les yeux embués de larmes.

« Ruselina a dit que nous étions tout ce qui lui restait au monde, bredouillai-je péniblement. Irina, je... je ne vais pas vous oublier, ni toi ni Ruselina. Parce que je viens avec vous en Australie. »

11

L'Australie

J'avais déjà été déracinée deux fois dans ma vie, mais rien n'aurait pu me préparer au choc que constitua l'Australie. Quelques jours après le départ de Ruselina pour la France, Irina et moi fûmes transférées en avion militaire de Manille à Sydney, dans un tel état d'épuisement que ni l'une ni l'autre ne nous souvînmes du voyage, hormis de la fournaise qui nous enveloppa lorsque nous changeâmes d'appareil à Darwin. Nous atterrîmes à l'aéroport de Sydney très tôt dans la matinée. Un agent de l'Immigration nous accueillit et nous aida à passer la douane, après quoi il mit nos valises dans un taxi et régla d'avance la note pour qu'il nous dépose au port, où nous devions rejoindre un groupe de migrants venus d'Europe.

« Bienvenue à Sydney, les filles ! nous lança le chauffeur en nous jetant un coup d'œil dans le rétroviseur. Je vais prendre la route panoramique. À cette heure, ça ne sera pas beaucoup plus long. »

J'essayai d'apercevoir quelque chose par la fenêtre, mais la ville était plongée dans l'obscurité. Le soleil ne s'était pas levé, et il y avait des restrictions sur l'électricité à cause de la pénurie depuis la guerre. Je n'arrivais à distinguer qu'une rangée de petites maisons et des magasins aux rideaux baissés. Alors que Shanghai aurait encore vibré de l'animation de la nuit, les rues de Sydney étaient désertes et silencieuses. Aucun épicier, policier ni prostituée en vue. Même pas un ivrogne rentrant chez lui en titubant. On devinait au loin la silhouette du port. Je me tordis le cou pour admirer le gigantesque pont métallique qui enjambait l'étendue d'eau noire. Il semblait être la plus haute structure de la ville. Les phares des quelques voitures qui l'empruntaient scintillaient dans le ciel comme des étoiles.

« C'est le Harbour Bridge ? demandai-je au chauffeur.

— Je veux ! répondit-il. Le seul et l'unique. Mon père y a travaillé comme peintre. »

Nous passâmes sous le pont et nous retrouvâmes bientôt sur un quai bordé d'entrepôts. Le taxi nous déposa devant une pancarte indiquant « Quai n° 2 ».

Un vent glacé soufflait de la mer, apportant avec lui des effluves d'eau salée et de goudron. Nous grelottions dans nos petites robes en coton. C'était le mois de novembre et nous avions cru qu'il ferait chaud en Australie. Irina, qui avait attrapé froid pendant le voyage, s'agrippait à mon bras. Le bateau de l'OIR en provenance de Marseille était à quai dans le port. Des centaines d'immigrants allemands, tchécoslovaques, polonais, yougoslaves et hongrois se déversaient sur la passerelle. La scène m'évoquait l'arche de Noé, tant la gamme des accents et des faciès était variée. Des hommes marchaient courbés sous le poids de coffres en bois. Des femmes trottinaient derrière eux, des ballots de linge coincés sous le bras, tandis que les enfants leur couraient entre les jambes, tout excités de découvrir leur nouveau pays.

Nous demandâmes à un gardien où nous devions attendre et il nous désigna un train stationné sur le quai. Irina et moi pénétrâmes dans un des wagons au hasard et nous installâmes dans le premier compartiment. Le train était désert. Il flottait dans l'air une très forte odeur de peinture et les sièges étaient en bois.

« J'ai l'impression que c'est un train de marchandises, déclara Irina.

— Tu as sans doute raison », dis-je.

J'ouvris ma valise et en sortis une des couvertures apportées de Tubabao pour l'enrouler autour des épaules d'Irina. À travers la fenêtre poussiéreuse, nous regardâmes les matelots décharger la cale du navire à l'aide d'une grue. Des mouettes tournoyaient dans le ciel en criaillant. Les passagers devaient enjamber des montagnes de bagages pour retrouver les leurs. Une petite fille vêtue d'un manteau rose se tenait à l'écart, en larmes. Elle avait perdu ses parents dans la confusion générale. Je vis un agent portuaire s'accroupir pour lui parler, mais elle ne fit que secouer la tête et pleurer de plus belle. Il se redressa et balaya la foule du regard, puis hissa la fillette sur ses épaules et se mit à parader avec elle en espérant retrouver ses parents.

Une fois qu'ils avaient récupéré leurs bagages, les passagers étaient dirigés vers un bâtiment portant l'inscription « Département de l'Immigration du Commonwealth d'Australie ». Je me rendis compte de la chance que nous avions eue, Irina et moi, d'arriver par avion. Même si le trajet avait été un peu éprouvant entre Manille et Darwin, le voyage avait été rapide et nous étions les deux seules passagères. Les gens débarquant du bateau avaient l'air hagards et malades. Environ une heure plus tard, ils commencèrent à ressortir du bâtiment par petits groupes et à monter dans le train qui devait nous conduire jusqu'au camp.

Un homme en costume rayé se présenta à la porte de notre compartiment. Il avait un visage jeune et lisse mais des cheveux blancs.

« *Czy jest wolne miejsce ?* demanda-t-il. *Czy pani rozumie po polsku ?* »

Je connaissais quelques phrases en polonais, qui ressemblait un peu au russe, et crus comprendre qu'il cherchait une place. Je lui répondis par un hochement de tête en lui faisant signe de s'installer où il voulait. Il était accompagné d'une femme et d'une vieille dame portant deux foulards noués sur la tête.

« *Przepraszam* », dit la vieille dame en s'asseyant à côté de moi. Mais j'avais épuisé toutes mes ressources en polonais. Elle me dévisagea attentivement. Nous ne parlions pas la même langue, pourtant nous avions la même inquiétude dans le regard.

Trois hommes tchécoslovaques laissèrent leurs bagages dans le couloir et restèrent debout entre les banquettes. Avec autant de gens dans le compartiment, l'atmosphère devint vite irrespirable, et Irina entrouvrit un peu la fenêtre.

Quand le dernier groupe de passagers fut monté à bord, le jour s'était enfin levé, révélant les détails des immeubles. Les bâtiments modernes et Art déco du centre de Sydney n'étaient pas aussi hauts que ceux de Shanghai, mais le ciel au-dessus était d'un bleu virginal. Derrière la proue du bateau, le soleil projetait des rayons dorés qui ricochaient sur la surface miroitante de l'eau.

Le chef de gare agita son drapeau en soufflant dans son sifflet, et le train s'ébranla. L'odeur du charbon devint encore plus oppressante que la touffeur de l'air, et Irina préféra refermer la fenêtre. Nous nous massâmes tout près de la vitre lorsque le train traversa la ville, pour essayer d'en apercevoir le plus possible. Des automobiles d'avant-guerre circulaient dans les rues en parfaite harmonie ; il n'y avait ni embouteillages, ni rickshaws, ni concerts de Klaxon comme à Shanghai. La porte d'un immeuble s'ouvrit juste au moment où nous passions devant et une femme apparut, vêtue d'une élégante robe blanche, d'un chapeau et de gants assortis. On aurait cru une publicité pour un parfum. Pour la première fois depuis notre arrivée en Australie, j'éprouvai un sentiment d'excitation à l'égard de ce nouveau pays.

La femme polonaise sortit de son sac des sandwichs aux œufs durs enveloppés dans un torchon. Elle nous en offrit un morceau à Irina et à moi. J'acceptai avec gratitude. Nous n'avions pas pris de petit déjeuner et la faim commençait à se faire sentir. Même Irina, qui n'avait pas d'appétit à cause de la grippe, en mangea volontiers un bout.

« *Smacznego !* s'exclama-t-elle. *Bon appétit*[1].

— Combien de langues tu parles ? demandai-je.

1. En français dans le texte. *(N.d.T.)*

— Aucune à part le russe, me répondit-elle en riant. Mais je chante en allemand et en français. »

En me tournant vers la fenêtre, je constatai que la vue avait encore changé. Des fermes, des champs et des vergers défilaient. Nous traversions des gares de campagne que j'aurais crues abandonnées sans leurs pancartes et leurs rosiers parfaitement entretenus.

« Peut-être qu'on va retrouver Ivan au camp, suggéra Irina.

— Melbourne est au sud, lui expliquai-je. Très loin d'ici.

— Alors il faudra lui écrire bientôt. Il va être surpris d'apprendre que nous sommes en Australie. »

Je ne répondis rien. L'évocation d'Ivan me rappelait le souvenir pénible des dernières semaines à Tubabao, et je préférais ne pas en parler. Irina se recroquevilla dans sa couverture, posa la tête contre la vitre et s'endormit.

Juste avant la tombée de la nuit, le train ralentit progressivement et finit par s'immobiliser. Irina ouvrit un œil. La fièvre était montée pendant son sommeil, elle avait le front brûlant. On entendit des voix dehors, puis le bruit des portes coulissantes. Une bouffée d'air frais envahit le compartiment. Je voyais passer devant la fenêtre des hommes et des femmes en uniformes militaires marron. Des bus et des camions étaient garés un peu plus loin. Une ambulance vint se ranger à leur hauteur et attendit, le moteur allumé.

Comme il n'y avait pas de gare, les soldats fixaient des rampes sous les portes des wagons pour faire descendre les gens. Nous commençâmes à rassembler nos affaires et attendîmes notre tour. Dehors, les soldats nous enjoignirent d'aller déposer nos bagages dans les camions avant de monter à bord des bus.

Il faisait nuit noire quand le convoi s'arrêta devant la barrière à l'entrée du camp. Le garde en faction sortit de sa guérite pour venir nous ouvrir. Le bus s'engagea dans une allée menant à un rond-point au milieu duquel flottait le drapeau australien. À partir de là rayonnaient des rangées de baraquements militaires, pour la plupart en bois, certains en tôle ondulée.

Le chauffeur nous fit descendre et nous indiqua le chemin jusqu'au réfectoire, qui se trouvait pile devant nous. Le sentier en terre battue était envahi çà et là par des touffes de mauvaises herbes, et des lapins gambadaient partout librement. Le réfectoire ressemblait à un hangar d'avion percé de fenêtres. À l'intérieur, sur des tables recouvertes de papier kraft, nous attendaient des sandwichs, des gâteaux secs et des bols de café ou de thé. Les voix agitées des passagers résonnaient contre les parois métalliques, et les ampoules à nu conféraient à leurs visages fatigués un teint encore plus maladif.

Irina se laissa tomber sur une chaise et enfouit son visage entre ses mains. Un homme aux cheveux bruns bouclés muni d'un bloc-notes, un badge épinglé à son manteau, la remarqua en passant entre les tables. « Croix-Rouge, dit-il en lui tapotant l'épaule. Tout au bout du camp. Allez-y ou on va tous tomber malade. » Je me glissai sur la chaise à côté d'Irina et lui traduisis les paroles de l'homme, mais de façon plus polie. « On ira demain, répondit-elle. Je n'ai pas le courage ce soir. »

L'homme au bloc-notes monta sur un podium et nous annonça dans un anglais au fort accent que nous serions bientôt répartis par groupes pour les questions d'hébergement. Les hommes et les femmes ne seraient pas logés ensemble. Les enfants seraient avec l'un ou l'autre de leurs parents en fonction de leur âge et de leur sexe. L'information eut tôt fait d'être traduite dans toutes les langues, et des cris de protestation commencèrent à s'élever d'un peu partout.

« Vous n'avez pas le droit de nous séparer ! » cria un homme en se levant. Il désigna la femme et les deux petits enfants à côté de lui. « Ils sont ma seule famille. Nous avons été séparés pendant toute la guerre », ajouta-t-il.

J'expliquai à Irina ce qui se passait. « Comment peuvent-ils faire ça ? soupira-t-elle, toujours prostrée. Les gens ont besoin d'être ensemble dans des moments pareils. »

Une larme roula sur sa joue. Je lui passai un bras autour du cou et posai ma tête contre son épaule. Elle était ma famille, désormais, tout comme j'étais la sienne. Mais les rôles s'étaient inversés. Irina était plus âgée que moi, et c'était le plus souvent elle qui me redonnait du courage quand j'en manquais. Cependant Ruselina était loin, et Irina se retrouvait maintenant dans un nouveau pays dont elle ne parlait pas la langue, et malade par-dessus le marché. C'était à mon tour de la soutenir.

Notre chef de secteur était une Hongroise nommée Aimka Berczi. Elle avait un visage quelconque mais de longues mains fines et délicates. Elle nous distribua des cartes sur lesquelles figuraient nos noms, pays de naissance, bateau d'arrivée et numéro de chambre. Après quoi elle nous recommanda de trouver nos baraques et de dormir. Le directeur du camp, le colonel Brighton, devait prononcer un discours de bienvenue le lendemain matin.

Mes yeux se fermaient déjà, et Irina tenait à peine debout, mais en ouvrant la porte de notre dortoir je regrettai aussitôt de n'avoir pas insisté pour qu'elle se rende à l'infirmerie de la Croix-Rouge. La première chose que je vis était l'ampoule nue au plafond et un insecte virevoltant tout autour. Une vingtaine de lits de camp étaient alignés les uns contre les autres. La plupart d'entre eux étaient déjà occupés par des femmes endormies, et Irina et moi nous dirigeâmes vers les deux seuls libres tout au bout de la pièce. On nous avait donné à chacune deux couvertures et un oreiller. La brise était fraîche à l'extérieur, mais le manque d'aération dans la pièce rendait l'air particulièrement lourd.

J'aidai Irina à faire son lit avant de m'attaquer au mien. Après quoi, sur la pointe des pieds, je traversai la pièce pour aller éteindre la lumière. Je revins me coucher en me couvrant d'un simple drap. Il faisait trop chaud pour les couvertures. Bien qu'épuisée, je me tournai dans tous les sens, incapable de trouver le sommeil. Je rouvris les yeux et contemplai fixement le plafond. Finalement, bercée par la respiration régulière d'Irina, je finis par m'assoupir.

La lumière du matin palpitait contre la peinture écaillée des murs. Au loin, un coq salua la journée nouvelle par un puissant cocorico. Je m'assis dans mon lit en me frottant les yeux. Irina avait les paupières résolument fermées, comme si elle luttait contre l'idée même de se réveiller. Toutes les autres occupantes du dortoir étaient elles aussi endormies, et l'air ambiant sentait le rance et la transpiration. Par une fente entre deux planches dans le mur à côté de mon lit, je pouvais voir les premiers rayons dorés du soleil effleurer les toits de fer-blanc. Un camion était garé dehors, et un chien de berger crasseux allongé dessous. Il dressa les oreilles quand il sentit que je l'observais. Puis il se mit à aboyer en remuant la queue. J'éloignai prestement mon œil de la fente, de peur qu'il ne réveille toute la baraque.

Comme il faisait de plus en plus jour dans la pièce, les femmes commencèrent à s'agiter, se dégageant de leurs couvertures telles des chenilles s'extirpant de leur cocon. La plupart d'entre elles devaient avoir entre vingt et trente ans et nous dévisageaient Irina et moi, l'air de se demander à quel moment nous étions apparues. Je les saluai et me présentai par mon prénom. Quelques-unes seulement m'adressèrent un sourire en guise de réponse. Une des filles, qui parlait quelques mots d'anglais, fit remarquer combien il était étrange de ne pas avoir de langage commun.

Irina se redressa à moitié sur son oreiller. Elle avait les yeux bouffis de sommeil et les lèvres sèches.

« Comment tu te sens ? lui demandai-je.

— Pas bien, murmura-t-elle d'une voix éraillée. Je crois que je vais rester au lit.

— Je te rapporte un petit déjeuner. Il faut que tu manges quelque chose. »

Irina secoua la tête. « Juste un verre d'eau, s'il te plaît. Je ne peux rien avaler.

— Pas même un bœuf Strogonoff avec de la vodka ? » plaisantai-je.

Irina eut un pauvre sourire et se recoucha en se cachant les yeux sous son bras.

« Va, dit-elle. Pars à la découverte de l'Australie, Anya Kozlova. Et reviens me raconter ensuite. »

Je n'avais ni peignoir de bain ni serviette de toilette. Mais après trois jours sans me laver, je ne pouvais plus supporter l'odeur musquée de mes cheveux et de ma peau. Je pris donc la couverture la plus propre parmi celles qu'on nous avait distribuées, et un savon que j'avais apporté de Tubabao. Je les montrai à la fille qui avait des notions d'anglais en espérant qu'elle me comprendrait. Elle désigna une carte affichée au dos de la porte. Le bloc sanitaire était marqué d'une croix rouge. Je la remerciai et choisis la dernière robe propre de ma valise avant de sortir dans le soleil.

Toutes les baraques de notre secteur étaient quasiment identiques. Çà et là, des gens avaient pris le temps de poser des rideaux ou de construire des parterres de fleurs avec des cailloux, mais il n'y avait pas la même chaleur ni la même solidarité qu'à Tubabao. Il est vrai que nous étions seulement entre Russes, là-bas. Je n'étais arrivée en Australie que depuis un jour et déjà j'y avais perçu des tensions raciales. Je me demandai pourquoi ils ne répartissaient pas les migrants par groupes de nationalités ; cela aurait été plus facile pour nous de communiquer, et pour eux d'administrer le camp. Mais je me rappelai alors l'expression qu'ils avaient utilisée sur nos cartes d'identité : « Nouveaux Australiens. » Ils voulaient notre assimilation. Le terme de « Nouvelle Australienne » me convenait tout à fait : j'avais effectivement envie d'entamer une nouvelle vie.

Ma bonne humeur s'évanouit sitôt que je pénétrai dans le bâtiment des toilettes. La puanteur était épouvantable. Plaquant la couverture contre mon nez, je regardai autour de moi avec horreur. Les cabinets n'avaient pas de porte, juste des cuvettes au ras du sol survolées par des dizaines de mouches. Les sièges étaient maculés d'excréments, des paquets de papier hygiénique mouillé jonchaient le sol.

« Ils nous prennent pour des animaux, ou quoi ? » m'écriai-je en ressortant du bâtiment en courant.

Je n'avais jamais vu d'endroit aussi sale, même à Shanghai. D'après ce que j'avais aperçu de Sydney, j'imaginais que l'Australie était un pays développé. Les responsables du camp devaient quand même bien avoir entendu parler des risques d'épidémie… Nous avions mangé à la base militaire de Darwin, et je commençais à me demander si Irina n'avait pas contracté quelque chose de plus grave qu'une simple grippe. Peut-être une hépatite, ou même le choléra.

J'entendis des voix provenant du bloc sanitaire et jetai un coup d'œil à l'intérieur. C'était propre, mais les cabines étaient de simples alcôves tapissées de feuilles d'aluminium dans lesquelles l'eau s'écoulait à même le sol. Deux femmes étaient en train de se doucher avec leurs enfants. J'étais si contrariée que j'en oubliai toute pudeur et enlevai ma chemise de nuit avant de me recroqueviller sous le minuscule filet d'eau et d'éclater en larmes.

Au petit déjeuner, mes craintes empirèrent. On nous servit des saucisses, du jambon et des œufs. Certaines personnes trouvèrent des asticots dans leur assiette, une femme dut même sortir en courant pour aller vomir. Je ne touchai pas à la viande, me contentant de boire le thé au goût chimique, avec trois cuillerées de sucre et une tranche de pain. Mes cheveux pendaient mollement sur mes épaules, ma peau portait l'odeur de la couverture en laine. Je n'en revenais pas d'être tombée si bas. Un an plus tôt, j'étais une jeune mariée dans un élégant appartement, épouse du gérant du plus célèbre night-club de Shanghai. Je prenais soudain conscience de ma déchéance bien plus violemment qu'à Tubabao.

Irina dormait lorsque j'étais revenue de la douche, et j'avais été soulagée de ne pas avoir à lui parler. Je m'étais promis de ne jamais me plaindre de l'Australie devant elle, car elle s'en serait voulu de m'avoir entraînée jusque-là, même si j'avais pris ma décision seule.

Un homme en uniforme militaire entra dans le réfectoire et se dirigea vers le podium. Il grimpa la marche puis attendit que le silence se fasse, un dossier sous le bras. Ce fut seulement quand il eut l'attention de toute l'assemblée qu'il se mit à parler.

« Mesdames et messieurs, bonjour. Bienvenue en Australie. Je suis le colonel Brighton, le directeur du camp. »

Il posa son dossier sur la tablette devant lui et en sortit une première feuille cartonnée, qu'il brandit à bout de bras. Son nom y était inscrit en grandes lettres majuscules.

« Ceux d'entre vous qui parlent anglais voudront bien traduire aux autres ce que j'ai à vous dire », poursuivit-il.

Jusqu'à ce que le colonel s'adresse à nous, mon arrivée en Australie m'avait paru presque irréelle. Mais lorsqu'il évoqua nos contrats de travail avec le Bureau de recrutement du Commonwealth, précisant que nous devions être prêts à accepter n'importe quel emploi – même si on le trouvait dégradant – de façon à rembourser nos frais de transport jusqu'en Australie, l'ampleur de ce qui nous attendait me frappa alors.

Les poings serrés, je m'efforçai tant bien que mal de suivre les explications du colonel sur la monnaie australienne, le système politique fédéral et local, les relations avec la couronne britannique. À chaque nouveau thème, il nous montrait une pancarte illustrant les points principaux, et il conclut son discours par cette phrase : « Je vous implore tous, jeunes et vieux, d'apprendre l'anglais le plus vite possible, car votre réussite en Australie en dépendra. »

Un brouhaha s'éleva de la salle, et il resta un moment à sourire depuis son podium comme le père Noël. « Au fait, reprit-il en haussant la voix pour se faire entendre, il y a une personne que je dois voir. » Il jeta un coup d'œil à son bloc-notes. « Mlle Anya Kozlova peut-elle se signaler ? »

Je sursautai. Pourquoi voulait-il me voir, moi, parmi les centaines de nouveaux arrivants ? Je me frayai un chemin au milieu des tables et des gens qui s'étaient levés.

« Ha ! vous devez être Anya, n'est-ce pas ? me lança le colonel en me voyant approcher. Suivez-moi, je vous prie. »

Le colonel Brighton se dirigea à grandes enjambées vers le secteur administratif, de sorte que je devais presque courir pour ne pas me laisser distancer. Nous passâmes devant d'autres rangées de baraques, des cuisines, des buanderies et un bureau de poste, et je pus enfin me rendre compte de la taille du camp. Le colonel m'expliqua que c'était une ancienne base militaire et que de nombreuses installations de l'armée étaient transformées en structures d'accueil pour les immigrants partout dans le pays. Même si j'étais impatiente de savoir pourquoi il avait tenu à me voir, le ton badin de sa conversation me donnait l'impression qu'il ne s'agissait pas de quelque chose de grave.

« Ainsi donc vous êtes russe, Anya. D'où, exactement ?

— Je suis née à Harbin, en Chine. Je ne suis jamais allée en Russie. Et j'ai passé pas mal de temps à Shanghai. »

Il coinça son dossier sous son bras et fronça les sourcils en repérant une vitre cassée sur une des baraques. « Signalez ça au bureau de l'entretien », lança-t-il à un homme assis sur les marches avant de se tourner à nouveau vers moi. « Mon épouse, Rose, est anglaise. Elle a lu beaucoup de livres sur la Russie. Elle lit beaucoup de livres d'une manière générale. Et vous êtes née où ? À Moscou ? »

Je ne tins pas rigueur au colonel de son manque de concentration. Il était plus petit que moi, moustachu, avec les yeux enfoncés dans les orbites et le front dégarni. Quelque chose de sympathique émanait de lui, il était efficace sans être autoritaire. Il avait indiqué que le camp comptait plus de trois mille personnes ; comment pouvait-il se souvenir de tout le monde ?

Le bureau du colonel était une hutte en bois située non loin de la salle de cinéma. Il poussa la porte et me fit entrer. Une femme rousse à petites lunettes était assise à un bureau derrière une machine à écrire.

« Voici ma secrétaire, Dorothy », dit le colonel.

La femme m'adressa un sourire pincé tout en lissant les plis de sa robe à fleurs.

« Enchantée. Je m'appelle Anya Kozlova. »

Dorothy me toisa de haut en bas avant de fixer son regard sur mes cheveux ébouriffés. Je détournai la tête, honteuse. Derrière elle se trouvaient trois autres bureaux, dont l'un occupé par un petit homme chauve qui me sourit. « Et voici notre assistant social, Ernie, ajouta le colonel. Ernie Howard.

— Enchanté, fit Ernie en se levant pour me serrer la main.

— Anya vient de Russie, indiqua Brighton. Elle est arrivée hier soir.

— De Russie ? s'étonna Ernie. Plutôt de Chine. Nous avons plusieurs personnes de Tubabao, dans le camp. »

Le colonel ne releva pas la rectification. Il passa en revue quelques dossiers sur le bureau d'Ernie, en prit un et me désigna une porte au fond de la pièce. « Venez par ici, Anya. »

Je le suivis dans son bureau. Le soleil pénétrait à flots par les fenêtres et il faisait très chaud. Le colonel actionna un ventilateur. Je m'assis dans le fauteuil devant la table et me retrouvai face à face non seulement avec le colonel Brighton mais aussi avec le visage austère du roi d'Angleterre, dont le portrait était accroché au mur. La pièce était parfaitement ordonnée, avec des rangées de dossiers et de livres soigneusement alignées sur les étagères et une carte d'Australie encadrée dans un coin. Mais le bureau lui-même était un chaos innommable, croulant sous des piles de dossiers sur le point de s'effondrer. Le colonel plaça la chemise qu'il avait apportée sur le sommet de l'une d'elles et l'ouvrit.

« Anya, j'ai ici une lettre du capitaine Connor de l'OIR indiquant que vous avez travaillé pour lui. Que vous parlez très bien l'anglais, ce que j'ai pu constater par moi-même, et que vous savez taper à la machine.

— En effet », reconnus-je.

Le colonel se renversa en arrière contre le dossier de son fauteuil en soupirant. Il me dévisagea un long moment. Je remuai sur mon siège, mal à l'aise de son silence.

« Pourrais-je vous convaincre de travailler pour moi un mois ou deux ? finit-il par dire. Jusqu'à ce qu'ils m'envoient des renforts de personnel de Sydney. Nous sommes débordés. Le camp n'est pas du tout dans l'état où il devrait être, en particulier pour les femmes. Et nous attendons encore un millier d'arrivants d'ici quinze jours. »

Je fus soulagée d'entendre que le colonel lui-même jugeait nos conditions de vie inacceptables.

« Quel genre de travail attendez-vous de moi ? m'enquis-je.

— J'ai besoin de quelqu'un pour nous donner un coup de main à Dorothy, Ernie et moi. Il faut que je m'occupe d'urgence des questions d'hygiène, je voudrais donc vous confier les affaires courantes. Je peux vous payer au-dessus de l'indemnité moyenne et je transmettrai une lettre de recommandation spéciale à l'agent de recrutement quand vous aurez fini. »

La proposition me prit au dépourvu. Je ne m'attendais sûrement pas à recevoir une offre d'emploi dès mon premier jour au camp.

L'honnêteté apparente du colonel me mit en confiance, et je ne lui cachai pas ce que je pensais des toilettes et de la nourriture, sans compter que nous courions le risque d'une épidémie.

Il acquiesça d'un hochement de tête. « Jusqu'à la nouvelle vague d'arrivées hier, on s'en sortait à peu près. Ce matin, je me suis arrangé avec la compagnie Sanipan afin qu'ils passent trois fois par jour, et Dorothy est en train de constituer de nouvelles équipes pour les cuisines. Il n'y a pas de temps à perdre. Dès que je repère un problème, je fais mon maximum pour le résoudre. La seule difficulté, c'est que j'ai bien trop de problèmes urgents à résoudre en même temps », conclut-il en désignant les piles de dossiers sur son bureau.

J'en profitai pour lui demander pourquoi le gouvernement australien faisait venir tellement de gens dans le pays s'il ne pouvait leur assurer des conditions d'accueil décentes.

Les yeux du colonel Brighton s'illuminèrent et je compris qu'il attendait cette question. Il marcha d'un pas solennel jusqu'à la carte encadrée et brandit sa badine. Je dus me mordre les lèvres pour ne pas éclater de rire.

« Le gouvernement a voté une nouvelle ligne politique, m'expliqua-t-il en indiquant la côte australienne du bout de sa baguette. Peupler ou périr. Nous avons failli être envahis par les Japonais parce que nous n'étions pas assez nombreux pour garder les rivages. Le gouvernement fait venir des milliers d'immigrants dans le pays dans le but de construire la nation. Mais tant que nous n'avons pas consolidé notre économie, personne n'aura de conditions de vie décentes. »

Il s'approcha de la fenêtre et s'appuya contre le chambranle. Chez n'importe qui d'autre, sa façon de se tenir, torse bombé et menton relevé, aurait paru exagérément théâtrale. Mais cela convenait si bien à sa personnalité que je perdis toute envie de rire et me mis à l'écouter avec attention.

« La seule chose que je puisse dire en guise d'excuse, poursuivit-il, c'est que des tas d'Australiens de souche vivent dans des trous à rats. »

Le colonel retourna jusqu'à son bureau, le regard enflammé. « Vous, moi, tout le monde ici, nous faisons partie d'une immense expérimentation sociale. Nous allons devenir ensemble une nouvelle nation, et il nous faudra nager ou couler. J'aimerais faire mon possible pour que nous nagions. Et je pense que vous serez d'accord avec moi. »

Les mots du colonel Brighton avaient sur moi un étrange effet euphorisant. Il avait l'art de rendre presque excitant le fait de vivre dans un camp délabré. Peut-être n'était-il pas très attentif à ce qu'on lui disait, mais c'était un homme passionné et enthousiaste. Il n'en fallait pas plus pour me convaincre d'accepter sa proposition.

« Quand souhaitez-vous que je commence à travailler ? » demandai-je.

Il se précipita vers moi pour me serrer frénétiquement la main. « Cet après-midi. Aussitôt après le déjeuner. »

12

Les fleurs sauvages

Aussitôt après mon entrevue avec le colonel Brighton, je me précipitai au dortoir munie d'un pichet d'eau et d'un verre que j'avais pris à la cuisine. Je fus surprise de trouver Irina assise dans son lit, en grande conversation avec Aimka Berczi, notre chef de secteur.

« Ha ! voici votre amie », lança Aimka en se levant pour venir me saluer. Elle était vêtue d'une robe vert bouteille et tenait une orange à la main. Je supposai qu'elle l'avait apportée pour Irina. Mais ni la couleur de sa robe ni celle du fruit ne donnaient un peu de chaleur à son visage. À la lumière du jour, sa peau semblait aussi livide que la veille au soir.

« Tu tombes bien ! se réjouit Irina. Je meurs de soif. »

Je lui servis un verre et posai une main sur son front. La fièvre était tombée mais elle était encore très pâle.

« Comment te sens-tu ? lui demandai-je.

— Hier, j'avais l'impression que j'allais mourir. Aujourd'hui, je me sens juste malade.

— Je me suis doutée qu'Irina serait encore malade ce matin, dit Aimka. Alors je lui ai apporté les formulaires d'inscription pour le bureau de recrutement et les cours d'anglais.

— Les questions sont toutes en anglais, se plaignit Irina.

— Justement, quand tu auras pris des cours, tu sauras y répondre ! rétorquai-je en riant.

— Aimka parle six langues couramment, indiqua Irina. Et elle est en train d'apprendre le serbo-croate.

— Incroyable ! m'exclamai-je. Vous devez être douée.

— Je viens d'une famille de diplomates, expliqua Aimka en portant une main à sa gorge dans un geste de modestie. Et il y a plein de Yougoslaves ici avec qui m'entraîner.

— J'imagine que vous devez faire preuve de pas mal de diplomatie vous-même pour être chef de secteur, fis-je remarquer. J'ai l'impression qu'il y a beaucoup de tensions.

— On a reproduit dans ce camp toutes les tensions du continent européen, semble-t-il, soupira Aimka. Les gens se disputent sur des histoires de frontières avec autant de virulence que s'ils vivaient encore là-bas.

— Les Russes prétendent que, du moment qu'on mange bien, personne ne se dispute, dis-je. Si les paysans avaient été bien nourris, il n'y aurait pas eu de révolution. Peut-être y aurait-il moins de tensions entre les gens si la nourriture était meilleure. Ce que nous avons eu au petit déjeuner ce matin était à peine comestible.

— Oui, reconnut Aimka, j'entends sans arrêt des doléances à propos de la nourriture. Les Australiens ont la malencontreuse habitude de trop cuire les légumes. Et, bien entendu, il y a beaucoup trop de mouton. Mais pendant le siège de Budapest j'en suis arrivée à faire bouillir mes chaussures pour les manger, alors personnellement je ne me trouve pas si mal lotie ici. »

Je baissai les yeux, gênée. J'aurais peut-être mieux fait de me taire.

« Qu'est-ce que tu as fait ce matin, Anya ? » demanda Irina, volant à mon secours.

Je leur racontai mon rendez-vous avec le colonel Brighton et sa passion pour la théorie du « Peupler ou périr ».

Irina ouvrit de grands yeux tandis qu'Aimka éclatait de rire. « Oui, c'est un personnage, ce colonel Brighton. Parfois je me demande s'il n'est pas fou, mais il a bon cœur. Je suis sûre que vous apprécierez de travailler avec lui. Moi je vais voir si Irina ne peut pas obtenir un poste à la crèche. Ou n'importe quoi d'autre pour échapper à cet imbécile du recrutement.

— Il voulait donner un travail de domestique à Aimka, m'expliqua Irina.

— C'est vrai ? m'étonnai-je.

— Je l'ai informé que je parlais six langues et il m'a répondu que c'étaient des connaissances parfaitement inutiles en Australie, à l'exception de l'anglais, précisa Aimka. Selon lui, ils n'ont pas besoin d'interprètes.

— C'est absurde ! m'insurgeai-je. Regardez toutes les nationalités présentes dans ce camp ! Et le colonel Brighton me disait ce matin qu'il existe des camps comme celui-ci dans toute l'Australie. »

Aimka laissa échapper un petit ricanement amer. « C'est bien le problème ! Les "Nouveaux Australiens", quelle blague ! Ils veulent faire de nous des Anglais pure souche. Quand je suis allée voir le colonel Brighton avec mes six langues, il a presque bondi de sa chaise pour m'embrasser. Il m'a mise au travail aussitôt comme chef de secteur et professeur d'anglais. Maintenant, chaque fois que je le croise, il me dit : "Aimka, il m'en faudrait vingt autres comme vous." Alors on peut penser ce qu'on veut de lui, il a toute mon admiration. »

Irina fut prise d'une quinte de toux. Elle sortit un mouchoir de sous son oreiller. « Excusez-moi, c'est sans doute le signe que je suis en train de guérir.

— On ferait mieux d'aller voir la Croix-Rouge », suggérai-je.

Irina secoua la tête. « Non, j'ai juste besoin de me reposer un peu. »

Aimka lui tapota la jambe et déposa l'orange sur la caisse retournée qui servait de table de chevet. « Allez, je vous laisse. »

Après le départ d'Aimka, Irina se tourna vers moi et me souffla à voix basse : « C'était une grande pianiste à Budapest. Ses parents ont été fusillés par les nazis pour avoir caché des Juifs.

— Mon Dieu, murmurai-je. Il n'y a que des histoires tragiques dans ce camp. »

Dès qu'Irina se fut rendormie, je ramassai nos vêtements et courus à la buanderie, qui consistait en quatre baignoires en ciment et une lessiveuse. Je frottai nos robes et nos chemisiers avec mon dernier morceau de savon. Après les avoir accrochés à la corde, je me rendis en chemise de nuit au bureau des fournitures où l'employé, un Polonais, lorgna sans vergogne sur mon cou et mes seins.

« Tout ce que j'ai à vous proposer, ce sont des chaussures, des manteaux ou des chapeaux de l'armée, me dit-il. Si ça vous intéresse… » Il me montra du doigt un couple de petits vieux qui essayaient des paires de bottillons. Les jambes de l'homme tremblaient et il devait s'appuyer sur l'épaule de sa femme pour tenir debout. La scène me brisa le cœur. Les personnes âgées auraient dû pouvoir profiter du fruit de leur travail, pas devoir tout recommencer de zéro.

« Pas de savon ? demandai-je. Ni de serviettes ?

— Vous n'êtes pas au *Ritz* », me rétorqua l'employé en haussant les épaules.

Je me mordis la lèvre. Le shampooing et le savon parfumé devraient attendre jusqu'à ma première paye. Au moins nos vêtements étaient-ils propres.

Le déjeuner fut annoncé par haut-parleur, d'abord en anglais puis en allemand.

« Pourquoi font-ils les annonces en allemand ? m'enquis-je auprès de l'employé polonais.

— Quelle délicatesse, n'est-ce pas ? Ils s'imaginent que, grâce aux nazis, nous comprenons tous les ordres en allemand. »

Je me traînai jusqu'au réfectoire, redoutant un nouveau repas infâme. La plupart des gens étaient assis quand j'arrivai, mais l'ambiance avait changé par rapport au matin. Tout le monde était plutôt souriant. Les nappes en papier kraft avaient disparu, chaque table était décorée d'un bouquet de fleurs bleues. Un homme passa devant moi avec un bol de soupe et une tranche de pain complet à la main. L'odeur de la soupe était alléchante et familière. En y regardant de plus près, je crus rêver : du bortsch ! Je pris un bol vide sur une table et m'insérai dans la queue devant le guichet de la cuisine. Je faillis hurler de joie en me retrouvant nez à nez avec Mariya et Natasha, mes amies de Tubabao.

« Viens, m'ordonna Natasha en ouvrant la porte battante. Pratiquement tout le monde a été servi. Mange avec nous à la cuisine. »

Je la suivis dans l'arrière-cuisine, qui embaumait non seulement la betterave et le chou mais aussi l'eau de Javel et la soude. Deux hommes étaient en train de lessiver les murs, que Natasha me présenta comme son père, Lev, et son mari, Piotr. Mariya remplit mon bol à ras bord tandis que Natasha me trouvait une chaise et servait du thé à tout le monde.

« Comment va Raisa ? m'enquis-je.

— Ça va, répondit Lev. On avait peur qu'elle ne tienne pas le coup pendant le voyage, mais elle est solide. Elle est dans une baraque avec Natasha et les enfants, elle a l'air heureuse. »

Je leur donnai des nouvelles de Ruselina et ils secouèrent la tête, attristés.

« Transmets tout notre amour à Irina », dit Mariya.

Sur l'étagère à côté de moi se trouvait un bouquet des mêmes fleurs bleues que sur les tables.

« Qu'est-ce que c'est ? demandai-je à Natasha.

— Je ne sais pas vraiment, répondit-elle en s'essuyant les mains sur son tablier. Ce sont des fleurs australiennes. On les a trouvées sur un petit sentier juste derrière le camp. Elles sont belles, hein ?

— Si vous aimez la nature, je vous conseille d'aller y faire un tour », renchérit Lev. Il posa sa brosse à récurer, s'assit à la table et commença à dessiner un plan sur un bout de papier kraft. « Le sentier est très facile à trouver. Vous ne pouvez pas vous perdre. »

J'avalai une cuillerée de bortsch. Après ce que j'avais mangé les jours précédents, c'était un pur régal. « Délicieux », m'extasiai-je.

Mariya désigna d'un hochement de menton la salle de réfectoire. « On va sans doute avoir des tas de lamentations sur la nourriture russe. Mais c'est quand même meilleur que ce que nous servait le chef australien. C'est bon et nourrissant. »

Je retournai au bureau du colonel Brighton un peu avant deux heures. Surprise d'entendre les bribes d'une dispute, j'hésitai avant de pousser la porte. Dorothy était à son bureau et sourit quand je pénétrai dans la pièce, mais son expression se figea aussitôt qu'elle me reconnut. Qu'avais-je bien pu faire pour lui inspirer de l'antipathie aussi rapidement ?

Le colonel et Ernie se tenaient dans l'embrasure de la porte menant au bureau de Brighton. Une femme se trouvait avec eux, son chapeau et ses gants à la main. Elle avait environ la cinquantaine, un joli visage et des yeux brillants. Le petit groupe se retourna en m'entendant lancer un bonjour à la cantonade.

« Ha ! vous voilà, Anya, fit le colonel. Vous tombez bien. Nos sanitaires menacent l'état de santé du camp, la nourriture s'avarie avec la chaleur et les gens ne parlent aucune des langues dans lesquelles on essaie de communiquer avec eux. Pourtant, ma femme s'est mis en tête que ce dont nous avons le plus besoin, c'est d'une commission de reboisement. »

La femme, que je supposai donc être son épouse, haussa les yeux au ciel. « Les gens dépriment dans ce camp, Robert, dit-elle. Des plantes, des arbres et des fleurs lui donneront un peu de gaieté et remonteront le moral des troupes. On devrait essayer de leur donner davantage l'impression d'un chez-soi. C'est ce qui a manqué à tous ces gens pendant des années. Un chez-soi. Anya te le dira. »

Elle hocha la tête dans ma direction. J'allais être utilisée comme arbitre, aussi pris-je bien soin de ne pas me prononcer trop vite.

« Ce n'est pas un chez-soi, Rose, répliqua le colonel. C'est un camp de transit. Les militaires qui l'occupaient avant nous ne se sont jamais plaints de son aspect esthétique.

— S'il avait été agréable à vivre, ils ne seraient jamais partis à la guerre ! »

Rose croisa les bras sur sa poitrine d'un air résolu. Petite et féminine, elle avait cependant des bras musclés. Elle venait d'avancer un bon argument, me semblait-il, et je me demandais ce que le colonel allait trouver à répondre.

« Je ne prétends pas que ton idée n'est pas bonne, Rose. Seulement ma priorité est d'abord de nourrir ces personnes et de leur apprendre des rudiments d'anglais. J'ai des centaines de médecins, d'avocats et d'architectes à qui il faut enseigner un métier manuel si eux et leurs familles veulent avoir une chance de survivre dans ce pays. Les postes intellectuels seront attribués aux migrants britanniques, qu'ils soient mieux qualifiés ou non. »

Rose ignora sa remarque et sortit un bloc-notes de son sac. « Écoute, dit-elle. C'est ce que les femmes hollandaises m'ont suggéré de planter : des tulipes, des jonquilles, des œillets… »

Le colonel Brighton jeta un coup d'œil à Ernie, les deux mains levées en signe d'exaspération. Rose les regarda tour à tour.

« Très bien, reprit-elle. Si vous n'aimez pas les fleurs, d'autres personnes ont proposé des cèdres et des pins pour faire de l'ombre.

— Bon sang, Rose, intervint Ernie, il faut vingt ans pour obtenir des arbres pareils adultes.

— Je trouve que les arbres australiens sont très beaux, finis-je par dire. Est-ce qu'ils ne pousseraient pas plus vite sous leur propre climat ? »

Tout le monde se tourna vers moi. Dorothy arrêta de taper sur son clavier et se pencha sur une lettre qu'elle feignit de relire.

« Apparemment il y a un sentier forestier pas très loin, poursuivis-je. Nous pourrions peut-être y trouver des jeunes pousses et les transplanter dans le camp. »

Le colonel Brighton me dévisageait attentivement et je crus que je venais de m'en faire un ennemi en prenant le parti de sa femme. Mais un grand sourire illumina soudain son visage et il s'exclama : « Je vous avais bien dit que j'avais déniché la perle rare ! C'est une brillante idée, Anya ! »

Rose me passa un bras autour de la taille : « Robert pense que c'est une brillante idée parce qu'elle va lui faire économiser de l'argent. À mon avis, c'est une bonne idée parce que les roses et les œillets auraient rappelé aux gens l'Europe, alors que les plantes autochtones les aideront à se souvenir que désormais ils ont une nouvelle patrie.

— Très bien, vous avez gagné, conclut le colonel en nous chassant de son bureau. Je te confie Anya pour t'aider avec ta commission de reboisement. Maintenant fichez-moi la paix. J'ai du travail sérieux qui m'attend. »

Il nous claqua la porte au nez, et Rose se tourna vers moi avec un clin d'œil.

Irina resta alitée jusqu'à la fin de la semaine, mais le lundi suivant, comme elle se sentait mieux, elle m'accompagna dans ma mission de prélèvement de jeunes pousses sur le sentier derrière le camp. Rose m'avait prêté un guide de la flore sauvage australienne, que j'emportai avec moi. Irina était de bonne humeur car elle avait commencé son travail à la crèche et y prenait du plaisir, mais surtout parce qu'elle avait reçu un télégramme l'informant que Ruselina était bien arrivée en France et que, malgré la fatigue du voyage, sa santé montrait déjà des signes d'amélioration.

« Bien arrivée. Me sens mieux. Analyses bonnes. Français charmants », disait le télégramme rédigé en anglais. Ruselina l'avait appris, ainsi que le français, à l'école, m'expliqua Irina, mais ces mots seraient les premiers que sa petite-fille apprendrait à prononcer dans cette langue qui allait devenir la sienne. Elle trimbalait le télégramme partout et relisait le message sans arrêt.

Le sentier partait juste derrière le camp et serpentait à travers la vallée. J'étais tout excitée de voir enfin de près les eucalyptus, de respirer leur odeur huileuse. J'avais appris dans le livre de Rose que de nombreuses plantes australiennes fleurissaient toute l'année, mais il me fallut un certain temps avant de les repérer dans le sous-bois. Au bout d'un moment cependant, je commençai à remarquer que certaines plantes donnaient des fruits qui ressemblaient à des bigoudis, ou des fleurs à des arabesques Art déco. Puis je trouvai des lis aux pétales exquis, et des fleurs en forme de cloche de toutes les couleurs imaginables.

Je me retournai pour voir Irina et la surpris en train de marcher sur la pointe des pieds tout en donnant des coups de bâton dans les buissons.

« Qu'est-ce que tu fais ? lui demandai-je.

— Je fais peur aux serpents. Les serpents australiens sont mortels. Et rapides. »

Elle marqua une pause avant de reprendre : « Tu devrais me parler en anglais, à partir de maintenant. Il faut que j'apprenne vite pour qu'on puisse aller à Sydney le plus tôt possible.

— D'accord, répondis-je en anglais. Comment allez-vous ? Ravie de faire votre connaissance. Je m'appelle Anya Kozlova.

— Enchantée, répliqua Irina. Je m'appelle Irina Levitskya. J'ai presque vingt et un ans. Je suis russe. J'aime le chant et les enfants.

— Très bien ! m'exclamai-je en revenant au russe. Pas mal du tout pour une seule leçon. Comment ça s'est passé à la crèche, aujourd'hui ?

— Formidable. Les enfants sont tous très mignons. Et bien élevés. J'aimerais en avoir une dizaine quand je serai mariée. »

Je reconnus les fleurs bleues du réfectoire et m'accroupis pour les déterrer avec ma pelle. « Une dizaine ? m'étonnai-je. Tu prends très au sérieux la devise “Peupler ou périr” ! »

Irina éclata de rire et me tendit le sac en toile pour que j'y mette la nouvelle plante. « Enfin, si c'est possible, dit-elle. Ma mère n'a pas pu avoir d'autres enfants après moi, et ma grand-mère a eu un fils mort-né avant de donner naissance à mon père.

— Elle a dû être folle de joie quand il est né.

— Oui. Et encore plus triste quand il a été tué par les Japonais à trente-sept ans. »

Je cherchai des yeux d'autres plantes à rapporter au camp, tout en réfléchissant à l'histoire de la famille d'Irina.

C'était à croire que personne ne pouvait échapper à la douleur et à la tragédie. Je me dirigeai vers un massif de violettes mauves et blanches. Irina me rejoignit tandis que je commençais à creuser autour des racines. J'étais désolée de les arracher à leur territoire, mais je leur murmurais qu'elles seraient bien traitées et allaient servir à rendre les gens plus heureux.

« Au fait, Anya, reprit Irina, je ne t'ai jamais demandé comment tu avais appris à parler aussi bien l'anglais. C'était pendant que tu travaillais comme préceptrice ? »

Je me tournai vers elle. Elle m'adressait un regard parfaitement innocent. De toute évidence, Ivan ne lui avait jamais révélé la vérité à mon sujet.

« Mon père aimait lire en anglais et il m'en a appris les rudiments, répondis-je. Seulement il avait une approche plus exotique que pédagogique, un peu comme s'il m'avait enseigné l'hindi ou quelque chose de ce genre. Ensuite, à l'école, on avait des cours et j'ai appris les règles de grammaire. Mais c'est quand je suis partie vivre à Shanghai que j'ai commencé à bien le parler, parce que je m'en servais tous les jours. » J'hésitai un instant avant d'ajouter : « Mais pas comme préceptrice. J'ai menti. »

Irina écarquilla les yeux de stupeur. Elle s'accroupit à côté de moi et me dévisagea en fronçant les sourcils. « Quelle est la vérité, alors ? »

Je pris une grande inspiration et lui racontai tout : Sergei, Amelia, Dimitri et le *Moscou-Shanghai*. Plus je parlais, plus ses yeux s'arrondissaient, mais il n'y avait aucun reproche dans son regard. Je me sentais coupable de lui avoir menti pendant si longtemps, et soulagée de lui avouer enfin la vérité. Je lui rapportai même la demande en mariage d'Ivan.

« Mon Dieu, murmura Irina lorsque j'eus terminé. Tu m'as prise de court, là. » Elle se redressa, essuya la terre de ses mains et m'embrassa sur le front. « Mais je suis contente que tu m'aies parlé de ton passé, ajouta-t-elle. Je comprends que tu n'aies pas eu envie de le faire plus tôt, tu ne me connaissais pas. À partir de maintenant tu dois tout me dire, parce que nous sommes des sœurs. »

Je me relevai d'un bond et la pris dans mes bras. « Oui, tu es ma sœur », approuvai-je. Quelque chose frétilla dans l'herbe et nous sursautâmes en même temps. Mais ce n'était qu'un lézard essayant de savourer les derniers rayons du soleil. « Bon sang ! s'exclama Irina en riant. Comment vais-je pouvoir survivre dans ce pays ? »

Quelques semaines plus tard, Irina perdit son emploi à la crèche car il y avait parmi les nouveaux arrivants des personnes plus qualifiées pour ce poste et qui parlaient bien mieux l'anglais. Désœuvrée, elle passait ses journées au lit ou à traîner autour du bureau de poste en attendant des nouvelles de Ruselina.

« C'est loin, la France, tentais-je de la rassurer. Il faut des semaines pour qu'une lettre arrive jusqu'ici, et Ruselina ne peut pas nous envoyer des télégrammes tout le temps. »

La seule activité pour laquelle Irina témoignait un peu d'intérêt était ses cours d'anglais. En rentrant du travail, je la trouvais en train de pratiquer sa prononciation ou de lire le magazine *Australian Women's Weekly*, dictionnaire à l'appui. Au début, j'étais soulagée de la voir investir autant d'énergie, car je pensais que tant qu'elle gardait de l'enthousiasme pour quelque chose, son moral finirait par s'améliorer. Jusqu'à ce que je comprenne : sa motivation pour les cours d'anglais faisait partie de son projet de rejoindre les États-Unis.

« Je veux aller en Amérique, m'annonça-t-elle un matin alors que je revenais de la douche et m'habillais pour partir au bureau. Je dois compter sur la chance et espérer qu'ils accepteront ma grand-mère quand elle sera guérie.

— Tout va s'arranger, tu verras, lui répondis-je. On va mettre de l'argent de côté et on aura bientôt du travail à Sydney.

— Mais je vais dépérir, ici. Tu comprends, Anya ? Je ne veux pas rester dans ce pays horrible. J'ai besoin de beauté. J'ai besoin de musique. »

Je m'assis sur son lit et lui pris les mains. Irina était en train de formuler tout haut mes pires craintes. Si elle avait perdu l'espoir d'une vie meilleure en Australie, comment allais-je réussir à y croire pour deux ?

« Nous ne sommes pas des immigrants, dis-je. Nous sommes des réfugiés. Comment veux-tu qu'on parte ? On doit au moins essayer de gagner un peu d'argent d'abord.

— Et ton ami ? suggéra-t-elle en m'agrippant par la manche. L'Américain. »

Je n'osai pas lui avouer que j'avais songé plusieurs fois à écrire à Dan Richards. Mais nous avions signé un contrat avec le gouvernement australien et je doutais que Dan pût faire grand-chose pour nous aider. En tout cas pas avant la fin de nos deux années d'engagement. La punition en cas de rupture du contrat était l'expulsion. Où nous enverraient-ils ? En Russie ? Nous risquions d'y être exécutées.

« Je te promets d'y réfléchir à condition que tu passes la journée avec Mariya et Natasha, décidai-je. Elles ont besoin d'aide en cuisine et ça paye bien, paraît-il. Irina, on va travailler dur, économiser de l'argent et partir pour Sydney. »

Elle refusa d'abord, puis se ravisa : si elle travaillait en cuisine, elle pourrait commencer à économiser pour l'Amérique. Je ne pris pas la peine de la contredire. Du moment qu'elle ne passait pas ses journées à se morfondre toute seule, j'étais contente. J'attendis qu'elle s'habille et se coiffe et nous nous rendîmes au réfectoire.

Travailler avec Mariya et Natasha soulagea un peu la dépression d'Irina, mais pas complètement. Elle ne supportait plus la vie dans le camp, et nous ne savions toujours pas quand nous pourrions aller à Sydney. Je décidai de tenter de la distraire en l'emmenant faire un tour dans la ville voisine, qu'on atteignait après un trajet de vingt minutes en bus. Plusieurs autres personnes du camp se rendaient également en ville ce jour-là, mais aucune ne parlait anglais ou russe, nous ne pouvions donc rien leur demander. Lorsque le bus traversa la banlieue, nous découvrîmes des avenues deux fois plus larges qu'à Shanghai. Elles étaient bordées des deux côtés de bungalows en grès et de cottages entourés de barrières en bois. Des ormes, des saules et de hauts liquidambars étendaient leurs branchages au-dessus de la chaussée.

Le terminus de la ligne se trouvait dans l'artère principale, une rue commerçante aux boutiques surmontées d'auvents en fer forgé. Une église de style géorgien se dressait à l'angle. Des voitures couvertes de poussière étaient garées en épi devant le trottoir, à côté de chevaux attachés à des abreuvoirs.

Nous passâmes devant des magasins de tissu, des drogueries et des épiceries avant d'arriver chez un glacier qui diffusait du Dizzy Gillespie sur un poste de radio. Ce jazz afro-cubain semblait si incongru dans cet environnement austère et poussiéreux que même Irina ne put réprimer un sourire. Une femme en robe à boutons nous servit des cônes au chocolat qu'il fallut manger très vite, car la glace commença à fondre dès l'instant où nous sortîmes de la boutique.

Je remarquai un type au visage grêlé qui nous observait depuis un arrêt de bus. Il avait le nez rouge, les yeux imbibés d'alcool. Je suggérai à Irina de traverser la rue.

« Rentrez chez vous, bande de sales immigrées, grogna-t-il. On veut pas de vous ici.

— Qu'est-ce qu'il a dit ? me demanda Irina.

— C'est juste un ivrogne », répondis-je en essayant de lui faire presser le pas. Je ne voulais pas alimenter l'aversion d'Irina pour les Australiens.

« Rentrez chez vous, sales putes d'immigrées ! » hurla le type.

Mon cœur fit un bond dans ma poitrine. J'aurais voulu me retourner pour voir s'il nous suivait, mais je me retins. Mieux valait ne pas laisser paraître ma peur.

« Sales putes d'immigrées ! » répéta l'homme. Quelqu'un ouvrit une fenêtre et cria : « Ta gueule, Harry ! »

À ma grande surprise, Irina se mit à rire. « Ça, j'ai compris. »

Derrière la rue principale se trouvait un parc planté de pins, orné de fontaines décorées et de parterres de fleurs éclatants. Une famille était installée sur une couverture près d'un kiosque à musique enveloppé de bougainvilliers. Le père nous salua sur notre passage. Irina lui répondit en anglais.

« Ce jardin est joli, me dit-elle.

— Oui, c'est mieux que le camp. »

Nous nous assîmes sur les marches du kiosque. Irina entreprit de cueillir des trèfles et d'en faire une guirlande. « Je ne pensais pas trouver de la civilisation à des kilomètres à la ronde, murmura-t-elle. Je croyais qu'on était au milieu de nulle part.

— On aurait dû venir se promener ici plus tôt », renchéris-je, soulagée qu'Irina voie le côté positif des choses, pour une fois.

Elle termina son collier de trèfles et se le passa autour du cou. « Je me détesterais si j'étais toi, Anya. Imagine, sans ma grand-mère et moi, tu serais déjà à New York à l'heure qu'il est.

— Je serais peut-être à New York, mais seule. Je préfère être avec toi. »

Irina releva la tête. Elle avait les yeux embués de larmes. Mes paroles étaient parfaitement sincères. Quelle que fût la dureté de nos conditions de vie en Australie, rien ne garantissait qu'elles auraient été meilleures en Amérique. Le plus important, ce sont les gens, pas le pays dans lequel on vit.

« La seule chose qui compte, repris-je, c'est que Ruselina guérisse et qu'on puisse la faire venir ici. »

Irina retira le collier pour me le passer autour du cou. « Je t'aime », murmura-t-elle.

Un matin, au début du mois de février, j'étais dans le bureau de l'administration en train de classer du courrier tout en écoutant d'une oreille indiscrète une conversation entre le colonel et Ernie au sujet des problèmes du camp.

« Le camp et la ville sont deux communautés séparées, il faut faire quelque chose pour les rapprocher, disait le colonel. Comment allons-nous réussir à intégrer ces gens dans la société et à les faire accepter par les Australiens si on n'y arrive même pas dans une bourgade de province où les habitants sont plutôt chaleureux ?

— Tout à fait d'accord, approuva Ernie. Il y a eu des manifestations à Sydney contre les immigrants non britanniques, et même dans la ville d'à côté j'ai eu vent de quelques incidents.

— Quel genre d'incidents ?

— Certaines boutiques ont eu leur vitrine cassée parce que les propriétaires acceptaient de servir des gens du camp. »

Le colonel secoua la tête d'un air dépité. Dorothy interrompit la lettre qu'elle était en train de taper : « C'est une ville sympathique. Les gens sont gentils. C'est juste quelques voyous qui se comportent comme ça. Des gamins. Personne ne devrait avoir peur d'eux.

— Exactement, renchérit le colonel. Je suis sûr que les habitants apprécieraient tout à fait les gens d'ici si seulement ils avaient l'occasion de mieux les connaître.

— Dans d'autres camps, ils ont organisé des concerts pour les voisins, indiqua Ernie. Des tas de gens savent jouer d'un instrument parmi les réfugiés. Peut-être qu'on pourrait essayer de faire quelque chose. »

Le colonel réfléchit un moment en se pinçant le menton. « Vous savez quoi ? finit-il par lancer. Je trouve que c'est une bonne idée. On pourrait préparer un spectacle pas trop ambitieux, pour commencer. Je vais demander à Rose de l'organiser avec l'Association des femmes australiennes. Vous pensez à des gens en particulier, pour la musique ? »

Ernie eut un haussement d'épaules. « Ça dépend quel genre de musique on veut… De l'opéra, du jazz, du cabaret… Je vais trouver quelqu'un. Dites-moi juste pour quand. »

Je bondis de mon siège, n'y tenant plus. « Excusez-moi, j'ai une proposition à vous faire. »

Le colonel me sourit. « Très bien. Si elle est aussi bonne que votre idée de planter des arbres, je suis tout ouïe. »

« Je n'arrive pas à croire que tu m'aies embarquée là-dedans ! » bredouilla Irina entre deux sanglots. Sa voix résonnait dans les toilettes pour femmes de la salle paroissiale, lieu des événements mondains organisés par l'Association des femmes australiennes.

Penchée devant les lavabos, Irina retint ses cheveux contre sa nuque afin qu'ils ne se prennent pas dans la fermeture du *cheongsam* vert que je lui avais prêté pour l'occasion. Des plaques rouges apparaissaient dans son cou.

« Je ne savais pas que ça te rendrait aussi nerveuse, répondis-je. Je croyais que tu aimais monter sur scène. »

Natasha, qui se tortillait pour entrer dans une robe moulante, laissa échapper un ricanement. Elle fit craquer les doigts de ses deux mains un par un. « Je n'ai jamais subi autant de pression pour un concert, dit-elle. Le colonel Brighton se comporte comme si le succès de la politique "Peupler ou périr" reposait entièrement sur nous ce soir. » La main de Natasha trembla lorsqu'elle appliqua son rouge à lèvres. Elle dut tout enlever avec un mouchoir en papier et recommencer.

J'arrangeai le *cheongsam* sur les hanches d'Irina. Il avait fallu le découdre entièrement pour l'adapter à sa silhouette, plus ronde que la mienne, et fermer un peu les fentes sur le côté de sorte qu'elles ne commencent qu'aux genoux et non aux cuisses. Irina drapa un châle espagnol sur ses épaules et le noua autour de son buste. Nous avions décidé que la robe de flamenco rouge était un peu trop sexy pour ses débuts en Australie, et elle avait opté pour une tenue exotique mais plus pudique.

Irina et Natasha se coiffèrent à la Judy Garland. Je les aidai à consolider le tout avec des épingles à cheveux, après quoi je laissai Irina se maquiller toute seule. Rose nous avait donné des échantillons de fards, rouges à lèvres et laques à cheveux. C'était incroyable de voir à quel point une petite séance de remise en beauté pouvait nous regonfler le moral après tous ces mois passés dans le dénuement le plus total.

« Va jeter un œil, Anya, me lança Irina en s'appuyant sur le bord d'un lavabo pour enfiler ses bas. Dis-nous ce qui se passe dans la salle. »

Les loges se trouvaient légèrement en contrebas par rapport à la scène. Remontant ma jupe, je grimpai les quelques marches qui menaient sur l'estrade et écartai discrètement le rideau pour observer le public. La salle se remplissait très vite. L'Association des femmes australiennes possédait des succursales dans toutes les villes du coin, et les invitations avaient circulé parmi elles. Des femmes de tous âges affluaient, souvent accompagnées de leur mari, et prenaient place sur les chaises installées par des bénévoles. Tout au fond, une dame aux allures de matrone assurait la permanence devant une table chargée de tartes aux pommes, de cakes glacés au chocolat et de roulés à la confiture. À côté d'elle, une femme en twin-set servait le thé. Le pasteur, qui me parut jeune, passa devant elle et elle lui tendit une tasse, qu'il accepta avec un gracieux hochement de tête avant d'aller s'asseoir au dernier rang.

Irina et Natasha étaient en train de réviser leurs partitions quand je revins dans les toilettes. « Salle comble », annonçai-je.

Je les vis blêmir toutes les deux et préférai ne rien ajouter ; elles s'attendaient à jouer devant une vingtaine de personnes, il y en avait déjà presque une centaine.

On frappa à la porte ; le colonel et Rose passèrent la tête dans l'entrebâillement.

« Bonne chance, les filles ! lança Rose. Vous êtes absolument magnifiques.

— Et n'oubliez pas, ajouta le colonel, nous comptons sur vous pour… »

Mais Rose le tira par la manche avant qu'il termine sa phrase. Je jetai un coup d'œil à ma montre : « Bon, il va falloir y aller. »

J'accompagnai Irina et Natasha jusqu'à la scène et m'éclipsai avant le lever de rideau pour regagner ma place tout au bout du premier rang. La salle avait atteint la limite de sa capacité d'accueil, et le pasteur courait partout pour trouver des chaises supplémentaires. J'espérais qu'ils éteindraient les lumières avant le lever de rideau ; je n'étais pas sûre qu'il soit nécessaire que Natasha et Irina voient le nombre de spectateurs venus les applaudir.

La présidente de l'Association des femmes australiennes monta sur la scène devant le rideau. Elle souhaita la bienvenue à tout le monde puis passa le micro au colonel pour la présentation du spectacle. Le colonel Brighton sortit un papier de sa poche et commença à parler en long et en large de la vie quotidienne au camp et de l'importance des nouveaux migrants pour l'avenir de l'Australie. Je surpris Rose en train de lui faire signe d'abréger.

« Encore heureux qu'il n'ait pas pris ses pancartes en carton », murmura Ernie à Dorothy à côté de moi.

Lorsque le colonel cita la devise « Peupler ou périr », je faillis éclater de rire. Rose se faufila alors jusqu'à la scène et le rideau s'ouvrit brusquement sur une Irina et une Natasha visiblement prises de court. Natasha fit rouler ses doigts le long du clavier et le public se mit à applaudir. Le colonel remercia tout le monde d'être venu et regagna sa place. Il se retourna vers moi en souriant tandis que Rose venait se rasseoir, mine de rien.

Irina entama la soirée par une chanson intitulée *The Man I Love*, qu'elle interpréta en anglais. Sa voix était un peu tendue. Rose et moi l'avions aidée à traduire les paroles des chansons que Natasha et elle connaissaient. Mais dès que j'entendis Irina chanter, je sus que nous avions fait une erreur. L'anglais n'était pas une langue dans laquelle elle pouvait s'abandonner. Je la voyais la gorge nouée, les yeux ternes. Elle n'était pas du tout l'Irina habituelle.

Je balayai le public du regard. La plupart des gens écoutaient poliment, mais ici et là je surpris un bâillement. Irina buta sur un mot et rougit. Un couple vers le fond de la salle se murmura quelque chose. Quelques minutes plus tard, ils se levèrent et sortirent. J'avais envie de disparaître sous terre. Je ne supportais pas d'assister au désastre humiliant qui se déroulait sous mes yeux.

Irina enchaîna avec une chanson française. Elle chantait certains couplets en anglais et d'autres en français, une idée à moi, pour que le morceau conserve un peu de sa saveur originale. Irina arrivait à interpréter les passages en français avec émotion, mais elle écorchait l'anglais. Au lieu de paraître exotique, la chanson avait l'air bancale et bizarre.

Je sortis un mouchoir de mon sac pour m'éponger le front. Qu'allais-je bien pouvoir dire au colonel ? Je jetai un coup d'œil à Dorothy, dont le visage était parfaitement impassible. Elle devait se réjouir intérieurement.

Un autre couple se leva pour quitter la salle. La chanson française s'acheva et Natasha attaqua les premières notes de la suivante, mais Irina l'interrompit en levant la main. Elle avait les joues empourprées et je crus qu'elle allait se mettre à pleurer. Mais au lieu de ça elle prit la parole : « Mon anglais est mauvais, dit-elle dans le micro. Mais la musique parle plus que des mots. Cette chanson maintenant je chante en russe. Je chante pour ma meilleure amie Anya, qui m'a appris à aimer ce beau pays de vous. »

Irina fit un signe de tête à Natasha, et je reconnus d'emblée la triste mélodie.

Ils m'ont dit que tu ne reviendrais jamais, mais je ne les ai pas crus.

Tous les trains sont rentrés sans toi, mais finalement j'avais raison.

Du moment que je peux te voir dans mon cœur, tu es avec moi pour toujours.

Nous avions éliminé cette chanson du récital, estimant qu'elle serait trop triste pour l'occasion. Mais Irina soudain reprit vie devant mes yeux. Elle irradiait sous les projecteurs, la voix vibrante d'émotion. La femme assise à côté de moi sortit un mouchoir de son sac. J'observai discrètement le public. Un changement était intervenu. Les spectateurs ne s'agitaient plus sur leurs chaises et, au lieu des bâillements surpris plus tôt, c'étaient maintenant des yeux humides et des larmes essuyées d'un revers de main. Ils étaient tout aussi fascinés par Irina que l'avaient été les gens lors du concert à Tubabao.

Irina ferma les yeux mais j'aurais voulu qu'elle les ouvre pour se rendre compte de ce qui était en train de se passer, de l'effet que sa voix avait sur les gens. Ces Australiens n'avaient probablement jamais entendu un mot de russe jusque-là, et pourtant ils avaient tous l'air de comprendre de quoi la chanson parlait. Ils n'avaient peut-être pas connu la révolution et l'exil, mais ils connaissaient le chagrin et la guerre.

La musique s'arrêta et Irina finit par rouvrir les yeux. Le public resta silencieux un moment avant de se mettre à applaudir à tout rompre. Un homme se leva et cria : « Bravo ! » D'autres en firent autant. Bientôt, toute la salle acclamait Irina debout. Je me tournai vers le colonel ; il avait la mine réjouie d'un gamin s'apprêtant à souffler les bougies sur son gâteau d'anniversaire.

13

Betty

Sydney me parut différent la deuxième fois. Le ciel s'était ouvert en deux et une pluie torrentielle s'abattait en rideau devant la colonnade à l'abri de laquelle Irina et moi attendions le tramway devant la gare centrale. Des flaques d'eau se formaient autour de nos pieds, éclaboussant de boue nos bas tout neufs, cadeau de départ offert par Rose Brighton.

Quelques jours après le concert d'Irina, le colonel m'avait convoquée en privé. Il faisait des allers-retours nerveux entre la carte de l'Australie affichée au mur et son bureau. « Rose et moi connaissons une dame à Sydney, finit-il par lâcher. Elle tient un salon de thé en ville et cherche du personnel. Je lui ai parlé d'Irina et de vous. Elle emploie déjà un jeune Russe en cuisine dont elle a l'air très contente. »

Le colonel se rassit lourdement dans son fauteuil et se mit à tripoter un crayon entre ses doigts en me considérant d'un œil grave. « Vous n'êtes pas habituée à travailler comme serveuse, je sais bien. J'ai essayé de vous obtenir un poste de secrétaire, mais je n'ai rien trouvé. Betty vous laissera du temps libre si vous voulez prendre des cours du soir, et elle ne vous fera pas d'histoires avec le bureau du recrutement si vous dénichez un travail plus intéressant une fois sur place. Elle a de la place chez elle et peut vous loger à bon prix pour vous dépanner.

— Colonel Brighton ! m'exclamai-je. Je ne sais pas comment vous remercier.

— Ne me remerciez pas, Anya. Je regrette énormément de vous voir partir. C'est Rose, elle ne m'a pas lâché jusqu'à ce que je vous trouve quelque chose. »

Il me tendit une enveloppe à remettre à *Mme Elizabeth Nelson, Potts Point, Sydney*, et m'indiqua par écrit le chemin pour y arriver. Je pris le tout en inspirant profondément. L'idée de partir était à la fois excitante et terrifiante. Même si l'on s'en plaignait beaucoup, la vie au camp était aussi un refuge bien douillet. Je me demandai ce qui nous attendrait dehors une fois livrées à nous-mêmes.

Le colonel toussota, le poing devant sa bouche. « Travaillez dur, Anya. Ayez de l'ambition. Ne vous contentez pas d'épouser le premier homme qui vous demandera en mariage. Si vous tombez sur le mauvais numéro, vous risquez d'être malheureuse toute votre vie. »

Je faillis m'étouffer. C'était trop tard pour ces conseils bienveillants. J'avais déjà épousé le premier homme qui m'avait proposé le mariage, et il m'avait en effet rendue malheureuse.

« Tu as l'air soucieuse, me dit Irina. À quoi penses-tu ? »

J'émergeai brusquement de ma rêverie.

« Je me demandais comment seraient les gens ici, mentis-je.

— Si Mme Nelson ressemble aux Brighton, on peut être sûre qu'elle est un peu zinzin.

— Ça, c'est bien vrai ! » rétorquai-je en riant de bon cœur.

Une cloche sonna et nous vîmes le tramway arriver.

« Et sans doute triste, ajouta Irina en ramassant sa valise. Rose m'a dit que Mme Nelson avait perdu son mari il y a un an, et avant ça ses deux fils à la guerre. »

Le conducteur puait la transpiration et je me hâtai de remonter le couloir pour m'asseoir à l'arrière du véhicule. Le sol glissait à cause des chaussures boueuses des passagers et des parapluies dégoulinants. Une affiche publicitaire du département de l'Immigration était coincée entre une réclame pour la sauce tomate Raleigh et une autre pour la droguerie Nock & Kirby. Sur l'affiche, on voyait un homme avec un chapeau serrer la main d'un autre type plus petit dans un costume vieillot. « Bienvenue dans votre nouveau pays », proclamait le slogan. Quelqu'un avait griffonné par-dessus au feutre rouge : « Cassez-vous sales immigrés. » Je vis qu'Irina avait remarqué elle aussi. Elle avait désormais entendu les mots « sales immigrés » suffisamment de fois pour savoir que ce n'était pas un message sympathique. Mais elle ne fit aucun commentaire. Je passai en revue les autres passagers autour de nous. Hommes et femmes se ressemblaient tous dans leurs imperméables gris et leurs chapeaux foncés. Tant qu'Irina et moi ne parlions pas, nous pouvions très bien passer pour l'un d'entre eux.

Quand nous arrivâmes dans le quartier de Potts Point, la pluie avait cessé. Les auvents des magasins ruisselaient et une brume s'élevait des trottoirs. Le blush et le rouge à lèvres que nous avions mis avant de descendre du train à la gare centrale s'étaient évaporés. J'avais les mains moites ; le visage d'Irina était tout luisant. Nous longeâmes une rue menant vers le port. J'étais fascinée par le mélange d'arbres qui poussaient sur le bord de la route : des érables géants, des jacarandas, et même un palmier. Certaines maisons avaient fière allure avec leurs balcons en fer forgé, leurs vérandas en carrelage noir et blanc et leurs pots d'aspidistras devant l'entrée. D'autres, au contraire, auraient eu bien besoin d'une couche de peinture. Elles avaient dû resplendir elles aussi autrefois, mais leurs volets étaient désormais à moitié rouillés et leurs vitres parfois cassées.

Au bout de la rue, près d'un escalier en grès qui descendait vers le port, se trouvait une maison dans la vitrine de laquelle une somptueuse robe de bal était exposée. Une robe jaune jonquille avec un ourlet en fourrure. Le fond de la vitrine était tendu de satin rose brodé d'étoiles argentées. Je n'avais rien vu d'aussi raffiné depuis Shanghai. Mes yeux tombèrent sur la plaque dorée clouée sur la porte : « Judith James, styliste. »

Irina m'appela depuis le trottoir d'en face. « C'est ici ! »

La maison devant laquelle elle se tenait n'était ni décrépie, ni élégante. Comme la plupart de ses voisines, c'était une bâtisse avec des vérandas à chaque étage. Les fenêtres semblaient un peu de guingois et le béton de l'allée menant à la porte était fissuré par endroits, mais les vitres scintillaient et pas une seule mauvaise herbe ne couvrait le petit jardin. Des géraniums rouges poussaient près de la boîte aux lettres ; un érable étendait ses branchages vers les fenêtres du deuxième étage. Mais ce fut le gardénia planté au pied de la véranda qui retint immédiatement mon attention. Je sortis de mon sac l'enveloppe que m'avait confiée le colonel Brighton pour vérifier l'adresse. Je la connaissais, seulement je voulais en avoir le cœur net. Un gardénia encore en fleur à cette période tardive de l'été ne pouvait être qu'un bon présage.

Une des portes-fenêtres de la véranda du premier étage s'ouvrit et une femme en sortit. Elle avait un fume-cigarette aux lèvres et une main sur la hanche. L'expression aiguisée de son visage ne changea pas lorsque Irina et moi la saluâmes et posâmes nos valises devant la grille.

« Il paraît que tu chantes », lança-t-elle en désignant Irina d'un hochement de menton et en croisant les bras sur sa poitrine. Elle portait un pantalon corsaire, un chemisier et des chaussures à talons aiguilles. Avec ses cheveux gris décolorés, on aurait cru Ruselina en plus grande, plus fruste et un peu plus vulgaire.

« Oui, du cabaret, répondit Irina.

— Et toi, tu sais faire quoi ? me demanda-t-elle en me toisant de haut en bas. À part être belle, tu peux te rendre utile à quelque chose ? »

Je restai muette devant une telle grossièreté. Cette femme ne pouvait quand même pas être Mme Nelson !

« Anya est intelligente, répliqua Irina à ma place.

— Bon, ben entrez, dans ce cas, puisqu'on est tous des génies. Je m'appelle Betty, au fait. »

Betty vint nous ouvrir la porte et nous la suivîmes dans l'entrée puis dans l'escalier. Quelqu'un jouait *Romance in the Dark* au piano dans la pièce du bas. La maison semblait avoir été divisée en appartements par étage. Celui de Betty était au premier. Tout en longueur, il avait des fenêtres sur les façades avant et arrière. Au fond de la maison, au bout du couloir, se trouvaient deux portes identiques. « Voici votre chambre », déclara Betty en ouvrant l'une d'elles. Nous pénétrâmes dans une pièce aux murs couleur pêche et au sol en lino. Les deux lits, recouverts d'édredons en chenille, étaient poussés contre les murs latéraux, une table de chevet commune et une lampe dressées entre eux. Irina et moi posâmes nos valises près de l'armoire. Je remarquai que Betty nous avait déposé à chacune une serviette de toilette et un petit bouquet de pâquerettes sur l'oreiller.

« Vous avez faim, les filles ? » lança-t-elle. C'était plus un constat qu'une question et nous nous laissâmes guider jusqu'à la cuisine. Une collection de casseroles cabossées pendait au-dessus de la gazinière, et des petits bouts de carton pliés avaient été glissés sous les pieds des meubles car le sol s'affaissait vers le centre de la pièce. Les torchons à vaisselle étaient propres et l'air sentait les biscuits au beurre, l'eau de Javel et le gaz naturel.

« Par là, c'est le salon, expliqua Betty en désignant une double porte vitrée derrière laquelle s'ouvrait une pièce au parquet ciré couvert d'un tapis rouge vin. Vous pouvez aller jeter un œil. »

C'était la pièce la plus aérée de la maison, avec de hauts plafonds ornés de moulures. Elle était meublée de deux grandes bibliothèques et d'un canapé avec fauteuils assortis. Un poste de radio trônait dans un coin à côté d'un guéridon sur lequel poussait une fougère. Une baie vitrée donnait sur la véranda.

« On peut regarder dehors ? lançai-je.

— Oui, répondit Betty depuis la cuisine. Je mets l'eau à chauffer. »

Du balcon, on apercevait, coincé entre deux maisons, un bout de la vue sur le port et les pelouses du jardin botanique royal. Irina et moi nous assîmes un instant dans les fauteuils en osier, au milieu des pots de chlorophytum et de fougères.

« Tu as vu la photo ? » me demanda Irina. Elle chuchotait, bien qu'elle parlât en russe.

Je me retournai pour scruter le salon. Sur l'une des étagères était posée une photo de mariage. Je supposai qu'il s'agissait de Betty et de son mari. À côté se trouvait un autre cliché représentant un homme en costume croisé avec un chapeau. Le marié, plusieurs années après.

« Et alors ? répondis-je à Irina.

— Il n'y a aucune photo des deux fils. »

Tandis qu'Irina aidait Betty à préparer le thé, je trouvai la salle de bains, une pièce minuscule aussi bien récurée que le reste de l'appartement. Le tapis de bain fleuri était assorti au rideau de douche. La baignoire avait l'air ancienne, avec des traces de rouille autour de la bonde, mais la chaudière était toute neuve.

Quand je revins à la cuisine, Betty était en train de s'allumer une cigarette à la flamme de la gazinière. Irina était assise devant une table recouverte d'une toile cirée. Deux gâteaux à la vanille reposaient sur des assiettes. « Ce sont nos gâteaux de bienvenue », m'expliqua Irina.

Je m'assis à ma place tandis que Betty versait l'eau bouillante dans une théière. Le piano en bas se remit à jouer. « *J'ai le blues du dimanche soir*, entonna Betty. C'est Johnny, poursuivit-elle en indiquant la porte du bout du menton. Il vit avec sa mère, Doris. Il joue dans des clubs de Kings Cross. On pourra aller l'écouter un soir, si vous voulez.

— Combien de personnes habitent dans cette maison ? m'enquis-je.

— Deux en bas et une en haut. Je vous présenterai à tout le monde une fois que vous serez installées.

— Et au salon de thé ? demanda Irina. Il y a combien de gens qui travaillent ?

— Juste un cuisinier russe pour le moment, répondit Betty en posant la théière sur la table avant de s'asseoir avec nous. Vitaly. Un brave garçon. Et travailleur, par-dessus le marché. Il vous plaira. Mais qu'aucune de vous ne s'avise de tomber amoureuse de lui et de se faire la malle, compris ? Comme mes derniers employés.

— Que s'est-il passé ? voulut savoir Irina tout en retirant le papier sulfurisé autour de son gâteau.

— Ma serveuse et mon cuisinier se sont entichés l'un de l'autre. Ils m'ont laissée toute seule du jour au lendemain, raconta Betty. Alors si jamais il venait l'idée à l'une d'entre vous de tomber amoureuse de Vitaly, je lui coupe le petit doigt ! »

Irina se figea, le gâteau à la vanille suspendu à mi-chemin entre son assiette et sa bouche. Betty nous considéra un moment avant de se fendre d'un grand sourire.

Je me réveillai en sursaut au milieu de la nuit. Il me fallut plusieurs secondes pour me souvenir que je n'étais plus dans le camp. Un rai de lumière provenant de la fenêtre du deuxième étage se reflétait sur la maison d'en face et éclairait faiblement mon lit. J'inspirai profondément l'odeur des draps propres. Il avait été un temps où j'avais dormi dans un lit à baldaquin avec une couverture en cachemire et du papier peint doré sur les murs autour de moi. Mais j'avais vécu dans la poussière pendant si longtemps que même un lit simple avec un matelas mou et des draps râpeux me paraissait le comble du luxe. Je guettai les sons de la nuit qui m'étaient devenus familiers dans le camp : le vent dans les arbres, la course précipitée des animaux sauvages, le cri d'un oiseau nocturne ; mais tout était silencieux à part le léger sifflement de la respiration d'Irina et un insomniaque qui écoutait la radio à l'étage au-dessus. J'avais les lèvres desséchées. Je me levai et marchai sur la pointe des pieds jusqu'à la porte.

Dans le couloir résonnait le tic-tac de la pendule. Je tâtonnai jusqu'à trouver l'interrupteur sur le mur de la cuisine et allumai. Il y avait trois verres renversés sur un torchon à côté de l'évier. J'en pris un et le remplis au robinet. Je perçus alors un gémissement. En regardant dans le salon, je me rendis compte que Betty s'était endormie sur le canapé. Elle avait un édredon tiré jusqu'au menton et un oreiller sous la tête. D'après la paire de pantoufles disposées au pied du canapé et le filet résille qu'elle portait sur les cheveux, il était clair qu'elle avait prévu de dormir là. Je me demandai pourquoi elle n'utilisait pas l'autre chambre. Sans doute y avait-il plus d'air au salon. Je retournai me coucher et me rendormis aussitôt.

Tôt le lendemain matin, Betty nous envoya Irina et moi dans le jardin pour cueillir des fruits de la Passion qui poussaient le long de la clôture.

« Qu'est-ce que tu penses d'elle ? murmura Irina.

— Au début je la trouvais bizarre, répondis-je. Mais plus elle parle, plus elle me paraît sympathique. Je l'aime bien.

— Moi aussi. »

Nous revînmes avec deux sacs remplis de fruits. « Je m'en sers pour la coupe tropicale », nous dit Betty.

Ensuite, nous prîmes toutes les trois le tramway pour aller en ville. Le salon de thé de Betty était situé tout au bout de George Street, près des cinémas. Le décor était à mi-chemin entre un *diner* américain et un bistrot français. Au premier niveau étaient disposées des tables rondes et des chaises en osier. Puis on accédait au second niveau par quatre petites marches : des banquettes mauves perpendiculaires au mur créaient huit alcôves individuelles de quatre places chacune et au fond de la salle se trouvait un bar avec des tabourets. Chaque alcôve était décorée par la photo d'une star de cinéma américaine accrochée au mur : Humphrey Bogart, Fred Astaire, Ginger Rogers, Clark Gable, Rita Hayworth, Gregory Peck, Bette Davis et Joan Crawford.

Nous suivîmes Betty derrière une porte saloon équipée de hublots qui donnait sur un petit couloir menant aux cuisines. Un jeune homme aux jambes comme des allumettes et qui arborait une fossette au menton était en train de mélanger du lait et de la farine dans un saladier. « C'est Vitaly », annonça Betty. Le jeune homme releva la tête et sourit. « Ah ! vous voilà. Juste à temps pour m'aider à faire la pâte à *pancakes*.

— Non, non, vous n'allez pas tout de suite vous mettre au travail, protesta Betty en nous prenant les sacs contenant les fruits de la Passion pour les poser sur la table au centre de la pièce. Asseyez-vous et discutez un peu avant que les clients commencent à arriver. Vous devez faire connaissance. »

La cuisine du salon de thé était aussi impeccable que celle de Betty. Il y avait quatre placards, une gazinière à six feux, un grand four et deux éviers. Betty sortit un tablier d'un des placards et se l'attacha autour de la taille. Je repérai deux uniformes roses pendus à un crochet et supposai que l'un était pour moi. Je devais en effet aider Betty pour le service tandis qu'Irina serait l'assistante de Vitaly en cuisine.

Vitaly nous apporta des chaises et nous nous assîmes autour de la table.

« Des œufs pour tout le monde, ça vous va ? lança Betty. Les filles, vous n'avez mangé que des tartines ce matin, et je ne veux pas que mon personnel meure de faim.

— Je vous connais toutes les deux de Tubabao, observa Vitaly.

— Ah oui, je me souviens ! s'exclama Irina en riant. Tu m'as demandé un autographe après le concert ! »

Je scrutai les joues rosées de Vitaly, ses cheveux blond roux et ses yeux bleus légèrement exorbités sans parvenir à le remettre.

« Quel âge as-tu ? lui demanda Irina.

— Vingt-cinq. Et vous ? »

Betty cassa des œufs dans un bol et jeta un coup d'œil par-dessus son épaule. « Ne vous fatiguez pas à parler anglais juste parce que je suis là. Vous pouvez vous parler en russe. Enfin, ajouta-t-elle en souriant, du moment que vous ne racontez pas des potins croustillants. Et en tout cas pas devant les clients. Je n'ai pas envie qu'on vous prenne pour des espions communistes ! »

Nous éclatâmes de rire. « Merci, Betty, lui répondit Irina. C'est plus facile pour moi, en effet.

— Et toi, Anya, poursuivit Vitaly en se tournant vers moi, j'avais l'impression de t'avoir déjà vue quelque part avant Tubabao. Mais j'ai entendu dire que tu étais de Shanghai, donc je ne vois pas comment on aurait pu se croiser.

— Je ne suis pas de Shanghai, rectifiai-je. Je suis de Harbin.

— Harbin ! s'écria-t-il, le regard brillant. Moi aussi je suis de Harbin. Quel est ton nom de famille ?

— Kozlova. »

Vitaly réfléchit un moment, se frottant les mains comme s'il espérait faire sortir un génie d'une lampe.

« Kozlova ! s'exclama-t-il enfin. La fille du colonel Victor Grigorovich Kozlov ? »

La mention du nom de mon père me coupa le souffle. Cela faisait bien longtemps que je ne l'avais pas entendu. « Oui, balbutiai-je.

— Alors je te connais, affirma Vitaly. Mais toi tu es sans doute trop jeune pour te souvenir de moi. Mon père était ami avec le tien. Ils ont quitté la Russie ensemble. Puis nous sommes partis vivre à Qingdao en 1938. Pourtant je me souviens de toi. Une petite fille avec les cheveux roux et les yeux bleus.

— Ton père est ici ? lui demanda Irina.

— Non. Il est en Amérique avec ma mère et mes huit frères. Moi je vis ici avec ma sœur et son mari. Mon père n'a pas tellement confiance en mon beau-frère, alors il m'a envoyé ici pour que je prenne soin de Sofia. Et toi, Anya, tes parents sont avec toi ? »

Sa question me prit au dépourvu. Je baissai les yeux.

« Mon père est mort dans un accident de voiture avant la fin de la guerre, répondis-je. Ma mère a été déportée depuis Harbin. Par les Soviétiques. Je ne sais pas où ils l'ont emmenée. »

Vitaly se frotta le menton avant de prendre la parole : « Tu sais, ma famille cherche aussi mon oncle. Il est resté à Harbin puis il est aussi parti en Union soviétique après la guerre. Mais pas contraint et forcé. Mon père et lui n'avaient pas les mêmes opinions politiques. Mon oncle croyait aux principes du communisme et il n'a jamais fait partie de l'armée blanche avec mon père. Ce n'était pas vraiment un extrémiste. Mais il soutenait les communistes.

— Tu sais où il est ? demanda Irina. Peut-être pourrait-il savoir où la mère d'Anya a été envoyée. »

Vitaly claqua des doigts. « Ce n'est pas impossible ! Peut-être qu'ils étaient ensemble dans le train entre Harbin et Moscou. Mais mon père n'a eu que deux fois des nouvelles de mon oncle depuis son départ, et chaque fois c'était par l'intermédiaire de connaissances. Je peux demander à mon père d'essayer de contacter mon oncle. Mais je ne garantis rien, car il faut toujours passer par beaucoup d'intermédiaires. Et bien sûr toute l'information est censurée, là-bas. »

J'étais trop bouleversée pour parler. Vue depuis Shanghai, la Russie m'avait paru un territoire bien trop vaste pour être appréhendé. Et soudain, dans un salon de thé à l'autre bout de la planète, je rencontrais quelqu'un qui pouvait m'aider.

« Anya ! s'écria Irina. C'est formidable ! Si on arrive à joindre l'oncle de Vitaly, tu auras des chances d'avoir des nouvelles de ta mère.

— Holà ! attendez une minute ! nous interrompit Betty en posant trois assiettes d'œufs brouillés devant nous. Ce n'est pas juste. J'ai dit que vous pouviez parler russe s'il n'y avait rien de croustillant. Mais au ton de votre voix, j'ai l'impression que je suis en train de rater quelque chose d'intéressant. Qu'est-ce qui se passe ? »

Nous nous mîmes à parler tous les trois en chœur, et Betty semblait complètement perdue. Irina et Vitaly se turent donc et me laissèrent raconter mon histoire. Quand j'eus terminé, Betty resta songeuse un moment.

« Tu peux peut-être contacter le Cercle russo-américain, finit-elle par suggérer. Ils peuvent te trouver des pistes.

— Oui, et tu risques aussi d'être soupçonnée d'espionnage par le gouvernement australien et de te retrouver avec une enquête des services de renseignements, objecta Vitaly. Anya, je te promets d'écrire à mon père dès ce soir. »

La première journée au salon de thé se déroula sans encombre. Après avoir enfilé mon uniforme et attaché mes cheveux en queue-de-cheval, je lus attentivement le menu pour essayer de mémoriser le nom des plats et des boissons. Betty m'expliqua que son salon de thé n'était pas connu seulement pour son café à l'américaine mais aussi pour son chocolat chaud, ses milk-shakes aux vraies graines de vanille et son thé glacé maison. Comme je remarquais que beaucoup d'adolescents commandaient des « sodas araignées », elle m'en fit goûter un en cuisine. C'était tellement sucré et sirupeux qu'il me donna des maux de ventre. « Les jeunes adorent ça, rigola Betty devant ma mine de dégoût. Ils trouvent ça glamour. »

À l'heure du déjeuner, les clients commandèrent surtout des salades, des clubs sandwichs ou des tartes, mais vers la fin d'après-midi je me retrouvai à porter des plateaux de cheesecakes, de blancs-mangers au coulis de framboise et d'un mets baptisé « anges à cheval ».

« Des anges à cheval ? répétai-je, perplexe, au premier client qui m'en réclama une portion.

— Demandez à la dame, là, répondit le type en désignant Betty d'un hochement de menton. Elle saura. »

Je rougis de la tête aux pieds.

« Le monsieur là-bas m'a commandé des anges à cheval », murmurai-je à Betty.

Elle sourit et me suggéra d'aller en cuisine afin que Vitaly me montre de quoi il s'agissait. C'étaient des huîtres grillées enveloppées d'une tranche de lard et servies sur un toast. « Je t'en fais goûter une après la fin de ton service, me proposa Vitaly.

— Non merci, rétorquai-je. Pas après mon expérience avec le soda araignée. »

Irina et moi avions une journée et demie de repos par semaine. Le vendredi matin, comme je ne travaillais pas, j'en profitai pour aller faire un tour dans le quartier. Il faisait chaud mais une brise légère rafraîchissait l'atmosphère. Alors que je revenais chez Betty sur le coup de midi, absorbée dans mes pensées, un homme surgit de la maison et nous faillîmes nous percuter au milieu du jardin. Il fit quelques pas en arrière, d'abord surpris, puis un grand sourire illumina son visage.

« Bonjour, dit-il. Vous êtes une des filles de Betty, c'est ça ? »

Il devait avoir la trentaine et ses cheveux noir corbeau ainsi que ses yeux verts me rappelaient le portrait de Gregory Peck accroché au salon de thé.

« Oui, je vis chez Betty.

— Je m'appelle Adam, déclara-t-il en me tendant la main. Adam Bradley. J'habite en haut.

— Anya Kozlova, répondis-je.

— Méfiez-vous de lui ! C'est un dragueur ! » lança une voix de femme derrière moi.

Je me retournai et découvris une jolie blonde qui me faisait des signes de la main depuis le trottoir d'en face. Elle portait une jupe droite et un chemisier ajusté et tenait dans les bras un tas de robes différentes. Elle ouvrit la portière d'une Fiat garée devant elle, déposa délicatement les vêtements sur la banquette arrière.

« Ha ! Judith ! s'écria Adam. Tu nous as interrompus avant même que j'aie eu le temps de lier connaissance avec cette ravissante jeune fille.

— Décidément, tu ne changeras jamais ! s'exclama Judith. Qui était cette vamp avec qui je t'ai vu rentrer en cachette l'autre soir ? » La femme s'avança vers moi : « Au fait, je m'appelle Judith.

— Et moi Anya. J'ai vu votre robe dans la vitrine. Elle est magnifique.

— Merci, répondit-elle avec un grand sourire. Je vais faire un salon ce week-end, mais passez me voir quand vous voulez dans la semaine. Vous êtes grande, mince, belle. Vous pourriez très bien me servir de mannequin. »

Judith grimpa dans sa voiture, fit un demi-tour au bout de la rue et vint se ranger devant nous dans un grand crissement de pneus.

« Je te dépose au journal, Adam ? proposa-t-elle en se penchant vers la vitre côté passager. Ou bien est-ce vrai que les journalistes ne travaillent jamais l'après-midi ?

— Hmm, marmonna Adam en me saluant d'un coup de chapeau avant d'ouvrir la portière. Enchanté d'avoir fait votre connaissance, Anya. Si Judith ne vous propose pas de travail, je peux peut-être vous trouver quelque chose.

— Merci, rétorquai-je, mais j'ai déjà un travail. »

Judith donna un petit coup de Klaxon et enfonça la pédale de l'accélérateur. La voiture fonça jusqu'au carrefour, évitant de peu deux chiens et un cycliste, et disparut.

Je montai l'escalier jusqu'au premier étage. Il me restait deux heures avant de reprendre mon service au salon de thé. Je me rendis directement à la cuisine dans l'intention de me préparer un sandwich. L'appartement sentait un peu le renfermé et j'ouvris en grand la baie vitrée pour aérer. Il y avait du fromage et une demi-tomate dans le réfrigérateur. Je les coupai en tranches, les disposai sur une tartine, me servis un verre de lait et emportai le tout sur la véranda. J'apercevais le haut des voiliers qui tanguaient sur les eaux du port. Je ne m'attendais pas à ce que Sydney fût une aussi belle ville. Il y régnait un peu une ambiance de station balnéaire. Même si, bien sûr, les apparences pouvaient être trompeuses. Vitaly m'avait dit que, dans son quartier, il ne sortait jamais seul le soir s'il pouvait l'éviter. Deux de ses amis s'étaient fait attaquer par une bande de voyous qui les avaient entendus parler russe. Cet aspect de Sydney, je ne l'avais pas encore rencontré. Certains clients s'énervaient parfois quand je ne les comprenais pas, mais en général les gens étaient plutôt polis.

Une porte claqua quelque part dans l'appartement. Je songeai que j'avais peut-être mal refermé derrière moi et me levai pour aller vérifier. Mais la porte d'entrée était close, ainsi que celle de ma chambre. Un nouveau bruit sourd me fit sursauter. En me retournant, je constatai que c'était la porte de l'autre chambre qui battait dans le courant d'air. J'attrapai la poignée pour la fermer, mais la curiosité l'emporta et je ne pus m'empêcher de jeter un coup d'œil à l'intérieur.

C'était une pièce légèrement plus grande que celle que je partageais avec Irina mais, comme chez nous, il y avait deux petits lits poussés contre les murs et une commode sous la fenêtre. Bien qu'il y flottât une forte odeur de renfermé, la pièce était parfaitement propre. Visiblement, le ménage avait été fait récemment. Au-dessus d'un des deux lits était accrochée une affiche annonçant un match de cricket de 1937, et des médailles pendaient sur le mur d'en face. Je repérai aussi une canne à pêche au-dessus de l'armoire, une raquette de tennis dans un coin et une photo encadrée posée sur la commode. Je m'approchai pour mieux la voir : Betty, souriante, tenait par la taille deux jeunes hommes en uniforme ; on voyait un bateau au second plan. À côté du cadre se trouvait un album en cuir. J'y découvris une image sépia représentant deux bébés blonds identiques assis sur une pelouse. Ils brandissaient chacun une carte d'anniversaire avec le chiffre deux. Des jumeaux. Je plaquai une main sur ma bouche et me laissai tomber à genoux sur la moquette.

« Betty, sanglotai-je. Pauvre, pauvre Betty. »

Je fus submergée par un flot de tristesse. Le visage de ma mère m'apparut soudain en pensée. Cette pièce était un endroit de mémoire et de chagrin intime. Betty enfermait ici toute sa douleur afin de pouvoir continuer à vivre. Moi aussi, j'avais un endroit comme ça. Ce n'était pas une pièce, c'était ma matriochka. Un objet vers lequel je me réfugiais chaque fois que j'avais besoin de me souvenir que ma mère perdue avait réellement fait partie de ma vie à un moment. Une manière de me rappeler que tout ça n'était pas seulement un rêve.

Je restai longtemps dans la chambre, pleurant tout mon soûl sans retenue. Au bout d'un moment, épuisée, je me relevai et sortis dans le couloir en refermant soigneusement la porte. Je ne fis jamais aucune allusion à ma découverte devant Betty, même si après ça j'éprouvais un sentiment particulier à son égard.

Le même soir, en sortant du travail, Irina et moi allâmes nous promener dans le quartier de Kings Cross. Darlinghurst Street était un endroit très animé à cette heure de la journée, des gens se pressaient sur les trottoirs devant les bars et les cafés, un verre à la main, discutant et riant bruyamment. Alors que nous passions devant un bar, je reconnus *Romance in the Dark* au piano. Je me demandai si c'était Johnny qui jouait.

« Je chantais dans ce genre d'endroit, à Shanghai, me dit Irina.

— Tu pourrais essayer ici », lui répondis-je.

Mais elle secoua la tête. « Ils veulent des chansons en anglais. De toute façon, après la semaine au salon de thé, je suis trop fatiguée pour travailler le week-end. »

Nous continuâmes à marcher le long de boutiques qui vendaient des bibelots indiens, des cosmétiques et des vêtements d'occasion. Arrivées au croisement de Victoria Street, nous fîmes demi-tour pour rentrer à la maison.

« Tu crois qu'un jour on se sentira à notre place, ici ? demanda brusquement Irina. J'ai l'impression de tout regarder de l'extérieur, comme derrière une vitre.

— Je ne sais pas, répondis-je. C'est peut-être plus facile pour moi parce que je parle anglais.

— Je crois que tu essaies d'être courageuse, dit-elle. Tu avais de l'argent, à une époque. Et maintenant tu dois faire des économies juste pour pouvoir aller au cinéma une fois par semaine. »

Tout ce qui m'importe, songeai-je, *c'est de retrouver ma mère.*

« Je pars faire un saut à la banque », déclara Betty un après-midi alors que le salon de thé était vide. Elle enfila un léger manteau par-dessus son uniforme, vérifia son rouge à lèvres dans le reflet du percolateur. « Tu vas t'en sortir si des clients arrivent, Anya ? Vitaly est dans la cuisine si jamais tu as besoin d'aide.

— Pas de problème », répondis-je.

Je la regardai tourner le coin de la rue et me mis à nettoyer le comptoir et les tables, bien que tout fût déjà propre. Environ une demi-heure plus tard, j'entendis le ding-dong de la porte d'entrée. Quelques jeunes filles pénétrèrent dans le salon d'un pas traînant et s'installèrent dans l'alcôve Joan Crawford. Elles portaient toutes des tailleurs stricts, des chapeaux et des gants. Elles devaient avoir à peine vingt ans mais essayaient de se donner des airs sophistiqués en fumant des cigarettes Du Maurier dont elles recrachaient la fumée ostensiblement.

Elles me toisèrent avec mépris quand je m'approchai de leur table. L'une d'elles, une fille aux larges épaules avec des taches de rousseur sur les joues, fit une remarque à voix basse et les autres éclatèrent de rire. Je sentais les ennuis se profiler à l'horizon.

« Bonjour, lançai-je en ignorant leur grossièreté. Que désirez-vous boire ?

— Vouiyons voirrr, répondit une petite brunette boulotte. Jè voudrrrais oun verrrre d'eau yié peut-êtrrre aussi oun kafè. »

Son imitation de mon accent déclencha l'hilarité de ses camarades. « Et moi, ajouta la fille aux taches de rousseur, je voudrais un café et un crumble à la rhubarbe. Attention, j'ai bien dit un crumble à la rhubarbe, pas un *krioumbl à la rioubarbe*. Ce n'est pas tout à fait la même chose, il me semble. »

Je portai une main à mon cou, m'efforçant de conserver mon calme, mais je sentis mon visage s'empourprer. Pourtant, cela aurait dû m'être parfaitement indifférent, c'était juste une bande de gamines ignorantes. Mais j'avais du mal à rester plantée là dans mon uniforme de serveuse sans me sentir humiliée. J'étais une immigrée. Une « sale immigrée ». Quelqu'un dont les Australiens ne voulaient pas.

« Apprends à parler anglais ou retourne d'où tu viens », marmonna une des filles à mi-voix.

La haine dans son ton me déstabilisa. Mon cœur se mit à battre la chamade. Je jetai un coup d'œil par-dessus mon épaule : ni Vitaly ni Irina ne semblaient se trouver dans la cuisine. Peut-être étaient-ils en train de sortir les poubelles dans l'allée.

« Ouais, rentre chez toi, reprit la brunette. On ne veut pas de toi ici.

— Si vous avez un problème avec son anglais impeccable, allez donc prendre votre café sur King Street », répliqua une voix derrière moi.

Nous nous retournâmes toutes en même temps pour découvrir Betty sur le pas de la porte. Depuis combien de temps observait-elle la scène ? À en juger par son air de dégoût, suffisamment longtemps pour avoir compris ce qui se passait. « Vous paierez peut-être un ou deux shillings de plus là-bas, poursuivit-elle, ce qui fera un ou deux shillings en moins pour vos pilules amincissantes et vos crèmes anti-acné. »

Deux des filles baissèrent les yeux de honte. La brunette caressait ses gants en souriant. « Oh ! ça va ! on rigolait juste », fit-elle. Mais Betty se précipita vers elle et se pencha jusqu'à deux centimètres de son visage. « Vous n'avez pas l'air de comprendre, jeune fille, dit-elle avec une rage contenue. Je ne suis pas en train de vous faire une proposition. Je suis la patronne de ce salon de thé et je vous ordonne de quitter les lieux sur-le-champ. »

La fille rougit de la tête aux pieds. Sa lèvre se mit à trembler, elle était sur le point d'éclater en larmes. Je ne pus m'empêcher d'avoir pitié d'elle. Elle se leva, renversant sur son passage le distributeur de serviettes dans sa hâte de déguerpir. Ses amies la suivirent, tête basse. Elles ne jouaient plus les grandes dames, à présent.

Betty les regarda partir avant de se tourner vers moi. « Ne laisse jamais personne te parler de la sorte, Anya. Tu m'entends ? Jamais ! J'ai une petite idée de ce que tu as pu traverser et je peux t'affirmer que tu en vaux vingt comme elles. »

Ce soir-là, alors qu'Irina s'était endormie, je restai éveillée dans mon lit en repensant à la façon dont Betty avait pris ma défense, telle une lionne accourant au secours de son bébé. Seule ma mère aurait pu en faire autant. J'entendis le robinet de la cuisine et me demandai si Betty aussi avait du mal à trouver le sommeil.

Je la trouvai assise dans la véranda, contemplant le ciel, la braise de sa cigarette brillant comme une luciole au bout de ses doigts. Le parquet craqua sous mes pieds. Betty sursauta légèrement sans pour autant se retourner.

« On dirait bien qu'il va pleuvoir demain, marmonna-t-elle.

— Betty ? » dis-je en venant m'asseoir dans le fauteuil à côté d'elle. Je l'avais interrompue dans ses pensées. Elle me regarda en silence. Dans la faible lueur de la cuisine, sa peau paraissait plus pâle que d'ordinaire. Elle avait un visage plus doux, moins dramatique, sans le masque du maquillage.

« Merci, pour aujourd'hui, repris-je.

— Chut ! tais-toi, répondit-elle en faisant tomber la cendre de sa cigarette par-dessus la rambarde du balcon.

— Je ne sais pas ce que j'aurais fait si tu n'étais pas arrivée.

— Tu aurais fini par leur dire de se tirer à un moment ou un autre, affirma-t-elle en ajustant son filet à cheveux. On ne peut pas encaisser à l'infini sans jamais riposter. »

Je me laissai aller contre le dossier de mon siège en souriant. La brise marine était fraîche mais pas froide. J'en inspirai une grande bouffée dans mes poumons. La première fois que j'avais vu Betty, ses manières un peu rudes m'avaient d'abord effrayée. Soudain, le fait d'être assise à côté d'elle et de la voir dans sa chemise de nuit me faisait trouver ce souvenir ridicule. Elle me faisait penser à Ruselina. Il émanait d'elle le même mélange de force et de fragilité. Mais peut-être ne la savais-je fragile que parce que j'avais vu sa chambre secrète.

Betty souffla des volutes de fumée dans l'obscurité. « Les paroles peuvent tuer, poursuivit-elle. Je le sais. J'étais la sixième dans une famille de huit enfants. La seule fille. Mon père ne se gênait pas pour me répéter à quel point il me trouvait bonne à rien, et que je ne valais même pas la nourriture qu'il me donnait.

— Betty ! » m'écriai-je, horrifiée.

Elle secoua la tête. « À treize ans, j'ai compris qu'il fallait m'enfuir ou le laisser détruire le peu de vie qui subsistait en moi.

— Tu as été courageuse, assurai-je. Tu as fait le choix de partir. »

Elle écrasa sa cigarette et nous nous tûmes toutes les deux. Seul le bruit d'une voiture au bout de la rue vint rompre le silence.

Au bout d'un moment, Betty reprit : « Je me suis construit ma propre famille parce que celle dont j'avais hérité à la naissance n'était pas bonne. Tom et moi, on n'avait pas grand-chose pour démarrer, mais qu'est-ce qu'on rigolait ensemble ! Et ensuite quand on a eu les garçons… On était heureux. »

Sa voix flancha et elle tira une autre cigarette du paquet posé sur son accoudoir. Je songeai à la pièce secrète, à la façon dont elle avait conservé si amoureusement les affaires ayant appartenu à ses enfants.

« Rose nous a dit que tu avais perdu tes fils à la guerre », lâchai-je. Je fus surprise de ma propre audace. À Tubabao, je n'aurais jamais osé parler à quelqu'un de son passé. Mais j'étais moi-même plongée dans une telle souffrance à l'époque que je n'aurais pas pu supporter celle de quelqu'un d'autre en plus. Brusquement, j'éprouvais le besoin de faire savoir à Betty que je comprenais son angoisse parce que je la ressentais aussi.

Betty serra le poing. « Charlie à Singapour et Jack un mois plus tard, murmura-t-elle. Tom a eu le cœur brisé. On n'a plus jamais rigolé après ça. Ensuite il est parti lui aussi. »

Le même chagrin immense qui m'avait submergée dans la chambre des jumeaux s'empara de moi à cet instant. Je posai une main sur l'épaule de Betty. Elle me la prit et la garda dans la sienne.

« Tu es jeune, Anya, mais tu sais de quoi je parle. Ces filles au salon de thé, aujourd'hui, elles sont jeunes et ne connaissent rien à rien. J'ai sacrifié mes fils pour sauver ce pays. »

Je me levai de mon fauteuil pour m'agenouiller à côté d'elle. Oui, je comprenais son chagrin. J'imaginais qu'elle aussi avait peur de fermer les yeux la nuit à cause des cauchemars, et que même entourée d'amis elle était isolée à jamais dans son monde. Mais Betty était forte ; je sentais les pulsations de son courage battre dans ses veines.

« Je suis fière, dit-elle. Fière parce que, grâce à des garçons comme mes fils, ce pays est resté libre et des jeunes comme toi peuvent venir recommencer leur vie ici. Je veux faire tout mon possible pour t'aider. Je ne veux pas laisser les gens t'insulter. »

Les larmes me montèrent aux yeux. « Betty.

— Toi, Vitaly, Irina, vous êtes mes enfants, désormais. »

14

La haute société

Un soir de juillet, alors que Betty m'enseignait les secrets de son bœuf sauté à l'ananas, Irina fit irruption dans la cuisine en agitant une enveloppe. « Ma grand-mère va venir ! » s'exclama-t-elle.

Je m'essuyai les mains sur mon tablier, lui pris la lettre et en lus les premières lignes. Les médecins français avaient déclaré Ruselina guérie, et le consulat réglait ses papiers pour qu'elle puisse voyager jusqu'en Australie. Il s'était passé tellement de choses depuis notre séparation d'avec Ruselina que j'avais du mal à croire qu'elle serait vraiment à Sydney à la fin du mois ; le temps avait filé si vite.

Je traduisis la nouvelle à Betty. « Quand elle va t'entendre parler anglais, fit-elle observer à Irina, elle ne va pas te reconnaître !

— Elle ne va pas me reconnaître parce que tu me nourris tellement bien que j'ai grossi ! rétorqua Irina en riant.

— Ce n'est pas moi ! protesta Betty. C'est plutôt Vitaly qui s'occupe de toi aux petits oignons. Quand vous êtes tous les deux dans la cuisine, je n'entends que des gloussements ! »

Je remarquai qu'Irina rougissait.

« Vitaly aura fini de réparer son Austin quand Ruselina arrivera, enchaînai-je. On pourra l'emmener faire une excursion dans les Blue Mountains. »

Betty roula des yeux. « Vitaly répare cette bagnole depuis que je le connais, et il n'a toujours pas réussi à la faire sortir du garage ! À mon avis, il vaut mieux compter sur le train.

— Tu crois qu'on pourra trouver un appartement dans le quartier pour ma grand-mère ? demanda Irina. Il ne nous reste pas beaucoup de temps.

— J'ai une autre idée, fit Betty en remuant les morceaux d'ananas caramélisés dans la poêle. Il y a au rez-de-chaussée une chambre qui m'appartient. Je m'en sers de débarras, mais c'est une pièce spacieuse et agréable. Je peux la vider si vous voulez. »

Elle attrapa un bocal au-dessus du placard et en sortit une clé qu'elle tendit à Irina. « Vous n'avez qu'à aller jeter un coup d'œil et décider. Le dîner ne sera pas prêt avant un quart d'heure. »

Irina et moi dévalâmes les marches jusqu'au rez-de-chaussée. La pièce dont Betty nous avait parlé se trouvait au bout du couloir, derrière l'escalier.

« Ça ne risque pas d'être bruyant quand Johnny joue du piano ? s'inquiéta Irina en introduisant la clé dans la serrure.

— Non. Il y a deux autres pièces entre celle-ci et le piano de Johnny. De toute façon, personne ne s'en plaint jamais. »

C'était la stricte vérité. Chaque fois qu'Irina et moi entendions Johnny poser les doigts sur son clavier, nous éteignions la radio pour l'écouter. Son interprétation de *Moon River* nous arrachait systématiquement des larmes.

« Tu as raison, approuva Irina. Mamie adorera habiter à côté d'un musicien. »

En poussant la porte, nous nous retrouvâmes au milieu d'une pièce encombrée de placards, de valises en tout genre, et même d'un lit à baldaquin. L'air sentait la poussière et la naphtaline.

« Ce lit devait être dans notre chambre autrefois, devinai-je. C'était sans doute celui de Tom et Betty. »

Irina poussa une porte coulissante juste sous l'escalier. « Il y a même un cabinet de toilette. Et mamie pourra toujours venir prendre ses bains là-haut. Alors, qu'est-ce que tu en penses ?

— Je pense que tu devrais accepter. Après un grand ménage, ça fera une très belle chambre. »

Le bateau de Ruselina entra dans le port de Sydney par un matin radieux. Si l'humidité estivale m'était familière à cause de la similitude avec le climat de Shanghai, je n'avais jamais connu d'hiver au soleil si brillant et à l'air si pur qu'on avait envie de le croquer comme une pomme fraîche. Contrairement à Harbin, Sydney ne connaissait pas la grisaille ni la neige. Irina et moi avions décidé d'aller jusqu'au quai à pied pour chercher Ruselina. Nous sautillions presque de joie et ne pouvions nous empêcher de sourire en entendant les Australiens emmitouflés se plaindre du froid.

« Il doit faire au moins douze degrés, lançai-je à Irina.

— Mamie va croire que c'est l'été, plaisanta-t-elle. Ce genre de température, c'était seulement pendant les canicules quand elle habitait en Russie ! »

Nous fûmes soulagées de constater que le bateau ayant amené Ruselina en Australie était loin d'être aussi bondé que celui que nous avions vu à quai le jour de notre arrivée à Sydney, même si le quai grouillait de gens attendant le débarquement des passagers. Une fanfare de l'Armée du Salut jouait la mélodie populaire de *Waltzing Matilda* tandis que des journalistes prenaient des photos. Une file de personnes avançait sur la passerelle en ordre dispersé. Un groupe de boy-scouts se ruèrent sur les premiers passagers débarqués pour leur offrir des pommes.

« D'où vient ce bateau, exactement ? demandai-je à Irina.

— Il est parti d'Angleterre et a pris d'autres gens sur son passage. »

Je me gardai de tout commentaire, mais j'étais néanmoins blessée de voir que les Australiens réservaient un bien meilleur accueil aux immigrants britanniques qu'à nous. Irina et moi scrutions les visages pour tenter d'apercevoir Ruselina.

« La voilà ! » s'écria soudain Irina en tendant le doigt vers le milieu de la file.

Je plissai les yeux. La femme qui avançait sur la passerelle n'était pas la Ruselina de Tubabao. Un hâle éclatant avait remplacé son teint grisâtre, et elle marchait sans canne. Elle nous repéra et cria : « Irina ! Anya ! »

Nous nous précipitâmes à sa rencontre. Quand je la pris dans mes bras, j'eus l'impression de serrer un gros oreiller, et non une brindille.

« Faites voir comme vous êtes belles ! dit-elle en reculant d'un pas. Vous m'avez l'air en pleine forme toutes les deux. Mme Nelson doit bien s'occuper de vous.

— En effet, confirma Irina. Et toi, mamie ? Comment vas-tu ?

— Mieux que je ne l'aurais jamais espéré ! » répondit-elle, la larme à l'œil.

Comme nous lui posions en russe des questions sur le voyage et sur la France, elle s'obstina à nous répondre uniquement en anglais.

« Irina et Anya, fit-elle à voix basse, il faut s'exprimer uniquement en anglais maintenant qu'on est en Australie.

— Mais pas quand on parle entre nous ! répliqua Irina.

— *Surtout* quand on parle entre nous », rectifia Ruselina en sortant un dépliant de son sac. C'était l'introduction de l'OIR dans son livre sur l'Australie. « Lisez ça », dit-elle en me le tendant.

Je lus le paragraphe marqué d'une croix : « La chose la plus importante est sans doute d'apprendre à utiliser la langue des Australiens. Ceux-ci n'ont pas l'habitude d'entendre parler des langues étrangères. Ils ont tendance à dévisager dans la rue les gens qui parlent une autre langue que la leur. Vous exprimer en public dans votre langue maternelle vous fera remarquer et identifier comme des étrangers. De la même façon, évitez de faire des gestes avec les mains en parlant car cela risquerait de vous faire remarquer. »

« Ça a l'air très important pour eux qu'on ne se fasse pas *remarquer*, souligna Irina.

— Cela explique peut-être les réflexions et les regards qu'on nous a lancés », répliquai-je.

Ruselina me reprit le dépliant. « Et attendez, renchérit-elle, il y a mieux. Quand j'ai posé ma candidature pour immigrer en Australie, ils m'ont envoyé un fonctionnaire à l'hôpital pour me demander si j'avais des sympathies communistes.

— C'est une blague ! s'offusqua Irina. Nous, des sympathies communistes ! Après tout ce que nous avons laissé derrière nous.

— Voilà exactement ce que je lui ai répondu, déclara Ruselina. "Jeune homme, croyez-vous sérieusement que je pourrais soutenir le régime qui a fait passer mes parents devant le peloton d'exécution ?"

— C'est à cause des tensions en Corée, supposai-je. Pour eux, tous les Russes sont des espions à la solde de l'ennemi.

— Avec les Asiatiques c'est encore pire, affirma Irina. Vitaly dit qu'ils ne les laissent même pas entrer sur le territoire. »

Une grue grinça au-dessus de nos têtes et nous vîmes un lot de bagages enveloppés dans un filet descendre sur le quai.

« Je vois ma valise ! » s'exclama Ruselina. Quand le responsable nous indiqua que nous pouvions aller récupérer les bagages, nous fîmes la queue avec les autres passagers.

« Anya, regarde, ce gros sac bleu est aussi à moi, dit Ruselina. Tu vas y arriver ? C'est assez lourd. Irina prendra la valise.

— Qu'est-ce que c'est ? demandai-je en soupesant le sac.

— Une machine à coudre que j'ai achetée en France. Je vais me remettre à la couture pour pouvoir vous aider un peu. »

Irina et moi échangeâmes un regard. « Ce n'est pas la peine, mamie, répondit Irina. On a une chambre pour toi. Le loyer n'est pas cher et on a du travail.

— Vous ne gagnez pas assez pour nous faire vivre toutes les trois, quand même ?

— Bien sûr que si ! » rétorquai-je. Cependant, je m'abstins de préciser que j'avais vendu mes bijoux pour pouvoir ouvrir un compte en banque. Je n'en avais d'ailleurs pas obtenu autant d'argent que je l'espérais car, comme me l'avait expliqué le bijoutier, quantité d'immigrants vendaient leurs biens en Australie. Mais je possédais quand même une somme suffisante pour payer le loyer de Ruselina pendant plusieurs mois.

« C'est ridicule ! protesta Ruselina. Il faut que vous pen siez à mettre de l'argent de côté.

— Mamie, dit Irina en lui caressant la main, tu as été très malade. Anya et moi voulons que tu te reposes.

— Pfff, tu parles ! Je me suis assez reposée. Maintenant je veux vous aider. »

Irina insista pour que nous rentrions en taxi jusqu'à la maison, tandis que Ruselina voulait prendre le tram afin d'en faire l'économie. Nous ne réussîmes à la convaincre qu'en lui assurant qu'elle profiterait mieux de la vue depuis un taxi, et au bout de quelques minutes je parvins à en arrêter un.

L'enthousiasme de Ruselina pour sa nouvelle ville nous fit honte à Irina et à moi ; elle ouvrit la fenêtre et se mit à nous montrer les monuments comme si elle avait vécu là toute sa vie. Même le chauffeur était impressionné.

« Ça, c'est la tour AWA, déclara-t-elle en désignant un bâtiment marron surmonté d'une sorte de tour Eiffel miniature. C'est le plus haut immeuble de la ville. Il dépasse la limite légale, mais il a été classé comme relais de communication et non comme bâtiment d'habitation, alors c'est passé.

— Comment as-tu appris tout ça sur Sydney ? questionna Irina.

— Pendant des mois, je n'avais rien d'autre à faire que de lire tout ce qui me tombait sous la main au sujet de l'Australie. Les infirmières étaient très gentilles, elles m'apportaient des livres et des revues. Elles ont même trouvé un soldat australien qui est venu me rendre visite. Malheureusement, il était de Melbourne. Mais il m'a quand même expliqué beaucoup de choses sur leur culture. »

Arrivées à Potts Point, nous trouvâmes Betty et Vitaly en train de se disputer dans la cuisine. Il flottait dans l'appartement une odeur de rôti et de pommes de terre au four et, bien que ce fût l'hiver, toutes les fenêtres et les portes étaient ouvertes à cause de la chaleur.

« Il voulait nous cuisiner un plat étranger bizarroïde », expliqua Betty avec un haussement d'épaules. Elle s'essuya les doigts sur son tablier avant de tendre la main à Ruselina. « Mais je ne veux que ce qui se fait de mieux pour notre invitée de marque.

— Enchantée de faire votre connaissance, madame Nelson, répondit Ruselina. Je tiens à vous remercier pour vous être si bien occupée d'Irina et d'Anya.

— Je vous en prie, appelez-moi Betty. Et je vous assure que tout le plaisir était pour moi. Elles sont comme mes filles, désormais.

— Quel plat étranger voulais-tu nous faire, encore ? demanda Irina à Vitaly en lui donnant un petit coup amical sur le bras.

— Des spaghettis à la bolognaise », soupira Vitaly.

Même l'hiver, il faisait assez beau pour déjeuner dehors. Nous transportâmes donc la table et des chaises sur la véranda. Vitaly fut chargé de découper la viande pendant qu'Irina nous servait les pommes de terre. Ruselina s'assit à côté de Betty et je ne pus m'empêcher de les observer toutes les deux : elles formaient une étrange juxtaposition. En apparence, elles n'avaient rien en commun : l'une était une aristocrate de l'ancien monde, déchue à cause des guerres et des révolutions, l'autre une femme issue de la classe ouvrière qui, à force de se serrer la ceinture, avait réussi à s'acheter un salon de thé et une maison à Potts Point. Pourtant, dès les premiers mots échangés, Betty et Ruselina avaient facilement noué le contact, comme deux vieilles amies.

« Ainsi vous avez été très malade, ma pauvre, dit Betty en tendant à Vitaly l'assiette de Ruselina afin qu'il lui serve une tranche de rôti.

— J'ai bien cru que j'allais mourir, répondit Ruselina. Mais maintenant je peux affirmer sans mentir que je ne me suis jamais sentie aussi bien de ma vie.

— Ah, les médecins français ! plaisanta Betty. Je suis sûre qu'ils savent y faire avec les femmes !

— Ça, je n'en doute pas ! repartit Ruselina en riant. J'aurais volontiers joué les cobayes, si seulement j'avais eu vingt ans. »

En dessert, Betty avait prévu des parfaits au café servis dans des grands verres. Je me demandais bien comment j'allais pouvoir avaler ça après le festin que nous venions d'engloutir. Je me laissai aller contre le dossier de ma chaise, les mains croisées sur le ventre. Betty parlait à Ruselina de la plage de Bondi, de son rêve d'aller vivre là-bas quand elle aurait pris sa retraite. Irina écoutait avec un intérêt admiratif Vitaly lui raconter dans les moindres détails les longueurs qu'il avait faites à la piscine le matin même. En les voyant tous les quatre autour de moi, je ressentis un élan de joie. Malgré l'absence de ma mère, qui continuait de me manquer jour après jour, je me rendis compte que je n'avais pas été aussi heureuse depuis des mois. Après tant de soucis, finalement tout était rentré dans l'ordre : Ruselina nous avait rejointes en bonne santé et avec le moral ; Irina semblait aimer son travail au salon de thé et ses cours d'anglais le soir ; quant à moi, je me sentais bien dans le petit appartement de Betty. Bien plus que dans mon immense demeure de Shanghai. J'avais profondément aimé Sergei, mais sa maison était un antre peuplé d'angoisses et de trahisons. À Potts Point, j'avais enfin retrouvé le calme et la chaleur humaine de Harbin, même si on ne pouvait imaginer deux villes plus différentes.

« Anya, tu pleures ! » s'exclama Ruselina.

Tout le monde se tut et se tourna vers moi. Irina me tendit un mouchoir et m'attrapa la main. « Qu'est-ce qu'il y a ? me demanda-t-elle d'une voix inquiète.

— Rien, dis-je en souriant à travers mes larmes. Je suis heureuse, c'est tout. »

Les projets de couturière de Ruselina eurent un peu de mal à démarrer. De nombreuses femmes immigrées qui n'avaient jamais travaillé de leur vie s'improvisaient retoucheuses pour arrondir les fins de mois de leur mari. Et même si les travaux d'aiguille de Ruselina frôlaient la perfection, les plus jeunes avaient l'avantage de la rapidité. La seule solution qui s'offrait à elle était de travailler à domicile pour des usines de vêtements. Sans nous le dire, elle accepta de prendre dix robes de cocktail par semaine pour le compte d'une usine de Surry Hills. Mais les finitions étaient tellement compliquées qu'elle était obligée de s'y mettre dès six heures du matin et jusque tard le soir pour tenir les délais. En moins de quinze jours, elle se trouva de nouveau pâle et affaiblie. Irina lui interdit formellement de continuer à travailler pour cette usine, mais Ruselina savait être têtue.

« Il est hors de question que tu m'entretiennes alors que je peux le faire moi-même, rétorqua-t-elle. Toi, tu dois mettre de l'argent de côté pour reprendre ta carrière de chanteuse. »

Heureusement, Betty vola à la rescousse d'Irina.

« Vous n'êtes ici que depuis quelques semaines, voyons, dit-elle à Ruselina. Il faut du temps pour rencontrer des gens. Les commandes vont arriver petit à petit, par le bouche à oreille. Anya et moi allons bientôt avoir besoin de nouveaux uniformes. Pourquoi ne commenceriez-vous pas par ça ? Ensuite, je pense que des jolis rideaux pour l'appartement ne seraient pas du luxe. »

Plus tard, alors que je lisais le journal dans la cuisine, j'entendis Betty s'adresser à Ruselina : « Il ne faut pas vous faire autant de souci pour elles. Elles sont encore jeunes, elles vont trouver leur voie. Le salon de thé marche mieux que jamais, et vous avez toutes les trois un toit au-dessus de vos têtes. Je suis contente de vous avoir avec moi. »

La semaine suivante, Betty me donna congé un après-midi au lieu d'une matinée, et j'en profitai pour aller faire un tour en ville. En revenant, tandis que je passais devant l'atelier de Judith, je remarquai un nouveau modèle en vitrine : une robe de soie longue couleur sauge, recouverte d'une épaisseur de tulle.

Comment n'y ai-je pas pensé plus tôt ? songeai-je en allant frapper à la porte.

Le visage de Judith s'illumina lorsqu'elle m'ouvrit et me reconnut.

« Bonjour, Anya. Je me demandais si tu allais finir par passer un jour, m'accueillit-elle en adoptant d'emblée le tutoiement.

— Je suis désolée de ne pas être venue plus tôt, mais une amie est arrivée pour vivre avec nous et on s'est occupées de l'installer. »

Je suivis Judith le long d'un petit couloir carrelé jusqu'à la pièce principale où deux fauteuils encadraient un miroir doré.

« Oui, Adam me l'a appris, répondit-elle. Une vieille dame très raffinée, paraît-il.

— Justement, je venais voir si tu n'aurais pas du travail pour elle, par hasard. Elle a de grands talents de couturière.

— Ha ! ha ! intéressant, répliqua Judith. J'ai suffisamment de main-d'œuvre en ce moment, mais c'est toujours bien de pouvoir compter sur quelqu'un de disponible dans les périodes chargées. Propose-lui de passer me voir quand elle aura un moment. »

Je remerciai Judith et me mis à admirer les vases en cristal remplis de roses posés sur la cheminée. Une statue de Vénus sur un socle en bronze trônait près de la fenêtre. « Cette pièce est magnifique, dis-je.

— Viens voir, le salon d'essayage est par là. »

Elle ouvrit une porte et me fit pénétrer dans une pièce tapissée de moquette blanche et éclairée par des lustres en cristal suspendus au plafond. Deux fauteuils Louis XV étaient recouverts de chintz rose. Judith écarta un rideau en lamé or et nous entrâmes dans une partie de l'atelier complètement différente : ici, pas de stores aux fenêtres, la lumière de l'après-midi tombait directement sur les établis encombrés de pelotes à épingles et de paires de ciseaux. Un groupe de mannequins en bois se tenait au fond de la pièce, comme en grande conversation. À cinq heures passées, les employés étaient rentrés chez eux et il régnait dans ce grand espace vide une ambiance d'église désertée.

« Tu veux un thé ? proposa Judith en se dirigeant vers une petite cuisine dans un coin. Non, je vais plutôt ouvrir une bouteille de champagne. »

Je la regardai poser deux coupes sur une table et déboucher la bouteille. « Je me sens mieux ici que dans l'autre pièce, m'expliqua-t-elle. Là-bas, c'est le royaume des apparences. Ici, c'est plus proche de mon âme. »

Elle me tendit un verre, et la première gorgée me monta directement à la tête. Je n'avais pas bu de champagne depuis le *Moscou-Shanghai*. Vue de l'atelier de Judith, cette époque me semblait à des années-lumière.

« Ce sont tes derniers modèles ? m'enquis-je en désignant un portant sur lequel était accrochée une série de robes dans des housses d'organdi.

— Oui. » Elle reposa son verre avant de traverser la pièce pour faire rouler le portant jusqu'à moi. Elle défit la fermeture Éclair d'une des housses pour me montrer une robe en dentelle avec des mancherons et un décolleté en V largement évasé sur les épaules, le tout doublé de soie bronze.

« Les gens portent des jupons rigides, reprit-elle, mais moi j'aime bien quand le tissu épouse la forme du corps et enveloppe la silhouette comme du liquide.

— Les finitions sont magnifiques ! m'exclamai-je en caressant les perles brodées sur le corsage.

— J'emploie une Italienne qui fait tout le travail de perles pour moi, et une autre pour la broderie. »

Judith remit la robe dans sa housse et en sortit une autre. C'était une robe de soirée avec un col boule, un corsage lavande, une bande turquoise sous la poitrine et une jupe noire ornée de rosettes le long de l'ourlet. Elle la retourna pour me montrer le dos. « Celle-ci, c'est pour une pièce qui va se jouer au Théâtre royal, dit-elle en tenant la robe contre elle. J'ai pas mal de commandes de la part de troupes de théâtre, et un peu de femmes qui vont souvent aux courses.

— Une clientèle de choix ! » approuvai-je avec enthousiasme.

Judith hocha la tête. « C'est vrai. Mais j'aimerais vraiment que des femmes du monde portent mes vêtements, parce qu'elles sont tout le temps en photo dans les journaux. Et aussi parce qu'elles considèrent avec dédain les stylistes australiens. Elles trouvent plus prestigieux d'acheter leurs tenues à Londres ou à Paris. Pourtant, ce qui est à la mode en Europe ne passe pas toujours bien ici. J'ai du mal à me faire une place dans les cercles de la haute société. C'est un monde assez fermé. »

Elle me tendit la robe. « Tu veux l'essayer ?

— Les modèles plus sobres me vont mieux, répondis-je en posant mon verre.

— Alors, j'ai ce qu'il te faut. » Elle ouvrit une autre housse et en tira une robe composée d'un corsage noir au décolleté plongeant et d'une jupe droite blanche garnie de ganse noire à l'ourlet. « Essaie ça, fit-elle en me guidant jusqu'à la cabine d'essayage. Il y a les gants et le béret assortis. Ça fait partie de ma collection de printemps. »

Judith m'aida à dégrafer ma jupe et à suspendre mon pull sur un cintre. Puis je passai la robe et elle posa le béret en travers sur ma tête avant de se mettre à tourner autour de moi. « Tu ferais un bon mannequin pour la collection, jugea-t-elle. Tu as l'allure aristocrate qui convient. »

La dernière personne à m'avoir dit que j'avais l'air d'une aristocrate était Dimitri. Cependant, dans la bouche de Judith, ça sonnait davantage comme une qualité personnelle.

« Mais c'est un handicap d'avoir un accent étranger, en Australie, objectai-je.

— Tout dépend du genre de milieu que tu fréquentes et de la façon dont tu te présentes. Les patrons des plus grands restaurants de la ville sont tous des étrangers. Une de mes concurrentes est une femme russe qui habite Bondi et prétend être une nièce du tsar. C'est un mensonge, bien sûr, elle est beaucoup trop jeune. Mais tout le monde le croit. Elle explique à ses clientes ce qu'il faut ou ne faut pas porter avec une telle autorité que même certaines dames de la haute société tremblent devant elle. »

Judith se mit à lisser entre ses doigts l'ourlet de la robe, pensive. « Si j'arrivais à te faire voir aux bons endroits avec mes robes, ça serait exactement le déclic dont j'ai besoin. Tu voudrais bien m'aider ? »

Je regardai Judith. Ce qu'elle me demandait ne représenterait aucune difficulté pour moi ; j'avais été par le passé l'hôtesse du plus grand night-club de Shanghai. Et après avoir porté si longtemps des vêtements d'occasion défraîchis, ce ne serait pas désagréable de mettre de jolies robes.

« Bien sûr, répondis-je. Avec plaisir. »

En voyant mon image dans le miroir de Judith, j'en eus le souffle coupé. Au bout de cinq essayages, dont les deux derniers sans doute superflus, la tenue qu'elle avait créée pour mes « débuts » dans la haute société australienne était enfin prête. C'était une robe en mousseline de soie cyclamen, avec un bustier ajusté et des bretelles toutes fines ; la jupe fluide m'arrivait juste au-dessus des chevilles. Judith me drapa l'étole assortie sur les épaules et me considéra d'un œil attendri. On aurait cru une mère habillant sa fille pour un mariage.

« C'est somptueux », soufflai-je en me retournant vers elle. Et c'était vrai. De toutes les robes que j'avais portées à Shanghai, aucune n'était aussi féminine ni aussi raffinée que celle-ci.

Judith nous servit deux coupes de champagne. « À ton succès dans le monde, lança-t-elle en levant son verre. Et à celui de ma robe ! » Comme je la regardais avec étonnement descendre sa coupe en trois gorgées, elle ajouta : « Un peu d'alcool pour se donner du courage, ça n'a jamais fait de mal à personne. Mais attention, les dames de notre rang ne doivent pas boire en public. »

Je ne pus m'empêcher de rire. Betty m'avait expliqué qu'en Australie les « filles bien » ne fumaient ni ne buvaient jamais en public. Quand je lui avais fait remarquer qu'elle ne s'en privait pas, elle m'avait rétorqué avec un clin d'œil : « J'ai été jeune dans les années vingt, Anya. Je suis un vieux renard, maintenant, je peux faire ce que je veux. »

« Je croyais que tu voulais me voir jouer les aristocrates russes décalées, lançai-je pour plaisanter. Tu ne m'as pas dit que celle de Bondi buvait comme un trou ?

— C'est vrai, oublie tout ça. Sois toi-même, ce sera très bien. Tu es charmante telle que tu es. »

Nous entendîmes une voiture se garer devant l'atelier. Judith jeta un coup d'œil par la fenêtre et salua de la main un jeune homme en smoking qu'elle fit entrer et me présenta sous le nom de Charles Maitland, son cavalier pour la soirée. Charles lui avait apporté une orchidée, qu'elle accrocha à son corsage. Je compris instantanément – à la façon dont il dévorait Judith des yeux – qu'il était fou amoureux d'elle. Mais le sentiment n'était pas réciproque : Judith m'avait expliqué qu'elle avait choisi Charles parce qu'il était de bonne famille et pourrait nous obtenir une table chez *Chequers*. Ce célèbre night-club de Sydney était d'habitude ouvert à tout le monde, mais ce soir-là avait lieu un gala privé accessible uniquement sur invitation. La crème de la haute société australienne serait là. À Shanghai, il suffisait d'avoir de l'argent et l'envie de le dépenser pour être admis dans n'importe quel établissement. Seul le très fermé cercle britannique se souciait du passé familial et des titres de noblesse. Je me rendais compte que la société australienne fonctionnait encore sur un modèle différent, et je commençais à me demander dans quoi je m'étais embarquée.

Chequers se trouvait sur Goulburn Street, mais, au contraire du *Moscou-Shanghai,* dont les marches montaient jusqu'à la porte d'entrée, celui-ci était un club en sous-sol. La salle était bondée au-delà de sa capacité. Partout où mes yeux se posaient, ce n'étaient que soieries, brocarts, mousselines, taffetas et visons. Je n'avais rien vu de semblable depuis l'époque du *Moscou-Shanghai.* Pourtant, quelque chose de différent transparaissait dans les clients de *Chequers.* Avec leur bavardage insouciant et leur élégance impeccable, il leur manquait cette facette sombre, cachée, qu'on devinait chez les Shanghailanders. Ils ne donnaient pas l'impression de gens vivant sur le fil du rasoir entre fortune et ruine.

On nous conduisit à une table derrière la piste de danse.

« On va peut-être même rencontrer Adam, supposa Judith en scrutant les visages. Il a des vues sur la fille d'un entraîneur.

— Tu crois qu'il aura réussi à avoir des invitations ? m'étonnai-je.

— Oh ! rétorqua Judith en souriant. Je sais qu'il passe pour un journaliste sportif de base, mais il est très fin psychologue. Il s'est construit un excellent réseau de relations. »

Après le dîner, un orchestre monta sur scène et les gens se levèrent pour envahir la piste de danse.

« Bonsoir ! nous lança une voix familière dans mon dos.

— Adam ! s'exclama Judith. Qu'as-tu fait de ta partenaire ?

— Eh bien, répondit Adam en contemplant ma robe d'un air admiratif, j'espérais justement qu'Anya accepterait de danser avec moi pour la rendre jalouse.

— Si son père s'en rend compte, tu risques de te retrouver avec un nez cassé, Adam, prévint Judith. Et je t'autorise à danser avec Anya uniquement parce que c'est un bon moyen de faire voir sa robe !

— À vrai dire, me confia Adam tandis que nous traversions la foule pour atteindre la piste de danse, cela pourrait faire beaucoup de bien à ma carrière de m'afficher avec toi : tout le monde nous regarde.

— J'espère que ce n'est pas parce que la fermeture s'est ouverte, répliquai-je en riant.

— Attends, je vais vérifier, proposa-t-il, et il glissa une main vers le bas de mon dos.

— Adam ! m'offusquai-je en écartant sa main. Ce n'était pas une invitation.

— Je sais, dit-il avec un sourire béat. Je n'ai pas envie d'avoir à la fois Judith et Betty sur le dos. »

L'orchestre entama un slow et Adam était sur le point de m'enlacer lorsque j'entendis, à côté de nous : « Auriez-vous l'obligeance de m'accorder cette danse ? »

C'était un homme d'âge mûr, aux sourcils touffus et à la mâchoire carrée. Adam écarquilla les yeux.

« Oui, bien sûr », grommela-t-il. À la façon dont il s'agrippait à moi, je compris qu'il n'était pas ravi de céder la place.

« Je m'appelle Harry Gray, dit l'homme en me tendant la main. Ma femme m'envoie vers vous avec pour consigne stricte de vous arracher aux bras d'Adam Bradley et de découvrir qui a créé votre robe. »

Il hocha le menton en direction d'une table derrière moi. Je jetai un coup d'œil par-dessus mon épaule et repérai une femme vêtue d'une robe champagne au corsage entièrement perlé, les cheveux gris ramassés en chignon sur la nuque.

« Merci, répondis-je. Je serai ravie de faire sa connaissance. »

Quand le morceau fut terminé, Harry me conduisit jusqu'à la table où nous attendait son épouse. Elle se présenta sous le nom de Diana Gray, rédactrice en chef de la section féminine du *Sydney Herald*. En tournant légèrement la tête, j'aperçus Judith qui m'observait d'un air avide et m'encouragea en levant un pouce.

« Enchantée, madame Gray, dis-je. Je m'appelle Anya Kozlova. Merci de m'avoir envoyé votre mari.

— Tout pour sauver une jolie fille des griffes de cet Adam Bradley. Voulez-vous vous asseoir, Anya ? »

J'avais du mal à détacher mon regard du visage de Diana. C'était une très belle femme. Elle ne portait pas de maquillage, à part une touche de rouge à lèvres foncé, et parlait avec un accent limpide, sans doute britannique.

« Adam est mon voisin, expliquai-je. Il habite l'appartement au-dessus du mien.

— Ha ! vous vivez à Potts Point ? s'informa Harry en s'asseyant à son tour. Pas très loin du quartier bohème. C'est sympathique.

— Mon mari est un rebelle dans l'âme, plaisanta Diana. Il est banquier.

— Bref. Racontez plutôt à ma femme qui a dessiné votre robe, Anya. C'est le genre de choses qui l'intéressent.

— Une jeune styliste du nom de Judith James. Elle est australienne.

— Ha bon ! s'étonna Diana en se levant pour faire signe à quelqu'un de l'autre côté de la piste de danse. Jamais entendu parler d'elle, mais on devrait prendre une photo pour le journal. »

Une brune aux cheveux courts vint nous rejoindre à la table, accompagnée d'un photographe. Mon cœur se mit à bondir dans ma poitrine. Une photo de la robe dans le journal : c'était plus que ce que Judith n'espérait !

« On attend pour prendre une photo de sir et lady Morley avant qu'ils partent, indiqua la fille à Diana. Si on les rate, on sera le seul journal à ne pas les avoir.

— D'accord, Caroline, rétorqua Diana. Mais d'abord fais une photo d'Anya dans cette robe magnifique.

— Anya comment ? s'enquit la fille sans même me regarder.

— Kozlova. Et maintenant dépêche-toi. »

Caroline fit une moue d'enfant têtue. « Il ne nous reste que deux prises de vue. On ne peut pas se permettre d'en gâcher une. La couleur ne se verra pas dans le journal, et c'est le seul intérêt de cette robe.

— L'intérêt de cette robe, c'est la fille qui la porte, insista Diana en me poussant sur la piste de danse et en collant son mari à côté pour la pose. Voilà, ajouta-t-elle à l'intention du photographe. Comme ça, tu peux voir la robe en pied. »

Je fis de mon mieux pour ne pas gâcher la photo. En me retournant vers la table où Judith et Charles étaient assis, j'aperçus Judith à moitié levée de sa chaise, les deux poings en l'air.

Plus tard, de retour dans son atelier, elle se servit un cognac tandis que je me changeais dans le salon d'essayage.

« Cendrillon après le bal, dis-je en sortant de la cabine avec ma simple robe de coton.

— Tu as été merveilleuse, Anya. Merci. Je te laisse la robe en cadeau.

— Je n'arrive pas à croire qu'on ait réussi à avoir une photo dans le journal !

— Je ne suis pas sûre que ça aille aussi loin, rétorqua-t-elle. Pas avec Son altesse Royale Caroline la Garce, respon sable des pages mondaines. »

Je m'assis à côté d'elle pour enfiler mes chaussures. « Qu'est-ce que tu veux dire ?

— Caroline Kitson ne met jamais dans sa rubrique personne qui ne puisse l'aider à atteindre ses propres ambitions. L'avantage, c'est que Diana Gray se soit prise d'amitié pour toi. Elle parlera de toi et de la robe, et c'est une bonne chose pour nous deux. »

Après avoir quitté Judith, je traversai la rue pour rentrer à la maison. J'avais mal aux jambes d'avoir trop dansé et je peinais à garder les yeux ouverts. Mais quand je me glissai dans la chambre plongée dans l'obscurité, Irina s'assit aussitôt et alluma.

« Je ne voulais pas te réveiller, m'excusai-je.

— Tu ne m'as pas réveillée, répondit-elle. Je n'arrivais pas à dormir. Alors, c'était comment ? »

Je me laissai tomber sur mon lit. J'étais épuisée et j'aurais voulu me coucher, mais je me sentais coupable d'avoir passé autant de temps avec Judith et si peu avec Irina ces dernières semaines. En outre, sa compagnie me manquait. Je lui racontai donc la soirée et ma rencontre avec Diana Gray.

« Anya, fit-elle après m'avoir écoutée. J'ai quelque chose à te dire. »

Son air hésitant me rendit nerveuse. J'avais peur qu'elle ne recommence à parler des États-Unis ; elle paraissait pourtant contente de sa vie en Australie.

« Et je ne veux pas que Betty le sache, d'accord ? ajouta-t-elle. Tu me promets ?

— D'accord, acquiesçai-je, la gorge serrée.

— Vitaly et moi allons nous marier. »

Sa confidence me prit au dépourvu et je la dévisageai d'un air ébahi. Je savais que Vitaly et elle s'entendaient bien, mais je n'y avais jamais rien vu d'autre que de l'amitié.

« Je sais, poursuivit-elle. Ça ne t'impressionne pas. Il n'est pas très beau et il est bizarre. Mais c'est un garçon gentil et je suis amoureuse de lui. »

Des étoiles scintillaient dans ses yeux. « Ne dis pas ça, murmurai-je en lui prenant la main. J'aime beaucoup Vitaly. Je ne m'y attendais pas, c'est tout. Tu ne m'avais jamais dit que tu l'aimais de cette façon.

— Eh bien, maintenant tu le sais ! » s'exclama-t-elle, un grand sourire aux lèvres.

Après qu'Irina se fut endormie, je fermai les yeux sans parvenir à trouver le sommeil. Les pensées se bousculaient dans mon esprit. Irina était amoureuse de Vitaly, et je ne pouvais que lui souhaiter tout le bonheur du monde. C'était normal qu'elle rencontre quelqu'un et désire se marier un jour. Mais qu'allais-je devenir sans elle ? J'avais été tellement absorbée à essayer de m'en sortir au jour le jour que j'avais oublié d'envisager l'avenir. Brusquement, je repensai à Dimitri. Il m'avait trahie pour embrasser une vie facile en Amérique, et pourtant chaque fois que je m'imaginais tomber amoureuse d'un autre homme, cette idée me transperçait de douleur. Qu'allais-je faire une fois qu'Irina serait partie elle aussi ? Une fois de plus, je me retrouverais seule au monde.

Judith ne s'était pas trompée pour la photo dans le journal. Je feuilletai les deux éditions du *Sydney Herald* le lendemain matin et l'après-midi, la photo ne figurait dans aucune des deux. Je me demandai pourquoi Diana n'avait pas plus de poids sur Caroline, qui était pourtant beaucoup plus jeune. En sortant du travail, je m'arrêtai dans une librairie pour renouveler mon stock de livres. J'avais décidé de me plonger dans la lecture maintenant qu'Irina serait occupée avec Vitaly. J'achetai un recueil de poèmes australiens et un dictionnaire avant de rentrer à pied en flânant.

En pénétrant dans l'appartement, je fus surprise de voir Adam assis au salon, en grande conversation avec Betty.

« Tiens, tiens, quand on parle du loup, fit Betty en se levant pour venir me passer un bras autour de la taille. Il paraît que tu as fait une forte impression à quelqu'un, hier soir. »

Je jetai un coup d'œil à Adam, espérant qu'il ne m'en voulait pas trop de l'avoir privé d'une danse, mais il arborait un grand sourire. « Anya, annonça-t-il, Diana Gray m'a chargé de te demander si ça t'intéresserait de travailler pour elle. Ils ont un poste de secrétaire au département féminin du journal. »

J'avais eu tant d'émotions dans les dernières vingt-quatre heures que je ne savais comment réagir, mais ma première pensée fut pour Betty et le salon de thé. Travailler dans un bureau serait plus intéressant que d'être serveuse, bien sûr. Surtout dans un journal comme le *Sydney Herald.* Mais Betty avait fait beaucoup pour moi et je ne pouvais pas l'abandonner. Je me tournai vers elle pour lui dire ma pensée.

« Ne sois pas bête, voyons, rétorqua-t-elle. C'est une occasion en or. Comment pourrais-je te retenir ? Le colonel Brighton m'avait prévenu que quelqu'un finirait par te repérer et t'enlever à moi.

— Au début, tu seras moins bien payée que chez Betty, me prévint Adam, mais c'est un bon point de départ.

— Et comment tu vas faire au salon de thé ? demandai-je à Betty.

— Irina parle suffisamment bien anglais, maintenant. Et il est temps qu'elle sorte de la cuisine.

— Tu vois, Anya, renchérit Adam. Tu rends même service à Irina.

— Oui, oui », répondis-je d'un ton innocent. J'étais pourtant persuadée que c'était bien le dernier service dont Irina aurait voulu !

Judith parut enchantée lorsque je lui appris la nouvelle, et elle me donna la robe noir et blanc pour mon entretien avec Diana. « Elle est à toi. Et je te ferai aussi un tailleur.

— Je te rembourserai, déclarai-je.

— Mais non ! répliqua-t-elle en riant. Ce sont sans doute les derniers vêtements que je pourrai t'offrir. Je suis sûre que le *Sydney Herald* a pour politique de ne pas accepter les cadeaux. Mais tu penseras à moi quand tu seras au sommet de la pyramide, hein ? »

Le lendemain matin, Adam m'attendait en bas de l'escalier pour m'emmener jusqu'aux locaux du journal sur Castlereagh Street. « Mon Dieu ! s'exclama-t-il à la vue de ma robe, on dirait une riche héritière sur le point de s'embarquer pour un voyage en mer. Tu vas rendre les autres filles jalouses. Et je pense que Diana appréciera ton goût. »

Je me dirigeai vers la station de tramway, mais Adam siffla un taxi dans la rue. « Je ne veux pas que ta robe soit toute froissée, dit-il en me tenant la portière. Et je passerais pour un goujat de faire prendre le tram à une jolie fille comme toi. »

Adam monta à côté de moi sur la banquette arrière et enleva son chapeau. « Il y a pas mal d'histoires dans le service de rédaction des rubriques féminines, reprit-il. Tu finiras bien par le découvrir toi-même. Je voudrais quand même te faire un petit tableau de la situation pour que tu saches où tu mets les pieds.

— D'accord.

— Premièrement, ton principal atout est d'avoir plu à Diana. Quand elle aime bien quelqu'un, c'est acquis. Il faudrait quelque chose de vraiment atroce pour lui faire changer d'avis. C'est une femme bien, qui a gagné le respect de tout le monde en faisant correctement son travail. Deuxièmement, tiens-toi à l'écart de Caroline Kitson, la rédactrice en chef des pages mondaines, et d'Ann White, la rédactrice en chef de la section Mode. Ce sont toutes les deux des garces.

— Judith m'a dit la même chose au sujet de Caroline, confiai-je. Et j'ai remarqué qu'elle ne témoignait pas beaucoup de respect à Diana malgré le fait que ce soit sa patronne.

— Diana a beaucoup d'atouts. Pour commencer, elle est anglaise, ce qui dans ce pays te vaut déjà une certaine gloire, comme tu t'en es peut-être rendu compte. Par ailleurs, c'est une bonne journaliste, elle a du style et du goût. Elle sait reconnaître un crêpe de Chine d'un crêpe Georgette et un service à thé Wedgwood d'un Royal Doulton. Ce qu'elle n'a pas, en revanche, c'est le statut social. C'est une grosse bosseuse, elle vient d'une famille d'universitaires, mais ça ne veut pas dire grand-chose aux yeux de la soi-disant haute société. »

Le taxi fut ralenti par des embouteillages près de Hyde Park.

« Et Ann et Caroline, quels sont leurs profils ? » demandai-je. Je commençais déjà à éprouver une certaine réticence à l'idée de travailler dans une mauvaise ambiance. J'avais eu mon compte de méchanceté avec Amelia.

« Elles viennent toutes les deux de grandes familles, répondit Adam. Celle de Caroline a bâti sa fortune sur la laine et sa mère est membre de toutes les commissions importantes de la ville. Caroline ne travaille pas parce qu'elle a besoin d'argent mais pour s'imposer sur les autres filles de son milieu. Maintenant, tout le monde est obligé de lui lécher les bottes.

— Et Ann ?

— Un peu mieux, mais à peine. »

Nous passâmes devant le grand magasin David Jones sur Elizabeth Street, approchant de notre destination. J'ouvris mon miroir de poche pour vérifier mon rouge à lèvres. J'avais décidé de suivre l'exemple de Diana et de réduire mon maquillage au strict minimum.

« Pourquoi Diana a-t-elle peur de Caroline ? m'enquis-je en repensant à l'épisode de la photo.

— Elle n'a pas peur d'elle, elle s'en méfie. Diana a dû travailler dur pour se faire accepter par la haute société. Mais il suffirait que Caroline fasse courir des rumeurs malveillantes pour ruiner sa réputation. »

Le taxi s'arrêta devant un immeuble Art déco portant une plaque en bronze sur laquelle était gravée l'inscription : *The Sydney Herald*.

« Y a-t-il autre chose que je dois savoir avant d'accepter ce travail ? murmurai-je à Adam alors que nous pénétrions dans le hall.

— Le *Sydney Herald* a pour politique de mettre d'office à la retraite les femmes qui se marient, lâcha-t-il. Diana est la seule exception à la règle, parce qu'elle est impossible à remplacer.

— Je n'ai pas l'intention de me marier ! » rétorquai-je en me demandant ce qui arriverait s'ils apprenaient l'existence de Dimitri. Quelle pouvait bien être la position du *Sydney Herald* sur les femmes abandonnées par leur époux ?

Adam sourit. « Dans ce cas, tes chances de promotion sont assez élevées, parce que toutes les filles au-dessus de toi sans exception sont désespérément à la recherche d'un mari.

— Je vois. »

Nous étions au milieu d'un groupe de gens qui attendaient tous l'ascenseur.

« Ah ! encore une dernière chose, ajouta Adam.

— Quoi ? demandai-je, n'étant pas sûre de vouloir entendre la suite.

— Tu seras la première "Nouvelle Australienne" embauchée dans ce service. »

Un frisson glacé me parcourut le corps. L'image de ces employées de bureau se moquant de mon accent au salon de thé me revint en mémoire. « Et c'est un handicap, c'est ça ? risquai-je.

— Non ! répliqua-t-il en me tapotant l'épaule en riant. Ce que je veux dire, au contraire, c'est : *Félicitations !* »

15

La clé

J'acceptai le poste de secrétaire au département féminin du *Sydney Herald* que m'avait offert Diana Gray et commençai à travailler dès le lendemain. À part Caroline et Ann, une fille au teint pâle coiffée d'une queue-de-cheval, il y avait aussi Joyce, la secrétaire personnelle de Diana, et trois journalistes, Suzanne, Peggy et Rebecca. Diana avait un bureau privé dont elle laissait généralement la porte ouverte. Caroline et Ann au contraire fermaient toujours leur porte, et je devais juger du moment opportun pour les interrompre en collant mon visage contre le panneau de verre. Ann occupait le plus clair de son temps à regarder des photos tandis que Caroline passait des heures à colporter des ragots au téléphone, ce qui constituait une bonne partie de son travail.

Ma tâche consistait à noter sur un tableau les événements mondains de la semaine, et le nom de la personne que Diana avait désignée pour les couvrir. Cela pouvait aller des mariages en vue aux dîners dansants en passant par les arrivées et les départs de paquebots ou les matchs de polo et de tennis. La plupart de ces événements étaient couverts par les journalistes, sauf les plus importants ou les plus prestigieux, dont s'occupaient directement Diana ou Caroline.

Outre mes activités quotidiennes telles que relire les articles pour les secrétaires de rédaction, trier le courrier et préparer le thé pour toute l'équipe, j'étais également chargée de me procurer les patrons des modèles dont on parlait dans la rubrique Mode et de classer les recettes soumises par nos lectrices pour la rubrique « Qu'est-ce qu'on mijote ? ».

Le tableau que m'avait dressé Adam des rapports humains au bureau se révéla parfaitement exact, et un mois plus tard je me rendis compte de la place que j'y tenais quand nous sortîmes déjeuner toutes ensemble pour l'anniversaire de Diana.

Le restaurant préféré de Diana était *Romano*, un endroit à la mode tenu par un certain Azzalin Romano, un Italien aux cheveux roux. L'intérieur était tapissé de miroirs et de pots d'orchidées. À notre arrivée, le garçon de salle accueillit Diana, une de leurs habituées, avec une débauche de sourires. Au moment de nous placer, il jeta un coup d'œil à la robe noir et blanc que Judith m'avait offerte et décida de m'asseoir à côté de Diana, en face de Caroline et avec Ann à ma droite. Joyce et les journalistes furent à peu près placées par ordre d'âge. Vexée, Caroline dévisagea le garçon avec une mine incrédule. J'allais lui proposer d'échanger nos sièges quand Diana m'agrippa par le poignet. « Tu vas voir, c'est délicieux ici, dit-elle. Romano est célèbre pour ses sauces. Commande ce que tu veux, c'est moi qui régale. »

À ma grande surprise, Ann ne parut pas dérangée par le placement. Après le plat principal, elle se risqua même à m'adresser la parole. « Qu'est-ce que tu penses de ma double page sur les collections de printemps ? me demanda-t-elle.

— Sublime, répondis-je. On ne peut pas se tromper avec Dior. »

À sa façon de baisser pudiquement les yeux, je devinai qu'elle était flattée.

« Je dois aller au port demain pour l'arrivée de l'*Himalaya*. Je vais interviewer Miss Joan Potter et Miss Edwina Page. Elles reviennent d'un voyage de six mois à Paris et à Londres et je suis sûre qu'elles auront acheté des tenues magnifiques. »

Elle me parlait uniquement parce que j'étais nouvelle et qu'elle croyait pouvoir m'impressionner avec son histoire, mais je fis néanmoins semblant de l'écouter avec intérêt.

« Tu connais le travail d'une styliste qui s'appelle Judith James ? la questionnai-je. Ses créations sont presque aussi belles que celles de Dior, et en plus ce sont des modèles uniques.

— Oui, je la connais, fit Ann, goûtant à peine une bouchée du tiramisu que le serveur venait de lui apporter avant de reposer sa cuillère. Mais elle est australienne, non ? Ce n'est pas intéressant pour nos lectrices.

— Pourquoi ? m'étonnai-je.

— Nos lectrices considèrent les créateurs australiens comme… je ne sais pas… inférieurs, disons. Non que la qualité ne soit pas bonne, c'est juste que ce n'est pas assez *exotique*, si tu vois ce que je veux dire.

— De qui parlez-vous ? intervint Caroline en se goinfrant de tarte à la fraise.

— De Judith James, indiqua Ann. La styliste.

— Ha ! la copine d'Anya, rétorqua Caroline. Celle qui fait ces trucs néo-Hollywood tape-à-l'œil. »

Je ne pus m'empêcher de rougir. Caroline le remarqua et son visage s'illumina d'un grand sourire. Diana discutait avec Joyce mais elle s'interrompit un instant au milieu d'une phrase, et je me demandai si elle avait entendu notre conversation. Ann m'ignora tout le reste du repas, présumant sans doute qu'en se montrant sympathique avec moi elle se rabaissait dans l'estime de Caroline. De temps en temps, je jetais un coup d'œil en coin à Caroline. Elle avait vingt-cinq ans mais sa mâchoire épaisse lui donnait l'air plus âgée, ainsi que ses cheveux ternes et sa coupe au carré quelconque. Elle n'était ni particulièrement belle, ni intelligente, et bien qu'elle portât des vêtements haut de gamme elle n'avait aucun style. On ne pouvait même pas dire que sa compagnie fût agréable. Pourtant elle était convaincue d'être au-dessus de tout le monde. Son assurance me sidérait et me dégoûtait à la fois.

Avant que je ne quitte le journal ce soir-là, Diana me convoqua dans son bureau. Ce fut une des rares fois où elle ferma la porte.

« Ma chérie, je veux te dire à quel point je suis heureuse que tu travailles ici, commença-t-elle. Tu es un véritable atout pour cette rédaction. Je suis désolée que Caroline ait été si désagréable avec toi. Tyranniser les autres est son passe-temps préféré. Ignore-la. »

La sortie du déjeuner m'avait un peu donné le cafard pendant tout l'après-midi, mais les compliments de Diana et sa confiance en moi me remontèrent le moral.

« Merci, répondis-je.

— À mon avis, le terme approprié pour décrire les créations de Judith serait "exquis". Je vais lui demander son avis sur la longueur des robes la saison prochaine. Ensuite, je pourrai la citer dans mon article. Le simple fait que son nom apparaisse dans cette rubrique lui donnera un petit coup de pouce. C'est quand même la partie la plus lue du journal. Tout le monde ne s'intéresse pas aux ragots mondains.

— Diana, merci beaucoup ! m'exclamai-je.

— Le plaisir est pour moi. Maintenant rentre et ne te laisse pas miner par tout ça. »

Sur le chemin de la maison, je m'arrêtai au salon de thé. Comme tous les clients étaient servis, je passai en cuisine. Irina surveillait la salle à travers le passe-plat tandis que Vitaly lavait une casserole.

« Vous avez des nouvelles de Betty et de Ruselina ? lançai-je.

— Pas encore, répondit Vitaly. On espère recevoir une carte postale bientôt. »

Betty avait deviné le secret d'Irina et de Vitaly bien avant qu'ils ne se décident à le lui annoncer. Mais au lieu d'en être contrariée, elle s'était réjouie.

« C'est l'occasion pour moi de me mettre en semi-retraite ! s'était-elle exclamée. Je vais vous former tous les deux pour tenir le salon ; ainsi, je prendrai des vacances plus souvent. Vous pourrez me racheter la boutique quand vous aurez mis suffisamment d'argent de côté. C'est une affaire qui marche bien, ce sera un bon début pour vous. »

Pour ses premières vacances, Betty avait décidé d'emmener Ruselina sur la côte sud.

« À ton avis, qu'est-ce qu'elles font de leurs journées là-bas ? demandai-je à Vitaly.

— Elles vont à la pêche, paraît-il, répondit Irina.

— Ouais, à la pêche aux vieux messieurs retraités », rectifia Vitaly avec un sourire. Irina et moi éclatâmes de rire.

« Comment ça s'est passé, aujourd'hui ? m'enquis-je.

— Non-stop, soupira Irina en attrapant un torchon pour essuyer le plan de travail. Mais là ça s'est calmé. Quand Betty rentrera, il faudra sans doute embaucher une seconde serveuse.

— Tu veux grignoter quelque chose ? me proposa Vitaly.

— Non, merci, j'ai eu un déjeuner gargantuesque.

— Ah ! madame joue les mondaines, c'est ça ? plaisanta Irina.

— J'espère que non. Je ne tiens pas à ressembler à Caroline. »

Un couple pénétra dans le salon de thé et Irina se précipita pour les accueillir. Je m'assis à la table de la cuisine et regardai Vitaly découper du poulet.

« Tu ne dois pas laisser ces filles te gâcher ton travail, lâcha-t-il en relevant les yeux. Tu es plus forte qu'elles. On était justement en train de parler de ça avec Irina, cet après-midi. »

Irina passa la tête dans la cuisine pour transmettre la commande à Vitaly. « Je disais à Anya de ne pas s'en faire à cause de ces filles à son boulot », lui dit-il. Il lut la commande et attrapa une bouteille de lait dans le réfrigérateur. « Elle est solide. Et elle est plus australienne qu'elles dans l'âme. »

Irina se tourna vers moi en opinant du chef. « C'est vrai, Anya. Quand je t'ai connue à Tubabao, tu étais tellement discrète et timide. Tu as changé. »

Vitaly prépara deux milk-shakes au chocolat, qu'il fit passer à Irina. « Maintenant elle adore les fleurs australiennes, elle lit des auteurs australiens, elle porte des vêtements australiens, elle va dans des clubs australiens, reprit Vitaly. Elle est des leurs.

— Je ne suis pas *des leurs*, nuançai-je. Mais j'ai l'impression d'aimer leur pays plus qu'eux-mêmes. Eux, ils ont tous le regard tourné vers l'Angleterre. »

Une autre femme de la haute société travaillait pour le journal, mais elle ne ressemblait en rien à Caroline ni à Ann. Elle s'appelait Bertha Osborne, responsable de la rubrique culinaire. Bertha était une femme bien en chair, aux cheveux roux bouclés qui lui dessinaient comme un casque autour du visage. Elle faisait ce travail uniquement parce qu'elle adorait cuisiner et ne passait au bureau qu'une ou deux fois par semaine pour jeter un œil aux recettes et réaliser la maquette de sa page. Bertha avait toujours le sourire et un petit mot gentil pour tout le monde, depuis le garçon d'ascenseur jusqu'au propriétaire du *Sydney Herald*, sir Henry Thomas. « Anya, je vais glisser à Diana l'idée de te donner une promotion, me chuchotait Bertha chaque fois qu'elle me croisait. Tu es la fille la plus intelligente de ce journal. » Les seules personnes avec lesquelles elle ne faisait aucun effort étaient Caroline et Ann. « Autant parler à un mur », l'entendis-je un jour confier à Diana.

Diana m'avait raconté que non seulement Bertha travaillait pour plusieurs œuvres de charité, mais que toutes les semaines elle préparait des paniers garnis qu'elle portait à des familles dans les quartiers pauvres de la ville. Chaque fois qu'elle pénétrait dans le bureau, c'était comme une bouffée d'air frais.

Un soir – je travaillais au journal depuis près d'un an –, Bertha me demanda si je voulais bien rester un peu plus tard afin de l'aider à choisir des recettes pour une édition spéciale du dimanche. J'acceptai volontiers. J'étais ravie d'apprendre les techniques de mise en page et de maquette, et Bertha était d'agréable compagnie.

Caroline était partie de bonne heure pour aller chercher une robe qu'elle devait porter au grand gala qui avait lieu chez *Prince* ce soir-là. Joyce était en vacances avec son mari et ses enfants. Ann et les autres journalistes étaient rentrées chez elles. Quant à Diana, elle attendait qu'Harry passe la prendre. C'était leur anniversaire de mariage et il lui avait promis de l'emmener dans un endroit tenu secret.

En feuilletant le classeur à recettes, Bertha choisit une salade de saumon en gelée et des œufs à la diable comme spécialité du jour, mais elle hésitait pour les autres plats. J'allais lui suggérer une tarte au citron meringuée en dessert lorsque Diana répondit au téléphone et laissa échapper un cri strident.

« Renversée par un tram ! Oh, mon Dieu ! »

Mon cœur se mit à battre la chamade. Nous nous regardâmes Bertha et moi, le visage grave. Quand Diana reposa le combiné et se leva, elle était livide.

« Caroline s'est fait renverser par un tram sur Elizabeth Street, annonça-t-elle. Elle a un bras et plusieurs côtes cassés. Ils l'ont transportée à l'hôpital. »

Bertha bondit de sa chaise et attrapa Diana par le bras. « Assieds-toi. Tu as dû avoir un choc terrible. Je vais te chercher une tasse de thé.

— J'y vais, coupai-je. »

Pendant que je mettais l'eau à bouillir, Diana s'efforça de reprendre ses esprits et de repasser en mode professionnel. « Oh, mon Dieu ! s'écria-t-elle. C'est le gala des Denison, ce soir ! Il faut que j'appelle Ann pour voir si elle peut remplacer Caroline.

— Je m'en occupe, déclara Bertha. Donne-moi son numéro. »

Diana lui désigna le carnet d'adresses posé sur son bureau. « Là-bas. »

J'apportai une tasse de thé à Diana tandis que Bertha composait le numéro.

« Pas de réponse, lança-t-elle depuis l'autre pièce. J'essaye les autres filles ? »

Diana jeta un coup d'œil à sa montre. « Elles habitent trop loin. Le temps qu'elles arrivent, il sera trop tard. » Elle se mit à réfléchir en se rongeant les ongles, ce qui n'était pas dans ses habitudes. « Si j'annule les plans pour notre anniversaire de mariage, Harry ne me le pardonnera jamais. C'est moi qui le harcèle depuis des semaines. »

Bertha reposa le téléphone et vint nous rejoindre. « Envoie Anya, suggéra-t-elle. Elle est ravissante, elle présente bien, je suis sûre qu'elle pourrait le faire. »

Diana me regarda en secouant la tête. « Je ne peux pas prendre ce risque. Si c'était n'importe quel autre événement, je n'hésiterais pas une seconde. Mais ce soir, il y aura la crème de la crème. Même sir Henry y sera. On ne peut pas se permettre le moindre faux pas.

— Appelle Stan au service photo, insista Bertha. Dis-lui que tu as besoin de quelqu'un de très bon et qui connaisse tout le monde. Le photographe pourra aider Anya. Elle aura juste à noter le nom des gens. C'est à sa portée, je pense. »

Diana consulta de nouveau sa montre avant de se tourner vers moi. « Anya, tu veux bien nous rendre ce service ? Dépêche-toi d'aller choisir quelque chose dans la penderie. Ils ne te laisseront pas entrer si tu arrives en retard. »

La « penderie » était la garde-robe commune de toutes les journalistes du département féminin. Si Diana, Caroline et Ann avaient les moyens de s'offrir des robes de soirée à la pelle, ce n'était pas toujours le cas des autres journalistes, qui venaient de la classe moyenne et ne comptaient pas plus d'une ou deux tenues pour les grandes occasions. Afin de les aider, Diana récupérait les modèles des séances photo et des défilés. Je fouillai parmi les robes suspendues. J'étais plus grande que les autres filles, mais aussi plus mince. Je sortis une robe bustier que j'enfilai en vitesse avant de m'apercevoir que la fermeture était cassée. Comme je n'avais pas le temps de repasser chez moi pour me changer, je dus me contenter d'une robe en taffetas rose ornée d'une légère tache de rouille à la taille, en espérant que personne ne la remarquerait dans l'obscurité.

Le photographe m'attendait en bas dans le hall. Je faillis pleurer en le voyant : il portait une veste rayée et ses chaussettes blanches dépassaient entre l'ourlet de son pantalon et ses chaussures. Il avait des favoris et des cheveux mi-longs plaqués en arrière. On aurait dit un rocker des clubs de Kings Cross.

« Salut, je m'appelle Jack, dit-il en me serrant la main.

— Anya », répondis-je avec un sourire forcé.

Prince se trouvait à quelques rues du journal et nous décidâmes de nous y rendre à pied. Jack m'expliqua que la soirée que nous allions couvrir était « un grand tralala ». Je me serais bien passée de ses commentaires, j'étais déjà assez angoissée comme ça. Il s'agissait d'un dîner donné par Philip Denison en l'honneur du vingt et unième anniversaire de sa fille. Les Denison étaient propriétaires de la plus grande chaîne de grands magasins australiens, et par conséquent des clients importants pour le journal en termes d'espace publicitaire. C'était la raison pour laquelle le patron du *Sydney Herald*, sir Henry Thomas, serait présent.

« C'est la première fois que je couvre un événement de ce genre, Jack, avouai-je. Alors je compte sur toi pour me dire qui il faut photographier. »

Jack sortit une cigarette de la poche de sa veste. Il la renifla avant de la coincer derrière son oreille.

« À peu près tout ce que Sydney compte de gens importants sera là ce soir, répondit-il. Mais tu connais le véritable scoop de la soirée ? »

Je secouai la tête.

« Pour la première fois depuis plus de vingt ans, Henry Thomas et Roland Stephens vont se retrouver dans la même pièce. »

Je le regardai d'un air perplexe.

« Ah oui ! sourit-il. J'oubliais que tu es nouvelle dans ce pays. Roland Stephens est le plus grand négociant australien de laine pure. Sans doute un des hommes les plus riches d'Australie, mais il a autant besoin du soutien de Denison que sir Henry pour son journal.

— Et alors ? fis-je en haussant les épaules. Qu'y a-t-il de si extraordinaire au fait qu'ils soient tous les deux dans la même pièce ? Ils ne sont même pas concurrents.

— Non, ce n'est pas une histoire de gros sous, pour une fois. C'est une histoire de femme. Une très belle femme,

Marianne Scott. C'était la fiancée de sir Henry avant que Roland Stephens ne la lui pique.

— Et elle sera là aussi ? demandai-je, en songeant que cette soirée risquait finalement de ressembler fort à une nuit au *Moscou-Shanghai*.

— Non, rétorqua Jack. Elle a disparu de la circulation depuis longtemps. Ils ont tous les deux épousé une autre femme.

— Allez comprendre les riches », soupirai-je.

Nous arrivâmes devant *Prince*, où l'on nous ordonna d'attendre avec le reste de la presse. On nous ferait entrer une fois que tous les invités de marque seraient là. J'assistai au ballet des Rolls Royce déposant leurs passagers au bord du tapis rouge. Les femmes portaient des robes Dior ou Balenciaga, les hommes des smokings, ce qui accentua mon malaise dû à ma tenue défraîchie. Je reconnus sir Henry Thomas qui descendait de voiture en compagnie de sa femme. J'avais vu sa photo à plusieurs reprises au journal mais ne l'avais jamais rencontré en personne.

Après que tous les invités VIP furent entrés, la presse fut autorisée à les suivre. Bertha m'avait emmenée déjeuner chez *Prince* plusieurs fois. Le décor était simple : des nappes et des murs blancs avec de grands miroirs partout.

Certaines personnes avaient déjà pris place autour des tables ovales qui entouraient la piste de danse pendant que l'orchestre se préparait sur la scène. Mais la plupart restaient debout à bavarder, et Jack m'informa que nous devions nous dépêcher de faire notre boulot : plus tard, les conversations deviendraient plus intimes et les gens n'apprécieraient pas d'être dérangés.

« *Sydney Herald*, annonça-t-il en s'approchant d'un petit groupe. Puis-je prendre une photo ? » Il n'attendit pas la réponse pour déclencher le flash de son appareil. Dès qu'il avait terminé, je me précipitais vers les gens, m'excusais poliment et demandais à chaque personne de bien vouloir m'épeler son nom. Il fallait ensuite que je retrouve Jack, qui était souvent déjà passé à la photo suivante. La plupart des invités se montraient courtois à notre égard, même si un jeune homme qui discutait avec un groupe d'amis se retourna et nous lança d'un air méprisant : « Oh ! allez-y s'il le faut. Je ne voudrais pas vous faire perdre votre boulot. »

Nous immortalisâmes la famille Denison au grand complet, après quoi Jack passa la foule en revue pour voir si nous n'avions oublié personne.

Soudain, tel un faucon repérant sa proie, ses yeux se fixèrent sur un homme à l'autre bout de la salle. « Celle-là ne sera pas publiée, mais il faut quand même qu'on la fasse par pure correction », dit-il en traversant la piste de danse. C'était un homme très grand, aux larges épaules, avec une tête comme un bloc de granit. Je voulus demander à Jack de qui il s'agissait mais il était déjà en train d'aborder le type pour se présenter. Le flash crépita une seconde plus tard.

« Excusez-moi, monsieur, risquai-je en m'approchant à mon tour. Pourriez-vous m'indiquer votre nom ? »

À cet instant précis, tout le monde se tut autour de moi. L'homme écarquilla les yeux et entrouvrit la bouche, muet de surprise. Ses deux voisins me dévisagèrent, mortifiés.

Jack toussota d'un air gêné avant de me tirer à l'écart par la ceinture de ma robe. « Anya, murmura-t-il, c'est Roland Stephens. »

Je sentis tout mon corps se glacer sur place. Jack m'emmena vers la sortie. J'avais l'impression que tous les regards étaient tournés vers moi. Nous croisâmes une journaliste mondaine d'un journal concurrent. Son visage rayonnait de jubilation. J'imaginais déjà la teneur de son article le lendemain matin : « Le *Sydney Herald* a cru bon d'envoyer une petite novice ignorante dans une robe défraîchie pour couvrir l'un des événements les plus importants de la saison... Me croirez-vous si je vous dis qu'elle n'a pas reconnu Roland Stephens ? Quelle honte ! »

« Je suis désolée, Jack, balbutiai-je aussitôt que nous fûmes dehors.

— Ce n'est pas ta faute, répondit-il. C'est Diana. Si Caroline ne pouvait pas venir, elle aurait dû la remplacer elle-même.

— Tu crois que ça peut lui créer des problèmes ? demandai-je, terrifiée.

— Réfléchis : sir Henry en personne était là, cela donne une raison de plus à Roland Stephens de triompher. On va clamer que sir Henry emploie des incompétents. »

Je passai la nuit à me tourner et me retourner dans mon lit sans parvenir à trouver le sommeil. Je m'en voulais terriblement. Pourquoi n'étais-je pas restée au salon de thé, où la chose la plus compliquée à gérer était les clients qui réclamaient des milk-shakes sans glaçons ?

En arrivant au journal le lendemain matin, je devinai aux regards compatissants des autres filles que l'histoire avait déjà circulé dans la rédaction. Je résolus d'être courageuse et d'aller affronter Diana sans tarder. Je rassemblai mes forces, mais quand je pénétrai dans son bureau elle m'accueillit avec un grand sourire :

« J'ai passé une soirée merveilleuse. Harry m'a emmenée dîner sur un bateau dans le port. C'était divin. »

Bon, elle ne doit pas être au courant, songeai-je. J'étais sur le point de lui demander si je pouvais m'asseoir deux minutes pour lui parler quand elle ajouta, d'un air euphorique : « J'ai une surprise pour toi, Anya. Sir Henry veut nous voir toutes les deux dans son bureau à dix heures tapantes. »

Alors que j'essayais de lui faire comprendre que j'avais quelque chose d'important à lui dire, son téléphone sonna et elle me fit signe qu'on se parlerait plus tard.

Un peu avant dix heures, Diana passa me prendre afin que nous descendions ensemble à l'étage de la direction. La secrétaire de sir Henry nous fit entrer dans son bureau. Il était au téléphone et nous désigna d'un hochement de menton les deux fauteuils en face de lui. Nous nous assîmes en attendant qu'il termine sa conversation.

« Désolé de vous avoir fait attendre, déclara-t-il en raccrochant. Allons nous asseoir à la grande table. J'ai des choses à vous montrer. »

Je jetai un coup d'œil à Diana, perplexe.

Quand nous fûmes installés autour de la table en bois, sir Henry ouvrit un dossier qu'il avait pris au passage sur une étagère. À ma grande surprise, il s'adressa à moi par mon prénom. « Comme vous le savez sans doute, Anya, les journaux vivent grâce à la publicité. L'argent des annonceurs est la clé de tout. Aujourd'hui plus que jamais. »

Oh ! mon Dieu, pensai-je, *en plus il va faire traîner en longueur...*

« Les firmes de cosmétiques nous reprochent de ne pas avoir de rubrique Beauté dans le journal, comme c'est le cas en Amérique ou en Europe », reprit-il.

Je hochai la tête tout en guettant de nouveau Diana. Elle jubilait. Je commençai à croire qu'elle en savait peut-être plus que moi, finalement.

Sir Henry fit glisser vers moi une publicité pour la marque Helena Rubinstein. « Diana et moi en avons discuté ensemble et sommes tombés d'accord pour vous confier cette nouvelle rubrique. Elle m'a appris que vous aviez souvent donné un coup de main à Bertha et que de temps en temps vous avez même rédigé quelques papiers. »

Je continuai à opiner bêtement du chef sans comprendre.

« Diana pense que vous avez tout à fait les compétences. Moi aussi, je crois que vous êtes intelligente et spirituelle. Par ailleurs vous êtes ravissante, et c'est important pour une rédactrice en chef Beauté », ajouta-t-il avec un clin d'œil complice.

Je me demandai si je n'étais pas tout simplement victime d'une hallucination due au manque de sommeil. Depuis quand sir Henry me trouvait-il intelligente et spirituelle ? Sûrement pas depuis la soirée de la veille !

« Quel genre d'informations devra contenir cette rubrique ? parvins-je à articuler, étonnée moi-même de ma capacité à formuler une question intelligible.

— Elle comprendra deux parties, m'expliqua Diana. Dans la première, en gros, il s'agira de présenter les nouveautés, les produits qui viennent de sortir sur le marché. L'autre partie sera consacrée à des conseils de beauté.

— On pourra reparler des détails plus tard, conclut sir Henry en se levant pour aller répondre au téléphone. Je voulais juste faire votre connaissance, Anya, et avoir votre avis sur cette idée. »

Diana et moi sortîmes du bureau. Dans le couloir, elle me prit par le bras et me chuchota à l'oreille : « Depuis des mois, je lui parle de mon idée de te confier une rubrique Beauté, mais ce matin, quand je suis entrée dans son bureau, il n'avait que ça à la bouche ! »

La porte du bureau se rouvrit et sir Henry me rappela.

« Vas-y, me dit Diana. Moi je remonte. »

Sir Henry referma la porte derrière moi mais resta debout. « Une dernière chose, fit-il avec un sourire de gamin. Ce que vous avez fait hier soir est extrêmement malin : avoir le culot de faire semblant de ne pas connaître Roland Stephens. Votre petite pique a alimenté les conversations pendant tout le reste de la soirée. Certains prétendaient même que c'était un coup de ma part. Avec une Australienne, bien entendu, ça n'aurait pas pu passer. Mais vous avez paru tout à fait naturelle. Ce type est tellement arrogant qu'il méritait d'être remis à sa place, bravo ! »

Malgré le titre de « rédactrice en chef Beauté », je n'étais jamais qu'une gratte-papier de seconde zone. C'était cependant tout de même mieux que secrétaire, et je gagnais un peu mieux ma vie.

« Tiens, voilà la gourou de la beauté », plaisantait Bertha chaque fois qu'elle me croisait au bureau. Et ce n'était pas loin de la vérité : chaque semaine, dans ma rubrique, j'expliquais aux femmes comment se rendre plus séduisantes. Je leur conseillais de se frotter les coudes avec des demi-citrons pour adoucir la peau, ou encore de se tremper les ongles dans de la vaseline pour les fortifier. Je ne suivais moi-même aucun de ces principes, à part me laver abondamment le visage avant d'aller me coucher.

Entre mon travail, les soirées avec Judith et Adam et les heures de bavardage que je continuais à partager avec Irina, ma deuxième année en Australie passa sans que je m'en aperçoive. À Noël, Irina et Vitaly annoncèrent enfin leurs fiançailles et fixèrent le mariage à novembre de l'année suivante. Si ce n'était l'absence de ma mère, je menais une existence heureuse et j'étais convaincue que l'année 1952 serait la meilleure de ma vie. Mais j'avais tort. Un nouvel événement surviendrait, qui devait encore une fois bouleverser le cours des choses.

Je rentrai à la maison un soir après le travail et la trouvai déserte. Je savais qu'Irina et Vitaly étaient au cinéma. Un mot de Betty sur la table basse du salon disait qu'elle était allée se baigner et que je pouvais la rejoindre. C'était une journée chaude, une vraie canicule pour Sydney. Il était sept heures et demie mais le soleil brûlait encore. J'enlevai mes chaussures, ouvris toutes les portes et les fenêtres. Ruselina était allongée sur une chaise longue du balcon, munie d'un chapeau chinois et de lunettes noires, profitant des débuts de la brise du soir. De la rue s'élevaient les cris joyeux d'enfants jouant sous un jet d'eau.

« C'est ça que les Australiens appellent une chaleur à mourir, n'est-ce pas ? » me lança Ruselina.

Je lui demandai si elle voulait une citronnade.

« Oui, merci. Un télégramme est arrivé pour toi, Anya. Je l'ai mis sur la table de la cuisine. »

Je me précipitai à la cuisine. Mon cœur bondit d'excitation lorsque, en ouvrant l'enveloppe, je vis que l'expéditeur était Dan Richards, mon ami des États-Unis. Il serait à Sydney la semaine suivante et me fixait un rendez-vous au consulat le mardi à onze heures.

« Hé ! m'exclamai-je en retournant sur le balcon. C'est Dan, mon vieil ami américain. Celui qui a essayé de nous aider à partir pour l'Amérique. Il vient à Sydney la semaine prochaine et il veut me voir. »

Je ne pouvais pas imaginer de surprise plus heureuse que de revoir Dan. Nous avions entretenu une correspondance au fil des années, surtout des cartes de vœux au moment des fêtes, mais aussi une lettre de temps en temps. Il était père de deux enfants, désormais.

« Un visiteur du continent ! rétorqua Ruselina. Quelle bonne nouvelle ! Sa femme et ses enfants l'accompagnent ?

— Je ne sais pas. Je suppose que oui, bien que le plus jeune ait à peine cinq mois. Il doit venir pour des vacances ou pour le travail. »

Le jour de mon rendez-vous avec Dan, je fus réveillée à cinq heures du matin tellement j'étais impatiente à l'idée de le revoir. J'avais déjà sorti ma plus belle robe d'été. Elle était repassée et suspendue à la porte du placard ; une robe droite rouge cerise avec un chapeau assorti, décoré d'une rangée de gardénias, une des dernières créations de Judith. La robe était simple et seyante, mais c'était le chapeau qui lui donnait toute son allure et sa personnalité. Ma rencontre avec Dan serait la première occasion de la porter. Je me levai sans faire de bruit et me rendis à la cuisine. Après m'être préparé une tasse de thé et une tartine de confiture, je sortis sur le balcon en traversant le salon sur la pointe des pieds pour ne pas déranger Betty.

Au loin, les eaux du port scintillaient dans la lumière pâle de ce matin d'été. Je n'arrivais pas à croire que dans quelques heures à peine j'allais retrouver Dan Richards. En fermant les yeux, je le revis durant ces fameux après-midi culturels et linguistiques à Shanghai, si galant et fringant, s'efforçant tant bien que mal de prononcer les mots russes que je lui apprenais. Je souris en repensant à son terrible accent. J'étais heureuse que nous soyons restés amis malgré la distance. Il s'était montré fidèle et généreux envers moi. J'avais eu de la chance de bénéficier de son aide au bon moment.

Une soudaine douleur me noua l'estomac tandis qu'un autre souvenir remontait à la surface tel un morceau d'épave émergé des profondeurs. C'était une sensation brutale comparée à la tiédeur de la brise estivale et à la joie ressentie une seconde plus tôt. *Je cherche mon mari.* Des coups de feu au loin. La terreur dans les yeux des personnes agglutinées dans le couloir. *Ne vous inquiétez pas. Tout est un peu chaotique, en ce moment.* Des livres anciens et des antiquités chinoises à moitié emballés dans des cartons. La photo d'un homme que j'aimais. La mine lugubre de Dan. *Anya, c'est bien votre mari ? Dimitri Lubensky ?* Un bateau attendant à quai. Sa cheminée crachant des nuages de vapeur. *Mon Dieu, Anya !* Dan se débattant avec mes valises tout en me soutenant pour m'empêcher de tomber. Mes jambes se dérobant sous moi. *Faites-moi confiance, un jour viendra où vous serez contente de ne plus porter le nom de cet homme.*

À mon grand soulagement, le consulat américain à Sydney ne ressemblait en rien à celui de Shanghai, à part les drapeaux dans le hall. Dan Richards m'attendait dans un fauteuil en cuir, les jambes croisées, plongé dans la lecture du *Daily Telegraph*. Le journal était déplié devant son visage mais je le reconnus instantanément à la touffe de cheveux roux qui dépassait et à ses longues jambes.

Je m'approchai discrètement et lui arrachai le journal par surprise. « Vous pourriez au moins lire *mon* journal ! » m'exclamai-je.

Dan leva les yeux et son visage s'illumina aussitôt d'un grand sourire. « Anya ! » dit-il en bondissant de son fauteuil. Il m'attrapa par les épaules et m'embrassa sur les deux joues. Il n'avait pas changé du tout : toujours cette même frimousse enfantine, bien qu'il fût père de deux enfants. « Anya ! répéta-t-il. Vous êtes magnifique ! »

Les gardes et la réceptionniste tournèrent leur regard vers nous, et Dan me prit par le bras. « Venez. Il y a un endroit à deux rues d'ici où nous pourrons prendre un café et manger un morceau. »

Le restaurant dans lequel il m'emmena était exactement le genre d'endroit où l'on s'attendrait à croiser des diplomates. Élégant mais confortable, il était meublé de lourdes chaises et de tables en bois foncé. Il flottait dans l'air une étrange odeur de cuir et de vieux livres. Toutes les fenêtres étaient grandes ouvertes et, de la table où l'on nous conduisit, nous avions vue sur un jardin fleuri.

Le serveur tira ma chaise et me tendit un menu avec un sourire guindé.

« Mon Dieu ! s'exclama Dan en parcourant le menu, rien que de lire tout ça me donne faim. Vous ne voulez pas qu'on déjeune directement ? Leur poulet rôti est délicieux, paraît-il. »

Je le regardai alors au fond des yeux pour la première fois. C'était toujours le même homme enjoué, mais il y avait quelque chose dans son expression, une lueur dans son regard : il me parut mal à l'aise.

Le serveur vint prendre la commande, un poulet rôti pour Dan, un velouté de champignons pour moi. Je perçus à nouveau sa gêne. Un léger voile sur son visage. Une façon d'avaler nerveusement sa salive. Un frisson d'appréhension me parcourut le corps. Pour la première fois depuis son télégramme, il me vint à l'esprit que quelque chose s'était peut-être produit. Comment se faisait-il que Polly et les enfants ne soient pas avec lui ? Était-il possible qu'il leur soit arrivé malheur ? Mais non, Dan m'en aurait avertie par écrit avant de venir. Sans doute était-ce juste la fatigue du voyage.

Il prit un petit pain dans le panier et entreprit de le beurrer consciencieusement, m'observant de temps en temps avec un grand sourire. « Comme vous êtes devenue belle, Anya ! Je comprends qu'on vous ait confié la rubrique Beauté. Racontez-moi, comment se déroule une journée type au journal ? »

Non, décidément, quelque chose n'allait pas. Ce n'était pas le Dan insouciant que j'avais connu. Mais s'il avait quelque chose à me révéler, je ne voulais pas le brusquer et préférais lui laisser choisir le moment opportun. Je me prêtai donc au jeu de son bavardage léger et lui racontai ma vie · Sydney et les Australiens, Diana, le salon de thé, l'appartement à Potts Point, mon amour pour la mode australienne.

Il me sembla qu'une éternité s'était écoulée avant qu'on nous apporte nos plats. Dan attaqua son poulet, toujours aussi peu décidé à se confier.

« Alors, c'est bon ? demanda-t-il. Par cette chaleur, je ne sais pas comment vous faites pour manger de la soupe. Vous ne voulez pas goûter le poulet ?

— Dan. »

Il releva la tête, souriant.

« Où est Polly ?

— Aux États-Unis. Avec les enfants. Tout le monde va bien, assura-t-il en découpant un bout de poulet qu'il plaça dans mon assiette. Elizabeth a déjà trois ans, vous vous rendez compte ?

— Vous êtes ici en voyage d'affaires, alors ? » Ma voix se brisa malgré moi.

Dan me regarda fixement. Un regard honnête, bienveillant. L'expression d'un homme qui ne veut pas mentir à une amie. Il posa sa fourchette et ses yeux se brouillèrent. Le changement d'humeur entre nous était si palpable et si soudain que j'en fus choquée. Je sentis mon visage blêmir et le sang battre à mes tempes. Dan prit une grande inspiration.

« Anya, commença-t-il, je ne suis pas ici en voyage d'affaires. Je suis ici parce que j'ai quelque chose d'important à vous dire. »

Il était désormais trop tard pour tout arrêter. Trop tard pour reculer. J'avais donné le signal. Peut-être ne serait-ce jamais venu sur le tapis si je ne lui avais rien demandé. En tout cas c'était une mauvaise nouvelle, je pouvais l'affirmer au ton de sa voix. Un ton que je ne lui avais jamais entendu jusque-là.

« Anya, reprit-il, ça fait une semaine que je ne dors plus. Je me suis torturé pour savoir ce que je devais faire. Je sais grâce à vos lettres, et encore plus en vous voyant maintenant, que vous êtes heureuse dans votre nouvelle vie et votre pays d'adoption. J'ai essayé de vous écrire au moins dix fois, mais ce que j'ai à vous apprendre ne peut pas être écrit. C'est pourquoi j'ai décidé de faire le voyage, confiant dans votre force et le fait que vous êtes entourée de vrais amis. »

Son introduction était tellement solennelle que j'étais à deux doigts du fou rire nerveux.

« Mais qu'est-ce qu'il y a ? » dis-je d'une voix faussement détachée.

Dan tendit le bras pour me prendre la main. « J'ai des nouvelles de votre mari, Dimitri Lubensky. »

Des petites taches blanches se mirent à danser devant mes yeux. Je me recroquevillai sur ma chaise. Une brise tiède souffla par la fenêtre, charriant des effluves de menthe et de sauge. Dimitri. Mon mari. Dimitri Lubensky. Je me répétai son nom dans ma tête. Il appartenait à mon passé ; je n'arrivais à le rattacher à rien de ma vie présente. Son nom m'évoquait l'odeur du cognac et le son des tambours et des cuivres d'un orchestre au *Moscou-Shanghai.* C'étaient les smokings, les velours et les tapis d'Asie. Il n'avait rien à faire dans ce restaurant de Sydney où je déjeunais assise en face de Dan. Il n'avait rien à faire dans la chaleur et le bleu du ciel australien. Des images éclatées se bousculèrent en désordre dans mon esprit : une assiette de soupe d'aileron de requin, une rumba sur une piste de danse bondée, une pièce remplie des roses de notre mariage. Je bus une gorgée d'eau, presque incapable de soulever mon verre. « Dimitri ? » parvins-je seulement à articuler.

Dan sortit un mouchoir de sa poche et s'épongea le front. « Je ne sais pas par où commencer… »

Sa voix me parvenait à travers un épais brouillard. Je l'entendais à peine. Le nom de Dimitri avait eu sur moi l'effet d'un coup de massue. *On devait juste prendre un café et des gâteaux. Dan était là en voyage d'affaires. On allait passer la matinée à rire et à se raconter nos vies.* La pièce entière se mit à tourner. Dan et moi n'étions plus les mêmes personnes que dix minutes plus tôt. J'avais un goût de métal au fond de la gorge.

« Anya, il y a un peu plus d'une semaine, je prenais mon petit déjeuner quand Polly m'a apporté mon courrier et le journal. C'était un jour comme les autres, sauf que j'étais en retard et que j'allais être obligé de lire les nouvelles au bureau. Une fois habillé, j'ai pris le journal sur la table pour le mettre dans ma sacoche. Je me suis arrêté net sur la photo en première page. J'ai reconnu le visage de cet homme à la seconde. L'article disait que la police était en train de procéder à l'identification. Il s'était fait tirer dessus au cours d'un cambriolage qui avait mal tourné et se trouvait dans le coma à l'hôpital. »

J'avais les mains moites. Mes paumes laissaient des empreintes mouillées sur la nappe, comme des papillons. Dimitri. Un cambriolage. Blessé. Je n'arrivais pas à recoller les morceaux.

« En voyant la photo, j'ai tout de suite pensé à vous, poursuivit Dan. Fallait-il vous prévenir ? Toute mon âme me criait le contraire. Vous aviez une nouvelle vie heureuse et ce type vous avait traitée d'une façon impardonnable. Abandonner sa jeune épouse ! Comment pouvait-il être sûr que vous réussiriez à monter dans le bateau suivant ? Quelques heures de plus et vous seriez restée coincée à Shanghai, où vous auriez certainement fini exécutée par les communistes. »

Dan se laissa aller contre le dossier de sa chaise, le front plissé. Il ramassa sa serviette, la replia et la posa sur la table. Je me rendis compte que c'était la première fois que je le voyais en colère.

« Mais j'avais le devoir moral de me présenter à la police pour identifier Dimitri, reprit-il. J'ai donc téléphoné au commissariat de Los Angeles. Un enquêteur a pris ma déposition et m'a dit que le prêtre de l'hôpital voulait parler à quelqu'un qui connaissait cet homme. Même si je ne connaissais pas Dimitri directement, j'ai quand même passé un coup de fil à l'hôpital, par acquit de conscience. Le prêtre m'a expliqué que Dimitri était dans un état grave : il était finalement sorti du coma mais délirait la plupart du temps. Il s'était fait tirer dessus en prenant la défense d'une jeune fille de dix-sept ans. Quand j'ai entendu ça, je n'en revenais pas. “Et qui est Anya ? m'a demandé le prêtre. Il n'arrête pas d'appeler Anya.” Je lui ai répondu que j'arrivais par le prochain avion. »

Il faisait une chaleur étouffante dans la pièce. On aurait cru que la température augmentait par vagues successives. *Pourquoi ne mettent-ils pas le ventilateur ?* songeai-je. Mon chapeau me gênait. Je l'enlevai et le posai sur la chaise à côté de moi. Tout chavirait autour de moi. J'avais l'impression que ma chaise se soulevait du sol et que le plafond se rapprochait. D'une minute à l'autre nous allions être écrasés sous son poids.

« Anya, je sais que c'est un terrible choc pour vous d'entendre ça. Voulez-vous un cognac ? »

Dan semblait s'être ressaisi. Ce qu'il appréhendait était désormais derrière lui et il pouvait redevenir lui-même, un ami fidèle prêt à m'aider à franchir cette nouvelle crise. « Non, répondis-je. Juste un verre d'eau. »

Il fit signe au serveur de remplir mon verre.

« Continuez, je vous en prie, dis-je. Que s'est-il passé quand vous avez vu Dimitri ? Est-ce qu'il va bien ? »

Dan remua sur sa chaise sans répondre. J'avais la sensation que tout était sur le point de basculer. Tout ce que j'éprouvais depuis mon départ de Shanghai allait bientôt m'apparaître sous un autre jour. Je n'avais pas compris Dimitri. L'homme dont on me parlait n'était pas celui que j'avais imaginé pendant toutes ces années.

« Je suis arrivé à Los Angeles le lendemain de la parution de l'article dans le journal. Je suis allé directement à l'hôpital. Le prêtre m'attendait là-bas. Comme j'avais donné à la police le nom de Dimitri, ils avaient eu le temps de faire des recherches. Apparemment, il avait travaillé pour un gangster du nom de Ciatti, avec qui il tenait un tripot illégal.

» Le soir de l'accident, il se trouvait dans la maison d'un gros bandit de la région, à l'extérieur de la ville. Le type ne faisait pas confiance aux banques et la rumeur disait qu'il possédait des piles de bijoux et d'argent cachées partout chez lui. Ciatti en avait entendu parler et s'imaginait qu'il pouvait faire un coup facile. Il a engagé deux voyous pour défoncer la porte de la villa. Dimitri n'était que chauffeur. Il attendait dehors dans la voiture. Mais tout a dégénéré quand la petite-fille du bandit, une gamine de dix-sept ans, s'est présentée à la porte. Son arrivée n'était pas prévue dans le plan. Dimitri l'a vue monter les marches du perron et a su qu'elle se jetait dans la gueule du loup. D'ailleurs, Ciatti avait déjà sorti son revolver quand Dimitri a déboulé dans la maison. Il y a eu une dispute. Dimitri s'est battu avec Ciatti, et il a pris une balle dans le poumon et une autre dans le haut du crâne. Les cris et les coups de feu ont alerté les voisins, et Ciatti et ses hommes se sont enfuis.

— Il a sauvé quelqu'un ? balbutiai-je. Dimitri a sauvé une jeune fille qu'il ne connaissait pas ? »

Dan opina du chef. « Anya, à l'hôpital il était incohérent la plupart du temps. Mais quand je lui ai demandé ce qui s'était passé ce soir-là, il avait l'air persuadé que la fille de dix-sept ans, c'était vous. »

Une décharge me déchira le ventre, comme si quelque chose qui était resté enfoui des années venait brusquement de se réveiller. Je me frottai le visage sans sentir mes doigts ni mes joues.

« Mais Dimitri avait aussi des moments de lucidité, continua Dan. Et dans ces moments il m'a parlé d'une fille qu'il avait aimée autrefois. Une jeune femme avec qui il avait dansé le tango. C'était presque comme s'il savait que j'étais là pour vous représenter. "Vous lui direz, n'est-ce pas ? suppliait-il. Vous lui direz que je n'ai jamais cessé de penser à elle. Je suis parti par lâcheté, non parce que je ne l'aimais pas."

» "Comment saura-t-elle ? lui ai-je demandé. Comment pourrais-je convaincre Anya alors que vous l'avez abandonnée ?" Dimitri ne m'a pas répondu pendant un long moment. Il s'est écroulé sur son oreiller, les yeux révulsés. J'ai cru qu'il était retombé dans le coma, mais tout à coup il a rouvert les yeux et m'a dit : "Dès mon arrivée en Amérique, j'ai su que je m'étais trompé. Cette femme ? Vous croyez vraiment qu'elle m'aimait ? Elle m'a quitté le jour même. Quand je lui ai demandé pourquoi, elle a répondu que c'était pour se venger d'Anya. Je ne peux pas vous expliquer son emprise sur moi. Elle a réveillé mes côtés les plus sombres. Pas comme la douce Anya, qui savait tirer le meilleur de moi. Mais finalement ma part d'ombre devait être plus forte, sinon comment Amelia aurait pu l'emporter ?"

» À ce moment-là, poursuivit Dan, l'infirmière est entrée dans la chambre pour prendre son pouls et vérifier la perfusion. Elle m'a dit que j'avais posé suffisamment de questions et qu'il fallait le laisser, à présent. Je me suis retourné une dernière fois avant de quitter la chambre, mais Dimitri s'était déjà rendormi.

» Le prêtre m'attendait dehors. "Dimitri s'est rendu au bureau de l'OIR le jour où il est arrivé à Los Angeles, m'a-t-il dit. Il n'y avait aucune trace d'une Anya Lubenskya. Alors il leur a demandé de regarder sous le nom d'Anya Kozlova. Quand il a découvert qu'elle avait repris son nom de jeune fille, il a affirmé qu'il était rassuré, qu'elle allait s'en sortir. Qu'elle avait un instinct de survie." J'ai demandé au prêtre quand Dimitri lui avait raconté tout ça, et il m'a répondu que c'était le matin même, pendant sa confession.

» Je suis retourné voir Dimitri le lendemain. Son état s'était encore aggravé. Il était très faible. Je n'avais pas dormi de la nuit tellement j'étais tourmenté par cette histoire. "Mais vous n'êtes pas retourné la chercher, n'est-ce pas ? ai-je questionné. Vous n'avez jamais essayé de l'aider ?" Dimitri m'a regardé avec une expression de profonde tristesse. "Je l'aimais assez pour ne plus jamais vouloir lui faire de mal", m'a-t-il murmuré. »

Une larme roula sur ma joue. Pendant que j'écoutais Dan, mon cerveau concevait déjà des plans : j'allais retrouver Dimitri. L'aider. Par ce simple fait, il m'avait prouvé qu'il n'était pas un monstre. Il avait sauvé une jeune fille de dix-sept ans. Et il l'avait fait car elle lui faisait penser à moi.

« Quand puis-je prendre un avion pour Los Angeles ? demandai-je. Il faudrait combien de temps avant que je puisse le voir ? »

Les yeux de Dan s'emplirent de larmes. Il paraissait vieux, tout à coup. Ce fut un moment de souffrance intolérable. Nous nous regardâmes en silence. Puis il sortit de sa poche une petite enveloppe kraft qu'il me tendit. Je l'ouvris d'une main tremblante et quelque chose tomba sur la table. Je le ramassai. C'était une clé métallique. Malgré les années, je la reconnus instantanément : la clé de notre appartement à Shanghai.

Pour l'éternité.

« C'est fini, n'est-ce pas ? balbutiai-je. Il est parti ? »

Dan me prit les deux mains dans les siennes, ses yeux plongés dans les miens.

Les larmes ruisselaient sur mes joues. Je ne pouvais plus bouger ni parler. Autour de nous, le restaurant se remplissait. Les clients discutaient joyeusement en consultant le menu, se resservaient du vin, trinquaient, riaient. Les serveurs semblaient brusquement animés d'une énergie nouvelle, courant d'une table à l'autre pour prendre les commandes et apporter les plats. Dan et moi restions agrippés l'un à l'autre. Dimitri était mort. Je sentis cette nouvelle cheminer dans mes veines et jusqu'à mon cœur. L'ironie de la situation était intolérable. Dimitri avait fui pour faire fortune mais n'avait trouvé que douleur et mort ; et moi j'étais une réfugiée qui n'avait jamais connu une seule fois la faim. Depuis toutes ces années j'essayais de haïr Dimitri, et lui n'avait jamais cessé de m'aimer.

Je serrai la clé dans ma paume.

Pour l'éternité.

Plus tard, bien plus tard, lorsque j'emménageai dans mon nouvel appartement à Bondi et trouvai la force de sortir la clé de la boîte dans laquelle je l'avais cachée le jour où Dan me l'avait remise, je lui fis fabriquer une serrure sur mesure. C'était la seule façon que j'avais imaginée pour continuer à partager ma vie avec Dimitri.

Pour l'éternité.

TROISIÈME PARTIE

16

Bondi

Quelques jours après le Nouvel An 1956, j'étais tranquillement assise dans mon appartement de Campbell Parade, à contempler la plage et la foule bigarrée disséminée sur le sable tels les vêtements désassortis sur un étal de vide-greniers. Le 1er janvier, la mer avait été très forte, avec des vagues de près de cinq mètres de haut. Les maîtres nageurs couraient en tous sens, sortant des baigneurs de l'eau et sauvant deux garçons qui avaient été emportés sur les rochers. Mais ce jour-là la mer était plate comme de l'huile et des bancs de mouettes se balançaient paresseusement sur la surface. Il faisait chaud et j'avais ouvert toutes les fenêtres. J'entendais les cris des enfants qui jouaient au bord de l'eau et les sifflets des maîtres nageurs rappelant les imprudents à l'ordre. Si l'océan avait l'air calme, les courants n'en étaient pas moins dangereux.

Je travaillais à un article pour la section féminine, où j'avais été nommée rédactrice en chef Mode l'année d'avant. Ann White, après s'être épuisée sur les tenues de couronnement et la garde-robe de la reine lors de sa royale visite en Australie, avait fini par se trouver un mari dans la famille Denison. Son flair pour la mode était considéré comme un atout plus intéressant que sa dot aux yeux de cette dynastie de marchands, et elle avait été nommée acheteuse en chef pour tout le rayon Mode de leur grand magasin de Sydney.

Nous continuions à nous voir lors de certains événements mondains, et il m'était arrivé de déjeuner avec elle à deux ou trois reprises. L'ironie du sort avait voulu qu'après nos débuts un peu hostiles nous nous retrouvions à avoir besoin l'une de l'autre.

Staline était mort en 1953, mais cet événement n'avait pas empêché le bloc occidental et le bloc soviétique de s'enliser dans la guerre froide, rendant impossibles tous les transferts d'information. Le père de Vitaly n'avait jamais obtenu de réponse de son frère, et j'avais écrit de mon côté à toutes les organisations possibles : le Cercle russo-américain, les Nations unies, la Croix-Rouge, l'OIR et de nombreuses autres associations humanitaires. Aucune n'avait été en mesure de m'aider à retrouver ma mère. La Russie paraissait impénétrable.

L'Australie était loin de tout ce que ma mère et moi avions connu ensemble. Je ne pouvais pas penser à elle en regardant les arbres ou l'océan. Et j'étais toujours hantée par la peur d'oublier les détails : la forme de ses mains, la couleur exacte de ses yeux, son odeur. Pourtant, je ne parvenais pas à m'en détacher. Malgré toutes les années écoulées, elle était encore la personne à laquelle je pensais en me réveillant le matin ou avant de m'endormir le soir. Nous étions séparées depuis près de onze ans et cependant, quelque part dans mon cœur, j'étais toujours persuadée que je la reverrais un jour.

Betty avait pris sa retraite, et après avoir vendu sa maison de Potts Point elle avait acheté un quatre-pièces pour Ruselina et elle, ainsi que le studio au-dessus pour moi. Vitaly et Irina, enceinte de quatre mois, habitaient une maison à Tamarama, la banlieue voisine.

Depuis qu'elles avaient déménagé, Betty et Ruselina étaient retombées en adolescence. Une fois, elles s'étaient jetées des rochers avec un couteau entre les dents en clamant qu'elles allaient « combattre les requins en l'honneur de Bea Miles », connue comme la folle de Bondi depuis un certain nombre d'années. La mer était calme ce jour-là et elles ne risquaient pas vraiment de se noyer, mais la vision de nos deux chères mamies barbotant dans une zone non surveillée avait suffi à nous terrifier, Irina et moi. Nous avions obligé Vitaly à plonger à son tour pour les ramener au rivage.

« Ne vous inquiétez pas pour elles, nous avait assuré Vitaly par la suite, elles ont toutes les deux connu des tragédies dans leur vie et ont dû être fortes pour continuer malgré ça. Maintenant, elles ont envie de retrouver leur insouciance en s'amusant un peu. Elles ont de la chance de s'être rencontrées, comme vous deux d'ailleurs. »

À l'heure du déjeuner, je descendis manger un morceau avec Betty et Ruselina.

« Qu'est-ce que tu fais, cet après-midi, Anya ? me demanda Betty. C'est samedi. Tu veux venir au cinéma avec nous ? Ils passent *À l'est d'Éden*.

— Je ne peux pas, répondis-je. Je dois finir un article sur les robes de mariée pour demain.

— Et ton mariage à toi, Anya ? répliqua Ruselina. Tu ne vas jamais trouver de mari si tu travailles toujours autant.

— Ruselina ! intervint Betty. On dirait une vraie babouchka ! Anya est encore jeune, voyons. Rien ne presse. Regarde la carrière merveilleuse qu'elle est en train de faire. Quand elle sera prête, elle trouvera quelqu'un.

— Vingt-trois ans, ce n'est pas si jeune pour se marier, insista Ruselina. Moi j'étais mariée à dix-neuf, et c'était déjà tard à mon époque. »

Après le repas, je remontai chez moi et m'allongeai un moment sur mon lit. Mon studio était tout petit, le lit prenait quasiment toute la place, mais de la fenêtre j'avais vue sur la mer. J'avais réussi à caser un bureau où je m'installais pour écrire mes articles. C'était mon petit nid et je m'y sentais bien. Retirée du monde.

Tu ne vas jamais trouver de mari si tu travailles toujours autant.

Il y aurait deux autres personnes à part moi cet après-midi-là au journal : Diana, parce que le samedi était le jour de golf de Harry, et Caroline Kitson. Malgré ses ambitions en la matière, Caroline n'était pas parvenue à mettre le grappin sur un jeune homme de sa classe sociale. À vingt-neuf ans, elle avait fini par accepter avec résignation son statut de célibataire. Parmi les jeunes journalistes, une jolie brunette lorgnait d'un œil avide la position de rédactrice en chef des pages mondaines, aussi Caroline était-elle miraculeusement devenue beaucoup plus aimable à l'égard de Diana et de moi-même ; même si elle avait adopté une formule qui m'ennuyait bien plus que son snobisme des années précédentes. Chaque fois qu'elle me voyait entrer dans le bureau, elle me lançait systématiquement : « Tiens, tiens, voilà la vieille fille numéro deux ! Comment ça va ? »

Cette plaisanterie me donnait chaque fois le cafard.

Je me retournai pour regarder les matriochkas alignées sur ma table de nuit. Elles étaient cinq, dont deux après moi. Une fille et une petite-fille. C'était la vision que ma mère avait de nos vies. Elle croyait sans doute à l'époque que nous allions tous couler des jours heureux dans notre maison de Harbin, en ajoutant une pièce à chaque nouvelle naissance.

J'enfouis ma tête dans l'oreiller en refoulant mes larmes. Pour fonder une famille, il faudrait d'abord que je trouve un mari. Mais je m'étais tellement habituée à me passer de l'amour d'un homme que je ne savais pas par où commencer. Quatre années s'étaient écoulées depuis que j'avais appris la mort de Dimitri, sept ans depuis qu'il m'avait quittée. Combien de temps me faudrait-il encore pour faire mon deuil ?

Diana était déjà à son bureau lorsque j'arrivai au journal. Je passai lui dire bonjour avant de me mettre au travail.

« Qu'est-ce que tu fais vendredi soir, Anya ? demanda-t-elle.

— Rien de spécial.

— Très bien, dans ce cas je voudrais te présenter quelqu'un. Pourquoi ne viendrais-tu pas dîner à la maison ? Je demanderai à Harry de passer te prendre en voiture.

— D'accord, mais qui est cette personne que tu veux me présenter ?

— C'est oui ou c'est non ? insista Diana avec un grand sourire.

— C'est oui, mais j'aimerais quand même bien savoir.

— Tu ne me fais pas confiance ? C'est un jeune homme épatant. Il meurt d'envie de te connaître depuis qu'il t'a vue au bal de la Melbourne Cup[1]. Il t'a tourné autour toute la soirée mais tu ne lui as même pas adressé un regard, selon lui. Ce qui ne m'étonne pas de toi, à vrai dire. »

Je rougis, et ma gêne sembla beaucoup amuser Diana. Je me demandai si elle avait le don de lire dans les pensées et si elle s'était empressée de trouver une solution pour remédier à mon humeur maussade de l'après-midi.

« Tu devrais mettre cette magnifique robe en crêpe que tu as achetée aux soldes de presse. Elle te va à merveille.

— D'accord », acquiesçai-je, troublée par cette étrange coïncidence. C'était comme si Diana était ma bonne fée protectrice et exauçait mon vœu sans même que j'aie besoin de le formuler.

« Et, Anya ? ajouta-t-elle alors que je sortais de son bureau.

— Oui ?

— Inutile d'avoir l'air terrorisée, ma chérie. Il ne va pas te mordre. »

Je ne soufflai pas un mot à Betty ni à Ruselina au sujet du dîner. J'étais fière de moi d'avoir pu accepter de rencontrer quelqu'un, même si je n'en étais pas moins terrifiée. Leur en parler m'empêcherait de me désister si je changeais d'avis au dernier moment.

Le vendredi soir, je me sentais nauséeuse et songeai à annuler, mais je ne voulais pas vexer Diana. J'enfilai la robe qu'elle m'avait suggérée. Elle avait un corsage moulant, de larges bretelles et une jupe à volants. Je choisis des chaussures en soie à bout pointu et m'attachai les cheveux sur le côté avec une barrette en strass.

1. La Melbourne Cup est une course de chevaux très populaire en Australie. Elle a lieu chaque année, le premier mardi de novembre, depuis 1861. Outre le côté sportif, c'est aussi un événement mondain très prisé, à l'occasion duquel les femmes rivalisent d'élégance. Traditionnellement, un concours du plus beau chapeau est organisé. *(N.d.T.)*

Harry passa me prendre à sept heures précises dans sa Chevrolet bleu marine. Il sortit pour m'ouvrir la portière et jeta un coup d'œil à la plage, dont le sable doré scintillait sous les derniers rayons du soleil. « Ça paraît tellement calme après toutes ces tempêtes, commenta-t-il.

— J'ai lu dans le journal que les maîtres nageurs avaient sauvé cent cinquante personnes de la noyade pour le seul jour de l'An », déclarai-je.

Harry se glissa au volant et démarra. « Oui, ta plage a été l'une des plus sévèrement touchées, renchérit-il. La tempête a charrié tellement d'algues qu'un des maîtres nageurs s'est emmêlé dedans et a failli se noyer. Le canot de secours n'arrivait pas à passer la barre pour aller le récupérer.

— Mon Dieu ! soufflai-je. Je n'ai pas entendu parler de cette histoire.

— Heureusement, un de ses collègues est venu à sa rescousse. Un type assez costaud qui vient d'arriver de Victoria. Il paraît qu'il a plongé dans les vagues comme une torpille. C'est un Russe, d'ailleurs, peut-être que tu le connais.

— Non, je ne crois pas, répondis-je en secouant la tête. En ce moment, je n'arrive plus à trouver le temps d'aller à la plage.

— Oui, sourit Harry. Diana m'a dit que tu travaillais comme une folle. »

Diana et Harry habitaient une maison de style Tudor qui surplombait la mer à Rose Bay. Alors que Harry se garait dans l'allée, Diana sortit pour nous accueillir, vêtue d'une somptueuse robe en soie rouge. « Allez viens, Anya, me dit-elle en me prenant par le bras. Je vais te présenter Keith. »

L'intérieur de la villa était spacieux et moderne. Les murs et le sol étaient blancs. Sur les étagères encastrées de chaque côté du couloir s'alignaient une série de photos montrant Diana en compagnie de diverses personnalités, et les babioles rapportées de tous ses voyages. Je ris en voyant sa collection de cochons en porcelaine achetés à Londres. Toute sophistiquée qu'elle parût, Diana ne se prenait pas au sérieux.

Elle me tira par la manche pour m'entraîner jusqu'au salon et me poussa quasiment sur les genoux du jeune homme assis sur le canapé. Il se leva avec un grand sourire. « Bonsoir, fit-il, la main tendue. Je m'appelle Keith.

— Bonsoir, répondis-je. Moi, c'est Anya.

— Très bien, approuva Diana en me donnant une petite tape amicale dans le dos. Je vous laisse bavarder tous les deux pendant que je jette un œil à la cuisine. »

Au moment où Diana quittait la pièce, Harry revint avec une bouteille de vin à la main. Elle l'attrapa par le poignet et l'entraîna comme s'il s'agissait d'un mauvais acteur qu'il fallait faire disparaître de la scène.

Keith se tourna vers moi. Il était plutôt beau, avec des yeux bleu cobalt, des cheveux blonds, un nez grec et des lèvres épaisses. « Diana n'a pas tari d'éloges sur toi, affirma-t-il. Et d'après elle, tu as une histoire de riz absolument désopilante qu'il faut que tu nous racontes au dîner. »

Je rougis. Diana ne m'avait rien dit sur Keith. Il fallait reconnaître que je ne lui avais rien demandé non plus.

« Keith est journaliste à la section sport du *Sydney Herald* », indiqua Harry en entrant dans le salon avec un plateau de fromages, volant à ma rescousse et me sauvant du ridicule. Je me rendis compte alors qu'il nous avait sans doute écoutés depuis le couloir.

« C'est vrai ? dis-je. C'est merveilleux ! » J'avais l'impression de parler comme Diana et plus du tout comme moi-même.

Harry m'adressa un clin d'œil à l'insu de Keith. À ce moment-là, Diana arriva avec un plateau de toasts à la tapenade. Elle avait dû attendre son tour dans le couloir, elle aussi. « Oui, renchérit-elle. Il a même gagné un prix pour son reportage sur la Melbourne Cup.

— C'est formidable ! m'enthousiasmai-je. Moi je n'ai rien gagné du tout. Mon reportage sur les chapeaux n'a pas dû les impressionner. »

Keith écarquilla les yeux, jusqu'à ce que Diana et Harry éclatent de rire. Il en fit autant.

« Une fille avec le sens de l'humour ! s'exclama-t-il. J'adore ça. »

Harry sortit la table sur la véranda. Diana la recouvrit d'une nappe écrue avant d'y déposer des assiettes mauves. Elle enroula des brins de fuchsia autour des bougeoirs. Je n'avais pas vu ce genre d'élégance détachée depuis longtemps. C'était un effet que mon père savait très bien produire. Je caressai du bout des doigts ma serviette en lin et soupesai avec un plaisir nostalgique les couverts en argent. Diana posa au centre de la table un vase de roses cent feuilles. J'inhalai leurs effluves sucrés. La bougie vacilla et je vis Sergei debout dans l'ombre, les bras chargés de fleurs. Dimitri s'avança vers moi et me tendit la main. « Laisse-moi tranquille, Dimitri, je t'en prie », le suppliai-je intérieurement. Mais une seconde après, j'étais dans une baignoire remplie de pétales. Dimitri buvait l'eau dans ses paumes réunies. Plus il en avalait, plus il s'éloignait de moi. Et il finit par disparaître.

« Anya, ça va ? s'inquiéta Diana en me tapotant le bras. Tu es toute blanche. »

Je la regardai, les yeux plissés, désorientée.

« C'est la chaleur », répondit Harry. Il se leva pour ouvrir en grand la fenêtre.

Keith prit mon verre. « Laisse-moi te servir de l'eau.

— Je suis désolée, murmurai-je en me frottant le front. Ça va passer. »

Keith reposa mon verre devant moi. Une goutte d'eau coula sur le bord et vint s'écraser sur la nappe. On aurait dit une larme.

Diana avait préparé des coquilles Saint-Jacques gratinées et des champignons à la crème. Elle parvenait à animer la conversation avec un naturel déconcertant, relançant un sujet chaque fois qu'il risquait d'y avoir un blanc. « Keith, il faut que tu décrives à Anya la ferme de tes parents. Ted m'a dit que c'était un endroit magnifique », ou « Anya, j'ai vu un ravissant samovar ancien chez lady Bryant, mais ni elle ni moi n'avions la moindre idée de la façon de s'en servir. Tu ne veux pas nous expliquer, ma chérie ? » Je sentais le regard de Keith sur moi et je prenais soin de l'écouter attentivement quand il parlait afin de ne pas le décourager, comme Diana m'avait reproché de le faire dans des situations semblables.

Après le fromage, nous passâmes au salon pour prendre le dessert : une tarte aux abricots avec une boule de glace à la vanille.

« Maintenant, annonça Diana en agitant sa cuillère en l'air, il faut absolument que tu racontes à Keith ton histoire de riz !

— Ah oui ! s'exclama Keith en se rapprochant de moi sur le canapé. Je meurs d'envie de l'entendre.

— Même moi, je n'ai jamais eu l'honneur de connaître la fin, renchérit Harry. Chaque fois que Diana essaie de me la raconter, elle éclate de rire avant de pouvoir arriver au bout. »

Le repas et le vin m'avaient détendue, et je me sentais moins intimidée. J'étais contente que Keith se soit assis à côté de moi. Je commençais à m'habituer à lui. J'étais contente aussi qu'il n'ait pas peur de montrer son attirance pour moi. Mon retour dans le monde de la séduction ne se passait pas aussi mal que je l'avais craint.

« Eh bien, commençai-je, un jour je suis allée rendre visite à ma meilleure amie et à son mari, et nous nous sommes mis à parler de toutes les spécialités culinaires chinoises qui nous manquaient depuis notre départ. Bien entendu, le riz est sans doute l'un des ingrédients les plus difficiles à trouver en Australie, et quasiment tous les plats de notre enfance étaient à base de riz. Alors on a décidé de faire une expédition à Chinatown et de rapporter une provision de riz suffisante pour trois mois.

» C'était en 1954. Vladimir Petrov et sa femme avaient obtenu l'asile politique en Australie pour avoir démasqué des espions russes, et beaucoup de gens s'étaient mis à reconnaître des espions russes partout, y compris la vieille dame qui habitait sur le même palier que mon amie. Quand elle nous a vus monter des sacs de riz et parler russe, elle a immédiatement appelé la police. »

Keith éclata de rire et se frotta le menton. « Continue, Anya, fit Harry en gloussant.

— Donc, deux jeunes policiers ont débarqué pour nous demander si nous étions des espions communistes. Je ne sais pas comment il a fait, mais Vitaly les a persuadés de rester dîner. On a préparé un risotto de la Volga, à base de boulgour, de brocolis et de blettes sautés aux oignons et à l'ail, accompagné d'aubergines au yaourt. Ensuite, il faut savoir qu'il est très délicat de refuser de boire avec des Russes ; refuser de boire avec un homme russe peut être carrément insultant. Vitaly a donc convaincu les deux policiers que la seule façon de sceller une vraie "amitié internationale" et de nous remercier pour le "meilleur repas" de leur vie était d'accepter de partager avec lui quelques verres de vodka. Quand ils ont été imbibés au point de ne plus tenir debout, on les a mis dans un taxi pour les renvoyer au commissariat. Vous imaginez quelle a pu être la réaction du sergent en les voyant ! Et même si Mme Dolen, la voisine, continue à nous dénoncer régulièrement, on n'a plus jamais eu d'ennuis avec la police depuis.

— Ma parole ! s'écria Harry avec un clin d'œil appuyé à l'adresse de Keith. C'est une friponne. Je te conseille de te méfier d'elle !

— Compte sur moi, répliqua Keith en me souriant comme si nous étions seuls dans la pièce. Je n'ai pas l'intention de me laisser faire. »

Plus tard, alors que Harry sortait la voiture du garage pour me ramener chez moi, Keith me raccompagna jusqu'à la grille.

« Anya, dit-il, la semaine prochaine c'est l'anniversaire de mon ami Ted. Il fait une fête chez lui. Tu voudrais y venir avec moi ?

— Avec plaisir », répondis-je sans même y penser. Je me sentais bien avec Keith. Il avait l'air simple, sans zones d'ombre. Moi, au contraire, j'étais pleine de mensonges et de secrets.

Après que Harry m'eut déposée chez moi, j'ouvris la fenêtre en grand et m'allongeai sur le lit en écoutant le ressac de l'océan. Je fermai les yeux pour essayer de me remémorer le sourire de Keith, en vain. Je me demandai s'il me plaisait vraiment ou si je me forçais à le croire. Très vite, mon esprit se retrouva encombré par des images de Dimitri. Comme si, juste au moment où je m'apprêtais à tourner définitivement la page, son souvenir s'imposait avec plus de force que jamais. Je me repassai mentalement le film de notre nuit de noces. Le seul véritable moment heureux de toute notre union. Avant la mort de Sergei. Avant Amelia. Mon jeune corps pressé contre sa peau brûlante de désir, au milieu des pétales de roses.

La soirée à laquelle Keith m'emmena le week-end suivant était ma première vraie fête australienne. Jusque-là je n'avais jamais fréquenté les jeunes de mon âge et de mon milieu social, et ce fut une véritable révélation.

Mon expérience de l'Australie avait été différente de celle de la plupart des autres Russes de Shanghai. Mariya et Natasha s'étaient vu offrir un emploi dans la blanchisserie d'un hôpital tandis que leurs maris, bien que tous les deux diplômés, travaillaient sur des chantiers. Mais ma vie n'était pas non plus représentative de celle des jeunes filles australiennes de mon âge. De par ma position au journal, j'étais invitée aux soirées les plus prestigieuses de la ville. J'avais rencontré des hommes politiques, des artistes et des actrices célèbres, et j'avais même fait partie du jury pour élire la Miss Australie de l'année. Mais je n'avais aucune vie sociale personnelle.

Ted était le photographe qui travaillait avec Keith pour les pages sport, et il habitait à Coogee. Quand nous arrivâmes là-bas, la maison débordait déjà de monde. Un électrophone diffusait *Only You* à plein volume et un groupe de jeunes gens se dandinaient sur la piste de danse, enlacés deux par deux. Un blond avec des favoris et un paquet de cigarettes coincé dans la manche de sa chemise se précipita vers nous. Keith et lui se saluèrent d'une claque dans la main, puis le type se tourna vers moi.

« Salut, poupée ! lança-t-il. C'est toi la fille dont Keith m'a tellement parlé ? La reine de beauté russe ?

— Fiche-lui la paix, Ted », rétorqua Keith en riant. Puis il ajouta, à mon intention : « Ça prend un certain temps avant de s'habituer à son humour, tu verras.

— Il paraît que c'est ton anniversaire, Ted », dis-je en lui tendant le cadeau que Keith et moi avions acheté ensemble : un disque de Chuck Berry enveloppé dans un papier brillant.

« Oh ! non, fallait pas ! protesta Ted. Mais vous n'avez qu'à le poser sur la table. Lucy a décidé que je devais tous les ouvrir au moment du gâteau.

— Elle est en train de faire de toi une vraie midinette, ma parole ! » commenta Keith.

La pièce principale était un véritable sauna, avec l'accumulation de la chaleur du dehors et des corps pressés les uns contre les autres. Il y avait des gens partout, affalés sur les fauteuils et la moquette, fumant et buvant des sodas ou des bières au goulot. Certaines filles se retournaient sur mon passage. J'avais mis une robe bustier sans manches, tandis que la plupart des filles portaient des pantalons corsaires et des chemisiers moulants. Elles avaient presque toutes les cheveux courts, à la mode australienne du moment. Leurs regards appuyés me mirent mal à l'aise. Elles ne semblaient pas très accueillantes.

Je suivis Keith jusqu'à la cuisine, jouant des coudes pour me frayer un passage au milieu des invités. Le plan de travail était jonché de bouteilles de soda vides et de verres en plastique usagés.

« Tiens, goûte ça, me lança Keith en me tendant une bouteille.

— Qu'est-ce que c'est ?

— Goûte, tu vas voir. » Je bus une gorgée du liquide. C'était tellement sucré que j'en eus un haut-le-cœur. Je lus l'étiquette : Cherry Pop.

« Hé, Keith ! » cria une fille. Elle se jeta sur lui et lui sauta au cou. Keith me regarda en roulant des yeux. La fille le relâcha puis suivit son regard.

« Qui c'est ? demanda-t-elle en fronçant les sourcils.

— Rowena, je te présente Anya. »

La fille m'adressa à peine un hochement de tête. Elle avait la peau claire, des taches de rousseur et une grande bouche rouge.

« Enchantée », répondis-je, la main tendue. Mais Rowena se contenta de contempler mes doigts.

« T'es pas d'ici ? s'enquit-elle. T'as un accent.

— Oui, je suis russe. De Chine.

— Les filles australiennes ne sont pas assez exotiques pour toi, c'est ça ? » aboya-t-elle à Keith avant de faire demi-tour, bousculant tout le monde sur son passage.

Keith se raidit. « Je suis désolé si certains des amis de Ted sont aussi grossiers », me dit-il en se hissant sur le plan de travail. Il dégagea les assiettes et les verres pour me faire une place à côté de lui.

« Je crois que je ne suis pas du tout habillée comme il faut, fis-je observer.

— Toi ? s'exclama-t-il en riant. Je suis déjà jaloux parce que tous les hommes te regardent depuis qu'on a mis le pied ici. Tu es magnifique. »

Un éclat de rire collectif nous parvint depuis le salon et nous allâmes rejoindre les autres pour voir ce qui se passait. Un petit groupe de filles et de garçons étaient assis en rond par terre, une bouteille posée au milieu. Je connaissais ce jeu, mais pas cette version-là : les participants faisaient tourner la bouteille chacun à leur tour, et quand le goulot désignait une personne du sexe opposé, il fallait choisir entre l'embrasser sur la bouche ou boire une gorgée de bière. S'ils choisissaient l'alcool plutôt que le baiser, la personne désignée devait elle aussi avaler deux gorgées.

« Encore un truc que les Australiens ont inventé pour pouvoir boire, fit remarquer Keith.

— Les Russes sont pareils, répondis-je. En tout cas les hommes.

— C'est vrai ? Je suis sûr que les Russes préféreraient embrasser des filles plutôt que boire de la bière ! »

Keith me regardait droit dans les yeux avec la même franchise explicite que lors de notre première rencontre, mais cette fois je ne pus soutenir son regard et baissai la tête.

Il me ramena chez moi dans sa Holden. J'étais tentée de lui demander qui était Rowena, mais je m'abstins. Je sentais bien que ça n'avait aucune importance. Il était jeune et séduisant, pas étonnant qu'il ait eu d'autres petites amies. C'était moi qui n'étais pas normale et passais ma jeunesse toute seule, à l'écart des gens de mon âge. Chaque fois que Keith avait les yeux tournés, je l'observais furtivement. Il était beau, incontestablement, mais ce n'était pas Dimitri.

Arrivé devant chez moi, il rangea la voiture le long du trottoir et coupa le moteur. Je me tortillais les mains en priant pour qu'il n'essaie pas de m'embrasser. Je n'étais pas encore prête pour ça. Il avait dû sentir mon embarras car justement il ne tenta rien. À la place, il se mit à me raconter les matchs de tennis qu'il couvrait pour le journal, le classement, les interviews des joueurs. Puis au bout d'un moment il me prit la main et me raccompagna jusqu'à ma porte.

« La prochaine fois, je t'emmènerai dans un endroit plus chic », déclara-t-il. Il souriait, mais je sentais la déception dans ses paroles. J'hésitai, ne sachant quoi répondre. Il me prenait pour une snob. J'aurais voulu le rassurer, lui faire comprendre que je l'aimais bien moi aussi, mais je ne réussis à dire que « Bonne nuit, Keith », sur un ton parfaitement coincé et maladroit.

Au lieu de me coucher contente de ma soirée, je ne parvins pas à trouver le sommeil. Je restai allongée les yeux ouverts, mortifiée à l'idée que je venais de gâcher une histoire possible avant même de savoir si j'en avais envie ou pas.

Le lendemain, Irina et Vitaly vinrent me chercher pour le pique-nique que nous avions prévu sur la plage. Irina portait une robe de grossesse bien que son ventre fût à peine arrondi. Je la soupçonnais d'être trop impatiente pour attendre. Quelques semaines auparavant, elle était venue me montrer des patrons de vêtements pour bébé et des croquis de la façon dont elle comptait aménager la chambre. Je ne pouvais m'empêcher de partager sa joie, convaincue qu'elle serait une merveilleuse maman. Amusée, je constatai que Vitaly avait pris du poids depuis qu'Irina était enceinte, mais ce léger embonpoint lui allait bien : sa maigreur avait disparu et son visage était plus beau.

« Qui est ce type avec qui tu es rentrée, hier soir ? » me demanda-t-il avant même d'avoir posé un pied chez moi. Irina lui donna un coup de coude dans les côtes.

« On a promis à Betty et à Ruselina de mener l'enquête, ajouta-t-il en se frottant le flanc avec une grimace de douleur.

— À Betty et à Ruselina ? m'étonnai-je. Comment savent-elles que je suis rentrée avec quelqu'un ? »

Irina posa le panier de pique-nique sur la table pour y ajouter le gâteau de dattes et les autres plats que j'avais préparés. « Elles t'espionnaient, comme d'habitude, répondit-elle. Elles avaient éteint la lumière chez elles et avaient le nez collé à la fenêtre quand il t'a déposée. »

Je pris le panier à Irina. Ce n'était pas très lourd mais je ne voulais pas qu'elle le porte. « Elles me compliquent vraiment la vie, soupirai-je. Je me sens déjà assez ridicule.

— Le secret, me glissa Irina en me tapotant gentiment le bras, c'est de se marier et d'aller habiter un peu plus loin.

— Si elles continuent comme ça, je ne suis pas près de me marier. Elles vont faire fuir tous mes prétendants.

— Et peut-on savoir qui est le dernier en date, Anya ? insista Vitaly. Pourquoi ne lui as-tu pas proposé de venir avec nous aujourd'hui ?

— Je l'ai rencontré par l'intermédiaire de Diana. Et je ne l'ai pas invité aujourd'hui parce que je ne vous ai pas vus depuis des lustres et que j'avais envie de passer la journée avec vous.

— Trop tôt pour le présenter à la famille, interpréta Vitaly, je vois. Mais je dois te prévenir qu'on discute déjà de ta robe de mariée à l'étage du dessous ! »

Comme n'importe quel dimanche en été, la plage de Bondi était noire de monde. Irina, Vitaly et moi fûmes obligés de marcher vingt minutes avant de trouver un endroit où nous installer. Le soleil était éblouissant. Il se réverbérait sur le sable et sur les parasols blancs exactement comme la neige scintillait sur les arbres et les toits des maisons dans l'hémisphère Nord. Vitaly étala les serviettes et entreprit de planter notre parasol tandis qu'Irina et moi mettions nos chapeaux et lunettes de soleil. Les maîtres nageurs surveillaient la baignade depuis le bord de l'eau, leurs muscles tannés luisants d'eau et de sueur.

« Je les ai vus s'entraîner à la piscine, l'autre jour, raconta Vitaly. Ils nageaient avec des jerricans remplis d'eau attachés à la taille.

— Il doit falloir beaucoup de force pour affronter l'océan », fis-je.

Je les regardai de loin faire leurs exercices. L'un d'entre eux sortait clairement du lot. Il était plus grand que les autres, plus costaud aussi, avec un visage carré et une mâchoire épaisse. Alors que son collègue jouait le rôle de la victime et faisait semblant de se noyer, il plongea sans hésitation et le ramena sur le rivage avec une facilité déconcertante.

« Celui-là est impressionnant », commenta Vitaly.

Je hochai la tête. « Ça doit être celui dont Harry m'a parlé l'autre soir. Il m'a dit que… » Je m'interrompis au milieu de ma phrase. Un frisson me parcourut le corps.

Je me levai d'un bond, une main en visière pour me protéger du soleil. « C'est pas vrai ! m'écriai-je. Oh, mon Dieu !

— Qu'est-ce qu'il y a ? demanda Irina en se levant à son tour. Tu le connais ? »

Je répondis à sa question en adressant de grands signes au maître nageur tout en hurlant son nom à tue-tête : « Ivan ! Ivan ! »

17

Ivan

Betty et Ruselina étaient en train d'écouter la radio en jouant aux cartes à la table du salon lorsque nous fîmes irruption dans l'appartement à la queue leu leu, Ivan en dernière position. Betty releva la tête et sourit. Ruselina se retourna. Elle plaqua une main contre sa bouche et ses yeux s'emplirent instantanément de larmes. « Ivan ! » s'écria-t-elle. Elle se précipita vers lui pour l'enlacer. Ivan la prit dans ses bras et la serra si fort que ses pieds décollèrent du sol.

Quand il la reposa, Ruselina lui attrapa le visage entre ses mains. « On pensait ne jamais te revoir, balbutia-t-elle.

— Et moi donc ! répliqua Ivan. Je vous croyais toutes en Amérique ! »

Il remarqua Betty et la salua en russe. « C'est mon amie Betty Nelson, expliqua Ruselina. Elle est australienne.

— Ha ! australienne ! répondit-il en s'avançant vers elle pour lui serrer la main. Dans ce cas, on ferait mieux de parler anglais. Je m'appelle Ivan Nakhimovsky. Je suis un vieil ami de Ruselina et des filles.

— Ravie de faire votre connaissance, monsieur Nakhi... Nakhi... » En dépit de sa bonne volonté, Betty ne parvint pas à prononcer son nom de famille.

« Appelez-moi Ivan, je vous en prie, coupa-t-il en souriant.

— J'allais justement me mettre à préparer le dîner, annonça Betty. Je ne peux pas vous offrir un festin parce qu'on a mené la belle vie tout le week-end et que personne ne s'est occupé de faire les courses. Mais j'espère que des saucisses et des légumes vous conviendront.

— Laissez-moi d'abord faire un saut chez moi pour me changer, dit Ivan, visiblement mal à l'aise dans son tee-shirt et son short pleins de sable.

— Mais non ! objecta Vitaly. Tu es très bien comme ça. Anya est la seule d'entre nous qui continue à s'habiller pour un barbecue. La décontraction vestimentaire est bien l'unique aspect de la vie australienne qu'elle n'a pas réussi à adopter. »

Ivan se tourna vers moi en souriant. Je répondis par un haussement d'épaules. Il n'avait pas changé depuis Tubabao. Le même visage jeune et le même sourire malicieux. Sa cicatrice s'était légèrement estompée avec le bronzage. Il avait toujours son allure un peu ours. En le reconnaissant sur la plage, j'avais couru vers lui sans réfléchir. C'était seulement après coup que je m'étais souvenue de la tension des derniers jours passés ensemble sur l'île. Mais vu le regard affectueux dont il me couvait à présent, j'en conclus que, quelque part entre Tubabao et Sydney, il m'avait pardonné.

« Viens t'asseoir, Ivan, fis-je en le guidant vers le canapé. On veut tout savoir. Je croyais que tu vivais à Melbourne. Que fais-tu à Sydney ? »

Ivan s'assit entre Ruselina et moi, tandis qu'Irina et Vitaly prenaient les fauteuils. Nous parlions anglais car, de temps en temps, Betty sortait de la cuisine pour attraper un bout de la conversation.

« Je suis ici depuis deux mois, commença-t-il. Je suis venu pour monter une nouvelle usine.

— Une nouvelle usine ! s'extasia Ruselina. Et une usine de quoi ?

— Eh bien, en quelque sorte, je suis redevenu boulanger. Sauf que maintenant je travaille dans les surgelés. Mon entreprise produit des gâteaux et des tourtes pour les grandes surfaces.

— *Ton* entreprise ! s'exclama Irina, les yeux écarquillés. Mais tu as fait fortune, ma parole ! »

Ivan secoua la tête. « Nous sommes encore une petite société, mais on progresse chaque année, et celle qui vient s'annonce comme la meilleure. »

Nous le pressâmes de nous en apprendre plus. Je le soupçonnais de minimiser par modestie la taille de son entreprise. Beaucoup d'immigrants avaient fondé leur propre affaire après leurs deux années de travail obligatoire, mais je n'avais jamais entendu parler de quelqu'un qui possédait des usines dans deux des plus grandes villes du pays.

« Quand j'ai débarqué en Australie, poursuivit-il, on m'a donné un emploi dans une boulangerie. Il y avait un autre Nouvel Australien qui travaillait avec moi, un Yougoslave du nom de Nikola. On s'entendait bien et on a décidé que, à la fin de nos contrats, on monterait une affaire ensemble. Et c'est ce qu'on a fait.

» On a loué un petit magasin à Carlton, où on vendait du pain, des viennoiseries et des gâteaux. Mais c'était toujours la pâtisserie qui se vendait le mieux, alors on s'est plutôt concentrés là-dessus. Assez vite, les gens venaient de toute la ville pour acheter nos gâteaux. Alors on a pensé à ouvrir un deuxième magasin. Mais même si on faisait un bon chiffre d'affaires, on n'avait pas assez pour louer une autre boutique. Donc on s'est payé une vieille Austin, qu'on a aménagée. Pendant que je tenais la boulangerie, Nikola faisait de la vente ambulante auprès des cafés et des salons de thé.

— Mais vous faisiez tout ça à deux ? questionna Vitaly. C'est beaucoup de travail, non ?

— En effet, confirma Ivan. On a eu une année de folie, mais on était tellement confiants dans notre réussite qu'on travaillait tous les jours de la semaine en dormant quatre heures par nuit en moyenne. C'est incroyable l'énergie qu'on arrive à trouver quand on est passionné. »

Betty déposa un plat de petits pois frais sur la table et s'essuya les mains sur son tablier. « Je croirais entendre Anya, dit-elle. Je ne connais personne d'autre qui travaille autant qu'elle.

— Quand même pas à ce point-là ! rétorquai-je en riant.

— Qu'est-ce que tu fais ? me demanda Ivan.

— Elle est rédactrice en chef Mode du *Sydney Herald*, répondit Irina à ma place.

— C'est vrai ? s'étonna Ivan. Je suis impressionné, Anya. Je me souviens de l'article que tu avais écrit dans la *Tubabao Gazette* à propos des costumes dans *Un jour à New York*. »

Je rougis. J'avais oublié cet article et les dessins que j'avais faits dans mon élan d'enthousiasme exubérant pour New York. « Ivan, continue à nous parler de toi, fis-je. Personne n'a envie d'entendre mes histoires.

— Bon, ton travail a l'air mille fois plus intéressant que le mien mais je vais continuer quand même. On travaillait dur depuis déjà un an pour développer notre commerce quand un nouveau supermarché a ouvert dans une banlieue voisine. On a donc pris contact avec le directeur pour lui proposer de lui vendre nos gâteaux et nos tourtes. C'est là qu'il nous a parlé de ce qui était en train de se passer en Amérique avec les produits surgelés.

» Nikola et moi avons trouvé l'idée intéressante, alors on s'est mis à faire des expériences de congélation. Nos premières tentatives ont été des échecs, surtout avec les tartes aux fruits. C'était mangeable, mais on voulait plus. On voulait que nos produits surgelés aient exactement le même goût que nos produits frais. Il nous a fallu un moment, mais après avoir finalement trouvé la bonne technique et les bonnes recettes, on a pu embaucher des employés et ouvrir notre première usine. Maintenant, si les choses se passent bien ici, Nikola continuera à s'occuper de l'usine de Melbourne pendant que je resterai à Sydney.

— Dans ce cas, compte sur nous pour t'acheter des montagnes de gâteaux ! s'exclama Ruselina en battant des mains. Ce serait tellement formidable de t'avoir ici auprès de nous. »

Betty nous enjoignit de passer à table et insista pour qu'Ivan préside, en tant qu'invité d'honneur. Elle me plaça à l'autre extrémité, en face de lui.

« Très bon plan de table, Betty ! approuva Vitaly. Le roi et la reine d'Australie ! Ils sont tous les deux étrangers, mais Ivan passe son temps libre à sauver des Australiens de la noyade et Anya soutient la mode australienne et vend des cartes de Noël pour aider à la protection de la nature. »

Ivan me dévisagea. « Peut-être qu'on a tous les deux l'impression de devoir beaucoup à ce pays, n'est-ce pas Anya ? »

Sur le coup de onze heures, Ivan s'excusa en disant qu'il devait se lever tôt le lendemain matin.

« Tu habites où ? lui demanda Vitaly.

— Je loue une maison sur la colline.

— Dans ce cas, on va te déposer en voiture », proposa Vitaly en lui donnant une tape amicale dans le dos. J'étais ravie de voir qu'ils s'entendaient bien tous les deux. Chacun d'eux devait être content d'avoir rencontré un autre homme passionné de cuisine.

Ruselina, Betty et moi sortîmes sur le trottoir pour les saluer. Ivan grimpa dans la voiture de Vitaly et baissa sa vitre. « Ça vous dirait de venir visiter l'usine ? lança-t-il. Je peux vous organiser ça pour le week-end prochain.

— Oh oui ! nous écriâmes-nous tous en chœur.

— Du moment qu'il y a des gâteaux, on est toujours partants ! » ajouta Betty en souriant.

Je n'eus aucune nouvelle de Keith au travail le lundi matin. Chaque fois que quelqu'un frappait à ma porte ou que mon téléphone sonnait, je sursautais en priant pour que ce soit lui. Mais il ne me donna pas signe de vie de toute la journée. Le même schéma se reproduisit le lendemain. Le mercredi, j'aperçus Ted qui entrait dans l'ascenseur juste au moment où j'arrivais dans le hall du journal. « Salut Anya ! me lança-t-il. C'était sympa, la fête. C'est cool que tu aies pu venir. » Mais ce fut tout ce qu'il eut le temps de me dire avant que les portes se referment. Je rentrai chez moi déprimée ce soir-là. J'avais gâché mon histoire avec Keith.

Il fallut attendre le jeudi pour que je tombe sur lui par hasard dans un couloir. Je le vis la première, et j'hésitai un instant avant d'aller lui dire bonjour. Je ne savais pas s'il avait encore envie de me voir. Après tout, il ne m'avait pas recontactée depuis cette soirée. Mais dès qu'il m'aperçut, il se précipita vers moi avec un grand sourire aux lèvres.

« Comment ça va ? fit-il d'un air enjoué. Écoute, si tu as toujours envie de me fréquenter après l'anniversaire de Ted, je te propose de t'emmener au cinéma samedi prochain. Ils passent *Sept Ans de réflexion*, c'est très drôle, paraît-il.

— Ça me va », répondis-je en souriant.

Une porte s'ouvrit derrière nous et Keith tourna la tête.

« Bon, il faut que j'y aille, déclara-t-il. J'ai une conférence de rédaction dans deux minutes. Je t'appelle pour samedi. »

Le samedi en question, Vitaly et Irina vinrent nous chercher en voiture pour nous emmener jusqu'à l'usine d'Ivan à Dee Why. Il faisait chaud et nous descendîmes toutes les vitres pour avoir de l'air. Cette banlieue balnéaire du nord de Sydney paraissait une ville à elle seule, avec ses rangées de pavillons devant lesquels étaient garés des minibreaks, des planches de surf attachées sur le toit. La plupart des jardins comptaient au minimum un palmier.

« Ivan a été malin de monter son usine dans le coin, fit remarquer Vitaly. Si ça marche, il pourra venir s'installer ici et aura des plages de sable fin à perte de vue.

— Il est marié ? » s'enquit Betty innocemment.

Tout le monde se tut, attendant que quelqu'un se dévoue pour répondre à sa question.

« Il l'a été, finit par dire Ruselina. Sa femme est morte pendant la guerre. »

Ivan nous attendait devant la grille de l'usine. Il portait un costume bleu marine impeccablement coupé. C'était la première fois que je le voyais aussi bien habillé.

« Tu es chic ! m'exclamai-je en descendant de voiture.

— Venant d'une spécialiste de la mode, je prends ça pour un compliment ! rétorqua-t-il en riant.

— C'est vrai, approuva Ruselina en le prenant par le bras. Mais j'espère que tu ne t'es pas mis sur ton trente et un juste pour nous. Il doit faire au moins trente degrés, aujourd'hui.

— Je ne souffre jamais du chaud ou du froid, répondit Ivan. Travailler comme boulanger dans les produits surgelés m'a appris à ne plus sentir les extrêmes. »

Après la réception se trouvaient des vestiaires où on nous distribua des blouses blanches, des bonnets et des chaussons antidérapants que nous enfilâmes par-dessus nos chaussures. La salle principale de l'usine ressemblait à un gigantesque hangar d'aviation, avec des murs en tôle ondulée percés de fenêtres tout du long. Les machines étaient en acier inoxydable. Partout où se posait mon regard, je voyais des lucarnes à claire-voie, des ventilateurs et des conduits d'aération. C'était comme si la devise de l'entreprise était : « Respirez. »

L'équipe du samedi se composait d'une trentaine d'employés. À la chaîne travaillaient principalement des femmes, en uniformes et chaussures blancs. Des hommes dans de grandes blouses blanches poussaient des chariots de plateaux. Leur nom était brodé sur leur bonnet.

Ivan commença la visite par la zone de livraison, où nous regardâmes des hommes décharger des énormes sacs de sucre et de farine tandis que d'autres transportaient des caisses d'œufs ou de fruits jusqu'aux chambres réfrigérées. « C'est comme une cuisine, mais en mille fois plus grand », observa Betty.

Je compris pourquoi Ivan était devenu insensible à la chaleur lorsque nous pénétrâmes dans la zone de cuisson proprement dite. Je fus stupéfaite de la taille des fours, et malgré les dizaines de ventilateurs qui tournaient en permanence dans leur cage métallique, la chaleur était insoutenable et l'air embaumait les épices.

Ivan nous conduisit ensuite jusqu'aux tapis roulants, sur lesquels des femmes emballaient les gâteaux et les tourtes dans des boîtes en carton, puis dans la salle de dégustation où le chef avait dressé une table pour nous.

« Vous allez être gavés d'ici la fin de la journée ! lança Ivan en nous faisant signe de nous asseoir. En plat principal, nous avons une tourte au hachis Parmentier, au poulet et aux champignons, ou encore aux légumes. Et en dessert, vous avez le choix entre une tarte au citron meringuée, une tarte aux fraises ou un *cheesecake*.

— Tous ces produits ont été préparés ici, congelés et réchauffés au four dans leur barquette d'aluminium, précisa le chef en nous découpant des parts de tourtes de notre choix. Bon appétit ! »

Vitaly goûta une bouchée de sa tourte au hachis Parmentier. « Ivan, honnêtement, c'est aussi bon que celle que je fais à la maison, dit-il.

— Je suis conquise ! s'exclama Betty. J'arrête de cuisiner et je ne mange plus que ça tous les jours. »

Après le déjeuner, nous réussîmes à peine à nous lever pour retourner à la voiture. « Ça nous apprendra à avoir les yeux plus gros que le ventre ! » plaisanta Ruselina.

Ivan avait insisté pour que nous repartions chacun avec une pile de notre produit préféré. Vitaly ouvrit le coffre et nous fîmes la queue pour déposer notre magot à l'intérieur.

« C'était délicieux, déclarai-je à Ivan.

— Je suis content que tu aies pu venir, répondit-il. J'espère que tu ne travailles pas tous les week-ends, quand même !

— J'essaie d'éviter, mentis-je.

— Pourquoi ne montres-tu pas à Ivan l'endroit où tu travailles ? suggéra Betty.

— Oui, ça me ferait plaisir, acquiesça Ivan.

— Écoute, l'endroit où je travaille n'a absolument aucun intérêt. C'est juste un bureau avec une machine à écrire et des photos de mode étalées partout. Mais si tu veux, je peux t'emmener voir mon amie Judith. Elle est styliste, c'est une véritable artiste.

— Parfait. »

Nous embrassâmes Ivan tour à tour, puis attendîmes que Vitaly aère un peu la voiture pour en faire sortir l'air chaud.

« Pourquoi tu ne viendrais pas dîner à la maison ce soir ? proposa Betty à Ivan. On pourra écouter des disques et j'achèterai une bouteille de vodka. Pour Vitaly et toi.

— Je ne bois pas, Betty. Mais je suis sûr qu'Anya boira ma part sans aucun problème !

— Oh ! ne compte pas sur elle, rétorqua Vitaly. Elle ne pourra pas se joindre à nous, elle a rendez-vous avec son petit copain. »

Une ombre passa sur le visage d'Ivan, néanmoins il continua à sourire. « Son petit copain ? répéta-t-il. Ah ! je vois. »

Ma deuxième soirée avec Keith fut nettement plus détendue que la première. Il m'emmena dans un bar à lait de Bondi, où nous passâmes une heure à boire des milk-shakes au chocolat. Il ne me posa pas de questions sur ma famille mais me parla en revanche de son enfance. Je me demandai si Diana l'avait mis au courant des rares choses que je lui avais confiées au sujet de mon passé. Ou peut-être était-ce dans les habitudes australiennes de ne pas interroger les gens à propos de leur vie privée. La compagnie de Keith m'était douce et légère, mais il allait bien falloir que nous discutions sérieusement un jour ou l'autre. Je ne voyais pas comment j'allais pouvoir aborder certains épisodes de mon passé sans gâcher le plaisir de nos moments ensemble. Son père et ses oncles n'avaient pas fait la guerre, et il semblait avoir une flopée de tantes et de cousins. Serait-il en mesure de me comprendre ? Et comment réagirait-il quand je lui apprendrais que j'avais déjà été mariée ?

Plus tard, quand nous ressortîmes du cinéma, nous pûmes constater que la nuit s'était rafraîchie ; il soufflait maintenant une agréable brise tiède venue de l'océan. Nous nous émerveillâmes de la taille de la lune.

« C'est le temps idéal pour une promenade, fit observer Keith. Mais ton appartement n'est pas très loin, non ?

— On n'a qu'à faire l'aller-retour plusieurs fois de suite ! suggérai-je.

— Oui, mais il y a quand même un problème.

— Lequel ?

— Il n'y a aucune bouche d'aération sur le chemin pour soulever ta jupe. »

Je ris en repensant à cette scène de *Sept Ans de réflexion,* dans laquelle Marilyn Monroe se tient sur une bouche de métro en essayant de retenir sa jupe sous le regard médusé de Tom Ewell.

« Malheureusement pour toi, je ne m'appelle pas Marilyn Monroe, répondis-je.

— Non, mais tu es largement aussi jolie.

— Ça m'étonnerait !

— Tu ne me crois pas ? Eh bien, tu as tort. »

Après que Keith m'eut raccompagnée chez moi, je restai assise devant la fenêtre à regarder l'écume danser sur le fond noir de l'océan nocturne. Les vagues semblaient aller et venir au rythme de ma respiration. Je m'étais amusée avec Keith. Il m'avait embrassée sur la joue pour me dire au revoir, en me demandant si je voulais bien ressortir avec lui le samedi suivant.

« Je préfère réserver mon tour avant qu'un autre vienne me piquer la place ! » avait-il ajouté.

Keith était adorable, mais lorsque je me glissai au lit et fermai les yeux, ce fut en pensant à Ivan.

Le jeudi fut une courte journée de travail car j'avais déjà bouclé ma rubrique avec deux semaines d'avance. J'étais contente de pouvoir partir un peu plus tôt que d'habitude et faire un brin de shopping avant de rentrer à la maison. Il me restait encore une des tourtes d'Ivan au réfrigérateur et je me réjouissais de la réchauffer et de me mettre au lit avec un bon bouquin. Alors que je descendais l'escalier, je m'arrêtai tout net en voyant Ivan qui m'attendait dans le hall du journal. Il portait son costume chic, mais il avait les cheveux en bataille et le visage livide.

« Ivan ! m'écriai-je en courant vers lui. Qu'est-ce qui se passe ? »

Comme il ne me répondait pas, je me mis à paniquer. Finalement, il se tourna vers moi et leva les deux mains vers le ciel.

« Il fallait que je te voie, fit-il. Je voulais attendre que tu sois chez toi, mais je n'ai pas pu.

— Ivan, arrête, je t'en supplie. Explique-moi ce qui se passe. »

Il me regarda dans les yeux.

« Ce type que tu fréquentes... C'est sérieux ? »

Mon esprit se brouilla. Je ne savais pas quoi répondre, aussi lâchai-je la première chose qui me passa par la tête : « Peut-être.

— Tu n'es pas sûre, alors ? »

Ma réponse semblait l'avoir momentanément apaisé.

« Anya, reprit-il au bout d'un moment, tu crois que tu ne pourras jamais m'aimer ?

— Je ne sais pas. J'ai rencontré Keith avant de te revoir. Je commence juste à le connaître.

— Moi j'ai su ce que je ressentais pour toi dès la minute où je t'ai rencontrée à Tubabao, et encore le jour où je t'ai revue sur la plage. Je pensais qu'avec le temps tu avais peut-être une vision plus claire de tes propres sentiments. »

J'étais complètement perdue. Je n'avais pas la moindre idée de ce que je ressentais pour Ivan. D'une certaine façon je l'aimais, bien sûr, sinon je n'aurais pas été aussi sensible à ses sentiments. Mais peut-être ne l'aimais-je pas de la façon qu'il aurait souhaitée. L'intensité de ses émotions m'effrayait un peu. C'était plus facile d'être avec Keith. « Je ne sais pas ce que je ressens pour…, commençai-je.

— Tu n'es pas sûre de grand-chose, en somme, m'interrompit-il. On dirait que tu vis dans une grande confusion émotionnelle. »

Son ton accusateur me mit en colère, mais le hall du *Sydney Herald* se remplissait de gens quittant leur travail et je m'efforçai de garder une voix calme. « Peut-être que, si tu ne me sautais pas dessus en me jetant tes sentiments au visage, j'aurais le temps de réfléchir aux miens. Tu n'as aucune patience, Ivan. »

Il ne releva pas et nous restâmes silencieux de longues minutes. « Qu'est-ce que ce type peut t'apporter ? finit-il par demander. Il est australien ? »

Je réfléchis à sa question avant de répondre. « Parfois, c'est plus facile d'être avec quelqu'un qui te fait oublier. »

Ivan se redressa et me fusilla du regard comme si je venais de lui envoyer une gifle.

« Il y a quelque chose de plus important que l'oubli, Anya, souffla-t-il. C'est la compréhension. »

Sur ce, il pivota et s'éloigna précipitamment, se mêlant à la foule. Je contemplai fixement la marée de costumes et de tailleurs en m'efforçant d'analyser ce qui venait de se passer. J'étais tellement abasourdie que je ne parvenais pas à formuler une seule pensée.

Finalement, au lieu de rentrer chez moi pour passer une soirée détendue comme je l'avais prévu, j'allai m'asseoir sur la plage afin de chercher du réconfort dans le spectacle de l'océan. Peut-être étais-je destinée à passer ma vie toute seule, ou peut-être étais-je incapable d'aimer. J'enfouis mon visage entre mes mains en essayant de faire le tri dans le chaos de mes émotions. Keith ne me demandait pas de prendre une décision, et même la déclaration d'Ivan n'était pas ce qui me causait ce sentiment de pression. C'était quelque chose d'autre, à l'intérieur de moi. Depuis que j'avais appris la mort de Dimitri, j'étais lasse et abattue. Une petite voix en moi me soufflait que je n'avais aucun avenir, quoi que je fasse.

Je regardai le soleil se coucher et attendis qu'il commence à faire froid pour me lever. Je rentrai en traînant le long de la promenade puis restai un moment sur le trottoir devant mon immeuble. En levant les yeux, je constatai que toutes les fenêtres étaient allumées sauf la mienne. J'introduisis ma clé dans la serrure et sursautai en me retrouvant nez à nez avec Vitaly dans le hall.

« Anya, on t'a attendue toute la soirée ! s'exclama-t-il d'une voix tendue. Viens vite, monte ! »

Je le suivis jusqu'à l'appartement de Betty et de Ruselina. Les deux femmes étaient assises au salon. Irina était là aussi, perchée sur un accoudoir de fauteuil. Elle se jeta dans mes bras.

« Anya ! Le père de Vitaly a enfin reçu une lettre de son frère après toutes ces années ! Et il y a des nouvelles de ta mère !

— De ma mère ? répétai-je, incrédule.

— Dans la lettre envoyée à mon père, expliqua Vitaly, il y avait une enveloppe spéciale adressée à toi. Il nous l'a postée des États-Unis. »

Je dévisageai Vitaly, muette de stupeur. Le moment me paraissait irréel. Je l'avais attendu si longtemps que je ne savais plus comment réagir, maintenant.

« Combien de temps ça va prendre ? » demandai-je. Je n'avais pas du tout ma voix habituelle, c'était celle de la petite Anya Kozlova, treize ans, minuscule, apeurée, perdue.

« Il faut compter sept à dix jours avant qu'elle arrive », indiqua Vitaly.

Je l'entendis à peine. Je ne savais pas quoi faire. À vrai dire, je n'étais pas en mesure de faire grand-chose. Je me mis à arpenter la pièce en long et en large, m'agrippant aux meubles pour me calmer. Le sol semblait se dérober sous mes pieds. J'allais encore devoir patienter sept à dix jours pour recevoir des nouvelles qui avaient mis presque la moitié de ma vie à arriver jusqu'à moi.

18

La lettre

Il m'était impossible de continuer à mener une vie normale tout en attendant cette lettre d'Amérique. Mes moments de calme ne duraient jamais plus de quelques minutes, après quoi la panique s'emparait de moi à nouveau. Au journal, je relisais les articles trois fois sans en comprendre le sens. Quand je faisais mes courses, j'empilais des produits dans mon panier et me rendais compte en arrivant chez moi que j'avais oublié l'essentiel. J'étais couverte de bleus à force de me cogner dans les tables et les chaises. Je traversais les rues sans regarder, déclenchant des concerts de Klaxon et d'injures. Je mettais mes chaussettes à l'envers, j'appelais Ruselina « Betty » et Betty « Ruselina ». Je me réveillais en pleine nuit avec des accès de fièvre. J'étais seule. Personne ne pouvait m'aider, personne ne pouvait me rassurer. La lettre contenait probablement des mauvaises nouvelles, sinon pourquoi m'aurait-elle été adressée en personne et scellée ? Peut-être les parents de Vitaly l'avaient-ils lue, et au lieu de jouer les oiseaux de mauvais augure ils avaient préféré me la faire suivre.

Pourtant, malgré mes efforts de rationalisation destinés à me préparer au pire, j'espérais contre toute probabilité que ma mère était en vie et que cette lettre émanait d'elle.

Après le septième jour, l'attente fut rythmée par des visites quotidiennes au bureau de poste, où Irina et moi faisions la queue pour nous retrouver chaque fois face au regard hostile des guichetiers.

« Non, votre lettre n'est pas arrivée. On vous enverra un avis.

— C'est une lettre très importante, insistait Irina en essayant de susciter leur compassion. Comprenez notre impatience, s'il vous plaît. »

Mais les employés nous éconduisaient d'un geste de la main, balayant notre drame personnel tels des rois ou des reines congédiant des sujets importuns. Et même après le dixième jour, comme la lettre n'était toujours pas arrivée et que je ne tenais quasiment plus debout, ils n'eurent toujours pas la gentillesse de bien vouloir appeler les autres bureaux de poste de la région pour s'assurer qu'elle ne s'était pas égarée.

Vitaly envoya un télégramme à ses parents, mais ils ne purent que vérifier l'adresse qu'ils avaient notée sur l'enveloppe.

Pour essayer de me changer les idées, je sortis boire un verre avec Keith un jour en fin d'après-midi. La saison des courses battait son plein, et il ne parla que de ça : les outsiders et les favoris, les catégories, les courses avec ou sans obstacles, les tactiques des jockeys et les paris des bookmakers. Je remarquai pour la première fois qu'il m'appelait Ann au lieu d'Anya, et je me demandai s'il anglicisait volontairement mon nom ou s'il n'entendait réellement pas la différence. Lorsque je lui expliquai l'histoire de la lettre et de ma mère, il me prit dans ses bras et me chuchota : « Il vaut mieux ne pas penser aux choses tristes. »

Malgré cela, j'avais besoin de sa compagnie. J'aurais voulu qu'il me tienne la main, qu'il m'arrache au tourbillon dans lequel j'étais en train d'être aspirée. J'avais envie de lui dire : « Keith, regarde-moi. Je suis en train de me noyer. Aide-moi. » Mais il ne voyait pas. Il me raccompagna jusqu'à l'arrêt du tram, m'embrassa sur la joue et me renvoya à ma solitude.

J'ouvris la porte de mon appartement. Le silence à l'intérieur était à la fois réconfortant et oppressant. En allumant la lumière, je me rendis compte que Betty et Ruselina avaient fait le ménage. Mes chaussures étaient toutes cirées et sagement alignées dans l'entrée. Ma chemise de nuit était pliée sur mon oreiller, une paire de chaussons glissés sous le lit. Elles avaient posé sur le couvre-lit un savon à la lavande et une serviette brodée à la main avec des motifs de fleurs et d'oiseaux. En la dépliant, je lus l'inscription : « Pour notre précieuse petite Anya. » Mes yeux s'emplirent de larmes.

Betty avait cuit des biscuits au gingembre qu'elle avait laissés dans une boîte en fer sur mon bureau. J'en pris un et faillis me casser les dents en essayant de mordre dedans. Je mis de l'eau à bouillir pour préparer un thé, dans lequel je trempai les biscuits afin de les ramollir. Puis je m'allongeai sur mon lit dans l'intention de me reposer un moment, mais sombrai en fait dans un profond sommeil.

Je fus réveillée une heure plus tard par des coups à ma porte. Je me levai péniblement, le corps engourdi de tristesse et de fatigue, et reconnus Ivan par le judas. Dès que je lui ouvris, il se précipita dans l'appartement, une pile de gâteaux surgelés entre les bras. Il se dirigea droit vers le coin cuisine et rangea les boîtes sur les étagères vides de mon miniréfrigérateur. « Ma pauvre Anya, dit-il. Irina m'a raconté ta terrible attente. Je vais faire le pied de grue demain devant le bureau du receveur des postes jusqu'à ce qu'il retrouve cette lettre. » Ivan referma le frigo et me serra dans ses bras tel un gros ours russe.

Lorsqu'il me libéra de son étreinte, je m'assis sur le lit tandis qu'il prenait place à mon bureau et s'absorbait dans la contemplation de l'océan.

« Tu es très gentil avec moi, murmurai-je.

— J'ai été horrible avec toi, répondit-il sans me regarder. J'ai essayé de te forcer à éprouver des sentiments que tu ne partageais pas. »

Nous nous murâmes dans le silence. Comme il tournait la tête vers la fenêtre, j'en profitai pour l'observer à son insu. Ses grandes mains, doigts croisés, posées sur la table ; ses larges épaules familières ; ses cheveux ondulés. J'aurais voulu pouvoir l'aimer comme il le souhaitait, car c'était un homme bon et il me connaissait bien. Je compris alors que mon incapacité à tomber amoureuse de lui était un handicap, qui n'avait rien à voir avec lui.

« Ivan, dis-je, tu compteras toujours beaucoup pour moi. »

Il se leva comme si je venais de lui donner le signal du départ, alors qu'au contraire j'aurais eu envie qu'il reste. J'aurais voulu qu'il s'allonge sur le lit à côté de moi pour pouvoir me blottir dans ses bras et m'endormir sur son épaule.

« Je rentre à Melbourne dans quinze jours, répondit-il. J'ai engagé un gérant pour l'usine de Sydney. »

Je reçus la nouvelle comme un coup de poignard. Après le départ d'Ivan, je m'étendis à nouveau sur le lit, sentant le trou béant à l'intérieur de moi s'élargir telle une plaie ouverte.

Le lendemain de la visite d'Ivan, j'étais au journal en train de travailler à un article sur les vêtements en matières infroissables. Nos bureaux étaient orientés vers l'ouest. Le soleil d'été pénétrait à flots par les fenêtres, on avait l'impression d'être sous une serre. Les ventilateurs bourdonnaient dans leur effort pathétique pour combattre la canicule. Pourtant j'étais frigorifiée. Diana avait proposé aux jeunes journalistes de se mettre plus à l'aise, tandis que j'avais enfilé un pull pour essayer de me réchauffer.

Mon téléphone sonna et je faillis m'évanouir en reconnaissant la voix d'Irina. « Anya, rentre à la maison. La lettre est arrivée. »

Pendant tout le trajet en tram, je pouvais à peine respirer. Ma terreur devenait plus palpable de minute en minute. J'espérais qu'Irina aurait appelé Keith, comme je le lui avais demandé. Je voulais qu'ils soient là tous les deux.

Irina m'attendait en bas de l'immeuble, une enveloppe mince et sale à la main.

« Tu veux que je te laisse seule ? » me demanda-t-elle.

Je lui pris l'enveloppe. Elle ne pesait pas plus lourd qu'une plume entre mes doigts. Peut-être ne contenait-elle aucune information. Peut-être ne m'apprendrait-elle rien.

« Et Keith ? murmurai-je.

— Il devait terminer un article urgent, il viendra dès qu'il pourra.

— Merci de l'avoir appelé.

— Je suis sûre que ce sont des bonnes nouvelles », affirma Irina de son ton le plus rassurant.

De l'autre côté de la rue, devant la plage, se trouvait une petite étendue d'herbe sous un arbre.

« Viens, soufflai-je. On va aller s'asseoir là-bas. J'ai besoin de toi. Plus que jamais. »

Irina et moi nous assîmes à l'ombre du pin. Je déchirai l'enveloppe et contemplai fixement l'écriture cyrillique sans parvenir à en discerner le sens. C'était comme si je voulais tout lire en même temps, incapable de me concentrer sur un mot après l'autre. « Anna Victorovna », parvins-je seulement à déchiffrer avant que ma vision se brouille et que ma tête se mette à tourner.

« Je n'y arrive pas, dis-je en tendant la lettre à Irina. Lis-la-moi, s'il te plaît. »

Irina me prit le papier des mains. Elle avait la mine grave et le menton tremblant. Elle commença à lire à voix haute.

Anna Victorovna,

Mon frère m'a informé que vous étiez à la recherche d'informations sur votre mère, Alina Pavlovna Kozlova, après qu'elle fut arrêtée à Harbin pour être renvoyée en Union soviétique. Quand votre mère a été déportée ce jour-là, j'étais dans le même train qu'elle. À la différence près que je retournais en Russie de mon plein gré, de sorte que je me trouvais dans le wagon de queue en compagnie des officiers russes responsables du convoi.

Sur le coup de minuit, le train était en route vers la frontière lorsqu'il s'est brusquement arrêté. Je me rappelle l'expression de surprise sur le visage de l'officier à côté de moi, j'en ai conclu que l'arrêt n'était pas prévu. Dans l'obscurité du dehors, je ne parvenais à distinguer que le véhicule militaire garé sur le bord de la voie, et la silhouette des quatre Chinois qui se tenaient dans le faisceau des phares. C'était une vision inquiétante, ces quatre hommes et cette voiture au milieu de nulle part. Il y eut une discussion avec le conducteur du train, après quoi les quatre hommes ouvrirent en grand la porte de notre wagon et y montèrent. Je devinai à leurs uniformes qu'ils étaient communistes. Les officiers à côté de moi se sont levés pour les saluer. Trois de ces hommes étaient des Chinois comme les autres, mais le quatrième restera à jamais gravé dans ma mémoire. Il avait un visage austère, digne et intelligent, mais ses mains... Ce n'étaient plus que des moignons dans des gants, et je jure que je sentais l'odeur de sa chair en train de pourrir. Je sus immédiatement qui il était, bien que je ne l'eusse jamais rencontré auparavant. Un dénommé Tang, le chef le plus connu de la résistance communiste à Harbin. Il avait été interné dans un camp japonais, où il avait été envoyé par un espion qui s'était fait passer pour un allié communiste.

Il ne prit même pas le temps de nous saluer et commença directement à nous interroger pour savoir si votre mère était là et dans quel wagon. Il expliqua qu'il avait l'ordre de la faire descendre du train. Je connaissais votre mère de nom. J'avais entendu parler de cette femme russe qui avait hébergé un général japonais. Je savais aussi qu'elle avait perdu son mari, même si à l'époque j'ignorais votre existence.

Un des officiers protesta que tous les prisonniers avaient été négociés et devaient être livrés aux autorités soviétiques. Mais Tang était catégorique. L'officier finit par céder en songeant, j'imagine, que toute discussion supplémentaire avec lui ne ferait que retarder le convoi. Il enfila son manteau et, d'un hochement de menton, fit signe à Tang et aux trois autres de le suivre.

Quelques instants plus tard, j'ai vu les quatre Chinois redescendre du train. Une femme était avec eux, votre mère je suppose. L'officier soviétique est revenu dans le wagon et nous a ordonné de baisser le store. Nous lui avons obéi, mais une des lattes était cassée de mon côté et je pouvais apercevoir ce qui se passait dehors. Les hommes ont emmené la femme jusqu'à la voiture. Il y a eu une sorte de dispute, puis les lumières du train se sont éteintes et une salve de coups de feu a résonné dans la nuit. Le bruit était terrifiant mais le silence qui suivit fut plus terrible encore. Certains des prisonniers se mirent à crier, exigeant de savoir ce qui se passait. Mais bientôt, le train s'est ébranlé. Je me suis penché pour jeter un coup d'œil à travers les lattes. Tout ce que je réussis à discerner, ce fut un corps allongé par terre.

Anna Victorovna, permettez-moi de vous assurer que la mort de votre mère a été rapide et sans souffrance. Si cela peut vous consoler d'une manière ou d'une autre, songez que le sort qui l'attendait en Union soviétique aurait été bien pire encore…

Le soleil plongeait derrière l'horizon, le ciel s'assombrissait peu à peu. Irina s'était arrêtée de lire ; bien que ses lèvres continuassent à bouger, aucun son n'en sortait. Betty et Ruselina nous observaient depuis le perron, mais quand je me tournai vers elles et qu'elles virent l'expression de mon visage, elles s'effondrèrent. Betty s'agrippa à la rampe. Ruselina se laissa tomber sur les marches, la tête entre les mains. Qu'avions-nous espéré ? Qu'avais-je espéré ? Ma mère était morte depuis des années Pourquoi avais-je vécu en cultivant l'espoir ? Comment avais-je pu croire sincèrement que je la reverrais vivante ?

L'espace d'un instant, je ne ressentis strictement rien. Sans doute quelqu'un allait-il arriver pour me dire que cette lettre était une erreur, ou bien qu'il ne s'agissait pas de ma mère ; quelqu'un reprendrait la lettre, annulerait tout son contenu et me permettrait de reprendre ma vie d'avant. Puis, brusquement, telle une maison touchée par une explosion, tout s'écroula à l'intérieur de moi. La douleur fut si vive que j'eus l'impression qu'on m'ouvrait en deux. Je me levai en prenant appui sur le tronc de l'arbre. Irina s'approcha de moi. Je lui arrachai la lettre des mains et la déchirai en mille morceaux avant de les lancer au ciel comme des confettis que je regardai tourbillonner en l'air tels des flocons de neige.

« Sois maudit ! hurlai-je en brandissant le poing vers l'homme sans mains, qui était sans doute mort depuis longtemps mais m'avait tant fait souffrir. Sois maudit ! »

Mes jambes cédèrent et je tombai par terre. Mon épaule heurta le sol sans que j'éprouve aucune douleur. Je voyais le ciel et les premières étoiles au-dessus de moi.

« Appelez un médecin ! lança Irina à Betty et à Ruselina. Elle saigne de la bouche ! »

J'eus une vision de ma mère allongée sur le ventre dans une steppe chinoise désolée. Son corps était criblé de balles, comme un beau manteau de fourrure rongé par les mites, et elle saignait de la bouche.

Certaines personnes prétendent qu'il vaut mieux savoir. Ce n'était pas mon cas. Après la lettre, je n'avais plus aucun espoir auquel me raccrocher. Aucun souvenir joyeux du passé, aucun rêve pour l'avenir.

Les jours se succédaient dans une canicule implacable qui ne me laissait aucun répit. « Anya, il faut que tu te lèves », me grondait chaque jour Irina. Je ne voulais pas bouger. Je fermais mes volets, restais recroquevillée dans mon lit. L'odeur musquée des draps et l'obscurité étaient mes deux seuls réconforts. Betty et Ruselina m'apportaient à manger, mais je ne pouvais rien avaler. Outre mon manque d'appétit, je m'étais mordu la langue en tombant et elle était douloureusement enflée. Même les bouts de melon qu'elles me découpaient ne parvenaient pas à passer. Keith n'était pas venu me voir le soir où j'avais reçu la lettre. Il s'était présenté le lendemain et était resté un long moment planté dans l'embrasure de la porte, comme s'il hésitait à entrer pour de bon, un bouquet de fleurs flétries à la main. « Serre-moi dans tes bras », avais-je murmuré. Il le fit ; alors nous comprîmes tous les deux à cet instant qu'il n'y avait rien de profond entre nous.

Une semaine plus tard, Irina vint me rendre visite, une serviette de plage et un chapeau de soleil à la main. « Anya, tu ne peux pas rester enfermée ici éternellement. Ce n'est pas ce que ta mère aurait voulu. Viens, on va à la plage. C'est le carnaval. Ivan participe au concours des maîtres nageurs. C'est son dernier jour avant qu'il reparte pour Melbourne. »

Je m'assis dans mon lit. Encore aujourd'hui je ne sais pas pourquoi. Irina elle-même parut surprise quand elle me vit bouger. Peut-être, après une semaine d'alitement, compris-je soudain que la seule solution pour faire taire la douleur était de me lever. J'avais l'esprit brumeux et les jambes flageolantes, comme quelqu'un qui émerge d'une longue maladie. Irina prit ma réaction pour une permission d'ouvrir les volets. La lumière du jour et le bruit de l'océan me firent un choc après toutes ces journées passées dans le noir, et je me protégeai le visage derrière ma main. Même si nous allions nous baigner, Irina insista pour que je prenne une douche et me lave les cheveux.

« Tu es bien trop jolie pour sortir dans cet état-là, dit-elle en me caressant la tête.

— Tu aurais dû être infirmière », répondis-je.

Sitôt que je me glissai dans la douche et ouvris le robinet, je sentis à nouveau mes forces m'abandonner. Je m'agenouillai dans la baignoire et me mis à pleurer, le visage enfoui entre mes mains.

C'est ma faute, songeai-je. *Tang s'en est pris à elle parce que je me suis enfuie.*

Irina entra dans la salle de bains et entreprit de me faire un shampooing malgré mes larmes. Elle démêla mes cheveux en y passant ses doigts comme un peigne géant.

Le carnaval fut un retour brutal dans le monde des vivants. La plage était noire de monde : des baigneurs huilés de la tête aux pieds, des femmes en chapeau de paille, des enfants avec des bouées gonflables, des vieilles personnes assises sur des couvertures, et des maîtres nageurs venus de tous les clubs nautiques de Sydney.

Irina me prit par la main pour que nous ne nous perdions pas dans la foule. Le soleil était trompeur, ce matin-là, car l'océan était agité et les vagues dangereusement hautes. Trois personnes avaient déjà dû être secourues, alors qu'elles nageaient pourtant dans la limite des flotteurs. Il avait été question de fermer l'accès à la plage et d'annuler le carnaval, mais la course de bateaux était maintenue.

Les maîtres nageurs défilaient derrière le drapeau de leur club respectif avec une fierté militaire. Ivan marchait en tête de son équipe, la tête haute, sa cicatrice presque invisible dans la blancheur aveuglante de la lumière, avec l'allure déterminée d'un héros grec. J'avais l'impression de voir son vrai visage pour la première fois.

Ivan et ses hommes traînèrent leur canot jusqu'au bord de l'eau. Des groupes de spectateurs encourageaient leur club sur le passage de chaque équipe. « Bondi ! Bondi ! » scandait Irina. Ivan se tourna vers nous et son visage s'illumina quand il me vit. La chaleur de son sourire m'alla droit au cœur. Mais à la minute où il détourna la tête, mon corps se glaça de nouveau.

Le sifflet du départ retentit et les équipes se jetèrent à l'eau, luttant contre les vagues qui se brisaient sur la proue de leurs bateaux. Un canot fut emporté et complètement retourné. La plupart de ses occupants réussirent à sauter à temps, mais l'un d'entre eux resta coincé dessous et dut être secouru. L'organisateur de la course s'élança vers le rivage, mais il était trop tard pour rappeler les autres équipes, qui avaient déjà passé la barre. La foule devint alors brusquement silencieuse, car tous comprirent que, dans de telles conditions, la course risquait d'avoir une issue fatale. Pendant dix longues minutes, les quatre canots restants disparurent derrière le mur de vagues. Mon ventre se noua. Puis j'aperçus les avirons des bateaux qui revenaient vers la plage, perchés au-dessus des vagues. L'équipe d'Ivan était en tête, mais personne ne s'intéressait plus à la course. J'entendis le bois grincer et vis le bateau en train de se démanteler. La peur pouvait se lire sur le visage des maîtres nageurs, sauf sur celui d'Ivan. Il criait des ordres à ses hommes et, comme par miracle, ils réussirent à retenir le bateau à mains nues tandis qu'Ivan maintenait le gouvernail et les ramenait sur le sable. Les supporters du club de Bondi explosèrent de joie. Mais Ivan et son équipe paraissaient bien peu se soucier de leur victoire. Ils sautèrent de leur embarcation et plongèrent dans les vagues afin d'aider les autres équipes à regagner la rive. Une fois tout le monde revenu à terre, la foule laissa échapper un rugissement collectif : « Le héros ! Le héros ! » Les membres de l'équipe d'Ivan le portèrent en triomphe avant de le livrer aux bras tendus d'un groupe de jeunes filles déchaînées, qui se jetèrent sur lui en gloussant.

Irina se tourna vers moi, hilare. Mais je ne l'entendais pas. Plus aucun son ne parvenait à mes oreilles. Sa peau bronzée luisait dans le soleil ; l'air salé lui avait fait frisotter les cheveux. Elle se précipita vers Ivan et lui arracha sa casquette pour s'amuser. La foule se pressait autour d'eux et j'étais rejetée de plus en plus à l'écart, jusqu'à me retrouver complètement seule.

La douleur me revint tel un coup de poing dans le ventre, encore plus violente et plus crue. Je me laissai tomber à genoux sur le sable, secouée par des haut-le-cœur. C'était ma faute si ma mère était morte. Tang l'avait tuée à cause de moi. Je m'étais enfuie et il ne pouvait plus m'atteindre, alors il s'en était pris à elle. Pareil pour Olga. Je les avais tous tués. Même Dimitri. Il serait venu me retrouver si je n'avais pas changé de nom.

« Anya ! »

Je me relevai et courus vers la mer, sentant la fraîcheur du sable mouillé comme un soulagement sous mes pas brûlants.

« Anya ! »

Elle criait mon nom.

« Maman ! » répondis-je en courant. Je la voyais debout au milieu des vagues, qui me regardait. Elle avait les yeux aussi transparents que l'eau, les cheveux lâchés sur les épaules et flottant dans le vent tel un voile noir. Je pris une grande inspiration, comprenant enfin ce qu'il me restait à faire. J'étais ivre de cette certitude, soulagée de voir à quel point c'était facile, évident. La seule réponse pour faire taire la douleur et retrouver enfin ma mère.

Le sable était doux et frais sous mes pieds. Le contact glacé de l'océan contre ma peau me donna des forces. Je luttai contre les vagues pour m'enfoncer plus loin. Un rouleau se dressa comme une ombre au-dessus de ma tête puis s'abattit sur moi et m'engloutit dans son élan. Je fus projetée contre le fond. Mon dos heurta le sable de plein fouet, le choc me coupa la respiration. Je sentis l'eau salée s'infiltrer dans ma gorge et dans mes poumons. Ce fut douloureux au début, mais quand je levai les yeux et vis ma mère debout à côté de moi, je m'abandonnai au ressac de l'océan. Je fus saisie de tristesse en pensant au chagrin d'Irina. Je songeai à eux tous, Betty, Ruselina, Ivan, Diana. Ils diraient que j'étais trop jeune pour mourir, que j'avais encore tant de choses à vivre. Je me sentais coupable que leur amitié n'ait jamais su combler ma solitude. Mais je ne serais plus jamais seule, désormais.

Brusquement, je fus tirée vers le haut et ramenée à la surface, soulevée sur la crête d'une vague tel un enfant brandi dans les bras de son père. L'espace d'un instant je recouvrai l'ouïe, j'entendis le brouhaha des cris et des rires sur la plage, le grondement des vagues qui s'écrasaient sur le rivage. Mais la seconde d'après j'étais à nouveau submergée. Cette fois, l'eau pénétra dans mes narines et ma gorge plus rapidement, comme si j'étais déjà poreuse. « Maman ! criai-je. J'arrive ! Aide-moi, aide-moi ! »

L'eau pesait lourd dans mes poumons, je la sentais, le froid rampant dans mes veines, la fatigue qui me gagnait. Je fermai les yeux et me laissai happer par le courant.

Il y eut du mouvement près de moi. Un éclat de soleil sur de la peau : un requin ou un dauphin venu assister à mes derniers instants ? Mais alors des bras se glissèrent sous mes épaules et me tirèrent à la surface.

La lumière me brûla les yeux.

Au loin, une femme criait. « Oh non ! Mon Dieu, non ! Non ! »

Irina.

Une vague me recouvrit. L'océan balaya mon visage et mes cheveux. Les bras me soulevèrent plus haut et me portèrent jusqu'au rivage. Je connaissais mon sauveur. Il me déposa sur la plage et posa sa tête contre ma poitrine. Mais il n'entendit probablement rien car il me retourna sur le ventre et appuya de toutes ses forces sur l'arrière de ma cage thoracique, après quoi il se mit à frotter vigoureusement mes membres. Le sable sur ses paumes écorchait ma peau, je sentais des petits grains crisser sous mes dents. « Reviens, Anya ! criait Ivan. Je t'en supplie, reviens ! »

Bien que ma joue fût plaquée contre le sol, je pouvais voir Irina en train de sangloter au bord de l'eau. Une femme lui avait jeté une serviette sur les épaules et essayait de la réconforter. J'en avais le cœur brisé. Je ne voulais pas faire de peine à mes amis. Mais ma mère m'attendait toujours au milieu de l'océan. Je n'étais pas la fille solide pour qui tout le monde me prenait, et elle était la seule à le savoir.

« Laisse tomber, Ivan, laisse tomber, entendis-je un autre maître nageur déclarer. Regarde la couleur de son visage. Elle a les lèvres toutes blanches. C'est fini. »

Le type posa une main sur mon bras ; Ivan le repoussa violemment. Il ne voulait pas me laisser partir. Je rassemblai mes forces pour me battre contre lui alors qu'il s'appuyait de nouveau sur mon dos, luttant de tout son poids pour me sauver. Mais sa volonté fut plus forte que la mienne. Il me roua de coups de poing et une bourrasque de vent d'une violence inouïe souffla dans mes poumons. Je fus secouée de spasmes, l'océan quitta mon corps pour laisser entrer l'air. Quelqu'un me ramassa. Je distinguai la foule et une ambulance. Irina et Ivan étaient penchés au-dessus de moi, en larmes. Je tournai la tête vers le large. Ma mère avait disparu.

Tous les soirs de la semaine suivante, Ivan vint me rendre visite à l'hôpital, un gardénia blanc à la main. Il avait le visage brûlé par le soleil et marchait péniblement, accablé par la fatigue du week-end. Dès qu'il arrivait, Betty et Ruselina, qui passaient leurs journées dans ma chambre à me faire la lecture ou à écouter la radio pendant que je dormais, se levaient pour lui laisser la place. Elles se comportaient comme si Ivan et moi avions des choses importantes à nous dire, tirant le rideau vert autour de mon lit pour nous garantir une certaine intimité avant de s'éclipser discrètement. Mais Ivan et moi ne nous disions que très peu de choses. Notre communication se passait de mots. L'amour, je le comprenais enfin, était plus qu'un simple sentiment. C'était aussi les actes par lesquels on le manifestait. Ivan m'avait sauvé la vie contre mon gré, avec la même détermination qu'une femme mettant un enfant au monde.

Le dernier soir de mon séjour à l'hôpital, alors que les médecins m'avaient déclarée guérie, Ivan posa une main sur la mienne. Il me regardait comme si j'étais un trésor inestimable arraché à l'océan, et non une pauvre fille désespérée. Je me souvins de ses paroles au sujet de la compréhension qui importait plus que l'oubli.

« Merci », dis-je en lui prenant la main. Je sus alors que ce qui m'avait empêchée de l'aimer jusque-là s'était dissipé à jamais. À la minute où il m'avait touchée, j'avais eu de nouveau envie de vivre. Il avait assez de volonté pour nous deux.

19

Miracles

Nous, les Russes, sommes des pessimistes. Nous avons le cœur noir. Nous pensons que l'existence n'est qu'une longue suite de souffrances, soulagée çà et là par de rares instants de bonheur s'évanouissant aussi vite que des nuages dans le ciel un jour de grand vent. Les Australiens sont aussi des pessimistes, mais d'un genre assez étrange. Ils trouvent que la vie est dure et plus souvent faite de bas que de hauts. Pourtant, même quand la terre nourricière devient sèche comme du roc et que tous leurs troupeaux périssent, ils tournent leur regard vers le ciel et attendent un miracle. Pour moi, cela signifie qu'au fond ce sont des optimistes. Et peut-être est-ce une leçon que m'a enseignée mon pays d'adoption. Car l'année de mes trente-six ans, alors que j'avais perdu tout espoir, deux miracles se produisirent coup sur coup dans ma vie.

L'année précédente, Ivan et moi avions emménagé dans notre nouvelle maison à Narrabeen. C'était un projet qui nous avait occupés pendant deux ans, depuis la visite d'un terrain en friche sur une colline de Woorarra Avenue. Couvert d'eucalyptus et de fougères, il avait vue sur le lagon. Nous étions tombés amoureux de cet endroit au premier coup d'œil. Deux ans plus tard, une maison de deux niveaux se dressait au milieu du jardin, avec des murs peints en orange ou en vert pomme et de la moquette dans toutes les pièces. Les deux salles de bains avaient un carrelage en mosaïque et des panneaux de bois lambrissés. La cuisine donnait sur une piscine, et la grande baie vitrée du salon s'ouvrait sur une terrasse face à la mer.

Il y avait quatre chambres en tout : la nôtre, avec sa propre salle de bains ; une au rez-de-chaussée, dont je me servais comme bureau ; une chambre d'ami avec deux lits une place ; et une grande pièce ensoleillée à côté de la nôtre, non meublée. Cette chambre était notre tristesse, notre seul regret dans une relation parfaitement heureuse. Car, malgré tous nos efforts, Ivan et moi n'avions pas réussi à concevoir d'enfant, et il devenait de moins en moins probable que nous y parvenions un jour. Ivan avait quarante-quatre ans, et moi, à trente-six ans, j'étais déjà considérée comme ayant largement dépassé la limite d'âge pour procréer. Pourtant, sans jamais en parler, nous lui avions laissé une chambre, comme si nous espérions faire venir un bébé en lui gardant la plus belle pièce de la maison. C'est cela que j'appelle tourner son regard vers le ciel et attendre un miracle.

Irina et Vitaly, eux, avaient été plus que productifs. Ils avaient eu deux filles, Oksana et Sofia, puis deux garçons, Fyodor et Yuri, et parlaient d'en avoir un cinquième. Irina approchait de la quarantaine avec une bonne humeur rayonnante ; elle était fière de ses hanches larges, de sa peau épaisse et de ses quelques cheveux gris. Moi, au contraire, j'avais toujours l'air d'une adolescente dans un corps de femme, svelte et nerveux. Ma seule concession à l'âge consistait à coiffer mes longs cheveux en chignon, comme l'avait fait ma mère.

Irina et Vitaly avaient racheté le salon de thé à Betty et en avaient ouvert un autre dans le nord de Sydney. Ils avaient déménagé à Bondi, dans une maison munie d'un joli jardinet et d'un garage. Ils terrorisaient la population locale en se baignant dans l'océan en plein hiver avec un groupe d'amis de leur cercle russe. Je demandai un jour à Irina si elle ne regrettait pas d'avoir abandonné sa carrière de chanteuse. Elle éclata de rire en montrant sa joyeuse ribambelle d'enfants attablés dans la cuisine. « Tu plaisantes ? Je préfère largement cette vie-là. »

J'avais démissionné du *Sydney Herald* en épousant Ivan, mais après des années d'inactivité, j'acceptai l'offre de Diana qui me proposait d'écrire une chronique pour la rubrique Style de vie. L'Australie des années soixante était bien différente du pays que j'avais connu dix ans auparavant. Les femmes n'étaient plus cantonnées à la section « féminine » du journal mais faisaient parler d'elles dans tous les domaines. Le programme « Peupler ou périr » avait changé le visage de la nation, qui d'un clone britannique était devenue un melting-pot cosmopolite, avec de nouveaux aliments, de nouvelles idées et de nouvelles passions venus se mélanger au patrimoine ancien. Ma rubrique me permettait de rester en contact avec le monde deux ou trois jours par semaine, tout en m'empêchant de trop cogiter à ce qui manquait à ma vie.

Nous connûmes également un deuil. Un jour, alors que je rendais visite à Betty et à Ruselina chez elles, je fus choquée de constater que la vibrante et énergique Betty semblait avoir vieilli d'un coup. Elle avait les épaules voûtées et semblait considérablement amaigrie.

« Ça fait déjà deux ou trois semaines qu'elle est amorphe comme ça », me chuchota Ruselina.

Je convainquis Betty d'aller voir son médecin pour un bilan de santé. Il l'envoya consulter un spécialiste, chez qui nous retournâmes la semaine suivante chercher les résultats. Pendant que Betty parlait au professeur, je restai dans la salle d'attente à feuilleter des magazines, persuadée que la porte du cabinet allait s'ouvrir d'une minute à l'autre et que le médecin m'expliquerait que Betty avait besoin de vitamines ou d'un changement de régime alimentaire. Je ne m'attendais pas du tout à la mine grave qu'il arborait en appelant mon nom. Je le suivis dans son cabinet. Betty était assise dans un fauteuil, agrippée à son sac à main. Je me tournai vers le médecin et mon ventre se noua lorsqu'il m'annonça le diagnostic : cancer inopérable.

Nous continuâmes à nous occuper de Betty dans l'appartement de Bondi aussi longtemps qu'il fut possible. Irina et moi étions inquiètes de savoir comment Ruselina allait affronter la maladie de son amie, mais elle fut plus forte que nous tous. Alors qu'Irina et moi nous cachions pour pleurer à tour de rôle, Ruselina jouait aux cartes avec Betty et lui préparait ses mets favoris. Elles allaient se promener sur la plage, et quand Betty fut incapable de se tenir debout sans l'aide d'une canne, elles s'assirent sur les marches du perron pour bavarder pendant des heures. Un jour que j'étais à la cuisine, j'entendis Betty confier à Ruselina : « Je vais essayer de me réincarner dans un des enfants d'Irina, si elle décide d'en avoir d'autres. Tu me reconnaîtras, je serai la moins sage. »

À partir du moment où Betty devint trop faible pour rester à la maison, son déclin s'accéléra brutalement. Un jour, en la voyant dans son lit d'hôpital, je la trouvai beaucoup plus petite qu'avant. Je décidai de vérifier ma théorie en mesurant avec ma main la distance entre ses pieds et le bout du lit : depuis le jour de son admission, elle avait rapetissé d'environ sept centimètres. Comme je retirais ma main, Betty se tourna vers moi et me murmura : « Quand je verrai ta mère, je lui dirai quelle merveilleuse femme tu es devenue. »

Puis un soir, au mois de septembre, alors que Ruselina était de garde, on nous convoqua tous à l'hôpital. L'état de Betty s'était aggravé. À peine consciente, elle avait le visage creusé et le teint livide. Au petit matin, Ruselina commença à blêmir elle aussi. L'infirmière entra dans la chambre. « Ça ne devrait pas arriver avant ce soir, dit-elle en tapotant gentiment l'épaule de Ruselina. Vous devriez aller manger quelque chose et vous allonger un peu. »

Irina se leva, comprenant que, si Ruselina ne se reposait pas, elle n'aurait pas la force d'affronter la suite. Vitaly et Ivan les raccompagnèrent à la maison pendant que je restais au chevet de Betty.

Elle avait la bouche grande ouverte, et le souffle haché de sa respiration était le seul bruit dans la pièce. Ses paupières tressaillaient de temps en temps, comme si elle rêvait. Je posai une main sur sa joue en me remémorant la première fois que je l'avais vue, debout sur sa véranda de Potts Point, avec sa coiffure en choucroute et son fume-cigarette. J'avais du mal à croire que c'était la même femme qui était en face de moi à présent.

Je me penchai vers elle et murmurai à son oreille : « Je t'aime, Betty. Merci d'avoir pris soin de moi. »

Ses doigts se crispèrent et elle cligna des yeux. Encore aujourd'hui, je pense que ce fut sa façon de me dire au revoir.

Le lendemain de la mort de Betty, Irina et moi passâmes à l'appartement pour prendre les affaires de Ruselina. Elle était bien trop bouleversée pour y retourner toute seule et s'était installée provisoirement chez sa petite-fille. À l'enterrement, à l'encontre de toute tradition russe ou australienne, Ruselina porta une robe blanche avec une fleur d'hibiscus rouge épinglée au revers. Et en rentrant à la maison, nous gonflâmes à l'hélium un bouquet de ballons aux couleurs acidulées, qu'elle alla lâcher sur la plage. « Pour toi ! cria-t-elle, le nez en l'air. Pour les ravages que tu es en train de leur faire là-haut ! »

Je ne sais pas si je crois à la réincarnation, mais j'ai toujours trouvé parfaitement plausible que Betty ait pu renaître au monde en pleine génération hippie.

Un an après notre emménagement dans la nouvelle maison, le premier miracle eut lieu. Je tombai enceinte. La nouvelle enthousiasma Ivan et le rajeunit de vingt ans d'un coup. Il sautillait, souriait pour un oui pour un non, et me caressait le ventre tous les soirs avant de s'endormir. « Cette enfant va nous guérir tous les deux », disait-il.

Lilliana Ekaterina vit le jour le vingt et un août de cette année-là. Entre deux contractions, les sages-femmes écoutaient à la radio les bulletins sur l'invasion soviétique en Tchécoslovaquie, et je ne pouvais m'empêcher de penser à ma mère plus que je ne m'y étais autorisée depuis la nouvelle de sa mort. Je pensais aux mères et aux filles de Prague. Qu'allait-il leur arriver ?

Lily fut un véritable miracle car, en effet, elle me guérit. Je crois que le lien avec notre propre mère est le plus fort de tous. La mort de la personne qui nous a mis au monde est un des caps fondamentaux dans une vie. Mais la plupart des gens ont au moins le temps de s'y préparer. Être séparée de ma mère à treize ans m'avait laissée totalement livrée à moi-même, telle une feuille ballottée au gré du vent. Mais en devenant mère à mon tour, j'avais renoué le lien. Et la naissance de Lily avait aussi guéri Ivan. Très jeune, il avait perdu tout ce qu'il avait de plus précieux au monde et voici qu'en pleine force de l'âge, dans un pays ensoleillé et loin des mauvais souvenirs, il parvenait à reconstruire son rêve.

Un jour, quelques mois après l'accouchement, alors que j'ouvrais le courrier, je repérai une lettre qui retint mon attention parmi les autres enveloppes et les factures habituelles. Le timbre était australien mais l'enveloppe était couverte de traces de doigts, comme si elle était passée entre des dizaines de mains avant de me parvenir. Dès l'instant où je la touchai, mon cœur se mit à battre la chamade. Je m'assis sur le banc au bord de la piscine pour la lire. Son message me frappa tel un coup de tonnerre :

Si vous êtes Anna Victorovna Kozlova, la fille d'Alina et Victor Kozlov de Harbin, venez me rejoindre lundi à midi précis dans la salle à manger de l'hôtel Belvédère. Je suis en mesure de vous faire rencontrer votre mère.

La lettre m'échappa des doigts et s'envola dans la brise avant d'atterrir sur la pelouse. Je la regardai tourbillonner en l'air comme un avion en papier. Qui pouvait être l'auteur de ce message ? Qui, après toutes ces années, pouvait me contacter pour me donner des nouvelles de ma mère ?

Quand Ivan rentra à la maison, je lui tendis la feuille. Il s'assit sur le canapé et resta silencieux un long moment.

« Je n'ai pas confiance en l'auteur de cette lettre, déclara-t-il enfin. Pourquoi ne donne-t-il pas son nom ? Ou ne demande-t-il pas que tu lui téléphones d'abord ?

— Mais pourquoi quelqu'un me mentirait au sujet de ma mère ? » demandai-je.

Ivan haussa les épaules. « Un espion russe. Quelqu'un qui veut te faire revenir en Union soviétique. Tu es peut-être devenue citoyenne australienne, mais va savoir ce qu'ils seraient capables de te faire si tu retournais là-bas. Tang ? »

Oui, c'était peut-être Tang qui voulait me tendre un piège, mais au fond de moi je n'y croyais pas. Il était sûrement mort, ou trop vieux pour être encore à mes trousses. Et puis il y avait autre chose. Je scrutai l'écriture du message, m'efforçant de percer son secret.

« Je ne veux pas que tu y ailles, reprit Ivan, des larmes dans les yeux.

— Je dois y aller, répliquai-je.

— Tu crois que ta mère est toujours vivante ? »

Je réfléchis un instant à sa question, mais j'étais incapable de faire la part des choses entre mon désir et ma rationalité.

Ivan se frotta le visage, appuyant ses paumes contre ses paupières. « Je viendrai avec toi », dit-il.

Pour surmonter notre anxiété, Ivan et moi passâmes le week-end à jardiner, arrachant les mauvaises herbes, déplaçant les bosquets et construisant un muret de pierres le long de l'allée. Lily dormait dans son landau sur la terrasse, bercée par la brise du printemps. Mais malgré notre épuisement physique, ni Ivan ni moi ne réussîmes à fermer l'œil la nuit du dimanche au lundi. Nous nous tournions et retournions dans le lit en nous marmonnant des mots dans un demi-sommeil. Finalement, nous nous levâmes pour boire un bol de lait chaud et dûmes nous contenter de quelques heures de repos. Le matin, nous déposâmes Lily chez Irina. Avant de remonter en voiture, je me retournai pour regarder ma fille blottie dans les bras d'Irina. Dès lors, je me mis à respirer avec peine, terrorisée à l'idée de ne plus la revoir. À l'expression tendue sur le visage d'Ivan, je devinai qu'il pensait la même chose.

L'hôtel *Belvédère* était bien loin de son âge d'or des années quarante. Ivan et moi contemplâmes l'enseigne au néon au-dessus de la porte, la crasse de la façade, les pots de plantes rachitiques alignés sur le trottoir. Nous nous approchâmes pour jeter un coup d'œil par la vitre, mais elle était si poussiéreuse que nous y vîmes seulement notre propre reflet. Ivan me prit la main et nous pénétrâmes dans le bâtiment.

À notre grand soulagement, le hall de l'hôtel était plus avenant que l'extérieur. Il flottait dans l'air une légère odeur de moisi mêlée aux effluves de tabac, mais les fauteuils étaient propres, les tables cirées et les tapis, bien qu'élimés, avaient l'air d'avoir été récemment aspirés.

Dans la salle à manger, une serveuse surgit de derrière le bar pour nous tendre un menu. Je lui répondis que nous devions retrouver quelqu'un. Elle haussa les épaules, comme si le fait de retrouver quelqu'un dans un endroit pareil ne pouvait être à ses yeux qu'un alibi pour autre chose. Une jeune femme assise près de la fenêtre nous dévisagea avant de replonger dans son roman, plus captivée par son énigme policière que par ce couple de Russes qui se tenaient au milieu de la pièce, agrippés l'un à l'autre. Deux tables plus loin, un homme obèse écoutait sa radio avec une oreillette. Je le regardai avec insistance mais il détourna la tête, visiblement peu intéressé. Alors que je m'avançais dans la salle pour examiner les tables un peu plus loin, je m'arrêtai brusquement comme si j'avais heurté une paroi invisible. Je sentis sa présence avant même de le voir. Je tournai lentement la tête vers la dernière table du coin. Il me parut vieilli, ridé, mais je reconnus instantanément ses yeux globuleux, si peu communs chez un Japonais.

Le Général se leva, le menton tremblant. J'étais plus grande que lui, désormais. Il ne portait plus l'uniforme dans lequel je l'avais connu, mais une chemise en flanelle à carreaux et une veste de base-ball. « Viens, dit-il en me faisant signe. Approche. »

Ivan se glissa sur la banquette à côté de moi, muet et respectueux, comprenant que cet homme surgissait de mon passé. Le Général se rassit lui aussi, les mains posées sur la table. Pendant un long moment, aucun d'entre nous ne prononça un mot.

Le Général prit une grande inspiration. « Tu es une femme, maintenant, dit-il. Toujours belle, mais tu as beaucoup changé. Je ne te reconnais que par tes cheveux et tes yeux.

— Comment m'avez-vous retrouvée ? demandai-je dans un souffle.

— Ta mère et moi t'avons cherchée longtemps. Mais la guerre et les communistes nous ont empêchés de parvenir jusqu'à toi.

— Ma mère ? »

Ivan passa un bras protecteur autour de mes épaules. Le Général lui jeta un coup d'œil, semblant remarquer sa présence pour la première fois.

« Ta mère n'a pas pu quitter la Russie pour venir ici. C'est donc moi qui me suis déplacé. »

Mon corps entier se mit à trembler. Je ne sentais plus mes doigts ni mes orteils. « Mais ma mère est morte ! criai-je, à moitié dressée sur mon siège. Tang l'a fait descendre du train et l'a fusillée. Elle est morte depuis des années.

— Il faut que vous nous racontiez cette histoire clairement, intervint Ivan. Ma femme a beaucoup souffert. On nous a affirmé que sa mère était morte, qu'elle avait été récupérée dans le train de Harbin et exécutée. »

Le Général ouvrit de grands yeux. Et, comme lors de notre première rencontre à Harbin, son visage me fit penser à celui d'un crapaud.

« Anya, ta mère a bien été récupérée dans le train avant d'arriver en Union soviétique. Mais pas par Tang. Par moi. »

Je me rassis et éclatai en sanglots.

Le Général prit mes mains dans les siennes. « Tu oublies que j'étais comédien, poursuivit-il. Je me suis fait passer pour Tang. J'ai fait descendre ta mère du train et j'ai fait semblant de l'exécuter. »

Je le regardais à travers le voile de mes larmes, cet homme de mon enfance qui me racontait maintenant l'histoire de sa vie. Il s'appelait Seiichi Mizutani et était né à Nagasaki. Son père possédait un théâtre, et il avait dix ans quand toute sa famille émigra à Shanghai, où il avait appris le mandarin. La famille du Général se déplaçait fréquemment de ville en ville, pour divertir les Japonais qui étaient de plus en plus nombreux à habiter en Chine, et ils avaient même fait un voyage en Russie et en Mongolie. Mais, lorsque le Japon envahit officiellement la Chine en 1937, la femme et la fille du Général furent renvoyées à Nagasaki tandis qu'on le força à devenir espion. L'année qui précéda l'arrestation de ma mère, il réussit sa plus grosse prise, le chef le plus célèbre de la résistance chinoise. Tang.

« Nous sommes devenus amis, nous expliqua-t-il. Il me faisait confiance. Il me racontait ce dont il rêvait pour la Chine. Il était passionné, brillant, altruiste. Il m'apportait toujours la nourriture qu'il réussissait à trouver. "Pour toi, mon ami, me disait-il. J'ai volé ça aux Japonais pour toi." Même quand il ne trouvait rien à manger, il venait toujours avec un éventail ou un livre. J'ai attendu deux ans avant de le dénoncer. Entre-temps, je me suis servi de lui pour démasquer les autres. »

Le Général but une gorgée d'eau. Il avait la mine grave et je pouvais lire la douleur dans ses yeux. « C'est moi qui ai fait de lui le monstre qu'il est devenu, murmura-t-il. C'est ma trahison qui l'a rendu fou. »

Je fermai les yeux. Je ne pouvais pas pardonner à Tang tout le mal qu'il avait fait, mais au moins comprenais-je enfin les raisons de sa haine implacable.

Au bout d'un moment, le Général reprit le fil de son récit. « Le jour où j'ai quitté votre maison, on ne nous avait rien dit à part que le Japon avait capitulé et que Nagasaki et Hiroshima avaient été bombardés. Il m'a fallu des années avant de comprendre la portée du coup infligé à ma ville : un tiers des maisons détruites, des centaines de milliers de morts et de blessés, sans parler des milliers qui sont tombés malades après et qui sont morts à petit feu dans des souffrances abominables. Alors que je m'apprêtais à quitter Harbin, j'ai rencontré mon adjoint. Il m'a informé que ta mère avait été interrogée et qu'on allait la déporter en Union soviétique. J'étais affligé, mais il fallait d'abord que je sauve ma peau pour retourner au Japon et savoir ce qu'étaient devenues ma femme et ma fille. Alors j'ai appris qu'elles étaient mortes dans le bombardement. Et j'ai compris que c'était à cause de moi, parce que je m'étais mal comporté avec ta mère et avec toi. Peut-être l'esprit de ton père s'était-il ainsi vengé de moi.

» Il fallait que j'agisse vite, à partir de là. Je savais que le train atteindrait la frontière dans la soirée. J'ignorais quoi faire, aucune de mes idées ne tenait la route. Puis je me suis souvenu que Tang avait travaillé pour les Soviétiques. J'ai pris des chiffons et je me suis bandé les mains. Ensuite j'ai enfilé des gants bourrés avec des morceaux de viande afin d'imiter l'odeur de chair pourrie que Tang traînait partout derrière lui depuis son évasion du camp. En me faisant passer pour lui, j'ai réussi à trouver un avion pour me déposer à la frontière, où j'ai convaincu trois gardes communistes de venir avec moi intercepter le train et exécuter ta mère. »

Le Général s'interrompit un instant pour s'humecter les lèvres. Il n'était plus le personnage impressionnant de mon enfance, mais un vieillard fragile accablé sous le poids du souvenir. Il me regarda dans les yeux comme s'il avait lu mes pensées. « C'était sans doute le plan le plus audacieux de toute ma carrière, dit-il. Et jusqu'au bout je n'étais pas sûr qu'il allait marcher. Quand j'ai fait irruption dans le wagon des prisonniers, ta mère a écarquillé les yeux : elle m'avait reconnu. J'ai ordonné à un des gardes de la faire descendre du train en la tirant par les cheveux ; elle a crié et s'est débattue comme une véritable actrice. Jusqu'au dernier moment, les gardes ont cru qu'on allait la fusiller. En fait je l'ai poussée par terre, j'ai fait sauter l'électricité du train et je les ai tués tous les trois. »

J'enfonçai mes ongles dans le bras d'Ivan, la seule chose fiable à laquelle je pouvais me raccrocher. Les murs de la salle à manger se mirent à vaciller autour de moi. J'avais le vertige. Tout me paraissait irréel. Ma mère. Ma mère. Maman. Elle était en train de ressusciter sous mes yeux des années après que j'avais accepté sa mort.

« Ta mère et moi nous sommes dépêchés de rentrer à Harbin par des moyens de fortune, reprit le Général. Le voyage était périlleux et nous a pris trois jours. Il ne fallait pas que ta mère soit vue. Quand on est arrivés en ville, les Pomerantsev avaient disparu et toi aussi. Ta mère s'est effondrée en découvrant la carcasse incendiée de votre maison. Mais un voisin nous a dit que tu avais été sauvée par les Pomerantsev et envoyée à Shanghai.

» Nous avons décidé d'aller te chercher à Shanghai. On ne pouvait plus passer par Dairen car les Soviétiques interceptaient tous les Russes qui tentaient de s'enfuir par la mer. À la place, nous avons dû faire le trajet par les canaux et les rivières, ou par la route. À Pékin, nous avons fait escale dans une maison non loin de la gare, dans l'intention de prendre le train pour Shanghai le lendemain matin. Mais là, je me suis aperçu que nous étions suivis. Au début j'ai cru que je me faisais des idées, jusqu'à ce que je voie de mes propres yeux l'ombre se faufiler derrière ta mère quand elle est allée acheter les billets. L'ombre d'un homme sans mains. J'ai prévenu ta mère que si nous allions à Shanghai, nous le mènerions droit à toi. Car je savais que Tang ne voulait plus seulement exercer sa vengeance sur moi.

» Les Japonais s'étaient toujours intéressés de près à la Mongolie. Une partie de ma formation d'espion avait consisté à mémoriser les routes que les archéologues européens avaient empruntées pour traverser le désert de Gobi. Et, bien entendu, je connaissais les chemins de la route de la Soie.

» J'ai dit à ta mère qu'il fallait remonter au nord vers la frontière, où nous sèmerions Tang définitivement. Car là où nous allions, un homme sans mains ne pouvait que périr, même avec une telle détermination. Mon but était de faire passer ta mère au Kazakhstan, puis de continuer le voyage tout seul jusqu'à Shanghai. Au début, elle n'était pas d'accord, mais je l'ai convaincue : “Votre fille est à l'abri à Shanghai, ai-je expliqué. À quoi bon essayer de la retrouver si vous mourez en route ?”

» Il peut sembler que l'idée de faire passer ta mère au Kazakhstan revenait à la livrer aux mains des Soviétiques.

Mais l'art de l'espion est justement de savoir se fondre dans l'anonymat, et le Kazakhstan était dans un chaos total depuis la guerre. Des milliers de Russes s'étaient réfugiés là pour fuir les Allemands, et il y avait beaucoup de gens sans papiers d'identité.

» Des cavaliers expérimentés auraient pu faire le voyage en trois mois, mais il nous fallut à nous près de deux ans. Nous avions acheté des chevaux à une tribu de nomades, et nous devions faire attention à ne pas les pousser au-delà de leur endurance, donc nous ne pouvions nous déplacer que pendant les sept mois d'été. Sans les quelques mots de mongol que je connaissais et l'hospitalité des gens, ta mère et moi serions sans doute morts. Je ne sais pas ce qu'est devenu Tang. Je ne l'ai jamais revu, et visiblement il ne t'a jamais trouvée non plus.

» Nous sommes arrivés au Kazakhstan épuisés par le voyage et nous avons loué des chambres chez une vieille dame. Après avoir repris des forces, j'ai prévenu ta mère que j'allais retourner en Chine pour te chercher. "Vous avez été séparée de votre fille à cause de moi, lui ai-je dit. J'ai fait des choses pendant la guerre afin de protéger ma famille, mais finalement je n'ai pas pu la sauver de la mort. Je dois me racheter, sans quoi elles ne reposeront jamais en paix."

» "Ce n'est pas à cause de vous que j'ai perdu ma fille, m'a répondu ta mère. Les Soviétiques nous auraient déportées toutes les deux dans un camp après la guerre. Au moins je sais qu'elle est en sécurité. Peut-être que moi aussi j'ai eu de la chance grâce à vous."

» Ces mots m'ont profondément touché et je me suis mis à genoux pour m'incliner devant elle. J'ai compris alors qu'il y avait un lien entre nous. Peut-être s'était-il créé au cours de notre voyage, où la survie de chacun dépendait entièrement de l'autre. Ou peut-être remontait-il à une vie antérieure.

» Même si j'avais plus de facilité à me déplacer seul en Chine, j'étais retardé par les batailles que se livraient les armées communiste et nationaliste. Il y avait aussi des bandes armées encore fidèles aux seigneurs de la guerre, et le moindre pas était dangereux. Comme les trains étaient des cibles faciles, je n'ai voyagé que par l'eau ou à pied. Pendant tout ce temps, je me demandais comment j'allais faire le trajet du retour avec une Russe blanche. Mais, finalement, je ne t'ai pas trouvée dans cette ville monstrueuse qu'est Shanghai. J'ai cherché une Anya Kozlova dans les cabarets, les magasins et les restaurants russes. Je n'avais aucune photo de toi. Seulement la description orale d'une fille aux cheveux roux. Au bout du compte, un homme a fini par me dire qu'il croyait avoir entendu parler d'une Russe aux cheveux roux dans un club appelé le *Moscou-Shanghai*. Je me suis précipité là-bas, plein d'espoir. Mais la patronne, une Américaine, m'a assuré que je faisais erreur. La fille dont on m'avait parlé était une cousine qui était rentrée aux États-Unis depuis belle lurette. »

Je fus brusquement saisie de nausée. Je fis un rapide calcul dans ma tête. Le Général avait dû arriver à Shanghai à la fin de l'année 1948, alors que j'étais alitée à cause de la grippe et que Dimitri me trompait avec Amelia. Si le récit du Général m'avait fait apparaître Tang sous un jour plus humain, un homme perverti par la cruauté qu'il avait subie, en revanche Amelia était bel et bien monstrueuse.

« Les communistes étaient en train d'encercler la ville, poursuivit le Général. Si je ne partais pas très vite, j'allais être pris au piège. Il fallait que je retourne auprès de ta mère. Quand elle m'a vu revenir sans toi, elle a sombré dans une dépression si profonde que j'ai cru qu'elle n'y survivrait pas.

» “Ne désespérez pas, lui ai-je dit. Je suis sûr qu'Anya est vivante et hors de danger. Quand vous irez mieux, nous reprendrons nos recherches.” Ta mère a fermé les yeux et m'a répondu : “Je ne sais pas pourquoi, mais j'ai confiance en vous. Vous allez m'aider à retrouver ma fille.” »

Le Général me regarda droit dans les yeux et déclara : « Alors je me suis rendu compte que je l'aimais, et je ne pourrais mériter son amour que quand je t'aurais retrouvée. »

Je fus momentanément pétrifiée par sa révélation. Et pourtant un autre souvenir me chatouillait l'esprit. Par deux fois après la mort de mon père, j'avais entendu sa voix me promettre qu'il m'enverrait quelqu'un. J'avais eu la chance de croiser de nombreuses personnes qui m'avaient aidée au cours de ma vie, mais je compris brusquement de qui mon père voulait parler.

« Comment m'avez-vous retrouvée ?

— Nous sommes allés jusqu'à la mer Caspienne pour essayer de passer à l'ouest, mais les Russes surveillaient également les côtes. Finalement, la chance a tourné en notre faveur. Nous avons trouvé du travail dans un hôtel où les cadres du parti venaient passer leurs vacances. Là-bas, nous nous sommes liés d'amitié avec un certain Yuri Vishnevsky. Par son entremise, nous avons appris qu'un grand nombre de Russes de Shanghai avaient été évacués vers l'Amérique. Au bout d'un moment, ta mère a approché Vishnevsky pour qu'il nous aide à partir pour Moscou. Elle lui a raconté que Moscou était la ville d'origine de sa famille et qu'elle avait toujours rêvé de la voir. Mais je connaissais sa véritable motivation. Au Kazakhstan, nous étions coupés du reste du monde, alors que Moscou était une ville cosmopolite. Avec des touristes, des hommes d'affaires, des diplomates et des professeurs étrangers. Des gens qui avaient la permission de franchir les frontières. Des gens qu'on pourrait soudoyer ou amadouer.

» Il y a trois ans, nous avons donc déménagé à Moscou. Là, entre nos emplois respectifs dans une usine et un magasin, nous avons consacré tout notre temps à retrouver ta trace. Nous traînions autour du Kremlin, de la place Rouge et du musée Pouchkine en prétendant vouloir pratiquer notre anglais, alors qu'en réalité nous abordions les touristes et les diplomates étrangers pour leur donner une description de toi. Certains acceptaient de nous aider, mais beaucoup d'autres nous tournaient le dos. Nous n'avons reçu aucune réponse jusqu'à ce qu'un jour une Américaine contacte le Cercle russo-américain de San Francisco de notre part. Ils ont écrit à l'OIR et découvert qu'une Anya Kozlova avait été envoyée en Australie. »

Le Général s'interrompit. Ses yeux s'emplirent de larmes qui se mirent à rouler sur ses joues. Il ne prit pas la peine de les essuyer. « Tu imagines notre joie quand on a appris cette nouvelle ? L'Américaine a été très gentille et a continué à faire des recherches pour nous, jusqu'à ce qu'elle trouve une adresse à Sydney. Nous avons aussitôt contacté Vishnevsky, qui entre-temps était devenu un ami en qui nous pouvions avoir une totale confiance. Il a accepté de m'obtenir des papiers, à condition que ta mère reste en Russie comme garante de mon retour. Quand je suis arrivé en Australie, je voulais d'abord m'assurer que tu étais la bonne personne avant de dévoiler mon identité, par mesure de précaution. C'est pourquoi je t'ai envoyé une lettre anonyme. »

Le Général laissa échapper un soupir, visiblement épuisé, avant de conclure : « Anya, ta mère et moi t'avons cherchée sans relâche pendant toutes ces années. Pas un seul jour ne s'est écoulé sans que nous ne pensions à toi. Et maintenant nous t'avons retrouvée. »

20

Ma mère

Lorsque le Général m'avait révélé que ma mère était vivante, j'avais ressenti une joie aussi intense qu'à la naissance de Lily. Mais quatre mois s'étaient écoulés depuis et nous n'avions reçu aucunes nouvelles. Le Général nous avait avertis qu'il en serait ainsi. « N'essayez pas de me contacter, avait-il dit. Arrangez-vous simplement pour vous trouver à Moscou le 2 février. » Il n'y avait pas moyen de parler à ma mère avant notre départ : elle n'avait pas le téléphone dans son immeuble, et il fallait tenir compte de la surveillance. Nous n'étions pas sûrs d'obtenir les visas auprès de l'ambassade soviétique, aussi les huit semaines d'attente furent-elles à la limite du supportable. Même quand je me retrouvai à l'aéroport de Londres pour embarquer dans l'avion à destination de Moscou, je me demandais encore si tout ça était bien réel. Si vraiment, vingt-trois ans après avoir été séparée de ma mère, j'allais la revoir comme prévu, dans moins de vingt-quatre heures.

L'hôtesse s'essuya les mains sur son uniforme froissé et me resservit une tasse de thé. Elle ne sourit pas quand je la remerciai, se contentant de détourner la tête. Je me souvins qu'elles n'avaient pas le droit de lier conversation avec des étrangers, sous peine de perdre leur emploi. Je serrai Lily contre moi et me tournai vers le hublot, absorbée dans mes pensées. Pendant ses trois jours passés avec nous à Sydney, le Général avait répondu avec franchise à toutes les questions que je lui posai sur ma mère : sa santé, ses conditions de vie, son quotidien. J'avais été horrifiée d'apprendre qu'elle n'avait pas l'eau chaude dans son appartement, même en hiver, et souffrait de douleurs aux jambes. Mais je fus au contraire enchantée lorsque le Général me dit que ma mère avait de bonnes amies à Moscou, qui l'emmenaient au hammam quand les douleurs devenaient trop vives. Pourtant je n'avais pas osé interroger le Général sur sa relation avec ma mère, et il n'avait pas répondu à la question que je lui avais posée à l'aéroport de Sydney : « Quand je ferai sortir ma mère de Russie, est-ce que vous viendrez avec nous ? » Il nous avait embrassés Ivan et moi avant de nous laisser sur cette phrase énigmatique : « Vous me reverrez encore une fois. »

Lily gazouilla. Son front était plissé, comme si elle lisait dans mes pensées. Je la berçai doucement pour la rassurer. Dans le mois qui avait précédé notre départ, les pires moments étaient quand je la couchais le soir, sachant que j'allais bientôt l'arracher à son nid douillet pour la mettre en danger. Malgré les risques, je n'avais pas pu me résoudre à faire le voyage sans elle. « Je veux que Lily vienne avec nous », avais-je déclaré à Ivan un soir. Je priais intérieurement pour qu'il se mette en colère et exige que Lily reste à Sydney avec Irina et Vitaly. Mais au lieu de cela, il avait simplement hoché la tête d'un air solennel et répondu : « Cette famille ne doit jamais être séparée. »

Il y eut un grésillement dans les haut-parleurs de l'avion et la voix du pilote résonna : « *Tovarichtchi.* Camarades, nous allons bientôt entamer notre descente vers l'aéroport de Moscou. Veuillez attacher vos ceintures et redresser le dossier de votre siège. »

Je retins mon souffle en voyant l'appareil plonger dans la masse des nuages. La lumière devint grise et le ciel disparut, comme si nous nous enfoncions sous l'eau. L'avion fut ballotté dans tous les sens et des flocons de neige se mirent à fouetter les hublots. Je ne voyais plus rien. L'espace de quelques instants, on aurait cru que le pilote avait coupé les réacteurs et que l'avion tombait dans le vide. Lily, qui avait été sage pendant tout le voyage, commença à pleurer à cause du changement de pression.

Puis les nuages se dissipèrent et je découvris une immensité enneigée. Malgré la réputation d'Aeroflot et les terribles conditions climatiques, le pilote réussit un atterrissage en douceur. Les gens se levèrent aussitôt et se massèrent dans le couloir. Ivan me prit Lily des bras de façon à pouvoir la soulever au-dessus de la cohue. Lorsque la porte de l'avion s'ouvrit, une rafale de vent glacé s'engouffra dans la cabine. Depuis la passerelle, je vis le terminal, ses fenêtres noires de suie, les barbelés autour des murs, et je sus que le soleil et la chaleur de mon pays d'adoption étaient bien loin derrière nous. À cause du froid intense, le ciel était d'un bleu éclatant. L'air me piquait les joues et me faisait couler le nez. Ivan enveloppa Lily dans son manteau pour la protéger du vent. J'avais des bottes fourrées et pourtant, dès que je posai le pied sur le tarmac, je commençai à sentir le froid me gagner. Mais j'éprouvai aussi une sensation plus forte. Lorsque pour la première fois de ma vie je touchai le sol de Russie, je compris que j'étais en train d'achever un voyage entamé des années auparavant : j'étais de retour sur le sol natal de mon père.

Dans le hall des arrivées de l'aéroport de Cheremetievo, la réalité de ce qu'Ivan et moi étions sur le point d'affronter me frappa de plein fouet. J'entendis les mots du Général résonner dans ma tête : « Attention à ne pas faire de faux pas. Toutes les personnes qui entrent en contact avec vous seront interrogées sur votre comportement. La femme de chambre de votre hôtel, les chauffeurs de taxi, la vieille babouchka à qui vous allez acheter des cartes postales. Par précaution, faites comme s'il y avait des micros dans votre chambre.

— Mais nous ne sommes pas des espions ! avais-je protesté dans ma grande naïveté.

— Si vous venez de l'Occident, vous êtes des espions, ou en tout cas un mauvais exemple aux yeux du KGB. Et ce que vous vous apprêtez à faire sera considéré comme un crime de haute trahison. »

Je m'étais entraînée à garder un visage impassible, à répondre aux questions sans le moindre temps d'hésitation et de façon succincte, mais quand je vis les soldats postés près de la sortie, leur mitraillette en bandoulière, mes jambes se mirent à vaciller et mon cœur à tambouriner dans ma poitrine.

La vitre du taxi ne fermait pas jusqu'en haut et je m'efforçai de boucher l'interstice avec mon bras pour protéger Lily du courant d'air glacé. Je n'avais pas vu de voiture en aussi mauvais état depuis que Vitaly avait acheté sa première Austin. La banquette était dure comme du bois et le tableau de bord était un enchevêtrement de fils électriques retenus par des bandes de ruban adhésif. S'il voulait tourner, le chauffeur ouvrait sa vitre et tendait le bras dehors. La plupart du temps, il ne s'en donnait pas la peine.

Je regardais le paysage défiler à travers la vitre : des bouleaux émaciés, ployant sous le poids de la neige. Bien que l'on fût en début d'après-midi, le soleil était mourant et la lumière déclinait déjà. Un peu plus loin, les arbres commencèrent à céder la place à des immeubles d'habitation. C'étaient des bâtiments lugubres, avec de toutes petites fenêtres et aucun embellissement. Certains étaient encore en construction, des grues planaient au-dessus de leur toit. Sur des kilomètres, ce fut la même succession ininterrompue de grisaille, et pendant tout ce temps je songeai que, quelque part dans cette ville de béton, ma mère m'attendait.

Je m'efforçai de dissimuler ma déception quand je compris que le bloc de verre et de béton devant lequel le taxi s'était garé était notre hôtel. Ce bâtiment monstrueux éclipsait tous les autres et paraissait totalement incongru devant les dômes dorés des églises du Kremlin qui se découpaient dans le ciel un peu plus loin. On aurait dit qu'ils avaient volontairement cherché à le rendre le plus laid possible.

Le hall de l'hôtel n'était que faux marbre et tapis rouges. Il sentait la poussière et le tabac froid. Nous avions suivi les consignes du Général à la lettre mais, bien que nous fussions arrivés avec un jour d'avance, je ne pus m'empêcher d'être déçue en constatant qu'il n'était pas là pour nous accueillir. Une femme nous observait derrière le comptoir de la réception.

« M. et Mme Nakhimovsky, annonça Ivan en s'avançant pour remplir les fiches d'enregistrement. Et notre fille Lily. »

La femme nous réclama nos passeports. Pendant qu'Ivan remplissait les formulaires, je demandai à la réceptionniste du ton le plus détaché possible si nous n'avions pas de message. Elle alla vérifier dans notre casier et revint avec une enveloppe. Comme je m'apprêtais à l'ouvrir, je remarquai que la femme m'observait. Mais je ne pouvais pas ranger l'enveloppe dans mon sac, cela aurait paru suspect. Je fis donc semblant de recaler Lily entre mes bras et me dirigeai vers un fauteuil. Mon cœur palpitait d'impatience, mais lorsque je sortis la feuille de l'enveloppe je vis qu'il s'agissait d'un simple dépliant touristique de l'agence Intourist, avec un itinéraire pour la journée du lendemain. Je ne comprenais pas ce que cela signifiait. Du coin de l'œil, je me rendis compte que la réceptionniste m'épiait toujours, aussi glissai-je le papier dans mon sac avant de rejoindre Ivan.

Lorsqu'il eut terminé de remplir nos fiches, la femme lui tendit une clé et appela le groom, un vieil homme aux jambes arquées. Il se mit à pousser en zigzag le chariot sur lequel étaient entassées nos valises ; je crus d'abord qu'il était soûl avant de m'apercevoir qu'il manquait une roue au chariot. Il appuya sur le bouton de l'ascenseur puis s'adossa au mur, épuisé. Un autre homme, du même âge environ, avec des cernes sous les yeux et des trous aux coudes de son cardigan, était assis derrière une table couverte de babioles et de matriochkas poussiéreuses. Il nous examinait avec insistance, comme s'il essayait de photographier mentalement notre image. Dans n'importe quel autre pays, j'aurais simplement supposé que c'était un vieillard inoffensif, mais après les histoires que le Général nous avait racontées sur le KGB, sa curiosité me mit mal à l'aise.

Notre chambre était assez petite par rapport aux hôtels occidentaux, et il y faisait une chaleur insupportable. J'inspectai le radiateur sous la fenêtre et me rendis compte qu'on ne pouvait pas régler la température.

« Regarde ça », fis-je en écartant les rideaux. Notre fenêtre donnait directement sur le Kremlin. Les murs de brique rose et les dômes des églises byzantines scintillaient dans la lumière du couchant.

Pendant qu'Ivan défaisait nos valises, j'allongeai Lily sur le couvre-lit, lui retirai ses gros vêtements molletonnés et lui enfilai un pyjama de coton. Je sortis nos écharpes et nos bonnets de son landau avant de l'y installer confortablement pour la nuit. Ses paupières tombaient déjà, lourdes de sommeil. Je lui caressai doucement le ventre jusqu'à ce qu'elle s'endorme, puis restai un moment à côté d'elle pour la regarder, absorbée dans mes pensées. Je songeai de nouveau au dépliant touristique. Quelque chose me paraissait bizarre. Nous n'avions pas réservé de guide officiel, bien que ce fût obligatoire pour les étrangers. Qui avait déposé ce dépliant dans notre casier ? Et pour nous dire quoi ?

Je me retournai vers Ivan. « Quelque chose ne va pas, lui murmurai-je. Ils ne vont pas venir. » Il me dévisagea d'un air interrogateur. Je sortis le dépliant de mon sac et le lui tendis. Il le parcourut en fronçant les sourcils, puis se mit à le relire attentivement, comme pour y déceler un indice caché. Il me fit signe de le suivre dans la salle de bains, où il ouvrit le robinet à fond avant de me demander qui m'avait donné ça. Je lui expliquai, en lui confiant mes craintes concernant le KGB.

Ivan me caressa l'épaule. « Anya, tu es fatiguée et angoissée. Le Général a parlé du 2 février. C'est demain. Il n'y a pas de quoi s'inquiéter. »

Il parut réfléchir un moment puis, brusquement, son visage s'illumina. « C'est un plan ! chuchota-t-il. Tu m'as bien dit que le Général était un maître de l'espionnage, non ? Aie confiance, Anya. C'est un plan. Et connaissant le Général, tu peux être sûre qu'il a tout prévu. »

Le lendemain matin, alors que nous prenions notre petit déjeuner dans la salle à manger de l'hôtel, j'oscillais entre espoir et appréhension quant à ce que la journée nous apporterait. Ivan, lui, avait l'air calme et optimiste. La serveuse nous apporta automatiquement des œufs brouillés et des toasts grillés, bien que le petit déjeuner russe, composé de pain noir, de poisson séché et de fromage, me parût plus appétissant. Lily mâchouillait le col de sa barboteuse en attendant que la serveuse lui réchauffe son biberon au bain-marie. Quand elle revint, j'en versai deux gouttes sur mon poignet pour vérifier la température. C'était parfait et je remerciai la jeune fille, qui me répondit en souriant : « Nous, les Russes, on adore les enfants. »

À neuf heures précises, nous étions dans le hall, nos manteaux, gants et chapeaux entassés sur un siège à côté de nous. Lily s'était endormie dans les bras d'Ivan après son repas, et il l'avait enveloppée dans les plis de son manteau. Nos raisons de suivre le programme de l'agence Intourist étaient assez hasardeuses, mais nous n'avions pas d'autre choix pour le moment. Ivan pensait que le Général nous avait organisé cette visite guidée dans le but d'écarter les soupçons du KGB et de nous faire passer pour d'authentiques touristes. Moi, au contraire, je ne pouvais m'empêcher de croire que c'était un piège tendu par le KGB pour nous soutirer des informations.

« Monsieur et madame Nakhimovsky ? »

Nous nous retournâmes pour découvrir une femme d'une cinquantaine d'années, vêtue d'une robe grise, un manteau de fourrure plié sur le bras. « Je m'appelle Vera Otova, se présenta-t-elle en souriant. Je suis votre guide Intourist. » Elle avait le port rigide de quelqu'un qui a reçu une formation militaire. Nous nous levâmes pour lui serrer la main. Elle sentait le parfum à la pomme et ses ongles étaient parfaitement manucurés. Elle avait l'air gentille, mais je n'avais aucun moyen de savoir si elle était de notre côté ou non. Le Général nous avait bien recommandé de ne rien révéler de nos plans. « Toutes les personnes que je vous enverrai sauront qui vous êtes, avait-il précisé. Vous n'aurez rien à leur expliquer. Méfiez-vous de tout le monde. Ne répondez à aucune question qui pourrait vous trahir, et ne posez aucune question vous-mêmes. »

Nous étions donc condamnés à attendre que Vera nous révèle son camp.

Ivan se racla la gorge. « Je suis désolé que nous ayons oublié de réserver un guide depuis Sydney, dit-il en aidant Vera à remettre son manteau. Notre agence de voyages a dû s'en occuper pour nous.

— Oui, c'est mieux d'avoir un guide pour Moscou, répondit-elle. Ça facilite beaucoup la vie. »

Elle mentait. Les étrangers avaient l'obligation de se déplacer avec un guide afin qu'ils n'aillent pas dans des endroits interdits et ne risquent pas de voir des choses que le gouvernement désirait leur cacher. Mais ce mensonge ne signifiait pas que Vera était un agent du KGB. Qu'aurait-elle pu répondre d'autre dans un endroit public comme le hall d'un hôtel ?

Ivan se pencha pour récupérer Lily sur le fauteuil.

« Un bébé ? s'étonna Vera. On ne m'avait pas prévenue qu'il y aurait un bébé.

— C'est un gentil bébé », répondit Ivan en faisant sauter Lily dans ses bras. Parfaitement réveillée à présent, elle riait aux éclats et essayait d'attraper le bonnet d'Ivan pour le mettre dans sa bouche.

Vera caressa la joue de Lily en souriant. « Un magnifique bébé, en effet, murmura-t-elle. Mais il va nous falloir faire certaines modifications par rapport au programme.

— Nous ne voulons aller nulle part où nous ne pourrions pas emmener Lily », rétorquai-je en mettant mes gants. Ma remarque sembla déstabiliser Vera, qui se ressaisit immédiatement. « Bien sûr, dit-elle, je comprends.

Je pensais simplement au ballet pour ce soir. Les enfants de moins de cinq ans ne sont pas admis dans la salle.

— Je peux garder Lily pendant qu'Anya va avec vous, suggéra Ivan. Elle adore la danse. »

Vera se mordit la lèvre. Je voyais que ce problème l'ennuyait et qu'elle essayait de trouver une solution. « Non, ce serait dommage, répondit-elle. Vous ne pouvez pas venir à Moscou sans aller au Bolchoï. Je vais voir comment je peux arranger ça. » Elle enroula sa longue écharpe autour de son cou avant d'ajouter : « Attendez-moi ici. Je vais arrêter un taxi. »

L'entrée de la galerie Tretiakov était aussi calme qu'un monastère. Vera tendit un coupon à la femme derrière le guichet, qui nous donna nos billets. « Venez, on va déposer nos affaires au vestiaire », dit-elle en nous faisant signe de la suivre dans l'escalier qui descendait au sous-sol.

Les employées du vestiaire portaient des blouses bleues élimées par-dessus leur robe et des foulards noués sur les cheveux. Elles devaient avoir au moins quatre-vingts ans et je fus choquée de voir qu'elles travaillaient encore à leur âge. Elles saluèrent Vera d'un hochement de tête. Nous leur tendîmes nos manteaux et nos chapeaux. Une des femmes aperçut Lily enveloppée dans son châle et me tendit un numéro en rigolant : « Laissez-la-nous, on s'occupera d'elle.

— Je ne peux pas, répondis-je en souriant. C'est un objet de valeur. »

Vera sortit ses lunettes de son sac pour étudier le programme des expositions temporaires. Elle nous indiqua l'entrée de la galerie, et Ivan et moi étions sur le point de nous diriger dans cette direction lorsque l'une des employées nous cria. « *Tapotchki ! Tapotchki !* » Elle secouait la tête en montrant du doigt nos chaussures. Je baissai les yeux : la neige de nos semelles avait fondu, formant des petites flaques d'eau à nos pieds. La femme nous distribua donc à chacun une paire de *tapotchki*, des patins de feutre.

Vera nous conduisit dans une première salle tapissée d'icônes. « La *Vierge de Vladimir* est la plus ancienne de la collection, nous expliqua-t-elle en s'arrêtant devant un tableau représentant une Vierge à l'enfant. Elle est arrivée à Kiev en provenance de Constantinople au douzième siècle. » Je lus sur la plaque à côté du cadre que cette icône avait été restaurée à plusieurs reprises, mais elle avait gardé son visage d'origine, empreint de tristesse. Lily se tenait tranquille entre mes bras, fascinée par les couleurs des tableaux autour d'elle, mais j'avais du mal à me concentrer sur les œuvres d'art. Je dévisageai une à une les gardiennes du musée, assises le long des murs dans leur uniforme gris, espérant y reconnaître ma mère. Elle avait désormais cinquante-six ans. Je me demandai si elle aurait beaucoup changé.

Je continuai la visite avec impatience, et remarquai à travers une arcade, quelques salles plus loin, qu'une des gardiennes me fixait du regard. Elle avait les cheveux bruns et de longues mains fines. Ses yeux brillaient comme deux billes de verre dans la lumière. Ma gorge se noua. Je m'avançai vers elle mais m'aperçus vite que je m'étais trompée, cette femme n'était pas ma mère. Agacée par mon erreur, je me mis à errer dans la galerie, contemplant les portraits de Pouchkine, de Tolstoï et de Dostoïevski. Tous semblaient me considérer avec une sorte de pressentiment inquiet.

J'attendis Ivan et Vera près de *La Fillette aux pêches*, de Valentin Serov. J'avais déjà vu une reproduction du tableau dans un livre, mais je fus impressionnée par la sincérité qui se dégageait du portrait original. « Regarde, Lily, dis-je en la tournant dans mes bras pour qu'elle puisse admirer la toile. Tu seras aussi belle que cette jeune fille quand tu seras grande.

— Je vois que Mme Nakhimovsky a un goût pour l'art ancien, entendis-je Vera dire à Ivan dans mon dos. Mais je crois qu'elle se rendra compte que les plus belles pièces du musée appartiennent à l'ère soviétique. »

Je fis volte-face et eus l'impression de surprendre dans son regard un clin d'œil fugitif. Elle nous conduisit vers la salle des peintres soviétiques ; je la suivis docilement après avoir jeté un dernier coup d'œil à *La Fillette aux pêches*. Après toute la laideur que j'avais emmagasinée lors de ma première journée à Moscou, j'aurais pu rester des heures devant ce tableau.

Je m'efforçai tant bien que mal de ne pas grimacer de dégoût pendant que Vera nous débitait ses commentaires dithyrambiques sur l'art terne et sans vie de la section soviétique. *Si elle répète encore une fois les mots « message social », « simplicité poétique » ou le « peuple du mouvement révolutionnaire »*, songeai-je, *je crois que je sors du musée*. Bien entendu, c'était impossible. J'étais obligée de me retenir. Pourtant, plus nous progressions dans la visite, plus certains tableaux me faisaient revoir mes préjugés. L'un d'eux, intitulé *Étudiantes*, de Konstantin Istomin, retint mon attention : deux jeunes filles délicates, dans le crépuscule d'un jour d'hiver, regardant le soleil se coucher depuis la fenêtre de chez elles.

Vera se glissa derrière moi. « Vous aimez les œuvres qui dépeignent la féminité, commenta-t-elle. Et vous semblez aimer les femmes aux cheveux bruns. Venez par ici, madame Nakhimovsky, il y a quelque chose qui devrait beaucoup vous plaire dans la salle suivante. »

Je la suivis, tête baissée, craignant de m'être trop dévoilée.

« Nous y sommes », déclara-t-elle en s'arrêtant devant une toile.

Je relevai les yeux et faillis laisser échapper un cri de stupeur. J'étais nez à nez avec le portrait d'une mère tenant une fillette dans les bras. La femme ressemblait trait pour trait à ma mère. Elle avait l'air à la fois douce, forte et courageuse. L'enfant avait des cheveux roux et une moue boudeuse. Mon sosie quand j'étais petite.

Je me retournai vers Vera pour tenter de lire dans son regard. Quel était le sens de tout cela ? Qu'essayait-elle de me faire comprendre ?

Si Vera nous avait préparé une sorte de jeu de piste, il me manquait encore pas mal d'indices pour arriver jusqu'au trésor. Allongée sur le lit de la chambre d'hôtel, je fixais des yeux la pendule accrochée au mur. Cinq heures. La journée du 2 février touchait presque à sa fin et nous n'avions toujours aucun signe de ma mère ni du Général. Je regardais le soir tomber par la fenêtre poussiéreuse. *Si je ne vois pas ma mère ce soir au théâtre, c'est fini*, songeai-je. *Mon dernier espoir se sera envolé.*

Ivan était assis près de la vitre, occupé à prendre des notes dans son carnet. J'ouvris le tiroir de la table de chevet et en sortis le bloc de papier à lettre à l'en-tête de l'hôtel. Avec le crayon fixé au bloc, j'écrivis : « Vera a attendu trop longtemps pour me donner des nouvelles de ma mère. Elle n'a pas de cœur si elle ne comprend pas ce que j'endure. Je ne crois pas qu'elle soit dans notre camp. »

Puis je me levai pour apporter le bloc à Ivan. Pendant qu'il lisait mon message, mes yeux se posèrent sur les notes qu'il avait consignées dans son carnet : « Je me croyais russe, mais dans ce pays je ne sais plus ce que je suis. Si on m'avait demandé pas plus tard qu'hier quelles étaient selon moi les caractéristiques du peuple russe, j'aurais dit la passion et le sens de l'amitié. Mais il n'y a que des gens voûtés dans cette ville, fuyants, le regard apeuré. Qui sont ces fantômes qui nous entourent ?… »

Ivan écrivit sur le bloc en réponse à mon petit mot : « J'ai essayé de la cerner toute la journée. À mon avis, le coup du tableau était sa façon de te donner un signe. Elle ne doit pas pouvoir parler parce que nous sommes surveillés. Je ne crois pas qu'elle soit du KGB.

— Pourquoi ? » chuchotai-je.

Il se frappa la poitrine à l'endroit du cœur.

« Oui, je sais, dis-je, tu es fin psychologue.

— La preuve, c'est que je t'ai épousée », répondit-il en souriant

Ivan arracha la page sur laquelle il avait écrit, ainsi que celle du bloc-notes, et déchira les deux en mille morceaux avant d'aller les jeter dans les toilettes.

« C'est vraiment une vie impossible, marmonna-t-il, couvert par le bruit de la chasse d'eau. Pas étonnant qu'ils aient l'air si malheureux. »

Vera nous attendait dans le hall de l'hôtel. Elle se leva dès qu'elle nous vit sortir de l'ascenseur. Son léger parfum à la pomme avait été remplacé par quelque chose de plus fort, du muguet peut-être, et lorsqu'elle nous sourit je remarquai qu'elle avait mis une touche de rouge à lèvres. Je m'efforçai de lui retourner son sourire, mais ce fut plutôt un rictus crispé. Je ne pouvais plus continuer cette comédie. *C'est ridicule*, songeai-je. *Si je ne vois pas ma mère au Bolchoï, je vais lui demander des comptes.*

Vera avait dû sentir ma mauvaise humeur, car elle se tourna vers Ivan. « Je pense que madame Nakhimovsky et vous allez beaucoup apprécier le spectacle de ce soir, dit-elle. C'est le *Lac des cygnes* de Youri Grigorovich. Avec Ekaterina Maximova dans le rôle principal. Les gens s'arrachent les billets, c'est pour ça que j'ai insisté pour que vous ne le ratiez pas. Votre agence de voyages a bien fait de réserver des places trois mois à l'avance. »

Une alarme se déclencha dans ma tête. Ivan et moi n'échangeâmes pas de regard, mais j'étais sûre qu'il pensait la même chose. *Nous ne sommes pas allés à l'agence de voyages avant d'avoir reçu nos visas, c'est-à-dire un mois avant notre départ, et nous n'avons rien réservé d'autre que nos billets d'avion.* L'agence de voyages à laquelle Vera faisait allusion était-elle en fait une manière de parler du Général ? Ou bien toute la visite guidée avait-elle été au contraire une façon de nous éloigner de lui ? Je balayai des yeux le hall en espérant y voir le Général, mais il n'était pas là. Lorsque nous nous engouffrâmes dans le taxi que Vera avait réservé pour nous, je n'avais qu'une idée en tête : la soirée allait se finir soit par des retrouvailles avec ma mère, soit par un interrogatoire à la Loubianka, le siège du KGB.

Notre taxi s'arrêta sur la place en face du théâtre du Bolchoï, et je fus surprise de constater qu'il faisait moins froid que dans la journée. De légers confettis de neige, doux comme des pétales, me caressaient les joues. En levant les yeux vers la façade du théâtre, je ne pus que rester béate d'admiration. La splendeur de ce bâtiment me fit instantanément oublier toutes les horreurs vues dans la journée. Des hommes et des femmes élégants, emmitouflés dans leurs manteaux et chapeaux de fourrure, discutaient ou fumaient sous la colonnade. On aurait dit que nous avions remonté le temps. Quand Ivan me prit la main pour monter les marches, j'imaginai mon jeune père, accompagné de ses sœurs, se dépêchant d'entrer dans le théâtre pour ne pas rater le début du ballet. Quelle pièce avait-il pu voir ? *Giselle* ou *Salammbô* ? Ou peut-être même *Le Lac des cygnes* mis en scène par le célèbre Alexandre Gorski. Mon père avait vu la grande Sophia Fedorova danser avant qu'elle devienne folle, et Anna Pavlova avant qu'elle quitte la Russie pour de bon ; cette dernière l'avait d'ailleurs tellement envoûté qu'il m'avait appelée Anna en son honneur.

Dans le foyer du théâtre, des ouvreuses en uniforme pressaient les spectateurs de regagner leur place, car s'il y avait bien une chose qui commençait à l'heure à Moscou, c'étaient les ballets du Bolchoï. Nous suivîmes Vera jusqu'au vestiaire, où s'agglutinaient déjà une centaine de personnes, essayant tant bien que mal de se frayer un chemin jusqu'au comptoir pour y déposer leurs affaires. Le brouhaha était pire que dans un stade de football, et je fus sidérée de voir un homme bousculer une vieille dame pour passer devant elle.

« Prends Lily et donne-moi ton manteau, me dit Ivan. Je vais y aller tout seul. »

Ivan s'enfonça dans la mêlée. Je sortis le programme de mon sac à main pour en lire l'introduction. « Après la révolution d'Octobre, la musique et la danse classiques sont devenues accessibles à des millions de prolétaires, et c'est sur cette scène qu'ont été créés les meilleurs personnages révolutionnaires inspirés des héros de notre histoire nationale. » Encore de la propagande.

Ivan réapparut vingt minutes plus tard, les cheveux en bataille et la cravate de travers.

« Tu as la même tête que quand je t'ai connu à Tubabao », lui fis-je en réajustant sa veste.

Il me tendit une paire de jumelles de théâtre.

« Vous n'en aurez pas besoin, me fit remarquer Vera. Vous êtes très bien placés. Tout près de la scène.

— C'est juste que ça m'amuse », mentis-je. En réalité, je les avais prises pour observer le public, pas les danseurs.

Vera me passa un bras autour des épaules, mais ce n'était pas un geste affectueux : elle essayait juste de dissimuler Lily tout en nous guidant vers nos places au premier balcon. L'ouvreuse près de notre loge avait l'air de nous attendre. Vera lui glissa quelque chose dans la main et poussa la porte. « Vite ! Dépêchez-vous ! souffla l'ouvreuse. Et surtout que personne ne vous voie. »

Je m'assis à une place au premier rang et posai Lily sur mes genoux. Ivan et Vera s'installèrent de part et d'autre de mon siège.

J'avais déjà trouvé la façade du théâtre somptueuse, mais la salle de spectacle me laissa sans voix. Je me penchai sur le rebord de la loge pour tenter d'embrasser l'auditorium d'un seul coup d'œil. Il y avait cinq étages de balcons, tous ornés de dorures. Un immense lustre de cristal pendait au plafond, qui était décoré de fresques byzantines. Le rideau de scène en velours rouge était parsemé d'étoiles, de notes de musique, de marteaux et de faucilles en strass.

« C'est la meilleure acoustique du monde », indiqua Vera avec une telle fierté qu'on aurait pu croire en toute bonne foi qu'elle était l'architecte du lieu.

De là où nous étions assis, j'avais une assez bonne vue sur les premiers rangs de l'orchestre, mais pas sur les loges au-dessus de nous ou au fond de la salle. Je cherchai cependant ma mère ou le Général parmi les spectateurs qui affluaient pour rejoindre leur siège. Du coin de l'œil, je remarquai que Vera fixait quelque chose en face d'elle. Je tentai discrètement de suivre son regard, mais à cet instant les lumières commencèrent à se tamiser. J'eus simplement le temps d'apercevoir un vieil homme assis au premier rang de la loge opposée à la nôtre. Ce n'était pas le Général, pourtant son visage me parut familier. Il y eut un brouhaha d'agitation et de raclements de gorge avant que l'orchestre attaque la première note.

Vera me toucha le bras. « À votre avis, comment ça va finir ? » me chuchota-t-elle.

Je retins mon souffle. Ses yeux étaient roses dans la lueur des projecteurs, comme un renard surpris par les phares d'une voiture. « Pardon ?

— La fin, répéta-t-elle. Heureuse ou tragique ? »

Je restai muette une seconde avant de comprendre : elle parlait du ballet. *Le Lac des cygnes* avait deux versions aux dénouements différents. Dans l'une, le prince parvenait à rompre le sortilège du méchant magicien et à sauver la princesse cygne ; dans l'autre, il n'y arrivait pas et les deux amants ne pouvaient se retrouver que dans la mort. Je serrai le poing si fort que je m'enfonçai les ongles dans la chair jusqu'au sang.

Le rideau s'ouvrit, révélant six trompettes en capes rouges. Des ballerines en robes de fête affluèrent sur la scène au bras d'hommes déguisés en chasseurs, le prince Siegfried bondissant derrière elles. Je n'avais plus vu de ballet depuis Harbin, et l'espace d'un instant j'oubliai la raison pour laquelle j'étais là, captivée par les danseurs et les mouvements gracieux de leurs corps. *Voilà, ça, c'est la Russie*, songeai-je.

Je baissai la tête pour observer Lily. Ses petits yeux brillaient comme des lucioles dans l'obscurité. Mes leçons de danse avaient été interrompues par l'arrivée des Japonais à Harbin. Mais elle ? Elle vivait dans un pays libre, elle pouvait faire tout ce qu'elle voulait. *Quand tu seras grande*, lui soufflai-je mentalement, *tu pourras faire de la danse, du piano, du dessin, tout ce qui te fait plaisir*. J'avais envie de lui donner tout ce dont j'avais manqué. Mais, par-dessus tout, j'avais envie de lui donner une grand-mère.

Je reconnus les premières notes du thème du cygne et me tournai de nouveau vers la scène. Le décor avait changé : des montagnes escarpées et un lac bleu. Le prince Siegfried dansait tandis que le méchant magicien, déguisé en hibou, imitait ses gestes dans son dos, telle une ombre menaçante. Je jetai un coup d'œil à l'homme dans la loge d'en face. Il paraissait presque surnaturel dans la lumière bleutée. Tout à coup, mon ventre se noua. Je fus convaincue l'espace d'un instant qu'il s'agissait de Tang. Mais l'intensité de la lumière augmenta un peu et je me rendis compte que ce n'était pas lui.

Même après la fin de la deuxième scène, quand la salle se ralluma pour l'entracte, je me sentais encore retournée. Je confiai Lily à Ivan. « Il faut que j'aille aux toilettes, dis-je.

— Je viens avec vous », déclara Vera.

J'acquiesçai par un hochement de tête, même si en réalité je n'avais aucune intention de me vider la vessie. Je voulais simplement chercher ma mère dans le public.

Nous nous frayâmes un chemin dans la foule jusqu'aux toilettes pour dames. C'était aussi chaotique que le vestiaire. Il n'y avait aucune file d'attente, les femmes se bousculaient pour se doubler quand une cabine se libérait.

Une femme sortit juste devant nous et Vera me poussa en avant. « Après vous, dit-elle. Je prendrai la prochaine. » Je tournai le verrou derrière moi et attendis de voir par l'interstice que Vera pénétrait à son tour dans une cabine pour rouvrir aussitôt la porte et me précipiter dans le couloir.

Je passai en courant devant les groupes de gens qui discutaient sur les marches et redescendis dans le foyer principal au rez-de-chaussée. La foule était moins dense et je me mis à dévisager tout le monde en espérant reconnaître ma mère. Mais aucun des visages autour de moi ne lui ressemblait. Je poussai les lourdes portes de l'entrée et m'élançai sous la colonnade, pensant qu'elle m'attendait peut-être dehors. La température avait chuté et le froid me mordit la peau. Deux soldats montaient la garde sur les marches, soufflant des nuages de vapeur dans la nuit noire. Il y avait une file de taxis devant le théâtre, mais la place était déserte.

Les soldats se retournèrent. L'un des deux me considéra en haussant les sourcils. « Vous allez attraper froid », dit-il. Je rentrai dans le hall du théâtre, aussitôt enveloppée par l'étuve du chauffage central. Le temps que je remonte à l'étage, la salle s'était vidée et le couloir grouillait de monde. J'aperçus Vera appuyée contre la rampe de l'escalier, en train de parler à quelqu'un. Elle me tournait le dos, et l'autre personne était dissimulée à ma vue par une plante verte. Ce n'était pas Ivan, je le voyais de l'autre côté du foyer, Lily blottie dans ses bras, qui contemplait la place par la fenêtre. Je me tordais le cou pour essayer de distinguer le visage de l'homme quand, tout à coup, il se déplaça légèrement et je reconnus les cernes sous ses yeux : c'était le vendeur de souvenirs de notre hôtel. Je m'approchai tant bien que mal pour tenter d'entendre ce qu'il disait à Vera. L'espace d'un instant, le volume sonore général diminua et je surpris une bribe de leur conversation. « Ce ne sont pas de simples touristes, camarade Otova. Ils parlent trop bien le russe. Le bébé est une couverture. Si ça se trouve, il n'est même pas à eux. On doit les interroger. »

Je fus prise de vertige. J'avais vu juste, ce vieil homme était un espion du KGB. Et Vera était dans le coup, elle aussi. Elle nous avait bel et bien tendu un piège.

Je me précipitai vers Ivan, bousculant les gens afin qu'ils me laissent passer. Mais la foule était compacte, et j'avais peine à avancer. « *Izvinite. Izvinite*, répétai-je en essayant de me frayer un passage entre les costumes élimés et les robes défraîchies. Pardon. Pardon. »

Je jetai un coup d'œil par-dessus mon épaule. Au même moment, Vera pivota sur ses talons et nos regards se croisèrent. Elle fronça les sourcils. Puis elle se retourna vers l'homme et lui adressa quelques mots avant de s'élancer vers moi.

Mon cœur battait à tout rompre. J'avais l'impression de vivre cette scène au ralenti. La sonnerie du théâtre retentit et le couloir commença à se vider à mesure que les gens rentraient dans la salle. Ivan tourna enfin la tête et me vit. Son visage blêmit.

« Anya ! » s'écria-t-il. Mon chemisier était trempé de sueur. J'avais les mains moites.

« Il faut qu'on sorte d'ici, suffoquai-je.

— Quoi ?

— Il faut qu'on… » Mais je n'arrivais plus à prononcer le moindre mot tant j'avais du mal à respirer.

« Anya ! répéta Ivan en s'agrippant à moi. Qu'est-ce qui se passe ?

— Madame Nakhimovsky, lança Vera en refermant ses doigts sur mon bras comme un étau, nous vous ramenons immédiatement à votre hôtel. On dirait que votre grippe s'est aggravée. Regardez dans quel état vous êtes. Vous avez de la fièvre. »

Je parvenais à peine à tenir sur mes jambes. C'était trop irréel. Nous étions sur le point de nous faire embarquer par le KGB, nous ne pouvions pas nous échapper. Je regardai les gens se précipiter dans la salle pour regagner leur place, refoulant mon envie de crier au secours. De toute façon, personne ne serait venu à notre rescousse. Nous étions piégés.

« Ta grippe ? » s'exclama Ivan. Il posa une main sur mon front avant de se tourner vers Vera. « Je vais chercher nos manteaux. Est-ce qu'on pourra appeler un médecin depuis l'hôtel ? »

C'est donc comme ça qu'ils font, songeai-je. *C'est comme ça qu'ils arrêtent des gens en public et les font disparaître devant tout le monde sans que personne ne réagisse.*

« Donnez-moi le bébé, répondit Vera à Ivan.

— Non ! hurlai-je.

— Pensez un peu à elle, me rétorqua sèchement Vera, d'un ton que je ne lui avais jamais entendu. La grippe est une maladie extrêmement contagieuse. »

Ivan tendit Lily à Vera. À la seconde où je la vis prendre mon enfant dans ses bras, un déclic se produisit à l'intérieur de moi. Je me rendis compte qu'en essayant de retrouver ma mère je risquais de perdre ma fille.

Je me tournai vers l'homme qui nous avait rejoints. Il me dévisageait d'un air dégoûté, les bras croisés sur la poitrine.

« Je vous présente le camarade Gorin, lança Vera. Vous l'avez peut-être déjà vu à votre hôtel.

— La grippe est très dangereuse à Moscou en hiver, fit-il. Il faut que vous restiez au lit et vous reposiez jusqu'à ce que ça aille mieux. »

Il gardait les bras recroquevillés autour de son torse, et la façon dont il appuyait tout le poids de son corps sur ses talons aurait pu paraître comique dans d'autres circonstances. On aurait cru qu'il avait peur de moi et se protégeait. Mais c'était sans doute son mépris pour les étrangers qui lui donnait une telle allure.

Ivan revint avec nos manteaux et posa le mien sur mes épaules. Vera enroula son écharpe autour de la bouche de Lily, comme pour lui faire un masque. Gorin la regarda, les yeux écarquillés. Il se mit à reculer en balbutiant : « Il faut que je retourne m'asseoir, sinon je vais rater le deuxième acte. »

Comme une araignée rentrant dans son antre. Il laissait le sale boulot à Vera.

« Prends Lily, susurrai-je à Ivan. Reprends-la, je t'en supplie. »

Ivan me regarda bizarrement mais obéit. Lorsque je vis Lily en sécurité dans les bras de son père, la brume de mon esprit se dissipa quelque peu. Vera feignit de m'aider à descendre les marches ; en réalité, elle me pressait contre la rampe pour m'empêcher de me sauver. Je m'efforçai de retrouver mon sang-froid. *Ils ne sauront que ce que je voudrai bien leur dire*, songeai-je. Mais je me souvins de toutes les rumeurs que j'avais entendues sur les méthodes du KGB, par exemple plonger des bébés dans l'eau bouillante pour faire avouer les mères, et je sentis à nouveau mes jambes se dérober.

Les soldats devant le théâtre n étaient plus là. Il ne restait que la file de taxis. Ivan marchait devant nous, tête baissée, enveloppant Lily dans son manteau. Un des chauffeurs jeta sa cigarette en nous voyant approcher. Il allait remonter dans sa voiture quand Vera lui fit non de la tête et me poussa vers une Lada noire stationnée le long du trottoir. Le conducteur était enfoncé sur son siège, le col de son manteau remonté autour de son visage. Je laissai échapper un petit cri et m'agrippai à Ivan.

« Ce n'est pas un taxi, bredouillai-je, chancelante.

— C'est un taxi privé, répondit Vera dans un murmure.

— Nous sommes australiens, lui rétorquai-je. Je peux téléphoner à l'ambassade, vous savez. Vous ne pouvez rien nous faire.

— Vous êtes autant australienne que moi pakistanaise », répliqua Vera en ouvrant la portière de la voiture pour me pousser sur la banquette arrière. Ivan grimpa de l'autre côté avec Lily. Soudain, Vera se pencha vers moi et j'eus un mouvement de recul, pensant qu'elle allait me frapper. Au lieu de quoi elle m'enlaça en riant aux éclats.

« Anna Victorovna Kozlova ! s'exclama-t-elle. Je ne t'oublierai jamais. Tu es le portrait craché de ta mère et vous allez me manquer toutes les deux. Heureusement, je savais que cet informateur du KGB a une peur bleue des microbes, sans quoi j'aurais eu du mal à vous arracher à ses griffes. » Elle laissa échapper un dernier rire sonore avant de claquer la portière. La Lada démarra dans la nuit et je me retournai pour regarder Vera s'éloigner. Je la vis s'engouffrer dans le théâtre.

Ivan se pencha en avant pour donner le nom et l'adresse de notre hôtel au chauffeur. Celui-ci ne répondit rien et prit la direction opposée, vers la Loubianka. Ivan avait dû se rendre compte qu'on ne prenait pas le bon chemin car il répéta le nom de l'hôtel au chauffeur.

« Ma femme est malade, insista-t-il. Elle doit voir un médecin.

— Ah bon ? rétorqua le chauffeur. Je croyais que je l'emmenais voir sa mère. »

Je reconnus sa voix instantanément.

« Général ! s'écria Ivan. On commençait à se demander quand vous feriez votre apparition !

— Pas avant demain, en principe. Mais j'ai dû changer nos plans au dernier moment. »

Je ne pus retenir mes larmes ; cette fois, c'étaient des larmes de joie. Ivan passa un bras autour de mes épaules.

« Qui est Vera ? s'enquit-il.

— La meilleure amie de la mère d'Anya. Elle aurait fait n'importe quoi pour l'aider. Elle a perdu deux frères sous le régime de Staline. J'espérais au moins que vous profiteriez du ballet jusqu'au bout, mais tant pis. »

Les larmes ruisselaient sur mes joues. « C'était la version qui finit bien, c'est ça ? » demandai-je en souriant entre deux sanglots.

Quinze minutes plus tard environ, le Général gare la voiture devant un vieil immeuble de cinq étages. Ma gorge se noue. Qu'est-ce que je vais lui dire ? Après vingt-trois ans de séparation, quels vont être nos premiers mots ?

« Redescendez dans une demi-heure, ordonne le Général. Vishnevsky a organisé une escorte pour vous faire passer en Allemagne de l'Est, mais vous devez partir ce soir. De là, il vous sera facile de regagner l'Ouest. » Nous claquons les portières et regardons la Lada disparaître au bout de la rue.

Ivan et moi passons sous une arcade, nos pieds foulant la neige. Nous nous retrouvons dans une cour intérieure mal éclairée. « C'est au dernier étage, c'est ça ? » me demande Ivan en tirant une lourde porte en fer qui claque derrière nous. Il fait presque aussi froid dans le hall que dehors, et tout aussi sombre. Deux pelles sont appuyées contre le mur, une flaque de neige fondue à leur bout. Nous grimpons les cinq étages à pied car l'ascenseur est en panne. Les marches sont couvertes de poussière et il flotte dans l'air une odeur d'argile. Je me souviens que le Général a parlé des problèmes de jambes de ma mère, et je frémis en pensant qu'elle doit monter et descendre cet escalier tous les jours.

Nous atteignons le dernier étage et une porte s'ouvre devant nous. Une femme en robe noire s'avance sur le palier. Elle s'appuie sur une canne et nous dévisage en plissant les yeux. Je ne la reconnais pas tout de suite. Elle a les cheveux couleur étain, presque entièrement cachés sous un foulard. Tout à coup, elle se redresse et nos regards se croisent. Je la revois comme elle était à Harbin, dans sa robe élégante en mousseline de soie, le vent dans les cheveux, alors qu'elle m'attendait près de la grille quand je rentrais de l'école.

« Anya ! » s'écrie-t-elle.

Sa voix me fend le cœur. C'est la voix d'une vieille femme, pas celle de ma mère. Elle plaque une main contre sa poitrine, je vois des taches brunes sur le dos de sa main, des rides profondes autour de sa bouche. Elle fait vieille pour son âge, elle porte sur elle le poids des épreuves, mais ses yeux sont plus beaux que jamais. Ils brillent comme des diamants.

« Anya ! Anya ! Ma petite fille chérie ! » s'exclame-t-elle, les yeux emplis de larmes. Je fais un pas en avant puis vacille. Mon courage m'abandonne et je me mets à pleurer à mon tour. Ivan me pose une main sur l'épaule. Sa tendre voix dans mon oreille est le seul lien qui me rattache à la réalité : « Montre-lui Lily, murmure-t-il en me poussant gentiment en avant. Montre-lui sa petite-fille. » Il me pose Lily dans les bras en dégageant le châle autour de son visage. Lily ouvre les yeux et m'observe d'un air étonné. Elle a les mêmes yeux que la femme qui me tend les bras à présent. Couleur ambre. Elle babille et remue les jambes, puis se tourne brusquement vers la femme et se penche en avant de tout son poids pour essayer de l'atteindre.

Je suis revenue en Chine et j'ai douze ans. Je me suis fait mal en tombant et ma mère veut me réconforter. Chaque pas que je fais vers elle est hésitant, mais elle m'ouvre en grand les bras. Quand j'arrive jusqu'à elle, elle me serre contre son corps. Sa chaleur m'enveloppe telle la vapeur d'une source chaude. « Ma petite fille chérie ! murmure-t-elle. Ma petite fille adorée ! » Lily coincée entre nous deux, nous nous regardons longuement en nous remémorant tout ce que nous avons enduré. Il n'est rien de perdu qui ne puisse être retrouvé. Rien d'achevé qui ne puisse être recommencé. Ma mère et moi rentrons à la maison.

Note de l'auteur

Les Russes ont des règles très précises pour s'adresser les uns aux autres, fondées sur les noms patronymiques. Par exemple, dans *Le Gardénia blanc*, le nom complet d'Anya est Anna Victorovna Kozlova. Victorovna vient du prénom de son père, Victor, et Kozlova est la version féminisée de son nom de famille, Kozlov. Quand on s'adresse à elle de façon cérémonieuse, il faudrait l'appeler Anna Victorovna, mais parmi sa famille et ses amis on l'appelle simplement Anya. Si vous avez déjà lu un roman russe traduit, vous avez pu constater combien ce système peut se révéler déroutant pour le lecteur occidental. Pourquoi un personnage qui s'est appelé Alexei Ivanovitch pendant la moitié du livre devient-il brusquement Sacha ?

Pour éviter ce genre de confusion, j'ai choisi de n'utiliser les noms patronymiques des personnages que dans les situations très officielles, comme les lettres, le testament de Sergei, les présentations, etc., de façon à donner un aperçu de la tradition russe. Mais dans la majeure partie du roman, j'ai utilisé seulement les prénoms des personnages. J'ai aussi décidé qu'Anya continuerait à utiliser son nom féminisé – Kozlova – quand elle arrive en Australie, alors qu'elle aurait pu se faire appeler simplement Kozlov.

Un des aspects les plus plaisants de la rédaction du *Gardénia blanc* a été d'inventer une intrigue autour du lien entre une mère et sa fille dans un contexte historique bien plus vaste. J'ai fait tous les efforts possibles pour être précise et authentique dans les détails, mais dans quelques passages cependant, j'ai été obligée de jouer les démiurges et de condenser l'histoire afin de préserver le rythme du récit. Le premier exemple est l'arrivée d'Anya à Shanghai peu après l'annonce de la fin de la Seconde Guerre mondiale. Chronologiquement parlant, même s'il y avait déjà quelques Américains à Shanghai, Anya y débarque quelques semaines avant que les gros bataillons de la marine américaine ne s'y installent et relancent l'activité de la ville. Mais comme l'intention principale de la scène était de montrer la jubilation à la fin de la guerre, et la rapidité avec laquelle Shanghai s'est relevé, j'ai pris la liberté de rapprocher un peu les événements. L'autre endroit où j'ai condensé l'histoire est Tubabao. Les réfugiés ont subi bien plus d'un typhon pendant leur séjour sur l'île, mais décrire chaque ouragan en détail aurait déplacé l'attention portée sur la survie émotionnelle d'Anya et son attachement croissant à Irina et à Ruselina.

L'acteur américain George Burns a dit un jour : « La chose la plus importante dans le jeu de l'acteur, c'est l'honnêteté. Et si vous parvenez à la simuler, vous avez gagné ! » Il y a des passages dans *Le Gardénia blanc* où les décors fictifs convenaient mieux que la réalité. Le premier exemple est le *Moscou-Shanghai*. Même si ce night-club est le produit de mon imagination, inspiré de l'architecture de plusieurs palais du tsar, il est néanmoins fidèle à ce qu'était l'atmosphère de décadence de Shanghai à l'époque. De même, le camp de migrants où Anya et Irina sont envoyées à leur arrivée en Australie ne représente aucun camp en particulier de l'État du New South Wales, bien que mes recherches aient porté principalement sur les camps de Bathurst et de Cowra. Mon raisonnement dans ce cas a été que je voulais faire interagir Anya avec le directeur du camp sur un plan personnel, et que je trouvais injuste de mettre en scène un directeur de camp ayant réellement existé. C'est pour cette raison également que j'ai inventé le journal dans lequel travaille Anya, le *Sydney Herald*, plutôt que d'utiliser un vrai journal de l'époque, car j'avais besoin de développer une relation personnelle entre Anya et sa rédactrice en chef, Diana. Les familles de la haute société sont elles aussi fictives et ne représentent aucune personnalité réelle de l'époque, même si *Prince*, *Romano* et *Chequers* étaient effectivement des endroits à la mode dans le Sydney des années cinquante. Pour décrire ma démarche, je pourrais reprendre à mon compte le credo d'une de mes amies branchées : « Si la coiffure et les chaussures sont bien choisies, tout ce qu'il y a entre les deux semblera aller. » Ce que je veux dire par là, c'est que du moment que mon contexte historique global était fidèle et que les détails quotidiens de ce que les gens mangeaient, portaient et lisaient à l'époque étaient avérés, je pouvais me permettre une certaine liberté avec l'histoire pour le reste.

Pour finir, j'aimerais ajouter une chose : même si ce roman est inspiré du voyage que ma mère et ma marraine ont fait de Chine en Australie, tous les personnages et les situations de ce livre sont les produits de mon imagination. Ce récit n'est pas une histoire de famille romancée, et aucun des personnages principaux n'est censé incarner une personne vivante ou décédée.

Ce fut un grand plaisir pour moi de me documenter et d'écrire *Le Gardénia blanc*. J'espère que vous avez également pris plaisir à sa lecture.

Remerciements

On dit souvent que la vie d'un écrivain est solitaire, mais il me semble au contraire que dès l'instant où j'ai posé ma plume sur la feuille blanche (ou plutôt mes doigts sur le clavier) pour écrire *Le Gardénia blanc*, j'ai eu la chance de croiser un nombre incalculable de gens désireux de m'offrir de l'inspiration, des informations ou des encouragements pour ce projet.

Pour commencer, j'aimerais exprimer ma gratitude à l'égard des deux femmes qui ont été à la source de mon désir d'écrire un roman sur les Russes : ma mère, Deanna, et ma marraine, Valentina. Les récits de leur vie à Harbin, Qingdao, Shanghai et Tubabao m'ont fascinée dans mon enfance, et à nouveau captivée à l'âge adulte. Mais, au-delà de l'évocation de ces lieux exotiques, c'est leur exemple de véritable amitié et leur amour de la vie qui ont su m'inspirer pour les thèmes de ce livre. Malgré les horreurs auxquelles elles ont assisté, les êtres chers qu'elles ont perdus et les épreuves terribles qu'elles ont traversées, elles ont toujours gardé leur capacité à aimer, et avec passion. Leur bonté et leur sens de la charité envers les autres les rendent absolument exceptionnelles. Je voudrais aussi adresser ma reconnaissance à mon père – Stan – et à mon frère, Paul, qui m'ont crue capable de rassembler la documentation nécessaire et d'écrire un roman avec autant de contexte historique avant même que j'aie commencé !

Je ne suis pas sûre de pouvoir trouver assez de mots pour remercier Selwa Anthony, un agent littéraire tellement enthousiaste, pertinente et talentueuse que je me demande parfois si je ne l'ai pas rêvée. Sa foi en moi est l'un des cadeaux les plus précieux que j'aie jamais reçus, et au cours de ce projet je suis fière de pouvoir dire que Selwa a été non seulement un merveilleux agent mais aussi mon mentor et mon amie.

À ma liste de remerciements, je voudrais ajouter mes deux éditrices, Linda Funnell et Julia Stiles. Quel jeune auteur ne serait pas fou de joie à l'idée de se retrouver sous la protection de deux des femmes les plus brillantes du monde de l'édition ? Leur sensibilité, leur intelligence, leurs attentions et leur sens de l'humour ont été des cadeaux fantastiques durant le long et parfois douloureux processus de réécriture et d'édition. J'aimerais aussi remercier Nicola O'Shea, éditrice en chef chez HarperCollins, dont les talents d'organisation, le zèle et la passion pour son métier font de toute collaboration avec elle un véritable plaisir. À vrai dire, je ne peux m'empêcher d'être stupéfaite chaque fois que je pense au talent, au professionnalisme et à l'enthousiasme collectifs de toute l'équipe de HarperCollins. En particulier, je tiens à citer Brian Murray, Shona Martyn, Sylvia Marson, Karen-Maree Griffiths et Vanessa Hobbs.

Je voudrais également remercier Fiona et Adam Workman. Si les diamants sont les meilleurs amis d'une femme, alors Fiona et Adam sont des diamants de la plus grande pureté qui soit, avec la taille, la profondeur et le nombre de carats idéaux. Non seulement ils se sont révélés de merveilleuses caisses de résonance chaque fois que j'étais bloquée, en parvenant à faire remonter ma créativité à la surface à force de bons petits plats et à l'aide de leur inaltérable joie de vivre, mais ils m'ont offert une malle aux trésors pleine de ressources documentaires, y compris les merveilleux Kay Campbell et Theo Barker, qui ont rassemblé pour moi des informations sur le camp de migrants de Bathurst et d'autres camps en général alors que j'habitais à

New York, ainsi que Joan Leyda et Peter Workman, qui ont pris le temps de partager avec moi leurs souvenirs vivaces de la ville de Sydney dans les années cinquante. Sur ce même sujet, j'aimerais également remercier la légendaire styliste australienne Beril Jents, le journaliste et écrivain Kevin Perkins, Gary A. Shiels et Aran Maree, du Club de maîtres nageurs de North Bondi, et enfin John Ryan, du Jockey Club australien, pour les précieuses informations qu'ils m'ont fournies.

Un grand merci aussi à toutes mes autres sources d'information pour leur enthousiasme et le temps qu'ils ont pris pour répondre à mes questions : Levon et Janna Olobikyan pour des récits de première main sur le Moscou des années soixante ; Andrea Lammel pour les termes de danse et les phrases en allemand ; le professeur Ludmila Stern de l'université du New South Wales et Svetlana Aristidi, qui ont vérifié l'exactitude de mes termes russes et des noms propres ; Jan Wigsten de *Nomadic Journeys* et Graham Taylor de *Karakorum Expeditions,* qui m'ont expliqué les détails de la traversée du désert de Gobi ; et Vicky Robinson pour ses conseils en polonais.

Il y a aussi une multitude de gens que j'aimerais remercier pour avoir su adoucir les moments difficiles de cette aventure littéraire, et renforcer les moments de joie. Malheureusement, faute de place, je ne peux pas les citer tous. Mais j'aimerais nommer en particulier :

Jody Lee, Kim Swivel, Maggie Hamilton, le professeur Stephen Muecke, Bruce Fields, Jennifer Strong, Alain Mentha, Andrea Au, Brian Dennis, Shilene Noé, Jeffrey Arsenault, Kevin Lindenmuth, Tom Nondorf, Craig Smith, Phyllis Curott, Arabella Edge, Christopher Mack, Martin Klohs, Kai Schweisfurth, Virginia Lonsdale, Olivia Rhee, et les membres de *Women in Publishing*, New York. J'aimerais aussi remercier ma colocataire de New York, Heather Drucker, qui non seulement m'a généreusement autorisée à utiliser tout son matériel de communication et d'informatique, mais en plus m'a permis de partager la délicieuse compagnie de ses deux chats. Assise sur mon lit avec mon ordinateur portable, Sabine et Chaplin blottis et ronronnant contre moi, la neige qui s'amoncelait sur le rebord de la fenêtre : c'était l'atmosphère idéale pour écrire *Le Gardénia blanc*.

Note de l'éditeur

Voici quelques repères pour éclairer les grandes étapes de la vie d'Anya Kozlova, fille d'un colonel de l'armée du tsar réfugié à Harbin après la révolution, petite-fille d'un employé des chemins de fer russes de Mandchourie, Russe de Chine maintes fois jetée sur les routes de l'exil par les soubresauts de l'Histoire...

L'histoire de la Russie et celle de la Chine sont intimement liées, par leur position géographique, par les accords politiques et commerciaux signés entre les deux nations et par un ennemi commun, le Japon.

Depuis que, en 1896, la Chine a autorisé, en échange d'une alliance contre les ambitions expansionnistes japonaises, le passage via Harbin du Transsibérien reliant Moscou à Vladivostok la communauté russe s'est développée en Mandchourie du Nord.

Mais les tensions s'amplifient rapidement et la guerre russo-japonaise éclate en 1904. Si, suite à sa cuisante défaite militaire, la Russie abandonne toute velléité d'influence en Extrême-Orient, l'inimitié entre les deux pays s'accroît et la Russie conserve toutefois une position dominante en Mandchourie après le traité de paix de 1905.

Russie, autrefois...

En 1917, la Russie tsariste vole en éclats. Du 23 au 27 février dans le calendrier orthodoxe, le peuple se soulève à Petrograd, protestant contre la faim et la misère. Ces événements, connus sous le nom de « révolution de février 1917 », provoquent l'abdication du tsar et sonnent le glas de la dynastie des Romanov. Dans la nuit du 24 au 25, les bolcheviks s'emparent des points stratégiques de la capitale.

Pour rallier le pays au nouveau régime issu de la « révolution d'octobre », les bolcheviks demandent immédiatement l'armistice, déclarent les terres « patrimoine national » et instaurent le contrôle ouvrier sur les entreprises industrielles. Ces premières mesures révolutionnaires menacent directement les représentants de l'aristocratie et provoquent leur départ vers l'étranger.

La prise du pouvoir dégénère en une longue guerre civile opposant armée Rouge bolchevique et généraux « blancs » de l'ancienne armée impériale. S'ensuivent des évacuations massives de militaires et de civils. Un décret soviétique prive alors les Russes se trouvant à l'étranger de leur citoyenneté : devenus apatrides, ces citoyens forment une « Russie hors frontière », la Russie blanche, vaincue et contrainte à l'exil. Beaucoup fuient en Europe, certains en Asie, principalement vers la Chine avec laquelle la Russie a sa plus longue frontière et... un accès direct grâce au Transsibérien. La ville mandchoue de Harbin, à neuf heures de train seulement de la capitale soviétique devient dès lors la « Moscou de l'Orient ».

Harbin

Si, à Harbin comme ailleurs, fleurissent des églises orthodoxes aux coupoles dorées et des écoles dans lesquelles on inculque aux élèves le culte glorieux de leur patrie, la prospérité des Russes est rapidement menacée par l'impérialisme japonais.

Après avoir obtenu, de sa victoire contre la Russie en 1905, la Corée, le Liaodong et le chemin de fer sud-mandchourien après la guerre russo-japonaise de 1905, le Japon se voit concéder, lors du traité de Versailles de 1919, les anciennes possessions allemandes de Chine.

En 1931, le Japon ultra-nationaliste dirigé par des militaires reprend sa stratégie d'expansion en direction des provinces chinoises utiles économiquement. La Mandchourie est occupée. Pékin et Shanghai, à l'exception des concessions, sont prises dès 1937. À Nankin, conquise en 1938, 150 000 à 300 000 personnes sont exécutées, des femmes sont violées, des enfants enterrés vivants. À Harbin, l'unité 731 se livre à des expériences bactériologiques et à des vivisections sur plus de 3 000 personnes. Il faudra attendre la fin de la guerre sino-japonaise, les bombardements de Nagasaki et d'Hiroshima et la capitulation du Japon pour que cessent les persécutions japonaises contre les civils, en particulier contre les Russes blancs. Mais, quelques jours après, la Mandchourie est envahie par les Soviétiques. Une fois encore, les Russes blancs d'Harbin doivent fuir pour éviter la mort ou la déportation en Sibérie.

Shanghai

Beaucoup d'entre eux émigrent à Shanghai qui, par son statut, sert de refuge à de nombreux Chinois et aux étrangers. Au XIXe siècle, l'Empire mandchou, suite aux « traités inégaux » imposés par les Occidentaux, dut ouvrir plusieurs de ses ports au commerce étranger et créer des concessions internationales – véritables États dans l'État disposant de leurs législations, institutions et gouvernements. Depuis 1843, Anglais, Américains et Français sont ainsi présents dans le port de Shanghai. Mais, en 1945, Shanghai n'est plus épargnée par les conséquences du conflit mondial et de la guerre civile qui fait rage depuis 1927.

Le traité de Versailles de 1919, en blessant l'orgueil national chinois, a fait jaillir la première génération de révolutionnaires qui fondent à Shanghai le parti communiste chinois (1921). Celui-ci s'allie à un parti révolutionnaire plus ancien et plus puissant – le Guomindang, parti nationaliste dirigé par Tchang Kaï-chek – pour restaurer l'unité du pays et le débarrasser des « seigneurs de la guerre » qui se disputent territoire et influence et mettent le pays à feu et à sang depuis 1916. Cependant, l'alliance entre nationalistes et communistes chinois est de courte durée, la guerre civile éclate en 1927. Les premiers, établis à Nankin, cherchent à supprimer les seconds qui fondent une « République soviétique » dirigée par Mao Zedong puis entament un repli, la « Longue Marche » (octobre 1934-octobre 1935), véritable odyssée de 10 000 kilomètres qui les amène dans les provinces septentrionales du pays.

La Chine est alors divisée en trois parties : de vastes régions contrôlées par les Japonais et dirigées par des « gouvernements fantoches », la « Chine libre » des nationalistes dirigée par Tchang Kaï-chek et, enfin, des « bastions rouges » communistes. Après la capitulation japonaise, communistes et nationalistes se disputent les territoires libérés et plongent le pays dans la guerre civile jusqu'à la victoire finale du parti communiste.

Comme de nombreuses concessions, Shanghai subit le contrecoup du double conflit : elle est d'abord isolée par des barbelés puis investie par les Japonais en 1941, avant que son administration soit confiée à la Chine en 1943. Au sortir de la Seconde Guerre mondiale, le « Paris de l'Orient » a perdu de sa splendeur, la plupart des étrangers ont été rapatriés, les autres subsistent tant bien que mal. La ville, anciennement célèbre pour ses fumeries d'opium, ses maisons de passe, ses luxueux night-clubs et son effervescence culturelle, est méconnaissable. Et, après l'avènement de la République populaire de Chine, le 1er octobre 1949, et l'entrée de Mao dans Shanghai, tous les étrangers, en majorité des Russes blancs, seront contraints à l'exil.

L'île de Tubabao et l'Australie

Environ 5 000 d'entre eux sont acheminés dans l'île de Tubabao, où ils sont pris en charge par l'Organisation internationale aux réfugiés (IRO) et installés dans des camps provisoires avant d'être envoyés dans leur pays d'accueil définitif. À cause des fréquents typhons, des maladies tropicales et du manque d'organisation du camp, les conditions de vie sont particulièrement difficiles.

Les réfugiés envoient des pétitions aux États-Unis pour accélérer les procédures d'immigration. Certains d'entre eux préféreront l'Australie, qui, suivant la célèbre devise « Peupler ou périr », accueillera plus de 180 000 réfugiés sur son sol entre 1947 et 1952 pour renforcer son implantation, le flux britannique étant insuffisant.

Les conditions d'entrée, notamment sanitaires, étaient très strictes, et l'attente dans les camps de réfugiés – où le travail des ONG a été remarquable – souvent très longue. Il faudra attendre les années cinquante pour que l'Australie commence à infléchir ces lois draconiennes. Elle sera notamment l'une des premières nations à signer la convention de Genève de 1951, qui définit un cadre juridique à la question des personnes déplacées.

Années cinquante, un espoir pour les Russes blancs…

Alors que la création de l'Organisation des Nations unies nourrit des espoirs de paix durable et universelle, la « grande alliance » s'effrite : l'Europe épuisée doit se reconstruire, les deux grands vainqueurs, l'URSS et les États-Unis, forment progressivement deux blocs qui s'affrontent indirectement dans une « guerre froide ». La carte du monde est redessinée : Berlin, Prague, Budapest se retrouvent de l'autre côté du « rideau de fer » où Staline impose jusqu'à sa mort, le 5 mars 1953, la soumission aux consignes du Kremlin.

La plupart des deux millions de prisonniers de guerre rapatriés furent condamnés à des peines de camps. Cela pour empêcher des hommes s'étant retrouvés hors du système stalinien de témoigner et, ainsi, de contredire la vérité officielle. Au moment où des milliers de citoyens soviétiques refusent de rentrer, l'URSS multiplie alors les signes d'ouverture à l'égard des « Blancs » autrefois bannis, à qui elle permet désormais d'acquérir la citoyenneté soviétique…

Achevé d'imprimer sur les presses de

BUSSIÈRE
GROUPE CPI

à Saint-Amand-Montrond (Cher)
en août 2005

Composé par Nord Compo
à Villeneuve-d'Ascq

Édition exclusivement réservée
aux adhérents du Club
Le Grand Livre du Mois
15, rue des Sablons
75116 Paris
réalisée avec l'autorisation des éditions Belfond.

ISBN : 2-286-01676-3

N° d'impression : 052892/1.
Dépôt légal : septembre 2005.

Imprimé en France